JET

ABRECHNUNG

RUSSELL BLAKE

By arrangement with Peter Lampack Agency, Inc.
350 Fifth Avenue. Suite 5300
New York, NY 10118 USA

LUZIFER
VERLAG

Deutsche Erstausgabe
Titel der Originalausgabe: JET IV – RECKONING

www.luzifer.press

Umschlaggestaltung: Michael Schubert | Luzifer-Verlag
Übersetzung: Pascal Euteneuer
Lektorat: Johannes Laumann

ISBN: 978-3-95835-402-9

Dieses Buch wurde nach Dudenempfehlung (Stand 2019) lektoriert.

Bibliografische Information der Deutschen Nationalbibliothek:
Die Deutsche Nationalbibliothek verzeichnet diese Publikation in der Deutschen Nationalbibliografie; detaillierte bibliografische Daten sind im Internet über *http://dnb.d-nb.de* abrufbar.

PROLOG

PAPUA, INDONESIEN

Massige, gelbe Erzlastwagen standen still auf einem weitläufigen Schotterplatz, die riesigen, zerbeulten Pritschen leer. Ein gelangweilter Wachposten saß in dem Pförtnerhaus und hörte auf einem kleinen, tragbaren Radio eine CD, während er über fast zweihundert Fahrzeuge Wache hielt. Nach einem langen Tag zerreibender Routine hatten sich die Schichtarbeiter verabschiedet und das unaufhörliche Brüllen der Motoren und Maschinen hatte nachgelassen. Über dem Gelände war eine unheimliche Stille verblieben, statt der Kakofonie, die tagsüber dort herrschte.

Der sintflutartige Regen war endlich zu einem Nieseln geworden, die Überreste eines Monsuns, der am Nachmittag vorbeigezogen war und fünfzehn Zentimeter Niederschlag in sechs Stunden über den Bergen ausgeschüttet hatte, was die Zufahrtsstraße schlammig, aber weiterhin befahrbar machte, wie es oft im September der Fall war.

Die größte Goldmine der Welt war nachts geschlossen und wartete auf die Rückkehr der beinahe zwanzigtausend Arbeiter, die im Morgengrauen kommen würden, um die Maschinen zu bedienen, welche die Spitze eines nahegelegenen Berges abgerissen hatten, um systematisch das wertvolle Erz zu fördern, das Gold, Silber und Kupfer beinhaltete – natürliche Ressourcen, die diese Region zu einer der reichsten auf dem Planeten machen sollten. In Wirklichkeit wurde der Wohlstand fast vollständig von der indonesischen Regierung und dem Unternehmen abgezapft, das die Mine betrieb. Als Kronjuwel des Unternehmens war die Mine für unvorstellbaren Gewinn verantwortlich, während der Großteil der Bevölkerung in den primitiven Zuständen der Eingeborenenstämme lebte. So, wie schon seit tausenden von Jahren.

Diese Lebensart war dem Tode geweiht. Das giftige Sediment von dem Tagebau hatte die Flüsse verstopft und die Tiere vergiftet, war in jeden Bereich des Ökosystems vorgedrungen und befleckte alles, was es berührte. Fischen, Jagen und fast jedes Vorhaben, das sauberes Wasser oder sauberen Boden benötigte, waren in dieser Region unmöglich geworden – ein akzeptabler Preis für das Konglomerat, das Milliarden im Jahr umsetzte, aber nichts für die indigene Bevölkerung tat, deren Land für immer ruiniert war.

Ein umherstreifender Wachposten leuchtete mit der Taschenlampe den Mann an, der die Fahrzeuge vom Wachhaus aus beobachtete, dann ließ er das Licht kurz über die gedrungenen Silhouetten wandern, bevor er weiter seine Route abschritt. Der Sicherheitsdienst war mit Pistolen und Schrotflinten ausgerüstet, aber es hatte seit Jahren keine Probleme auf dem Gelände gegeben und die Männer nahmen ihre Aufgabe gelassen – sie versprach nichts außer endloser Plackerei.

Scheinwerfer bahnten sich ihren Weg die schlammige Zufahrtsstraße entlang und ein Pick-up blieb vor dem Eingangstor stehen. Die Pritsche war voll mit lachenden Einheimischen, deren schokoladenbraune Haut vom Regen glänzte; der Niederschlag war ein Ärgernis, gegen das sie abgehärtet waren. Sie waren mit den Monsunen aufgewachsen – die regelmäßigen Stürme waren Routine, so wie der Sonnenuntergang über dem Meer, das ihre Insel umgab.

Ein Wachposten begrüßte die Wartungscrew der Nachtschicht mit einem Winken und wechselte einige Worte mit dem grinsenden Fahrer, bevor er die Schranke anhob und sie mit einer Handbewegung passieren ließ. Das Fahrzeug schlingerte ächzend vorwärts, die Federn spannten sich unter der Last ihrer menschlichen Ladung. Der Wachposten senkte die Schranke wieder ab, damit war seine einzige Aufgabe für die nächsten sechs Stunden erledigt.

Die eingeborenen Inselbewohner vermischten sich nicht mit den aus Indonesien eingeschifften Einwanderern und zogen es stattdessen vor, in einer der Unternehmenssiedlungen, die für die Arbeitskräfte gebaut worden waren, für sich zu bleiben. Die Inselbewohner waren verbittert darüber, dass sie von den Herrschern über ihr Land zu einer Minderheit geworden waren. Der Zustrom von Immigranten hatte, bestärkt von der indonesischen Regierung, die unbedingt den Einfluss der Eingeborenen eingrenzen wollte, den Anteil der nicht-indigenen Bevölkerung auf über fünfzig Prozent anwachsen lassen.

Versuche, eine unabhängige Nation zu etablieren, wurden im Keim erstickt, nachdem Indonesien faktisch die Westseite Neuguineas annektiert und eine eigene Regierung eingesetzt hatte. Ratifiziert wurde dieser Schachzug 1969 in einer Scheinwahl, an der die Bevölkerung nicht teilnehmen durfte – mit Ausnahme von eintausendfünfundzwanzig *Repräsentanten* der Einwohner Neuguineas, die von ihren Gouverneuren angewiesen worden waren, für die Regierung zu stimmen oder abgeschlachtet zu werden. Wenig überraschend war die Wahl einstimmig gewesen – und von den Vereinten Nationen anerkannt. Eine beschämende Annahme dieser Hochzeit mit vorgehaltener Waffe.

Als Folge lebten mehr als ein Drittel der Einheimischen von weniger als zehn Dollar pro Woche und fristeten ihr Dasein mit primitiver Landwirtschaft unter unwürdigen Bedingungen. Ein großer Teil der Inselbewohner wurde jedes Jahr von der Malaria dahingerafft, größtenteils aufgrund unzureichender Gesundheitsversorgung und Infrastruktur.

Auf über viertausend Metern war die Nachtluft dünn und die Söldner waren nach dem langen Marsch vom Basiscamp außer Atem. Grelle Scheinwerfer erhellten das kahle Produktionsgelände der Mine. Die Arbeiten waren vor Stunden beendet worden, und nur ein Trupp Sicherheitsleute verblieb, um das Areal vor Vandalismus oder Diebstahl zu schützen. Der Umriss der massiven Grube, die in das Herz des Berges geschnitten wurde, war in dem Zwielicht gerade noch erkennbar, der gähnende Schlund erstreckte sich über mehr als zwei Meilen.

Der Anführer der sechs Mann starken Gruppe deutete nach rechts zu der Seilbahn, die sich den Abhang des Berges entlangzog. Ein kurzer, muskulöser Mann mit einem großen, fest verschnürten Rucksack nickte, trennte sich dann von seinen Kameraden und machte sich auf den Weg zum Steuerungsbereich. Die anderen sahen ihm nach, wie er in der Dunkelheit verschwand, bevor sie ihre Blicke wieder auf den Anführer richteten, der auf die Gebäude unter ihnen deutete.

»Ihr kennt den Drill. Bringen wir es hinter uns. Ich möchte in spätestens einer halben Stunde verschwunden sein«, sagte er und gestikulierte in Richtung der Gebäude – eines Krankenhauses, einer Schule und den Produktionshallen.

Die Männer hatten im Voraus den effizientesten Weg simuliert, ihr Ziel zu erreichen, und waren auf alles vorbereitet. Jeder einzelne von ihnen war mit einem modifizierten M4-Sturmgewehr mit Schalldämpfer, Laserpointer, Infrarotstrahler und PVS-17A Miniatur-Nachtsichtzielfernrohr ausgestattet. Doch trotz der Feuerkraft lautete ihre Mission lediglich, den Zielort zu erreichen, Sprengladungen in dem Gebäudekomplex zu platzieren, dazu zählten die Pipelines und sämtliche Kommunikationswege, und dann zu verschwinden – ohne in ein ausgedehntes Feuergefecht verwickelt zu werden, sofern sie es vermeiden konnten. Sollten sie jedoch ihren Fluchtweg freikämpfen müssen, so waren sie vorbereitet. Letztendlich war es denn Männern egal – sie alle hatten mehr als genug Kampfeinsätze hinter sich und waren daran gewöhnt; soweit man das als Mensch sein konnte.

Der Anführer bedeutete den Männern, sich aufzuteilen, und sie machten sich auf den Weg zu den ihnen zugewiesenen Zielen. Wie Geister verschmolzen sie mit der Nacht.

Ein Truck mit zwei Sicherheitsmännern kroch mit knatterndem Motor die Perimeterstraße entlang. Die Streifenfahrten waren verpflichtend. Alles schien in Ordnung. Wie jede Nacht, soweit sie beide zurückdenken konnten.

»Sag mal, hast du darüber nachgedacht, was du tun wirst, wenn wir endlich ein paar Tage freibekommen?«, fragte der Fahrer und versuchte ein Gespräch in Gang zu bringen, um die Langeweile zu bekämpfen, die in ihrem Job ein ständiger Begleiter war.

»Nein, nicht wirklich«, sagte sein Partner. »Ich meine, ich muss mich um die Kinder kümmern und meine … Moment. Hast du das gesehen? Da drüben, bei der Pipeline?« Er deutete mit einem zitternden Finger auf die gewaltigen Rohrleitungen.

»Was gesehen? Hast du heute schon früher mit dem Trinken angefangen?«

»Ich habe etwas gesehen.«

»*Etwas.* Was war es?«, fragte der Fahrer, verringerte das Tempo weiter und drehte das Lenkrad nach rechts, um näher an die riesigen Pipelines heranzukommen, die den Schlamm – ein Gemisch aus Gold, Silber und Kupferkonzentrat – zum siebzig Meilen entfernten Hafen von Amamapare transportierten, wo er gefiltert und getrocknet und dann in die ganze Welt verschifft wurde.

»Ich weiß nicht. Ich dachte, ich hätte etwas gesehen.«

»Bei den Rohren? Was sollte jemand da wollen?«, fragte der Fahrer bissig. »Da gibt es nichts zu holen.«

»Kann nicht schaden, nachzusehen.«

Der Truck kroch in Richtung der Pipelines.

»Ich sehe nichts. Du?«, fragte der Fahrer erneut. Sein Partner schüttelte den Kopf.

»Nein. Eine Sekunde. Was ist das, bei der Nahtstelle? Kannst du etwas erkennen?« Der Wächter deutete mit seiner LED-Taschenlampe auf die Rohre.

»Was meinst du?«

»Da drüben. Ich kann etwas sehen.«

»Ich nicht. Das ist Zeitverschwendung.«

»Du hast wahrscheinlich recht, aber lass uns trotzdem hingehen. Man kann nie wissen.«

Der Fahrer hielt an und beide Wachmänner stiegen aus. Der Beifahrer trug zusätzlich zu seinem Revolver eine Kaliber-Zwölf-Schrotflinte.

Sie umrundeten die Betonmauer, welche die Pipeline von der Zugangsstraße trennte. Die Strahlen ihrer Lampen spiegelten sich auf der Metalloberfläche der drei Rohre. Die Männer blieben zwanzig Meter davor stehen. In der Nähe einer Schnittstelle, wo die Abschnitte zusammengefügt waren, standen zwei Kästen von der Oberfläche ab.

»Was zur Hölle ist …?«

Die Brust des Fahrers wurde in einer blutigen Explosion zerrissen, als sie von drei schallgedämpften Kugeln durchbohrt wurde. Sein Ausruf von einem Gurgeln unterbrochen, stürzte er und landete mit dem Gesicht voran im nassen Dreck. Sein Partner schwenkte die Schrotflinte zurück zu der Straße, wo der Truck im Leerlauf stand. Er war nicht schnell genug. Mit einem feuchten Einschlag rissen zwei Kugeln Stücke aus seinem Gesicht und seinem Schädelknochen, bevor er überhaupt ein Ziel finden, geschweige denn abdrücken konnte.

Die schwarz gekleidete Gestalt eines Mannes trat aus den Schatten neben dem nahen Wartungsschuppen, den schallgedämpften Lauf einer M4 vor sich ausgestreckt, und rannte lautlos zu den beiden Leichen, um das Funkgerät vom Gürtel des Fahrers zu nehmen, bevor er einen Blick auf die Kästen über sich warf. Eine kleine rote LED blinkte dort. Er überprüfte noch einmal seine Armbanduhr, bevor er das Funkgerät in seinem Ohr antippte und murmelte.

»Jupiter hier. Ich habe zwei Wachen ausgeschaltet. Habe ihr Funkgerät, aber wir müssen davon ausgehen, dass ihr Fehlen bemerkt wird. Wie weit sind wir? Bitte um Rückmeldung. Over.«

Sekunden später antwortete eine flüsternde Stimme: »Seilbahn verkabelt. Werde in fünf Minuten mein nächstes Ziel erledigt haben. Bisher keine Unterbrechungen. Saturn, Over.«

»Mars hier. Werde in zehn Minuten mein Ziel erledigt haben. Bin einer Streife begegnet, aber aus dem Weg gegangen.«

Die anderen meldeten sich. Sie wären in zwanzig Minuten bereit zum Abhauen. Spätestens.

»Pluto hier. Ich bin auf dem Weg zum Kommunikationszentrum. Sehe euch in zwanzig am Treffpunkt. Findet heraus, ob es noch mehr Tote gibt. Keine Überlebenden.«

Der Gruppenführer dachte missbilligend über das zuletzt Gesagte nach und schüttelte stumm den Kopf, dann richtete er das Zielfernrohr wieder auf den Wachposten, der unter dem Überhang des im Dunkeln liegenden Gebäudes stand, in dem Verbindungskabel und das Kommunikationsequipment lagen, mit denen die Mine mit der Außenwelt verbunden war. Sie hatten immer gewusst, dass es Kollateralschäden geben würde, aber je mehr von dem Sicherheitspersonal draufging, desto größer war die Chance, dass sie die Mission abbrechen mussten, bevor alle Sprengladungen platziert waren.

Intuitiv traf er eine Entscheidung und drückte den Abzug. Die Waffe spuckte eine Ladung Tod in die Nacht und der nichtsahnende Wachtposten brach zu einer blutigen Masse zusammen. Es führte kein Weg daran vorbei. Er hatte den Mann fünf Minuten lang beobachtet, doch der Nieselregen hatte den Wächter an das Gebäude gefesselt und ihnen lief die Zeit davon.

Er konnte sich weder Fehler noch eine unvollständige Erfüllung ihrer Mission erlauben. Die Befehle waren eindeutig: Die Mine so lahmzulegen, dass sie monatelang betriebsunfähig sein würde. Man hatte ihnen klargemacht, dass die Bezahlung vom Erfolg ihrer Arbeit abhängig war und dass es keine Beschwerden über eventuelle Opfer geben würde. Das Ergebnis war entscheidend, und jeder, der sich ihnen in den Weg stellte, war entbehrlich.

Er lief zu dem Gebäude und trat, ohne den toten Wachposten zu beachten, an die geschlossene Tür heran, wo er eine kleine Sprengladung an dem Riegel befestigte. Zehn Sekunden später drückte er den Knopf, der kleine Detonator gab einen dumpfen Knall von sich und die Tür flog auf, das Geräusch übertönt von einem beginnenden Wolkenbruch. Er blickte zurück, um zu überprüfen, dass er immer noch allein war, dann rückte er in das Zwielicht des Gebäudeinneren vor.

Vier Minuten später trat der Anführer wieder aus dem Gebäude und scannte die Umgebung, dann sprintete er zu dem Truck des Toten und startete den Motor. Er hielt nur inne, um dem Rest seiner Gruppe einen Lagebericht zu erteilen, während er auf das Haupttor zufuhr. Die Wachen dort mussten auch aus dem Weg geräumt werden, aber das hatte er sowieso geplant, sobald die Sprengladungen platziert waren. Als letzten Punkt auf der Tagesordnung.

Sein Headset klickte und eine weitere Meldung kam herein – vier seiner Männer waren fertig und bereit abzuhauen. Der fünfte Mann murmelte ein knappes Update – er wäre bald fertig.

Die Lichter des Trucks schwangen in Richtung des Tores, das die Hauptzufahrtsstraße der Mine verschloss, und als der Anführer näherkam, hallte der charakteristische Knall einer Schrotflinte aus einem der Gebäude in der Nähe. Er versteifte sich, als das Funkgerät des toten Wachpostens rauschend zum Leben erwachte.

»Mindestens ein Eindringling in Sektor C. Ich stehe unter Beschuss. David hat einen Schuss abgefeuert, aber er wurde getroffen. Ich glaube nicht, dass er es schaffen wird.« Die Stimme klang panisch. Zwei Schüsse kleineren Kalibers hallten aus der gleichen Gegend, dann drei weitere. Pistolen, dem Klang nach zu urteilen.

Einer der Wachposten am Haupttor blickte mit zusammengekniffenen Augen auf den näherkommenden Truck und richtete seine Schrotflinte darauf, während sein Partner ins Innere des Gebäudes hechtete. Die Finte, die den Anführer nahe genug an die beiden heranbringen sollte, um sie auszuschalten, hatte sich gerade in Luft aufgelöst. Er trat hart aufs Gas und riss das Lenkrad nach links, während er die Bremse durchdrückte. Der Truck schlitterte kontrolliert auf das Tor zu. Der Bariton der Schrotflinte erklang von der Wachhütte, dann explodierten die Windschutzscheibe und das Passagierfenster und Glas regnete auf ihn herab. Der Truck wurde langsamer und blieb stehen. Er sprang heraus, rollte sich auf dem Boden ab und versuchte die schützenden Räder zwischen sich und den Wachposten zu bringen.

Ein weiterer tiefer Knall. Schrot grub sich in den Kies neben ihm und beide Hinterreifen platzten. Der Anführer atmete tief ein, wich zur Seite des Rads aus und schnitt den ersten Wachposten mit zwei abgehackten Salven aus seinem Gewehr auseinander; dann pausierte er, wartete auf weitere Schüsse. Er wurde mit einer weiteren Explosion belohnt. Er rollte von dem Truck weg und feuerte gleichzeitig seine Waffe ab. Der zweite Wachposten flog nach hinten und knallte gegen die Wand. Seine Waffe rutschte ihm aus der Hand. Der Anführer ließ, nur um sicherzugehen, eine weitere Salve folgen und zerfetzte den Kopf des Mannes. Er hörte weitere Schüsse hinter sich – die Pistole – dann legte sich Stille über die Mine, im selben Moment, in dem sein Headset zum Leben erwachte.

»Hier ist Neptun. Ich wurde getroffen, aber die Ladung ist platziert.«

Der Anführer tippte gegen das Headset. »Wie schlimm?«

»Schulter. Nicht tödlich. Ich schaffe es trotzdem zum Treffpunkt. Habe zwei Wachen ausgeschaltet.«

Neptuns Stimme war angestrengt, aber ruhig.

»Sonst jemand in deiner Nähe?«

»Negativ, aber ich sehe Lichter näherkommen, wir können uns also auf eine Verfolgungsjagd gefasst machen.«

»Wir können nicht auf dich warten, wenn du aufgehalten wirst.« Die Stimme des Anführers war flach und emotionslos.

»Verstanden. Ich werde dort sein.«

Ein weiterer Blick auf seine Uhr sagte ihm, dass sie drei Minuten bis zum Treffpunkt hatten. Er griff in seinen Rucksack, zog eine rote Sprühdose hervor und trat an die gefallenen Wachposten heran. Seine Augen scannten die Umgebung und er hielt sein M4 bereit. An der Hütte zog er ein Paar Latexhandschuhe über, drückte den Deckel von der Sprühdose, warf ihn achtlos beiseite und sprühte dann sorgfältig die Nachricht, die man auf den Hüttenwänden finden würde. Als er fertig war, nahm er ein Handtuch aus der Tasche, wischte die Dose ab und warf sie achtlos in den Kies neben dem Körper des Sicherheitsmannes, den er zuerst abgeschlachtet hatte. Er trat einen Schritt zurück, um seine Arbeit zu begutachten, nickte, dann nahm er ein Handy aus der Tasche und machte einige Bilder.

Sollten die Regierung oder der Konzern versuchen, den Angriff auf die Mine zu vertuschen, würden die Bilder innerhalb von vierundzwanzig Stunden im Internet auftauchen und ihnen keine Wahl lassen, als zuzugeben, dass die Unruhen in der Gegend so außer Kontrolle geraten waren, dass es unsicher war, ob die Operation überhaupt noch tragbar war. Seine Männer hatten zwei ähnliche gesprühte Nachrichten an strategischen Stellen hinterlassen, damit es keine Zweifel an den offensichtlichen Motiven der Angreifer geben konnte. Das Geräusch durchdrehender Motoren von dem Gelände kündigte die Ankunft der Nachtschicht an und er erkannte zwei Fahrzeuge, die sich näherten. Er rechnete die Distanz im Kopf aus. Er hatte nicht mehr als dreißig Sekunden. Er joggte zum Tor und zog drei Granaten aus der Tasche, dann wartete er darauf, dass die Trucks in Reichweite kamen. Als das Licht der Scheinwerfer über die Ladefläche des von ihm zurückgelassenen Trucks wanderte, zog er den Stift aus der ersten Granate und warf sie, so weit er konnte. Zufrieden beobachtete er, wie sie über den Truck segelte und auf der Straße landete.

Die erste Explosion bremste die ankommenden Wächter aus und nach der zweiten und dritten Granate waren sie stehen geblieben, jedes Verlangen nach Konfrontation von den Sprengladungen ausgelöscht. Er wartete nicht darauf, das Resultat der nächsten Detonation zu sehen, sondern rannte zu der dunklen Böschung, die den Berg hinunterführte und verschwand im Laufschritt in der Dunkelheit. Hinter ihm wurde der Mineneingang kleiner. Sein Funkgerät erwachte wieder zum Leben – sein Stellvertreter informierte ihn ruhig, dass alle Männer am Treffpunkt angekommen waren. Er bestätigte, dann drehte er sich um und zog einen Fernzünder aus der Tasche. Er blickte auf den

Eingang. In einer blitzschnellen Bewegung hob er den Zünder über den Kopf, klappte gleichzeitig mit dem Daumen den Plastikschutz zur Seite und drückte den Knopf.

Ein markerschütternder Knall durchbrach die Nacht, als die Explosionen gleichzeitig an den verschiedenen Stellen im Komplex ausgelöst wurden. Feuer stieg von den acht sorgfältig gewählten Zielen in die Luft auf und verwandelte den Himmel in ein Inferno. Die Pipeline, die das wertvolle Erz transportierte, war an zwei Stellen unterbrochen, die Kommunikationsanlage zerstört, und, was am schlimmsten für die Operation war, die Brechanlagen waren von strategisch platzierten Sprengladungen hoffnungslos demoliert worden. Weitere Explosionen von Treibstofftanks und Fässern voll brennbarer Flüssigkeit erklangen von unterhalb des Gebirgskamms, aber er hatte sich bereits umgedreht und rennend auf den Weg gemacht.

Sie mussten von der Mine weg. Der schwerste Teil war geschafft. In einigen Minuten würden drei weitere seiner Männer die ihnen zugewiesenen Ziele in neun Meilen Entfernung in die Luft jagen und die Pipeline endgültig lahmlegen. Für den Moment machte er sich keine Sorgen, von den übrigen Minenwachen verfolgt zu werden – er hatte Leute aus seinem Team beauftragt, scharfe Reifenkiller auf der Straße auszulegen, um jegliche Verfolger auszuschalten. Als er zwei Minuten später den Treffpunkt erreichte, waren seine Männer bereits anwesend, Neptun mit einer Feldbandage an der Schulter, und die Motoren zweier dunkler Transporter schnurrten leise in der Höhenluft. Alle Augen folgten ihm, als er zur Fahrertür des ersten Transporters ging und gleichgültig seinen Rucksack abschüttelte, um ihn zusammen mit seinem Gewehr in den Ladebereich zu werfen. Er setzte sich hinter das Steuer und gestikulierte zu seinen Männern.

»Lasst uns verdammt nochmal von hier verschwinden.«

Zwei weitere Explosionen hallten von weiter unten über den Berg. Die Pipeline war zerstört, genau im richtigen Moment. Die Söldner brauchten keine weitere Aufforderung und stiegen in die Fahrzeuge. Sekunden später rollten sie die Straße entlang. Ohne Lichter. Stattdessen benutzten sie die Nachtsichtgeräte, um sich in dem Nieselregen zurechtzufinden, bis sie einige Meilen weiter waren, in der Nähe der nächsten Konzernstadt. Sobald sie in Tembagapura waren, würden sie die Transporter stehenlassen und auf Motorräder umsteigen, dann verschwinden. Ihr Job auf der Insel war erledigt.

Mit knirschendem Kies unter den Reifen entfernten sie sich von dem Chaos, das sie verursacht hatten, die Lichter Tembagapuras lockten durch den sanften Regenschleier. Drei weitere Attacken auf Außenposten des indonesischen Militärs hatten zeitgleich mit ihrem Angriff auf die Mine stattgefunden und damit Verwirrung und Chaos gestiftet, um ihre Flucht zu verschleiern. Bis man das volle Ausmaß des Schadens verstanden hatte, wären sie an Bord der Helikopter, die sie auf einem abgeschiedenen Feld erwarteten, und auf dem Weg zum Flughafen von Mopah, wo sie von zwei Propellerflugzeugen auf die neuguineische Seite der Insel und von dort aus weiter nach Australien gebracht würden, wo sie in Sydney untertauchen und weitere Befehle erwarten sollten – fünf Millionen Dollar reicher, für eine einzige Nacht blutiger Arbeit.

KAPITEL 1

Alan blickte von seinem Fenstersitz aus dem Jumbojet, der sich gerade schwerfällig durch die turbulenten Bedingungen beim Endanflug auf den Internationalen Flughafen von Buenos Aires kämpfte. Er kratzte sich seinen Zweitagebart und streckte die Arme, ein Versuch, seine Muskeln nach zehn Stunden, eingeklemmt in einem Economyclass-Sitz im Nachtflug von Mexiko City, zu lockern. Schlaf war unmöglich gewesen und er hatte sich mit einem weiteren langen Reisetag abgefunden; während der Verspätung in Mexiko hatte er für diesen Nachmittag eine Überfahrt auf der Fähre von Buenos Aires nach Montevideo, Uruguay, gebucht.

Unter ihm wurden die Landefeuer sichtbar und die Räder dampften auf dem Asphalt, als das riesige Flugzeug die Piste entlangrollte und bremste. Die Landschaft schoss an ihm vorbei. Eine Flugbegleiterin meldete sich über die Lautsprecheranlage, hieß sie am Internationalen Flughafen Ministro Pistarini willkommen und bat die Passagiere, sitzen zu bleiben. Alan blickte auf seine Armbanduhr und stellte sie auf Ortszeit um, während er durchrechnete, wie lange es dauern würde, vom Flughafen in den Außenbereichen der weitläufigen Stadt zum Fährhafen in der Nähe des Inlandsflughafens an der Küste zu kommen. Wenn der Zoll nicht zu viele Probleme machte, sollte er es schaffen. Gerade so.

Aufgrund einer technischen Schwierigkeit vor dem Abflug hatte der Flug dreieinhalb Stunden Verspätung und das Flugzeug voller verunsicherter Fluggäste war gezwungen gewesen, zum Gate zurückzukehren, während eine Wartungscrew hektisch einen fehlerhaften Warnsensor reparieren musste. Niemand durfte das Flugzeug verlassen und der Pilot hatte ihnen halbstündlich über Lautsprecher versichert, dass es nicht mehr lange dauern würde – eine offensichtliche Lüge, die mit jeder vergangenen Stunde den allgemeinen Unmut noch verstärkt hatte. Als das Flugzeug endlich abhob, war die Luft verbraucht und die Passagiere ruhelos, nachdem ihr bereits langer Flug durch eine fehlerhafte Verkabelung zum Marathon geworden war.

Das Flugzeug rollte zum Gate und alles beschleunigte sich, auch wenn Alan am Ende der Kabine saß und so zu den letzten gehörte, die aussteigen durften. Da er zum Glück nur sein Handgepäck hatte und die argentinische Einreisebehörde effizient arbeitete, dauerte es nur eine halbe Stunde, bis er einen Taxifahrer anwies, ihn so schnell wie möglich zur Fähre zu bringen.

Ein Slum in der Nähe des Stadtrands, gebaut aus Teerpappe und alten Paletten, verunstaltete die Landschaft. Eine Wolke aus Abgasen und Rauch lag über der Gegend wie giftiger Nebel. Das Taxi raste auf dem modernen Highway daran vorbei und kurze Zeit später waren sie in Buenos Aires, wo eine scheinbar endlose Reihe von schäbigen Wohnblocks, planlos gebaut, um in einer der bevölkerungsreichsten Städte der Welt bezahlbaren Wohnraum zur Verfügung zu stellen, die Skyline verschandelten.

Alan kramte nach seinem Handy, schaltete es an. Nachdem es Netz gefunden hatte, sah er, dass er sieben verpasste Anrufe hatte. Er hörte seinen Anrufbeantworter ab. Er hatte zwei Nachrichten von Jet; knapp, wie von ihr gewohnt, die zweite mit einer Spur von Sorge darüber, dass er nicht geantwortet hatte. Er überprüfte die Uhrzeit – der letzte Versuch war vor fünfundzwanzig Minuten gewesen, doch als er die Wahlwiederholung betätigte, kam nur ein leises Rauschen aus der Leitung, kein Klingeln. Er wusste aus Erfahrung, dass es etwas dauern würde, bevor sein Handy zu Ferngesprächen fähig war, und er nahm sich vor, noch einmal zu versuchen, Jet zu erreichen, bevor er an Bord der Fähre ging – ihr Flug sollte gerade abheben, aber falls er verspätet war, bestand die Möglichkeit, dass sie ihr Handy noch eingeschaltet hatte und er könnte sich bei ihr melden und sicherstellen, dass alles in Ordnung war.

Es dauerte schließlich über eine Stunde bis zum Fährterminal. In der Zwischenzeit hatte Alans Magen angefangen zu knurren – das Essen im Flugzeug war bestenfalls dürftig gewesen und er hatte sich zwingen müssen, es hinunterzuwürgen. Er blickte wieder auf seine Uhr und hoffte genug Zeit für ein Mittagessen zu haben. Selbst das schlechteste argentinische Diner wäre Lichtjahre besser als die Flugzeugverpflegung. Er übergab dem Fahrer ein Bündel Ortswährung, ging mit schnellen Schritten zum Ticketschalter und sicherte sich seinen Platz auf dem Schiff mit einem weiteren Haufen Scheine. Der Verkäufer wies ihn darauf hin, dass die Fähre bereits beladen wurde – er solle sich beeilen. Sie würden in zwanzig Minuten ablegen und dieser späte Nachmittag war besonders geschäftig, obwohl die Rederei ein viel größeres Schiff als sonst benutzte, während der Katamaran, der sonst für die Überfahrt zuständig war, gewartet wurde. Alan bewegte sich zur Schlange und reihte sich geduldig in die Menschenmenge, die darauf wartete, durch die Sicherheitskontrolle gelassen zu werden und an Bord des riesigen Schiffs zu gehen. Er trat von einem Fuß auf den anderen. Ein ungutes Gefühl breitete sich in ihm aus und er drehte sich, um den Einstiegsbereich zu überblicken. Auf der anderen Seite der langen Haupthalle drehten sich zwei Männer weg, um das Schiff anzusehen, aber nicht, bevor Alan einen dabei erwischte, wie er ihn anstarrte.

Der Kleinere der beiden sagte etwas zu seinem Partner, der lachte und deutete dann auf das Schiff. Alans Augen suchten weiter die Menge ab, er war sich bewusst, dass seine Sinne nach der Zeit im Flugzeug und unter Schlafentzug, Fehlalarm schlagen konnten. Eine Frau in der Nähe des Zeitungsstands sah ihn an und senkte die Augen, als er ihren Blick erwiderte. Sie nahm sich wieder die Ausgabe der *Vogue* vor, die sie durchgeblättert hatte, bevor sie eine andere Zeitschrift aussuchte und zur Kasse ging.

»Hey, Kumpel, kannst du vielleicht weitergehen?«

Der Mann hinter ihm, untersetzt, in einen billigen Anzug gekleidet, deutete mit einem Kopfnicken auf Alan, der bereits einige Meter hinter der nächsten Person in der Schlange stand. Alan erwiderte seinen Blick mit blutunterlaufenen Augen und murmelte eine Entschuldigung, bevor er weiterschlurfte. Als er das nächste Mal den Salon absuchte, war die Frau verschwunden, genau wie die beiden Männer am Fenster.

Alan seufzte und kratzte sich am Bart. Sein Gehirn spielte ihm Streiche. Niemand wusste, dass er in Buenos Aires war, geschweige denn, dass er mit der Fähre nach Uruguay reiste. Der Stress der letzten achtundvierzig Stunden hatte ihn paranoid gemacht – und der Schlag gegen den Kopf machte es nicht besser. Er schmerzte immer noch und als er ihn reflexartig berührte, zuckte er zusammen. Der mysteriöse Russe hatte ihm den Lauf seiner Pistole übergezogen und als er zu Boden gefallen war, hatte er seinen Kopf ein weiteres Mal angeschlagen. Der zuständige Arzt hatte Alan geraten, eine Woche lang im Bett zu bleiben – ein Rat, den er selbstverständlich ignoriert hatte. Stattdessen hatte er es vorgezogen, Los Angeles so weit wie möglich hinter sich zu lassen.

Die Schlange bewegte sich vorwärts und er platzierte sein Handgepäck und das Handy auf dem Laufband, damit die Security sicherstellen konnte, dass er weder Waffen noch Heroin nach Montevideo schmuggelte. Der Prozess war knapp und oberflächlich, mehr Show als sonst irgendetwas. Aus Erfahrung wusste er, dass er ein Karbonfasermesser hätte tragen können, das niemand entdeckt hätte, wenn er das wollte. Was er damit auf der Fähre angefangen hätte, wäre die andere Frage – sie war nicht wie ein Flugzeug, das als fliegende Waffe benutzt werden konnte.

An Bord suchte er sich einen Platz am Fenster und blickte auf das Terminal zurück. Die beiden Männer waren zurückgekehrt und sahen das Schiff an. Ein beklommenes Kribbeln machte sich in seinem Magen breit und er kämpfte gegen die Nervosität an. Er brauchte Schlaf, keine Paranoia. Selbst, wenn dort zwei Männer die Fähre beobachteten. Davon gab es wahrscheinlich hunderte im Laufe des Tages, die auf von Bord gehende Passagiere warteten oder ihren abreisenden Liebsten zuwinkten.

Als ob sie seine Gedanken erahnt hätten, drehten sich beide Männer um und entfernten sich von den übergroßen Glasfenstern. Der Schiffsmotor wurde lauter, die Leinen waren gelöst und an Deck befestigt.

Dann waren sie unterwegs, das gleichmäßige Wummern der Motoren verwandelte sich in ein dumpfes Dröhnen, als sich die Drehzahl erhöhte und sie Kurs auf etwas nahmen, das wie das offene Meer wirkte, in Wirklichkeit aber eine riesige Bucht war, wo der Rio de Plata in den Atlantik mündete. Einhundertzwanzig Meilen nördlich erwartete Montevideo seine Ankunft.

Er zog sein Handy aus der Tasche und wählte erneut. Dieses Mal klingelte es, bevor eine Nachricht verkündete, dass der Empfänger nicht erreichbar war – Jet war also jetzt in der Luft, unterwegs nach Buenos Aires. Er schickte ihr eine SMS, dass er auf dem Weg nach Uruguay war, und schickte dann eine Nachricht mit gleichem Inhalt an ihre blinde E-Mail-Adresse, in der er sie bat, ihn anzurufen, sobald sie in Argentinien angekommen war, und erklärte, dass er sie in Montevideo treffen würde.

Das Schiff nahm Fahrt auf und flog bald mit dreißig Knoten über die Bucht. Alan sah Buenos Aires dabei zu, wie es in der

Ferne verschwand, während sie auf dem Weg nach Nordosten waren, parallel zur Küste, mit der Strömung in dieser Richtung auf ihrer Seite, wo sich das Flusswasser ins Meer ergoss.

Die Fahrt war ruhig, und als die Snackbar öffnete, kaufte er sich ein Sandwich und ein Soda, dann setzte sich auf einen Platz an einem Fenster.

Sein Plan war es, ein Hotel in Montevideo zu finden und dort die Nacht zu verbringen und am nächsten Tag Jet zu treffen, sobald sie angekommen war … *und was dann?* In Wahrheit hatte er darüber hinaus keinen Plan. Er hatte nach dem Terroranschlag spontan beschlossen, Los Angeles zu verlassen und seine Rücktrittserklärung beim Mossad einzureichen, als er verstanden hatte, was die Zukunft für ihn bereithielt. Weiter, als nach Südamerika zu reisen und auf Jet zu warten, hatte er noch nicht gedacht. Viel hing von Jet ab, und davon, was sie wollte. Sie mussten untertauchen und mit Hannah von vorn anfangen, nachdem sie von der Bildfläche verschwunden waren … aber abgesehen davon war die Zukunft unklar.

Seine Gedanken wanderten zu Jet. Die Exfreundin seines Bruders, die Mutter des Kindes seines Bruders, die schönste Frau, der er je begegnet war und so tödlich wie Belladonna. Diese Eigenschaft teilte Alan mit ihr; er war nur in wenigen Dingen Experte – dem Suchen und Ausschalten von Zielen in Undercover-Missionen, wo er in ständiger Gefahr schwebte. Was würde er tun, jetzt, wo er beim Mossad gekündigt hatte? Einen Eckladen eröffnen? In einer Fabrik arbeiten? Als Versicherungsvertreter?

Alan machte sich keine zu großen Sorgen um seine direkte finanzielle Zukunft; er hatte es geschafft, eine größere Menge Geld auf seinen operativen Konten zurückzulegen, als er im Jemen gewesen war, und hatte nie sein Gehalt verprasst. Er hatte also genug für einige Jahre. Und natürlich war Jet jetzt stinkreich – aber es war nicht sein Geld, und er war unsicher, was er davon halten sollte, von ihr abhängig zu sein. So oder so musste er eine Möglichkeit finden, seinen Lebensunterhalt zu verdienen. Aber das würde sich schon ergeben, nahm er an. Zuerst musste er sich entscheiden, wo er in einer Woche sein wollte, dann konnte er sich darum kümmern, wie es langfristig weitergehen sollte.

Die Chemie zwischen ihnen stimmte auf jeden Fall. Sie war eine berauschende Ansammlung von Widersprüchen und nach Jahren der Einsamkeit fühlte er ihren unwiderstehlichen Sog. Die Anziehung schien beidseitig zu sein, aber er wollte nichts erzwingen. Was auch immer geschehen sollte – falls etwas geschehen sollte – würde von allein kommen.

Nachdem er aufgegessen hatte, kehrte er zu seinem Platz zurück und döste ein. Das sanfte Schaukeln des Schiffs brachte die Erschöpfung der langen Reise zurück. Er hatte gerade begonnen, von fesselnden smaragdgrünen Augen zu träumen, als ihn eine Hand an der Schulter wachrüttelte. Er schreckte auf und griff instinktiv nach dem Handgelenk und bereitete sich darauf vor, zuzuschlagen, bevor er sich entspannte, als er sah, dass es nur ein Crewmitglied war.

Alan löste seinen Griff und zwang sich zu voller Aufmerksamkeit.

»Was ist?«, fragte er benommen.

»Entschuldigen Sie, Sir … wir suchen nach einem Angel Perozzi«, sagte der Mann.

»Und?«

»Sind Sie Señor Perozzi?«

»Nein. Warum suchen Sie ihn?«

Das Besatzungsmitglied blickte unsicher und zuckte dann mit den Schultern. »Wir ordnen die Reisenden den Fahrzeugen zu und er ist der Einzige, der noch fehlt – sein LKW ist an Bord, aber er hat seine Papiere nicht abgegeben. Es ist kein Problem. Danke für Ihre Zeit«, sagte er und wandte sich der nächsten Sitzreihe zu.

»Oh, okay. Was für ein Fahrzeug?«

Der Mann überprüfte sein Klemmbrett. »Hier steht nur LKW.«

»Passiert so etwas öfter?«, fragte Alan und das beklemmende Kribbeln kehrte zurück.

»Das ist das erste Mal. Aber ich arbeite erst seit sechs Monaten hier.«

»Na ja, viel Glück. Wo sind die Autos überhaupt geparkt?«

»Auf dem untersten Deck, aber der Bereich ist abgesperrt, bis wir kurz vor dem Hafen sind, damit niemand nach unten gehen kann. Unternehmensvorschrift.«

»Ah. Er wird wohl kaum schwimmen gegangen sein, Sie werden ihn schon finden. Warum machen Sie nicht einfach eine Durchsage über die Sprechanlage?«

»Sie ist kaputt. Nun gut, schlafen Sie ruhig weiter, Sir. Es tut mir leid, Sie gestört zu haben.«

»Kein Problem«, sagte Alan und schloss die Augen wieder, doch sein Verstand kam nicht zur Ruhe.

Es war wahrscheinlich gar nichts. Der Fahrer war auf der Toilette oder irgendwo auf der riesigen Fähre eingeschlafen. Trotzdem spürte er ein nervöses Flattern im Magen. Im Einsatztraining hatte er gelernt, niemals auch nur die kleinsten Unstimmigkeiten zu ignorieren. Sie konnten den Unterschied zwischen Leben und Tod ausmachen.

Aber du bist nicht mehr auf einer Mission. Du bist fertig, hast das hinter dir gelassen. Das ist nur der Rest von der Anspannung nach einem knapp überlebten Terroranschlag oder eine Nebenwirkung von dem Schlag gegen den Kopf.

Er versuchte wieder einzuschlafen, aber sein Verstand erlaubte es ihm nicht. Er rutschte auf dem Sitz hin und her, um eine komfortablere Position zu finden, aber seine Gedanken drehten sich im Kreis, spielten Szenarios durch. Was hatte das zu bedeuten? Bestand doch Gefahr? Wenn ja, von wem und warum?

Nachdem er zehn Minuten lang ergebnislos versucht hatte einzuschlafen, ergab er sich dieser matten Rastlosigkeit, die mittlerweile seine Realität bestimmte, und öffnete ein Auge einen Spalt weit. Der Steward kam zurück, nachdem er das andere Deck abgesucht hatte. Alan fing seinen Blick ein und der Mann schüttelte mit einem weiteren Schulterzucken den Kopf, bevor er auf die Treppen zum nächsten Deck zuging und sie hinaufstieg.

Das Alarmgefühl war nun stärker geworden. Vielleicht war alles in Ordnung. Oder vielleicht war etwas ganz falsch.

Er stöhnte hörbar und traf dann eine Entscheidung.

Irgendwie musste er auf das Unterdeck kommen und den Truck finden, der dem verschwundenen Fahrer gehörte. Nur, um sich zu beruhigen. Das war alles. Es war wahrscheinlich gar nichts und er übertrieb einfach und suchte nach einem Notfall, nach einer Bedrohung, wo keine existierte. Er wusste, dass es ein Nebeneffekt davon war, in ständiger Gefahr zu leben, undercover im Einsatz, wie er es jahrelang bei der Terrorzelle im Jemen gewesen war. Man kam nach Hause und mähte den Rasen und war auf einmal fest davon überzeugt, dass der Nachbar einen beobachtete, oder dass in jedem Auto, das die Straße entlangkam, Schützen saßen, die gekommen waren, um dich auszuschalten. Das war Teil des Jobs.

Trotzdem, es konnte nicht schaden, nachzusehen.

Alan stand auf, hängte sich seine Tasche über die Schulter und ging auf die Treppen zu, die zum Hauptdeck führten. Er blickte auf seine Uhr – sie waren seit einer guten Stunde unterwegs, hatten also noch zweieinhalb vor sich, bevor sie in Uruguay ankamen.

Ein kurzer Blick würde ganz schnell gehen.

Nur, um sicherzugehen. Sonst nichts.

Um seine Gedanken zu beruhigen.

Er musste nur herausfinden, wie er in einen verschlossenen, möglicherweise bewachten Frachtraum auf einem Schiff, das mit

Höchstgeschwindigkeit durchs Wasser schoss, kommen sollte, um dort Schatten nachzujagen.

Kinderspiel.

KAPITEL 2

Auf dem Hauptdeck wanderte Alan die Länge des Schiffs entlang und versuchte sich ein Bild von dem Fußverkehr dort zu verschaffen, und davon, wie viele Besatzungsmitglieder ihren Rundgang machten. Auf etwa halber Strecke fand er das Treppenhaus, das in den Bereich führte, in dem die Autos transportiert wurden, doch es war mit einer Kette abgesperrt. Zum Glück waren beinahe alle Passagiere auf den oberen Decks und bestaunten die Küste, die in der Ferne an ihnen vorbeiflog. Nach einigen Augenblicken, die er sich in der Nähe herumdrückte, duckte er sich unter der Kette durch und machte sich leise auf den Weg die Treppen hinunter.

Tiefer im Inneren des Schiffs war das gleichmäßige Dröhnen der Maschinen ausgeprägter. Zehn Meter weiter kennzeichnete ein Schild über einer Doppeltür den Parkbereich, und er schlich langsam und auf jedes Lebenszeichen achtend darauf zu. Soweit er wusste, war außer ihm niemand auf diesem Deck.

Die Türen waren verschlossen, aber das Schloss war ein älteres Modell, primitiv und kein großes Hindernis für ihn. Bei diesem Winkel ein Kinderspiel, den Riegel mit einer Kreditkarte zu verschieben. Er zog eine Karte aus seiner flachen Brieftasche und hatte Sekunden später die Tür geöffnet.

Das Innere des Fahrzeugraums war dunkel und Alan musste seinen Handybildschirm benutzen, um ihn zu beleuchten. Das Handy vor sich haltend suchte er nach den Trucks. Der charakteristische Geruch von Benzin und Motoröl vermischte sich mit Gummi und Abgasen zu einem drückenden Ambiente, und er war froh, wieder von hier verschwinden zu können, sobald er seinen Verstand beruhigt hatte.

In der Nähe des Hecks erkannte er die charakteristischen Silhouetten von LKW-Ladeflächen und ging zielstrebig darauf zu. Ein dunkelblauer LKW mit dem Logo eines multinationalen Anlagenbauers war ihm am nächsten, doch eine kurze Untersuchung enthüllte nichts Verdächtiges. Er hatte befürchtet, sich mit Vorhängeschlössern an den Pritschen herumschlagen zu müssen, aber es gab keine – wahrscheinlich eine Zollvorgabe.

Der nächste LKW war leer, er kehrte unbeladen aus Argentinien zurück.

Der zwölf Meter lange Container des dritten LKWs war verschlossen.

Alans Nackenhaare stellten sich auf und die leichte Nervosität in seinen Eingeweiden flammte zu echter Panik auf. Keiner der anderen LKWs war verschlossen. Diese Unstimmigkeit war ein schlechtes Zeichen.

Er untersuchte das Vorhängeschloss. Ein Industriemodell, ziemlich schwer zu knacken. Aber nicht unmöglich.

Das einzige Problem war, dass er keine Dietriche hatte.

Alan ging zu den Autos und suchte die Innenräume nach etwas ab, das hilfreich wäre. Nachdem er fünf Fahrzeuge durchwühlt hatte, begann er damit, die Kofferräume zu öffnen, in der Hoffnung auf einen Werkzeugkasten. Laut den Gesetzen der Wahrscheinlichkeitsrechnung musste zumindest eines der Fahrzeuge irgendeine Art von Werkzeug haben, das er benutzen konnte.

Bei einem älteren Ford wurden seine Mühen schließlich belohnt. Ein roter Kasten mit einem vollen Satz Werkzeuge, die aussahen, als wären sie für Rohr- und elektrische Arbeiten bestimmt, lag in dem Kofferraum. Er fand schnell ein paar, die ihm von Nutzen sein konnten, dazu noch etwas steifen Draht, und er begann sich einen Satz primitiver Dietriche zu bauen. Er bog den dicken Metalldraht mit zwei Zangen zurecht und kappte den Rest mit einem Drahtschneider, als er fertig war.

Drei Minuten später war er wieder an dem LKW, schob die kruden Werkzeuge in das Schloss und hoffte, dass die Bolzen mitspielen würden. Ein Schweißtropfen lief seine Stirn hinab und blieb an seiner Nasenspitze hängen, während er sich auf seine Aufgabe konzentrierte. Nach einigen fruchtlosen Versuchen sprang der Mechanismus mit einem Klicken auf.

Er zog den Bügel aus dem Gehäuse und legte es auf dem Stoßdämpfer zur Seite, dann hievte er die Tür auf. Das Geräusch hallte in dem geschlossenen Raum wie Kanonenfeuer von den Wänden wider. Alan zuckte zusammen, vergaß aber seine Vorsicht, als ihn ein überwältigender Gestank überrollte. Das Unbehagen in ihm explodierte wie eine Supernova, als er mit dem schwachen Handylicht die hoch aufgestapelten Säcke beleuchtete. Er kannte diesen Geruch nur zu gut.

Die Tür zum Frachtraum flog laut klappernd auf und er duckte sich zwischen die umstehenden Autos. Harsche Lichter sprangen flackernd an, bevor eine Stimme erklang.

»Wir wissen, dass jemand hier ist. Komm raus. Du kannst nicht entkommen – es gibt nur einen Weg nach draußen«, warnte eine männliche Stimme.

Er schielte zu dem Container hoch. Es war nur eine Frage der Zeit, bevor sie den offenen LKW und die Autos mit den offenen Kofferräumen fanden. Er überlegte, ob er den Anweisungen folgen sollte und erklären, was er hier wollte, aber er verwarf die Idee schnell wieder. Er musste eine Möglichkeit finden die Besatzung zu warnen und zum Handeln zu zwingen, ohne involviert zu werden oder Aufmerksamkeit auf sich zu ziehen. Das bedeutete, dass er es auf die andere Seite des Frachtraums schaffen musste.

Wenn er an der Besatzung vorbeischleichen konnte, während sie mit dem LKW beschäftigt waren, hatte er eine Chance.

»Komm schon. Es macht doch keinen Sinn. Zeig dich«, drängte eine andere Stimme. Es waren also mindestens zwei.

Schritte erklangen auf dem Metallboden und kamen vorsichtig näher. In der Hoffnung, dass man ihn über das Geräusch nicht hören konnte, schlich Alan langsam von dem LKW weg und bewegte sich in Richtung der nächsten Wand, wo er hinter einem Kombi in Deckung ging. Sein Timing musste perfekt sein, damit er in dem Moment zur Tür kam, in dem sie den LKW erreichten, und er musste ein gutes Stück zurücklegen – mindestens einhundert Meter.

Der einzige Vorteil war, dass die Besatzungsmitglieder sich keine Mühe gaben, ihr Näherkommen zu verbergen. Das Geräusch ihrer Stiefel auf dem Deck klang wie Trommelschläge, selbst gegen die Motorengeräusche. Alan tastete sich die Wand am gegenüberliegenden Ende des Frachtraums entlang, duckte sich hinter Autos und spähte durch Windschutzscheiben, um zu sehen, wo sie waren.

»Hey, Sergio. Schau dir das an«, flüsterte einer der Männer zehn Meter entfernt und zwei weitere Paar Stiefel bewegten sich auf ihn zu. Sie hatten die geöffneten Kofferräume gesehen. Ihm rannte die Zeit davon.

Er hastete in Richtung der Tür und hatte bereits drei Viertel der Strecke zurückgelegt, als seine Tasche hörbar gegen eines der Fahrzeuge schlug. Sein Atem stockte und er erstarrte, wartete auf ein Zeichen, dass sie ihn gehört hatten, und entspannte sich einige Sekunden später. Er musste vorsichtiger sein – die Erschöpfung ließ ihn unvorsichtig werden.

Den Ausgang vor Augen beschleunigte Alan seine Schritte. Er war beinahe dort, als hinter ihm eine Stimme erklang: »Keine Bewegung.«

Alan wägte ab, ob er rennen sollte, aber er unterdrückte den Impuls. Langsam legte er seine Tasche neben sich ab, dann hob er die Hände über den Kopf. Stiefel kamen näher und er lauschte konzentriert, versuchte seine Bewegungen richtig zu timen – es wäre ein Kinderspiel, das Besatzungsmitglied zu entwaffnen, wenn er eine Pistole hatte. Die Chancen dafür standen gut, dem gebrüllten Befehl nach zu schließen.

Sein Körper spannte sich an, bereit herumzuwirbeln und die Beine des Besatzungsmitglieds wegzutreten, dann wurde alles schwarz, das charakteristische *Plopp* eines Schlagstocks gegen seinen von der Verletzung bereits mitgenommenen Hinterkopf war das Letzte, was Alan wahrnahm, bevor er das Bewusstsein verlor.

***

Alan kam auf dem Boden eines kleinen Raumes mit Metallwänden und einem hohen, rechteckigen Fenster zu sich. Die gesamte Kammer war in einem schäbigen Grau gestrichen und stank nach Schimmel. Drei Männer standen neben der Stahltür, die Arme verschränkt, und beobachteten ihn misstrauisch. Er fasste sich an den Kopf und betastete vorsichtig die frische Beule, dann blickte er auf seine Finger. Daran klebte etwas Blut, aber es hätte schlimmer sein können.

»Er ist wach«, sagte das kleinste Besatzungsmitglied, sein grobschlächtiges Gesicht wirkte unbarmherzig in dem spärlichen Licht.

»Sieht etwas mitgenommen aus, oder?«, fragte der Mann neben ihm kopfschüttelnd, bevor er sich an Alan wandte: »Sie sind verhaftet. Wir werden Sie in Polizeigewahrsam übergeben, sobald wir in Montevideo sind, das ist in …«, er blickte auf seine Armbanduhr, »anderthalb Stunden.«

Der Raum verschwamm, als Alan sich aufzusetzen versuchte. Er wartete einige Sekunden, dann versuchte er es noch einmal, dieses Mal erfolgreich. Er sagte nichts, sondern blieb still, während er seine Gedanken ordnete.

Das dritte Besatzungsmitglied warf ihm ein weißes Handtuch zu. »Halt dir das an den Kopf. Es ist nicht so schlimm, aber du wirst die Blutung stoppen wollen.«

Alan streckte die Hand zu der Stelle aus, wo es auf dem Boden gelandet war und Schmerz explodierte in jedem Winkel seines Bewusstseins. Er knüllte das Handtuch zusammen und presste es gegen die Beule, dann begutachtete er mit blutunterlaufenen Augen die Männer, bevor er sprach.

»Es ist nicht so, wie es aussieht«, begann er.

»Natürlich nicht. Ich meine, vielleicht müssen wir Sherlock Holmes rufen oder so was. Schauen wir mal. Wir haben einige aufgebrochene Autos, einen aufgebrochenen LKW, ein geknacktes Schloss ... nein, der Fall ist auf jeden Fall eine harte Nuss«, spottete das kleinere Besatzungsmitglied. Seine Kameraden kicherten.

»Die Autos waren alle unverschlossen. Ich habe sie nicht aufgebrochen.«

»Spar dir das für die Polizei. Vielleicht interessieren die sich für die technischen Feinheiten. Mir sind sie egal.«

»Du verstehst das nicht. Wir schweben in Gefahr. Alle auf dem Schiff. Der LKW ...«

»Gefahr? Wovon zur Hölle redest du da?«, unterbrach ihn der mittlere Mann.

»Der LKW. Er ist voller Dünger. Es ist eine Bombe.«

»Natürlich.«

»Im Ernst. Das Ammoniumnitrat in dem Dünger fungiert als Sprengstoff, wenn man die richtige Kombination aus Inhaltsstoffen benutzt. Dieser LKW ist voller Dünger. Ich verwette meinen Arsch darauf, dass irgendwo ein Zünder ist, in dem massenhaft Brennstoff oder vielleicht Semtex steckt. Wenn ich recht habe, dann wäre die Explosion groß genug, um das Schiff zu zerstören.«

Die Männer tauschten Blicke aus.

»Ach so, also bist du gar kein Dieb, sondern wir retten die Menschheit vor ... vor was genau? Einem LKW voller Scheiße? Mach dich nicht lächerlich.«

»Es ist die Wahrheit.«

»Für die Bullen musst du an der Story noch arbeiten.«

Alan schüttelte frustriert den Kopf. Eine schlechte Idee, wie ihm das aufkommende Schwindelgefühl erneut klarmachte.

»Woher wusste ich dann, dass ich in den LKW schauen musste?«, konterte er.

»Hmm, harte Nuss. Wir haben jeden gefragt, ob er der Fahrer des LKWs im Frachtraum ist. Also schauen wir mal. Du hast dir spontan eine Story zusammengesponnen und dieses absurde Szenario als Deckung für deinen Einbruch benutzt? Gut genug für mich.« Die Männer lachten wieder.

»Ihr müsst mir zuhören.«

»Nein, ich denke, du musst verstehen, dass die Spielchen vorbei sind. Wir haben dich auf frischer Tat dabei ertappt, wie du Autos aufgebrochen hast. Du hattest Dietriche. Und du hast drei Pässe mit verschiedenen Namen. Wenn das nicht nach einem Kriminellen klingt, weiß ich auch nicht mehr. Also spar dir die Ammenmärchen. Niemand kauft sie dir ab.«

»Das ist ein Riesenfehler. Wir schweben alle in Gefahr.«

»Ich weiß. Ich kann es spüren. Die Welt geht bald unter. Es sind die Maya.« Mehr Gelächter.

Alans Stimme wurde fester. »Lasst mich mit dem Kapitän sprechen.«

»Aber natürlich. Wir werden Sie in Kürze dorthin begleiten. Kann ich Ihnen in der Zwischenzeit etwas anbieten? Ein Sorbet? Vielleicht einen Champagner?«

»Hört mir zu …«

»Es reicht. Ich gehe nach unten und sehe mir den Truck an, nur um zu bestätigen, dass du Scheiße redest. Aber hör auf, mich mit diesen Märchen zu langweilen.«

»Nein … wenn du nicht weißt, was du tust, könntest du einen Mechanismus auslösen …«

»Ach ja, richtig. Weil der LKW eine Bombe ist. Jemand möchte die Fähre nach Uruguay in die Luft jagen. Aus welchem Grund genau?«

Alan drehte den Kopf zu schnell und zuckte vor Schmerz zusammen. »Ich … ich weiß es nicht …«, gab er zu. Es klang sogar für ihn schwach.

»Riiiichtig. Einfach so.« Der kleinere Mann sah seine Gefährten an. »Wir sind hier fertig. Sperrt ihn ein«, sagte er und öffnete die Tür. Die anderen Männer folgten ihm nach draußen.

»Ihr macht einen Fehler …« Das Klirren der zufallenden Stahltür, gefolgt von dem Riegel, der kratzend vorgeschoben wurde, schnitt seinen Protest ab.

Alan wusste, dass er recht hatte. Der Dünger, das Schloss, der verschwundene Fahrer … und diese Idioten würden es zulassen und sie alle umbringen.

Er musste hier herauskommen. Er hatte sein Bestes getan, sie zu warnen. Alan hatte keine Zweifel daran, dass der LKW eine Bombe war, und wenn diese Idioten dafür verantwortlich sein wollten, jeden Passagier an Bord mit ihrer Fahrlässigkeit umgebracht zu haben, dann konnte er sie nicht davon abhalten, aber er würde bestimmt nicht Teil dieser Statistik werden.

Er stellte sich unsicher auf die Beine, schritt auf das große, rechteckige Fenster zu und untersuchte das Glas und die Dichtung am Rand, bevor er wieder für einen Moment vom Schwindel überwältigt wurde und sich hinsetzen musste. Dem Kielwasser und den Motorengeräuschen nach zu urteilen, war er etwa auf Höhe des Wasserspiegels in Hecknähe. Was er mit dieser Information anfangen sollte, war eine andere Frage, aber so oder so; er musste etwas tun.

KAPITEL 3

»Er hat recht – es ist Dünger«, murmelte Gustavo, der Besatzungschef, zu seinen Untergebenen. Die zwei unglücklichen Besatzungsmitglieder tauschten besorgte Blicke aus.

»Also kann es sein, dass es eine Bombe ist?«, fragte einer von ihnen.

»Das glaube ich nicht im Geringsten. Ich glaube, er hat sich einfach eine Story mit dem ausgedacht, was er zur Verfügung hatte, damit es nicht so aussieht, als hätte er genau das getan, wonach es aussah«, sagte Gustavo. »Habt ihr nie diesen Film gesehen? *Keyser Söze*«, er knurrte den Namen mit heiserer Stimme, »ein pathologischer Lügner.«

»Aber warum? Es wird alles auffliegen, wenn die Bullen ihn verhören. Was ist, wenn sie feststellen, dass es keine Bombe ist, sobald wir im Hafen ankommen?«

»Er kann das als Verteidigung benutzen – er dachte, dass es so wäre, und hatte Angst, dass es so war, aber es stellte sich heraus, dass er Unrecht hatte. So kann er behaupten ein Held zu sein; wenn auch ein fehlgeleiteter.«

»Warum durchsuchen wir den LKW nicht jetzt und beweisen, dass es unwahr ist?«

»Es ist nicht unser LKW. Wir haben keine Erlaubnis, ihn zu durchsuchen – er ist fremdes Eigentum. Wir haben keinen hinreichenden Verdacht. Und an allererster Stelle habe ich keine Lust, mich durch zwanzigtausend Pfund Mist zu wühlen.«

Gustavo schüttelte den Kopf. »Apropos, haben wir mittlerweile den Fahrer gefunden?«

Beide Besatzungsmitglieder schüttelten den Kopf. »Nein. Die Sache hier hat uns etwas abgelenkt.«

»Das ist das einzige beunruhigende Puzzlestück. Findet den Fahrer und ich werde mir gar keine Sorgen mehr machen«, wies Gustavo sie an.

»Wir suchen weiter.« Das erste Besatzungsmitglied zögerte. »Was sollen wir jetzt machen?«

»Ich sage dem Kapitän Bescheid und wir funken den Hafen an, damit ein paar Polizisten bereitstehen, um ihn festzunehmen. Mehrere Ausweise mit verschiedenen Namen müssen illegal sein. Was auch immer er vorhat, es ist nichts Gutes. Soviel steht fest. Dass er überhaupt in den Fahrzeugbereich gekommen ist, bedeutet, dass er das Schloss auch geknackt hat. Nein, das ist ein übler Kerl. Ich wünschte nur, wir hätten den verdammten Fahrer gefunden …«

»Sollen wir das wieder zumachen?«, fragte einer der Männer, mit dem Kopf auf die Containertür deutend.

»Warum nicht? Der Gestank verdirbt mir den Appetit.«

***

Nach fünfundvierzig Minuten, die er damit verbracht hatte, die Fensterdichtung Stück für Stück abzutragen, war sie beinahe vollständig entfernt. Alans Hände waren von dem Unterfangen verkrampft, aber er machte weiter, sich nur zu bewusst, dass er jeden Moment in eine andere Galaxie gesprengt werden konnte. Die Menge an Dünger in dem zwölf Meter langen Container war genug, um selbst ein Schiff dieser Größe in seine Einzelteile zu zerlegen. Der Gedanke trieb ihn an. Seine Kopfschmerzen waren noch immer schlimm, aber das Schwindelgefühl und die

Orientierungslosigkeit waren vorübergegangen und er fühlte sich besser als in dem Moment, in dem er sein Bewusstsein wiedererlangt hatte.

Zehn Minuten später sackte das Glas zurück und er konnte die schwere, zentimeterdicke Scheibe ins Wasser treten. Er streckte den Kopf heraus und erkannte sofort, dass die Fähre noch immer mindestens zwanzig Meilen von der Küste entfernt war und sich mit enormem Tempo bewegte. Es wäre Selbstmord von der Seite des Schiffs ins Wasser zu springen – die Schiffsschrauben würden ihn einsaugen und zu Hackfleisch verarbeiten, wenn er es nicht schaffte, weit genug vom Schiff wegzukommen.

Wenn er Glück hatte und den Schiffsschrauben ausweichen konnte, wäre die Wassertemperatur wahrscheinlich zu kalt, um das Dutzend Stunden darin zu verbringen, das er bräuchte, um an Land zu schwimmen. Aus Erfahrung wusste er, dass er in zehn Grad kaltem Wasser ohne Schwimmhilfe bestenfalls fünf bis sechs Stunden überleben würde – und er wäre nahezu gelähmt für die letzten drei, und das, obwohl er körperlich in Topform war.

Er hatte also nicht viele Optionen.

Aber zumindest hatte er jetzt eine Möglichkeit, den geschlossenen Raum zu verlassen. Er zog sich halb durch das Fenster und blickte nach oben. Im Schiffsrumpf befanden sich kleine Einkerbungen, die gute Haltegriffe abgaben, auch wenn es mit dem Wind, der mit vierzig Meilen pro Stunde gegen ihn ankämpfte, schwer werden würde. Der Wind schlug ihm ins Gesicht, als er ein letztes Mal hinausspähte, dann streckte er die Arme über den Kopf, fasste den ersten Griff und zog sich daran hoch. Er musste lediglich vier Meter überwinden, dann wäre er direkt unter dem Hauptdeck, wo er einen kleinen Vorsprung erkannte, an dem er sich zum Heck des Schiffs entlanghangeln konnte.

Dort wo die Gischt getrocknet war, verkrustete Salz die Außenhülle und hinterließ eine schmierige Schicht. Er brachte seine gesamte Kraft auf, um nicht abzurutschen, als er sich höher zog. Dann fanden seine Füße eine Einkerbung und er konnte seine Beine benutzen. Ihm wurde bewusst, dass er hier vollkommen den Elementen ausgesetzt war, ein Fliegenschiss an der Seite eines gigantischen Schiffs und dass die winzigste Fehleinschätzung in einer Katastrophe enden konnte.

Als sich seine Finger endlich um die Kante des Hauptdecks krümmten, spürte er sein Schwindelgefühl zurückkehren und er musste den Rest seiner Kraft aufbringen, um sich den letzten Meter hochzuziehen. Der knappe Vorsprung, an den er sich klammerte, führte zehn Meter hinter ihm zu einem Außendeck am Heck, wo er ein Rettungsboot an einem Kran und andere Notfallausrüstung sehen konnte. Zentimeter für Zentimeter hangelte er sich entlang, bis er unter das Rettungsboot kriechen konnte. Seine Uhr sagte ihm, dass sie in fünfundzwanzig Minuten den Hafen erreichen würden, was bedeutete, dass sie noch immer fünfzehn Meilen von der Küste entfernt waren, aber er wollte es nicht riskieren, noch eine Sekunde länger auf der Fähre zu bleiben.

Alan griff nach den Schwimmwesten, zog sich hektisch eine davon über, griff nach einer zweiten Weste für zusätzlichen Auftrieb und kletterte über die Reling. Er warf einen letzten Blick zurück auf das Schiff, dann blickte er konzentriert auf das Kielwasser, das sich hinter dem großen Schiff herzog und sprang ins Nichts.

Die Eiseskälte traf ihn direkt, nachdem der Schock über den Aufprall von den Füßen durch seine Wirbelsäule geschossen war. Wasser schlug über ihm zusammen, dann fand er sich in dem meterhohen Seegang wieder, hin- und hergeworfen von dem weißen Schaum, der sich hinter der Fähre entlangzog, während diese weiter durch das Meer pflügte. Die andere Schwimmweste trieb sechs Meter entfernt von ihm. Mit gleichmäßigen Bewegungen schwamm er darauf zu, während sein Blick dem Boot folgte, das weiter nach Montevideo fuhr.

***

»Mann über Bord! Wir haben einen Mann über Bord«, rief der Besatzungschef dem Kapitän auf der Brücke zu.

»Wie ist das möglich? Wir sind komplett abgeschlossen.«

»Einer der Passagiere hat einen Mann von der Heckplattform fallen gesehen und es gerade gemeldet.«

»Scheiße. Okay. Ich schalte die Motoren auf Leerlauf und lasse sie anhalten, dann wenden wir. Macht ein Rettungsboot bereit«, befahl der Kapitän und zog die zwei Getriebehebel aus der *Vorwärts*-Position und löste sie, um den Vortrieb zu bremsen.

***

Alan sah zu, wie die Fähre scheinbar ihren Antrieb verlor, das Kielwasser am Heck beruhigte sich, als sie langsamer wurde. Dann begann das Schiff, vielleicht eine halbe Meile von ihm entfernt, langsam zu wenden. Ihm wurde klar, dass seine Flucht bemerkt worden sein musste und er wägte bereits seine Möglichkeiten ab, als er den Kurswechsel registriert hatte. Er konnte die Schwimmweste wegwerfen und schwimmen – eine lausige Idee, aber eine, die sicherstellte, dass er weit genug von der leuchtend roten Weste entfernt war, dass man ihn nicht sehen konnte. Das Problem war sein Überleben, während er weitertrieb – der Kälteschock war schon jetzt nur eine Frage der Zeit.

Aber ihm wurde klar, dass es noch eine andere Möglichkeit gab und er zog hastig die Weste und seine Jacke aus. Er steckte die Arme durch die Riemen und zog seine Jacke wieder über und verschloss den Reißverschluss über der Weste; nun verschmolz er mit dem umliegenden Wasser, das Rot vollkommen verdeckt. Es würde eine Zeit lang dauern, bis das Schiff seinen Kurs geändert und den Weg zurück gefunden hätte, und bis dahin wäre er eine Viertelmeile entfernt. Solange er sich nicht hektisch bewegte und so sein Profil im Wasser vergrößerte, könnte die Tarnung funktionieren.

Die Fähre hatte gerade zu wenden begonnen, als ihre Außenseite explodierte. Das Metall verbog sich und platzte dann auf, begleitet von einem massiven Feuerball, der Trümmerteile und schwarzen Rauch in den Himmel schleuderte. Entsetzt sah Alan, wie das Schiff in zwei Teile zu zerbrechen schien, während sich die Detonation noch wie in Zeitlupe durch die Hülle ausbreitete. Das Heck stand senkrecht in der Luft, als die Hülle in der Mitte aufbrach, dann flogen Trümmerteile durch die Luft und landeten spritzend im Meer zwischen ihm und dem sinkenden Schiff. Es war schockierend, wie schnell die beiden Teilstücke in den Tiefen verschwanden und nicht einmal eine Minute später war nichts übrig, außer schwimmenden Wrackteilen.

Das Festland war gerade so in der Ferne zu erkennen, doch selbst dort würden die Behörden in Montevideo den Rauch sehen und eine Flotte von Schiffen losschicken, um nach Überlebenden zu suchen. Tatsächlich waren in einiger Entfernung, vielleicht fünf Meilen entfernt, einige Vergnügungsboote zu sehen und er hoffte, dass sie bald nahe genug waren, dass er eines herbeiwinken konnte.

Fünfzehn Minuten später kam das Erste an – ein dreißig Meter langes Fischerboot mit einer grellen, orangefarbenen Hülle, die an einigen Stellen durchgerostet war. Der Kapitän sah ihn in der relativ ruhigen See winken und einige Minuten später zerrte ihn die Besatzung an Bord. Die Schwimmweste hatte er bereits weggeworfen, als er sicher war, dass sie ihn gesehen hatten.

Der Kapitän verbrachte eine halbe Stunde damit, das Wasser abzusuchen, aber er konnte sonst niemanden finden, und er wirkte ehrlich besorgt, als Alan eine Explosion beschrieb, die sein kleines Boot zum Kentern gebracht hatte, und wie er sich irgendwo in dem Trubel den Kopf angeschlagen hatte. Ein Besatzungsmitglied untersuchte die blutige Beule und der Kapitän schlug den Kurs zum Festland ein, darauf bedacht, dass Alan medizinisch versorgt wurde. Er funkte die Behörden in Uruguay an, um sie wissen zu lassen, dass er auf dem Weg war, und sie einigten sich darauf, ihn am Steg zu treffen, um Alan so schnell wie möglich ins Krankenhaus zu bringen und um seine Aussage aufzunehmen.

Das Boot tuckerte schwerfällig mit elf Knoten in Richtung Land und bald war die Besatzung damit beschäftigt, die Leinen einzuholen und die Nacht im Hafen vorzubereiten, bevor sie am nächsten Tag wieder herausfahren würden, für einen weiteren Versuch, ihre Beute aus dem Meer zu ziehen. Alan saß in der Nähe des Ruderhauses und beobachtete ihren Fortschritt. Als sie eine Meile vor dem Hafen zwischen den Containerschiffen auf die Erlaubnis warteten, in den Hafen einfahren zu dürfen, schlich er zum Heck davon, ungesehen von dem Kapitän und der Mannschaft, die auf ihr näherkommendes Ziel konzentriert waren. Er atmete dreimal tief ein und sprang ins Wasser. Er ging davon aus, dass die restliche Entfernung zum Land kein Problem für ihn darstellen sollte und dass er so verschwinden konnte. Ein nicht identifizierter Überlebender, der für immer ein Rätsel bleiben sollte.

Er trat Wasser, bis das Boot einige hundert Meter entfernt war, dann begann er zur Küste westlich des Hafens zu schwimmen. Eine Stunde später zerrte sich Alan auf einen kleinen Strand, als gerade die Sonne über der Stadt unterging. Ihm war kalt und er besaß kaum mehr, als die Kleider am Leibe – der einzige Zeuge der schlimmsten Katastrophe, die dieser Hafen jemals erlebt hatte.

KAPITEL 4

Jet stand am Zoll in Buenos Aires in der Schlange, den langen Flug aus Europa endlich hinter sich gebracht. Die Reihe bewegte sich ein Stück, als die erschöpften Passagiere wie aneinandergekettete Häftlinge vorwärts schlurften, zu den Tischen, an denen die Einreisebeamten im Schneckentempo arbeiteten. Nach den endlosen Verspätungen war sie froh, wieder festen Boden unter den Füßen zu haben, und als ihr Pass abgestempelt war und sie wieder ihr Handy benutzen durfte, schaltete sie es ein und wartete darauf, dass es Netz fand.

Das kleine Telefon piepste und zeigte, dass sie eine Textnachricht erhalten hatte. Sie drückte eine Reihe von Tasten und studierte den Bildschirm. *Gott sei Dank.* Alan war in Ordnung und hatte vorher nicht geantwortet, weil sein Flug verspätet gewesen war. Aber er hatte beschlossen, Buenos Aires hinter sich zu lassen und nach Montevideo weiterzureisen. Das hatte auch ihre Pläne geändert. Es machte keinen Sinn, über Nacht zu bleiben, wenn er bereits weg war, also schlenderte sie weiter zu den Taxis, nahm das erste Auto und wies den Fahrer an, zum Fährterminal in der Innenstadt zu fahren.

Sie blickte auf die Uhr und sah, dass es bald dunkel sein würde – die Zollabfertigung hatte fast eine Stunde gedauert, die letzte Nachmittagsfähre hatte bereits abgelegt. Aber sie hatte auf ihrer letzten Schiffsfahrt von Uruguay den Plan studiert und glaubte sich zu erinnern, dass es eine späte Fähre gab, die nach dem

Abendessen ablegen würde. Wenn das stimmte, dann würde Jet sie nehmen. Wenn nicht, dann war sie nur einige Blocks von den besten Hotels in Buenos Aires entfernt und würde dort die Nacht verbringen und die erste Fähre am Morgen nehmen.

Jet versuchte noch einmal Magdalenas Handy zu erreichen, bekam aber keine Antwort. Ihre Anspannung stieg, aber nicht so sehr, wie vorher – genauso, wie es einen guten Grund gegeben hatte, dass Alan nicht reagiert hatte, gab es zweifellos einen, warum Magdalena nicht abhob. Anders als am Flughafen spürte sie nicht dieses Gefühl herannahenden Unglücks, das von ihr Besitz ergriffen hatte, als sie an Bord gegangen war – Alans Nachricht hatte ihre Nerven beruhigt.

Der gesamte Berufsverkehr floss aus der Stadt hinaus, trotzdem kam fast alles beinahe zum Stillstand, als sie sich der Innenstadt näherten, und die letzten drei Meilen dauerten so lange, wie die ersten fünfzehn von dem Flughafen aus. Als sie schließlich am Terminal ankamen, konnte Jet es kaum erwarten, endlich aus dem Taxi zu kommen. Sie übergab dem Fahrer eine Handvoll Pesos und zog ihre Tasche vom Rücksitz.

Soldaten mit Maschinengewehren im Anschlag umringten das Fährterminal – seltsam, sie waren nicht dort gewesen, als sie vor weniger als zwei Wochen die Stadt besucht hatte. Vielleicht hatte es in der Zwischenzeit Unruhen oder Proteste gegeben – seit der Wirtschaftskrise ein fortwährendes Problem, solange die Wirtschaft Argentiniens weiterhin wie in Zeitlupe entgleiste.

Die Soldaten, allesamt mit versteinertem Gesichtsausdruck, blickten kaum auf, als sie durch die großen Türen schritt und auf den Ticketschalter zuging, der von einer chaotischen Menschenmenge belagert wurde. Eine alte Frau schluchzte, umgeben von ihrer Familie, die sie zu trösten versuchte. Jet bahnte sich ihren Weg durch die aufgebrachte Menge, bis sie einen geöffneten Schalter erreichte, und begrüßte die junge Frau hinter dem kugelsicheren Glas.

»*Buenas tardes.* Fährt heute Abend noch eine Fähre nach Montevideo?«, fragte Jet.

»Nein, und aufgrund des Vorfalls wahrscheinlich auch nicht morgen«, informierte sie die Frau höflich.

Jet stutzte.

»Vorfall?«

»Ah, Sie haben es noch nicht gehört. Es war die Fähre. Es gab eine Explosion.«

»Was?« Das Blut gefror Jet in den Adern. »Welche Fähre?«

»Die nach Montevideo. Sie ist vor einer Stunde in der Nähe von Uruguay explodiert. Die Leute reden von einem Terroranschlag, aber niemand weiß etwas Genaues. Es ist erst vor Kurzem passiert, bisher ist also alles Spekulation.«

Jets Herzschlag beschleunigte sich zu einem Presslufthammer und ihr Puls dröhnte in ihren Ohren. Sie zwang die aufkeimende Übelkeit zurück, den Schwindel, der sie zu überrollen drohte, noch bevor die Frau die letzten Silben ausgesprochen hatte.

Sie räusperte sich. »Wann ist diese Fähre abgefahren?«

»Es war die vor vier Stunden. Das Schiff am Nachmittag.«

»Mein Gott, wie schrecklich. Gibt es Überlebende?«, fragte Jet hölzern.

»Darüber habe ich keine offiziellen Informationen, aber Sie können die Entwicklungen in den Nachrichten hören.« Die Frau deutete auf einen Flachbildfernseher, der über einer Bar in ihrer Nähe angebracht war und um den sich eine große Gruppe versammelt hatte. Ein Moderator sprach mit einem Reporter in Uruguay, dessen Gesicht Betroffenheit ausstrahlte. Jet kam näher, um die Übertragung hören zu können.

»… Explosion konnte man bis Montevideo hören und den Rauch mit bloßem Auge sehen. Die Küstenwache aus Uruguay ist vor Ort, genau wie eine Reihe anderer Boote, aber bisher sieht es nicht gut aus. Es gibt von der Fähre keine Spur und bisher konnten keine Überlebenden gefunden werden«, erläuterte der Reporter.

Das Bild sprang zu einer Luftansicht von den Wrackteilen, die im dunklen Wasser trieben, beinahe unsichtbar im schwachen Licht der untergehenden Sonne, die Suchscheinwerfer der umliegenden Schiffe und Helikopter tanzten auf der Oberfläche.

Die nächsten fünf Minuten der Berichterstattung ergaben keine neue Information. Das Schiff war explodiert, die Behörden wussten nichts Genaues, behandelten es aber als Terroranschlag, und die Experten hatten aufgrund der Geschwindigkeit, mit der das Schiff gesunken war, eine Maschinen- oder Treibstoffexplosion ausgeschlossen – wenn es eine technische Panne gewesen wäre, hätten die Passagiere Zeit gehabt, sich in die relative Sicherheit des Wassers oder der Rettungsboote zu begeben, und es hätte Überlebende gegeben.

Man ging von neunhundertsiebenundvierzig Toten aus – die Zahl war doppelt so groß, wie sie es mit dem kleineren Katamaran, der die Strecke normalerweise bediente, gewesen wäre. Das Programm schaltete auf Interviews mit den schockierten Familienmitgliedern der Passagiere um. Jet hatte genug gesehen. Sie holte noch einmal Alans Nachricht hervor und überprüfte, wann er sie abgeschickt hatte – etwa zu der Zeit, als die Fähre vom Dock abgelegt hatte.

Die Nachricht von der Explosion und die Gewissheit, dass Alan tot war, überwältigten sie. Wie ein Roboter schlurfte sie zum Ausgang und nahm dabei kaum ihre Umgebung wahr. Alan hatte den Jemen überlebt, den Biowaffenanschlag auf Los Angeles … nur um auf einer angeblich sicheren Überfahrt über die Bucht zu sterben.

Es schien surreal.

Dennoch berichteten die Nachrichten live von dem Desaster, es war also kein Irrtum. Er war zur falschen Zeit am falschen Ort gewesen. Manchmal war das Leben so – brutal, unvermittelt, zerstörerisch, scheinbar willkürlich. Aber warum jetzt? Warum Alan?

Auf dem Bürgersteig angekommen wählte sie noch einmal wie automatisch Magdalenas Nummer, wieder klingelte es nur, bevor die Leitung unterbrochen wurde. Jet drehte sich um, blickte auf die Allee, die von dem Terminal wegführte, und zwang sich nachzudenken. Was jetzt?

Hannah. Sie musste zu Hannah kommen. Das hatte oberste Priorität.

Aber wie würde sie ohne Fährservice über die Bucht kommen?

Sie wusste, dass es eine Straße gab, die vom Rio de Plata über Uruguay an die Küste führte, aber das waren mindestens acht Stunden Fahrt – sie hatte sich schon vorher darüber informiert und es war zwar möglich, aber auch umständlich und zeitintensiv. Sie müsste ein Auto mieten und die ganze Nacht fahren, um nach Maldonado zu kommen, eine entmutigende Vorstellung, nachdem sie bereits zwölf Stunden im Flugzeug verbracht hatte und noch von der Zeitumstellung desorientiert war.

Jet winkte ein Taxi heran und wies den Fahrer an, sie zum nächsten Inlandsflughafen zu bringen – dort hatte sie die größte Chance, ein Flugzeug zu chartern. Acht Minuten später kamen sie an, und erst, als sie sich außerhalb des Abflugterminals wiederfand, wurde ihr bewusst, wie chaotisch und gedankenlos sie sich benahm. Sie ging hinein und fragte am Auskunftsschalter nach Informationen über Charterunternehmen, wurde aber nur mit einem leeren Blick begrüßt. Keine Überraschung – ihr war der Fehler ihrer Annahme, dass Charterunternehmen ihren Sitz an Flughäfen hatten, in dem Moment bewusst geworden, als das Taxi wieder losgefahren war.

An der Seite der Abflughalle befand sich ein Internetcafé. Sie ging darauf zu und setzte sich an den ersten verfügbaren Computer, um eine hastige Internetsuche durchzuführen. Sie konnte auf Anhieb drei Unternehmen finden. Sie wählte jede der Nummern, erreichte aber nur Anrufbeantworter. Das ergab Sinn, so lange nach den Geschäftszeiten. Bis zum nächsten Morgen war sie aufgeschmissen; außer sie wollte fahren.

Jet bezahlte den Angestellten und ging auf den Stand eines Autovermieters auf der Ankunftsseite des Flughafens zu, wo sie darüber informiert wurde, dass Fahrzeuge verfügbar waren und dass sie das Auto nach Uruguay fahren konnte, ja, dann aber eine bedeutend höhere Leihgebühr und zusätzliche Versicherung bezahlen musste.

Jetzt musste sie sich entscheiden – bis zum Morgengrauen fahren oder übernachten und versuchen, am nächsten Tag ein Flugzeug zu erwischen. Sie dachte darüber nach und entschied sich zu fahren. Sie konnte unterwegs immer noch ein Motel finden, wenn sie zu müde war, aber zumindest würde sie morgen sicher ihre Tochter sehen. Wenn sie stattdessen ein Flugzeug organisieren musste, würde das realistisch gesehen fast den ganzen Tag dauern, insbesondere da sie sich mit allen anderen, die wichtige Termine in Montevideo hatten, um die wenigen verfügbaren Flugzeuge streiten müsste. Keine dieser Aussichten reizte sie, aber die Nachricht von der Explosion hatte sie zu nervös gemacht, um die ganze Nacht in einem Hotel zu sitzen und zu hoffen, dass sie ein bisschen schlafen konnte. Selbst wenn es nur Fahren war, sie musste etwas tun, um sich zu beschäftigen.

Alans Gesicht tauchte ungebeten in ihren Gedanken auf und ihre Augen füllten sich mit Tränen, als sie die erforderlichen Formulare ausfüllte. Sie drehte sich von dem Angestellten weg, tupfte sie mit einem Taschentuch ab und sammelte sich. Sie hatte unterwegs genug Zeit, Alan nachzutrauern; sie musste es nicht in der Öffentlichkeit tun.

Das Auto war ein roter, viertüriger Ford Mondeo, fast neu, und der hilfsbereite Parkplatzbetreuer erklärte ihr mithilfe der von der Agentur bereitgestellten Karte den Weg aus Buenos Aires.

Sie brauchte eine Stunde, um ihren Weg an den Stadtrand zu finden, doch als sie die Stadt hinter sich gelassen hatte, wurde die Umgebung fruchtbar und ländlich. Es war ziemlich dunkel, die einzige Beleuchtung kam von den Straßenlampen und den vereinzelten entgegenkommenden Fahrzeugen.

Sie machte in der kleinen Stadt *Zarate* halt und aß in einer *Parrilla,* einem kleinen, im Freien gelegenen Restaurant, das auf jede vorstellbare Art von Fleisch spezialisiert war, zu Abend. Sie zwang sich etwas zu essen, obwohl sie keinen Appetit hatte. Wenn sie etwas auf ihren Einsätzen gelernt hatte, dann war es, wann immer möglich Nahrung zu sich zu nehmen – man konnte nie wissen, wann man das nächste Mal tagelang ohne Essen auskommen musste.

Als sie satt war, schlug sie den Weg nach Norden ein und fuhr auf den zweispurigen Highway, der zur Grenze führte, fest entschlossen durchzuhalten, bis sie die Augen nicht mehr offen halten konnte. Als sie den Grenzübergang erreichte, waren die Argentinier höflich und effizient, aber nachdem sie die Brücke über den Fluss, der die natürliche Grenze zwischen den beiden Ländern definierte, überquert hatte, war ihr Glück aufgebraucht und sie musste sich einer scheinbar endlosen Durchsuchung ihres Autos unterziehen. Die Polizisten in Uruguay entschuldigten sich, warnten aber, dass sie nach der Explosion auf der Fähre mit regelmäßigen Straßensperren und zufälligen Kontrollen rechnen musste – das gesamte Land war in Alarmbereitschaft.

In den frühen Morgenstunden begann sie einzunicken, unfähig, der unablässigen Berichterstattung im Radio weiter ihre Aufmerksamkeit zu schenken, nachdem ständig die gleichen Informationen wiederholt wurden, und als sie in San José de

Mayo, einige Stunden westlich von Montevideo, angekommen war, suchte sie ein einfaches Hotel mit einem mürrischen Rezeptionisten und nahm sich ein Zimmer.

Als sie langsam einschlief und sich auf der harten Matratze hin und her wälzte, galten ihre letzten Gedanken Alan und ihrer Tochter Hannah. Jetzt, da Alan tot war, waren sie und ihre Tochter endgültig wieder allein in der Welt, ihre kurze Verbundenheit mit einem anderen Menschen abgeschnitten von der willkürlichen und chaotischen Natur eines launischen Universums.

KAPITEL 5

Ein Rabe blickte von seinem mit Blättern bedeckten Aussichtspunkt auf einem großen, im südlichen Stil gebauten Haus in Wolf Trap, Virginia, umher, bevor er vom Geräusch eines Laubbläsers aufgeschreckt wurde. Die Baumkronen rauschten in der steifen Brise, die ersten Anzeichen des herannahenden Herbstes begannen gerade erst, ihre Farben zu zeigen.

Als ruhiger Rückzugsort für Macht und Geld gehörten die Immobilien in der Gegend zu den gefragtesten in den Vereinigten Staaten, eine Gesellschaft aus Verschwiegenheit und dezentem Reichtum, wo Bankiers Schulter an Schulter mit der Elite der Bundeshauptstadt Kaffee tranken und dabei über Polo und Wählerstimmen diskutierten.

Der nächste Nachbar war eine Achtelmeile entfernt und hinter der schulterhohen, schwarz lackierten Außenmauer aus Gusseisen und Stein, stellte das tadellos gepflegte Gelände einen präzisen und subtilen Geschmack zur Schau.

Ein unauffälliges Wachhäuschen stand direkt innerhalb der Mauern, das vierundzwanzig Stunden am Tag von jeweils zwei Männer besetzt war. Weitere zehn patrouillierten rund um die Uhr das Gelände. Man hatte keine Kosten gescheut und Sicherheitstechnologie auf dem neusten Stand der Technik installiert. Das palastartige Stück Land war vollgestopft mit Bewegungsdetektoren, Infrarotsensoren und Störsendern. Nichts davon war erwähnenswert in einer Nachbarschaft, in der Würdenträger und mächtige Einflussreiche regelmäßig die Dienste professioneller Bodyguards und privater Sicherheitsdienste in Anspruch nahmen.

Ein Trupp Gärtner arbeitete gerade an den Hecken, welche die lange Auffahrt umgaben, als sich das elektrische Doppeltor öffnete und eine schwarze Limousine amerikanischer Bauart auf die Pflastersteine rollte und um die kleine Kurve fuhr, bevor sie vor dem Haupteingang stehen blieb. Der Fahrer sprang heraus und eilte um den Wagen, um die hintere Tür zu öffnen. Ein untersetzter Mann Mitte vierzig stieg aus, sein grauer Anzug war leicht verknittert, und er erklomm die drei Stufen zu der im Kolonialstil gehaltenen Veranda. Er drückte auf die schwarze Türklingel und beäugte dabei diskret die Überwachungskameras, die unter dem Vordach angebracht waren. Während er wartete, drehte er sich um und überblickte das Gelände – es war parkähnlich, komplett abgeschirmt und zum zwanzigsten Mal fragte er sich, wie viel es wohl wert war.

Die Tür öffnete sich knarzend und ein kleiner, dürrer Mann um die fünfzig begutachtete ihn mit rot angelaufenem Gesicht, sein kurz geschnittenes, graubraunes Haar leicht wirr – im Kontrast zu seinem tadellos maßgeschneiderten Anzug, dem weißem Hemd und der schwarzen Krawatte.

»Sloan. Danke, dass Sie gekommen sind«, sagte der kleinere Mann.

»Standish. Es ist mir wie immer ein Vergnügen. Ich habe nichts Besseres zu tun, als alles stehen und liegen zu lassen, wenn er mich rufen lässt«, sagte Sloan, sein Tonfall freundlich, aber seine humorlosen Augen eiskalt.

»Ah. Na dann«, murmelte Standish zurückhaltend.

»Wie geht es ihm?«

»Er hat keinen guten Tag.«

»Hat er das jemals?«

»Nein.«

Sloan trat in die Eingangshalle mit dem glänzenden Parkettboden und bemerkte die beeindruckende Antiquitätensammlung, die das Wohnzimmer zu seiner Rechten schmückte. Es war wie ein Museum für frühe, amerikanische Geschichte, einige Stücke waren das Vielfache eines Oberklassewagens wert. Standish bedeutete Sloan, ihm zu folgen, und führte ihn den altbekannten Weg zu der kunstvoll gearbeiteten Treppe. Der Rollstuhllift war noch immer oben und sie umgingen ihn, als sie am Treppenabsatz ankamen.

»Ist er jetzt auf den Rollstuhl angewiesen?«, fragte Sloan.

»Es ist komfortabler für ihn. Er kann laufen, zieht es aber vor, es nicht zu tun.«

Sloan nahm diese Information kommentarlos zur Kenntnis.

»Wir haben die Lichter in seinem Zimmer den ganzen Tag gedimmt. Ihre Augen werden sich daran gewöhnen«, warnte Standish.

»Sie waren schon gedimmt, als ich das letzte Mal hier war.«

»Sie sind noch weiter gedimmt worden.«

»Wie geht es ihm? Er hat die Sicherheitsvorkehrungen verschärft«, kommentierte Sloan.

»So gut man von ihm erwarten kann. Den Umständen entsprechend. Und, ja, er hat eine kleine Armee hier versammelt. Er fühlt sich so besser. Ich denke, er fühlt sich entblößt …«

»Paranoia?«, fragte Sloan.

»Schwer zu sagen, oder? Bei dem, was er durchgemacht hat, kann man ihm das schlecht vorhalten? Ich denke, es ist nur solange Paranoia, bis etwas Schlimmes passiert – dann ist es gewissenhafte Planung.«

»Guter Standpunkt.«

Standish ging auf eine zweieinhalb Meter hohe Tür am Ende des Gangs zu und klopfte sanft, dann drehte er den antiken

Messingtürknauf und schwang sie auf. Sloan folgte ihm in den Raum und schloss die Tür leise hinter sich.

Die Luft war warm und feucht, ein hoher Luftbefeuchter stand in einer Ecke des geräumigen Zimmers, das eher eine Suite war, locker sieben mal fünf Meter groß, mit angeschlossenem Badezimmer. Die Fenster waren mit schweren Vorhängen bedeckt und die Beleuchtung reichte kaum aus, um die Möbel erkennbar zu machen. Ein Ventilator und diverse medizinische Gerätschaften standen in einer Reihe am anderen Ende des Raums, neben einem eigens gebauten Doppelbett, dessen Kopfende so angehoben werden konnte, dass man komfortabel aufsitzen konnte. Sauerstofftanks lagen neben dem Nachttisch auf der anderen Seite des Bettes und Röhrchen und ein größerer Schlauch führten aus den Maschinen zu der Maske, die das Gesicht des Bettlägerigen bedeckten.

»Sie wollten mit mir reden?«, fragte Sloan und ignorierte die gedrückte Stimmung und die ungewöhnlichen Umstände.

Standish räusperte sich. »Er wollte Sie zu einer erfolgreichen Mission in Papua beglückwünschen«, begann er. »Er möchte sicherstellen, dass es keine losen Enden gibt und dass Sie volles Vertrauen in die Verschwiegenheit Ihrer Männer haben.«

»Vielleicht kann er mir das selbst sagen«, schlug Sloan vor.

»Mehr zu sprechen, als nötig, verursacht … Komplikationen. Er hat mich gebeten, für ihn zu sprechen, aber drängt darauf, Ihre Antwort zu hören.«

»Ich verstehe.« Sloan wandte sich an die Person in dem Bett. »Alles ist gut gelaufen. Wir hatten einen Verletzten, aber wir haben uns um ihn gekümmert. Das Team ist jetzt in Australien untergetaucht und wartet auf weitere Befehle. Es könnte schwer werden, sie erneut in Papua einzusetzen, aber wenn es unbedingt sein müsste, können wir wahrscheinlich einen Weg finden, sie wieder einzuschmuggeln, ohne dabei Aufmerksamkeit zu erregen. Die Grenze zwischen Neuguinea und Indonesien ist ein Witz, so wie alles andere dort, habe ich mir sagen lassen.«

»Wir haben keine Pläne, sie wieder in Indonesien einzusetzen, aber wir wollen das Ass im Ärmel haben, falls wir es brauchen. Wir werden mehr Arbeit haben, sobald wir wissen, wie sich die Situation entwickelt«, sagte Standish.

»Natürlich. Sie stehen zu Ihrer Verfügung.«

Die Gestalt in dem Bett bewegte eine Hand, eine zaghafte Geste. Sloan kam zwei Schritte näher, aber Standish blieb, wo er war.

»Er möchte Informationen bezüglich der anderen Sache«, sagte Standish.

»Ja, das denke ich mir. Es gibt nichts Neues zu berichten. Ich habe eine Gruppe auf Abruf vor Ort. Aber bisher ist nichts passiert. Doch sie haben ihre Anweisungen und die Männer sind die Besten auf ihrem Gebiet. Ich werde Sie augenblicklich kontaktieren, sobald ich mehr weiß.«

Die Gestalt in dem Bett schien zusammenzusacken und winkte schwach ab, bevor sie auf einen Knopf einhämmerte. Die Rückseite des Bettes senkte sich zu einer beinahe waagerechten Position ab.

»Sehr schön. Wir werden uns in den nächsten Tagen treffen und weitere Schritte in der Sache mit Indonesien ausarbeiten. Die Insel versinkt im Chaos und die Indonesier haben mit ihrer Reaktion den Vogel abgeschossen. Die Separatistenbewegung gewinnt Unterstützung, während die üblichen Verdächtigen noch die Gewalttaten verurteilen. Aber die Mine auszuschalten war ein Meisterstück. Sie können nicht einmal abschätzen, wann sie wieder öffnet«, sagte Standish.

»Bei dem Schaden, den wir angerichtet haben, nicht so bald.« Sloan wischte sich eine Schweißperle, die sich ihren Weg über sein aufgedunsenes Gesicht bahnte, von der Haarlinie.

Von dem Bett kam ein Krächzen, das Standish anscheinend interpretieren konnte.

»Wir müssen das Tempo aufrecht halten. Die Ortsansässigen scheinen unfähig zu sein, das Minimum dafür zu tun, damit alles glattläuft.«

»Keine große Überraschung.«

Standish räusperte sich. »Er möchte sich bei Ihnen für Ihr Kommen bedanken und entschuldigt sich dafür, nicht das Telefon benutzt zu haben. Sie wissen, was er von Telefonen hält«, erklärte er sowohl für die Gestalt im Schatten als auch für Sloan.

»Kein Problem. Ich bin auch kein großer Freund davon.«

Standish streckte die Hand aus und bedeutete damit, dass das Treffen vorbei war. Sloan nickte und ging zur Tür, darauf bedacht, so wenig Lärm wie möglich zu machen. Er war sich des instabilen Zustands des Invaliden bewusst, dem er Bericht erstattet hatte. Standish ging an ihm vorbei und öffnete die Tür, dann standen sie im Flur, die kühle Luft erfrischend im Gegensatz zu der dschungelartigen Feuchtigkeit in dem Zimmer.

Die Tür fiel leise ins Schloss und sie gingen zurück nach unten.

»Versuchen Sie in Zukunft, meine Zeit nicht mehr so zu verschwenden, ja?«, zischte Sloan, entnervt, weil er seinen Tagesablauf hatte unterbrechen müssen, um einen dreiminütigen Lagebericht zu geben.

»Soll ich das weitergeben?«, fragte Standish tonlos.

Sloan wusste, dass das keine gute Idee war. »Nein. Ich lasse nur Dampf ab. Viel Scheiß, um den ich mich kümmern muss.«

»Und viel Geld auf Ihrem Konto. Vergessen Sie das nicht.«

Sloans Augen verengten sich. »Wo wir gerade davon reden, was wir nicht vergessen sollten, finden Sie nicht, dass Sie ein wenig großspurig für einen persönlichen Assistenten werden? Ich arbeite nicht für Sie. Sie vermitteln nur«, warnte er.

Standish lächelte in sich hinein. »Ich entschuldige mich, falls ich … welches Wort haben Sie benutzt … großspurig herübergekommen bin? Das war keine Absicht. Wir stehen alle unter viel Druck und ich kann Ihnen versichern, dass es auch für mich nicht einfach ist, mich um unseren Freund zu kümmern, genau wie es für Sie nicht einfach ist, seine … Wünsche zu erfüllen. Aber ich rate Ihnen, in Erinnerung zu behalten, dass ich ihm von allen Menschen am nächsten stehe und dass er viel Wert auf meine Ansichten legt. Sie wollen mich nicht als Feind. Ich bin nicht Ihr Gegenspieler. Wir sollten mit diesen Spielereien gar nicht erst anfangen, oder?«

Sloan überlegte, das kleine Arschloch die Treppen hinunterzustoßen, sich auf ihn zu stürzen und sein Rückgrat wie einen Ast zu zerbrechen – besann sich aber dessen, was auf dem Spiel stand und legte einen neutralen Tonfall auf.

»Und Sie wollen mich auch nicht als Feind, Standish. Ich denke, Sie wissen, warum.«

»Wir alle sind uns Ihrer Position bewusst, Sloan. Also spielen wir nett, machen das Beste aus der Situation und arbeiten auf bessere Zeiten hin, okay? Ich brauche nicht noch mehr Mist in meinem Leben, als ich eh schon habe. Ich folge nur Befehlen. Machen Sie aus der Mücke keinen Elefanten.«

Sie erreichten das Erdgeschoss und Standish führte ihn zur Eingangstür.

»Möchten Sie irgendetwas für unterwegs? Soda? Wasser?«

»Nein, danke. Bilde ich mir das nur ein oder verschlechtert sich sein Zustand?«

Standish starrte auf das mürrische Gesicht eines Marineoffiziers auf einem der dunklen Ölgemälde im Foyer und wählte seine Worte sorgfältig. »Ich denke, er ist relativ stabil. Er geht einen Tag nach dem anderen an. Nicht schlechter, nicht besser.«

»Eine Art Schwebezustand also?«

»Genau das. Aber wir alle haben unsere Last zu tragen.«

Standish schwang die Tür auf und Sloan trat auf die Veranda.

»Ich melde mich, sobald ich etwas für Sie habe«, sagte Sloan.

»Mehr können wir nicht von Ihnen verlangen. Gute Fahrt.«

Die Tür fiel mit einem tiefen *Klick* ins Schloss und Sloan verzog den Mund, als er die Stufen hinunterging und auf sein Auto zu. Der Fahrer wartete daneben. Er blickte zur Seite und sah, wie ihn zwei der Sicherheitsmänner beobachteten, die Ausbeulungen ihrer Schulterholster offensichtlich unter den Jacken. Er wusste, dass versteckte Kameras jede seiner Bewegungen verfolgten und dass irgendwo ein Sicherheitsmann saß und eine Reihe von Bildschirmen im Auge behielt, die fast jede Ecke des Anwesens überwachten.

Das war alles zu erwarten, aber trotzdem machte ihn das Haus nervös, und der Invalide war sogar noch unheimlicher, als er es zuvor gewesen war – was unter diesen Umständen schwer zu glauben war. Aber irgendwie, verkabelt mit den Maschinen, strahlte er eine ruhige Bedrohlichkeit aus, die fast greifbar war.

Wäre Sloan an seiner Stelle, hätte er sich seine Glock in den Mund gesteckt und der Sache ein Ende bereitet. Auf keinen Fall würde er so den Rest seines Lebens verbringen wollen. Sloan kannte genügend Details, um Gänsehaut zu bekommen, wenn er daran dachte, und er atmete erleichtert auf, als er sich in dem weichen Leder des Rücksitzes zurücklehnte und einen letzten Blick auf die Villa warf.

Sei vorsichtig, alter Junge, dachte er. *Es gibt schlimmere Dinge, als zu sterben.*

Viel schlimmere.

Wie er nur zu gut wusste.

KAPITEL 6

Eine Stunde nach Sonnenaufgang wurde Jet unsanft von dem Sonnenlicht geweckt, das durch die dünnen Motelvorhänge fiel. Für einen kurzen Moment wusste sie nicht, wo sie war, dann brachte sie das Geräusch eines schweren LKWs, der die Straße entlangfuhr, zurück in die Realität. Alles stürzte wieder auf sie ein – die Reise, um Hannah wiederzusehen, die Unsicherheit, weil niemand ans Telefon ging und … Alan, tot in der Fährexplosion.

Jet schaltete den uralten Fernseher an und fand einen Nachrichtensender, auf dem die Fähre das Hauptthema war. Die Behörden waren nun überzeugt, dass es ein Terroranschlag war, es war nur noch unklar, welche Terrorgruppe den unaussprechlich barbarischen Akt vollzogen hatte. Es wurde viel spekuliert, aber niemand hatte sich dazu bekannt, es gab also nichts, um die Sendezeit zu füllen, außer eventueller Motive und ausschweifender Spekulationen.

Sie hatte schnell genug von der inhaltsleeren Berichterstattung und schaltete den Fernseher ab. Dann duschte sie schnell, bevor sie sich wieder auf den Weg machte. Frühstück würde sie vom Markt auf dem Weg aus der Stadt besorgen und dann, mit ein bisschen Glück, war sie bis zum Mittagessen bei Hannah.

Jet versuchte noch einmal Magdalenas Handy zu erreichen, bevor sie weiterfuhr, wurde aber nur mit dem bereits bekannten endlosen Klingeln belohnt, gefolgt von dem Besetztton. Nichts hatte sich geändert. Sie schaltete das Handy ab, um den Akku zu schonen, hängte sich die Tasche über die Schulter und ging nach draußen zum Auto.

Eine Tasse starken, reichhaltigen Kaffees und ein Stück Gebäck später fuhr sie über die Brücke, die den Rio San José überquerte, und fand sich auf einem ländlichen, zweispurigen Highway wieder, der an beiden Seiten von Palmen gesäumt war. Er wirkte im Vergleich zu dem umliegenden Farmland fehl am Platz, aber er passte zu dem schrulligen Land, das so viele widersprüchliche Einflüsse zu einem harmonischen Ganzen verschmolz. Jet lächelte, als sie einen alten Mann und seine Frau in einem Pferdewagen überholte, die auf dem Weg zum Markt waren. Ihr Erntegut hatten sie auf die Pritsche geladen. Für manche Menschen war das Leben voller Beständigkeit – pflanzen, sähen, ernten. Sie bewirtschafteten dasselbe Land wie ihre Vorfahren und würden dahinscheiden, ohne jemals den Stress des modernen Lebens kennenzulernen.

Jet fühlte sich von dieser Einfachheit angezogen. Für sich selbst und für ihre Tochter. Sie wusste, dass die Welt, in der sie gelebt hatte, eine hässliche Realität war, die den meisten nicht bekannt war, und sie hatte sich lange danach gesehnt, alles hinter sich zu lassen. Nachdem sie ihren eigenen Tod vorgetäuscht hatte, dachte sie, dass sie es in der Vergangenheit lassen konnte, aber es hatte nicht sein sollen. Jetzt, da sie die letzte Bedrohung aus ihrer Vergangenheit eliminiert hatte – den Sohn des Russen Grigenko – konnte sie sich endlich eine neue Zukunft vorstellen. Eine bessere, in der sie und Hannah ihr Leben in Ruhe und Frieden genießen konnten. Die hässliche Vergangenheit begraben, konnte sie den Rest ihrer Tage damit verbringen, sie zu vergessen.

Und es war auf jeden Fall besser, die Toten begraben zu lassen. David, der Verräter, zu dem sie eine unglaubliche Verbindung gehabt hatte; Matt, dessen magnetische Anziehungskraft sie bis auf einige Küsse unerforscht gelassen hatte; Alan, und das Versprechen auf eine bessere Zukunft in der Gesellschaft einer verwandten Seele … so viele Tote, die Opfer der Unbarmherzigkeit ihrer alten Berufung.

Eine einsame Träne rollte über ihre Wange und sie wischte sie weg. Der Tod war ihr nicht fremd, sie hatte ihn auf unzählige Missionen eingeladen und ihm öfter die Türe geöffnet, als sie es zählen konnte. Aber die, denen sie das Leben genommen hatte, waren Profis gewesen und hatten das Risiko gekannt, auf das sie sich eingelassen hatten, oder waren Krebsgeschwüre der Menschheit gewesen – Terroristen, Kriminelle, Bedrohungen für ihr Land. Der Verlust der einzigen drei Männer, die ihr je wichtig gewesen waren, schien unfair. Aber hier, die Landschaft an ihr vorbeirauschend, fand sie sich endlich damit ab, dass das Leben nicht fair war. Deshalb war es wichtig, das Gute zu genießen, wenn es vorbeikam – es gab keine Garantie, dass es bleiben würde.

Die Straßen, die sich durch das flache Farmland zogen, waren schlecht bestellt. Dann, als sie auf einen Highway abbog, der an der Hauptstadt Montenegro vorbei und nach Maldonado führte, wurde sie auf einmal besser und sie konnte schneller werden. Sie rechnete die übrige Strecke durch und schätzte, dass sie bis halb eins bei Magdalenas Wohnung wäre. Jets Verlangen, Hannah zu sehen, war ein beinahe körperlicher Schmerz, und mit jeder Meile Asphalt, die sie ihrem Ziel näherkam, wuchs ihre Rastlosigkeit.

Sie lag besser in der Zeit, als sie gehofft hatte, und am Mittag war sie in den Außenbezirken Maldonados. Einige Minuten später erreichte sie den Wohnblock und umrundete rasch einmal das Gebäude, bevor sie auf der gegenüberliegenden Straßenseite parkte. Sie blickte zum Rücksitz und beschloss, ihre Tasche im Auto zu lassen – sie hatte keine Ahnung, was sie in der Wohnung finden würde, und wollte nicht von ihrem Gepäck ausgebremst werden, wenn sie schnell reagieren musste.

Als sie die Lobby betrat, erkannte sie der Sicherheitsmann von ihren vorherigen Besuchen. Sie hatte an dem Tag, an dem sie Hannah hergebracht hatte und Magdalena eingezogen war, das Gebäude besichtigt.

»*Buenas tardes.* Könnten Sie bitte Apartment 2D anrufen?«, fragte Jet den Mann.

»*Si.* Natürlich. Gehen Sie rauf. Ich erinnere mich an Sie«, sagte er und winkte in typisch gelassener südamerikanischer Manier ab.

»Danke. Schön Sie wiederzusehen.« Jet warf ihm ein strahlendes Lächeln zu und ertappte ihn dabei, wie er rot wurde. Keine Frage, er erinnerte sich an sie – wenn sie seine Reaktion richtig deutete, hatte er noch tagelang an sie gedacht, nachdem sie das letzte Mal zu Besuch gewesen war.

Sie stieg die Treppen zum zweiten Stock hinauf und klopfte an die Tür, dann drückte sie auf die Türklingel. Einige Augenblicke später hörte sie Schritte im Inneren und Magdalena öffnete mit einem erfreuten Gesichtsausdruck die Tür.

»*Señora!* Sie sind zurück! Willkommen. Was für eine wundervolle Überraschung!«

Bevor sie durch die Tür getreten war, rannte schon ein kleines Bündel ungezähmter Energie den Flur entlang und warf sich auf Jet. Sie hatte gerade genug Zeit, um in die Knie zu gehen und ihre Arme auszubreiten. Hannahs nasse Haare rieben gegen Jets Brust, als sie sich in die Arme fielen, der frühlingshafte Duft ihres Blumenshampoos war der schönste Geruch, der Jet je unter die Nase gekommen war.

»Mama! Du zuhause!«, rief Hannah.

»Ja, Liebling. Bin ich.«

Sie hielten sich für eine kleine Ewigkeit fest, dann schob Jet Hannah ein Stück zurück und musterte ihr Gesicht.

»Hast du mich vermisst?«

»Ja. Hannah vermisst dich!«

»Warst du brav?« Jets Blick wanderte zu Magdalena. »War sie brav?«

Magdalena lächelte. »Natürlich war sie das. Sie ist ein kleiner Engel, vom Himmel gesandt.«

Jet begutachtete ihre Tochter, die unschuldig lächelte. »Ist das so?«

»Ja, Mama.«

Jet zog sie noch einmal an sich, dann löste sich Hannah von ihr und rannte zurück in das Wohnzimmer, wo eine Reihe von Spielzeugen über den Boden verstreut lag. Jet stand auf und wandte sich Magdalena zu.

»Ich habe schon seit Tagen versucht, dich zu erreichen …«

»Oh, *Señora,* es tut mir so leid. Das Telefon … nun, Hannah hat beschlossen herauszufinden, ob es schwimmt. Während ich den Abwasch gemacht habe, hat sie im Badezimmer ein Experiment gestartet.«

»Ah. Ich befürchte, die werden nicht wasserfest konzipiert.«

»Nein. Aber ich werde morgen ein neues Telefon kaufen. Ich habe nur keinen Sinn darin gesehen, wenn Sie die neue Nummer nicht haben.«

»Du weißt, dass in dem alten Handy ein Chip ist, den du entfernen und in das neue Telefon stecken kannst, damit du die gleiche Nummer behältst?«

»Wirklich? *Mierda.* Als es zwei Tage nicht funktioniert hat, habe ich es weggeworfen. Es tut mir leid.«

Jet seufzte und ging in das Wohnzimmer. »Es ist kein Problem. Wie gesagt, wir können dir morgen ein neues besorgen.«

Magdalena folgte ihr und begann in der Küche zu hantieren. »Also, hat alles … sind Sie endgültig zurück? Haben Sie Ihr … Problem gelöst?«, Magdalena versuchte taktvoll zu sein. Jet hatte ihr eine ausgedachte Geschichte von einem gewalttätigen Exfreund erzählt, der sich zu einer Bedrohung für sie entwickelt hatte.

»Ja, habe ich. Ich glaube nicht, dass wir noch in Gefahr schweben.«

»Nun, das sind wundervolle Neuigkeiten!«, Magdalenas Stimme war aufgeregt und glücklich, aber Jet hörte verstecktes Unbehagen.

Jet lächelte auf eine, wie sie glaubte, beruhigende Art. »Ich habe gehofft, über Nacht bleiben zu können und mir morgen Gedanken über alles andere zu machen. Ich glaube nicht, dass ich nach dieser Erfahrung in Uruguay bleiben will, aber …«

»Ich habe vollstes Verständnis. Machen Sie sich keine Sorgen. Ich werde in diesem Apartment sein, solange Sie mich brauchen, und natürlich können Sie sich nehmen, was Sie brauchen. Hannah hat bereits Freunde gefunden, aber in ihrem Alter wird sie schnell neue finden. Wichtig ist, dass Sie glücklich und sicher sind und dass keine Gefahr mehr besteht.«

»So ähnlich sehe ich das auch.« Jet beäugte Hannah, die inzwischen vollkommen von ihren Spielzeugen eingenommen war. »Ich werde meine Sachen aus dem Auto holen. Wenn ich mich recht erinnere, steht in Hannahs Zimmer ein Doppelbett. Das sollte für die Nacht reichen.«

»Ja, stimmt, aber wenn Sie tauschen möchten, das Bett in meinem Schlafzimmer ist noch größer. Es ist Ihre Entscheidung, *Señora.*«

Jet ging den Flur zurück, und als Hannah aufsah, winkte sie ihr zu. »Ich bin gleich zurück, Schatz.«

»Okay, Mama. Ich bin brav.«

Das Versprechen ihrer Tochter ließ Jets Herz schmelzen. Sie war so optimistisch und niedlich. Hannah hatte Besseres verdient, als mit Magdalena zurückgelassen zu werden. Ein Schuldgefühl durchbohrte sie, aber sie unterdrückte es – sie hatte nur getan, was sie tun musste, um die Sicherheit der anderen zu garantieren. Wenn sie die Wahl gehabt hätte, dann wäre sie es ganz anders angegangen. Aber das war in der Vergangenheit. Jetzt war die Zukunft wichtig. Eine Zukunft, die strahlend, aber auch düster war – und bis gestern voller neuer Möglichkeiten, mit Alan an ihrer Seite. Aber wie so vieles andere in ihrem Leben war auch dieses helle Licht abrupt erstickt worden.

Sie stieg die Treppen hinab und nickte dem Sicherheitsmann zu, der die Geste erwiderte, als sie durch die Eingangstür aus Glas und Stahl trat. Die Sonne schien warm auf ihr Gesicht, während sie den Häuserblock zu ihrem Auto entlangspazierte, und sie atmete tief die salzige Seeluft ein, voller Energie von der Wiedervereinigung mit ihrer Tochter. Mit einem melancholischen Gefühl starrte sie den Koffer auf dem Rücksitz an – darin war der Rest ihrer weltlichen Besitztümer. Einige Kleidungsstücke. Ein paar alltägliche Hygieneprodukte. Es schien nicht viel zu sein, doch dann wanderte ihre Hand instinktiv zu ihrem Hals, wo noch immer die kleine Ledertasche mit den drei Millionen Dollar in Diamanten hing. Es hätte alles noch viel schlimmer sein können.

Sie verschloss das Fahrzeug und kehrte in Gedanken verloren zu der Wohnung zurück. Sie hievte die Tasche über die Schulter, als sie durch die Eingangstür schritt, ihre Rippen immer noch wund von der Auseinandersetzung mit dem Russen, die wenige kurze Tage zurücklag.

Zwei Blocks weiter rollte ein schwarzer Transporter mit grimmig blickenden Insassen langsam vom Bordstein und um die Ecke, fließend abgelöst von einem SUV mit abgedunkelten Fenstern.

KAPITEL 7

Ein alter Pick-up, bestimmt vierzig Jahre über seine beste Zeit hinaus, kam stotternd an einer Ampel auf einer der Hauptstraßen zum Stehen, die nach Maldonado führten. Ein Mann sprang von der Pritsche und winkte dem Fahrer zu, als sich das alte, mit bedrohlich aufeinandergestapelten Holzkisten beladene Fahrzeug weiter zum Markt schleppte.

Alan streckte sich und blickte sich um. Die Gebäude zu seiner Linken kamen ihm vage bekannt vor – er meinte, sie von seinem letzten Besuch zu erkennen. Wenn er recht hatte, dann lag die Wohnung näher am Meer, in Richtung der Punta del Este. Er machte sich auf den Weg.

Alan hatte eine anstrengende Nacht in einem Park in Montevideo verbracht. Er hatte Hotels gemieden, weil er sich nicht ausweisen konnte. Das, und weil er auf sein Geld achten wollte – er konnte nichts weiter als einige hundert, leicht feuchte Dollar vorweisen, seine Kreditkarten und der Ausweis waren auf der Fähre in Flammen aufgegangen, zusammen mit allem anderen, was er besessen hatte, abgesehen von den Kleidern am Leibe. Er befand sich zweifellos in einer prekären Lage, aber er hatte schon Schlimmeres durchgestanden, und nach einer kalten Nacht, in der er fast auf einer Parkbank erfroren war, hatte er beschlossen, nach Norden zu trampen.

Hoffentlich hatte Jet es geschafft, zu Magdalena zu kommen – er erinnerte sich nicht an ihre Nummer, die er in seinem Handy gespeichert hatte, das jetzt auch am Grund der Bucht lag. Alles würde sich in Wohlgefallen auflösen, wenn sie wiedervereint wären. Sie hatte massenhaft Geld, mit dem sie ihm eine neue Identität kaufen konnte. Die Explosion war jedoch ein loses Ende und bereitete ihm Sorgen, seit er am Strand von Montevideo aus dem Wasser gekrochen war. Auch wenn es wahrscheinlich nichts mit ihm zu tun hatte, konnte er das Gefühl nicht abschütteln, dass die Männer am Terminal ihn beobachtet hatten.

Die Frage, die Alan keine Ruhe ließ, war, warum irgendjemand eine Fähre in die Luft jagen und dabei jeden Passagier an Bord töten wollte. Konnte es wirklich sein, dass sie versucht hatten, ihn zu erwischen? Aber warum? Wer wollte ihn tot sehen? Und ein weiterer nagender Zweifel hatte sich in ihm breitgemacht – wie hatte irgendjemand wissen können, dass er vorhatte, an Bord der Fähre zu gehen? Niemand wusste, wo er war – außer … der Direktor des Mossad. Nicht, weil Alan es ihm gesagt hatte, sondern weil er, wenn er es wirklich wissen wollte, die Reisedaten durchsuchen konnte, um zu sehen, welchen Flug Alans Missionsausweis genommen hatte, um Los Angeles zu verlassen.

Darauf fiel Alan nichts mehr ein. Da war es wieder – ein Szenario, in dem der Direktor möglicherweise in etwas Illegales verwickelt war. Er dachte an Jets Misstrauen gegenüber allem, was mit dem Mossad zusammenhing, schüttelte die Bedenken aber ab. Es war unvorstellbar, dass der Direktor mit einem Versuch, ihn auszuschalten, zusammenhing – insbesondere, wenn es bedeutete, bei dem Versuch fast eintausend Unschuldige zu ermorden. Alan machte sich keine falschen Vorstellungen über die Welt, in der er lebte, aber selbst in dem schattenhaften, geheimnistuerischen Niemandsland, das er sein Zuhause nannte, schlachtete man nicht eine Schiffsladung Zivilisten ab, um einen einzelnen Mann loszuwerden.

Er bog um die Ecke. Er schien auf der richtigen Straße zu sein. Die Wohnung musste hinter der nächsten Kurve liegen, drei oder vier Blocks entfernt. Jetzt war er sich sicher.

Seine Gedanken kehrten zu dem Anschlag auf die Fähre zurück und wandten sich dann in eine noch hässlichere Richtung. Er dachte an den Lockerbie-Anschlag, bei dem ein gesamtes Flugzeug voller Menschen ermordet worden war – der Anschlag wurde letzten Endes einem Libyer zugeschrieben, der bei seiner Gerichtsverhandlung und während seiner Haft unerlässlich seine Unschuld beteuert hatte. Unter Geheimdienstmitarbeitern gab es das Gerücht, dass in dem Flugzeug vier CIA-Agenten gewesen waren, auf dem Rückflug nach Langley, um den Heroinschmuggel auffliegen zu lassen, in den eine Gruppierung innerhalb der CIA verwickelt war, die für den Handel mit der Droge verantwortlich war, und dass man den Flug abgeschossen hatte, um sie für immer ruhigzustellen. Die offiziellen Berichte hatten wichtige Beweise ignoriert, wie die Tatsache, dass Botschaftsmitarbeiter und Familienmitglieder hochrangiger Politiker im letzten Moment beschlossen hatten, nicht in das Flugzeug zu steigen, und sich stattdessen auf den bösen libyschen Terroristen konzentriert – aber niemand hatte sich jemals eine glaubhafte Erklärung dafür ausgedacht, warum ein Libyer den Flug in die Luft jagen wollte. Damals hatte die Öffentlichkeit akzeptiert, dass man den Gedankengang eines Terroristen nicht verstehen konnte und er einfach größtmöglichen Schaden unter Zivilisten hatte anrichten wollen.

Alan war nicht jungfräulich, nicht unschuldig, und er hatte an einer Reihe verdeckter Missionen teilgenommen, die mehr waren, als sie im ersten Moment erschienen. Aber es war trotzdem schwer für ihn, sich ein Gewissen vorzustellen, dass den Befehl geben konnte, eine Bootsladung Unbeteiligter abzuschlachten, nur um ihn auszuschalten.

Eine Brise wehte vom Meer zu ihm herüber und ließ ihn trotz des milden Wetters zittern. Auf dem Weg zu der Wohnung grübelte er über seinen nächsten Schritt nach. Er hatte keine Ahnung, ob er in Gefahr schwebte oder nicht, aber wenn er das Ziel des Anschlags auf die Fähre gewesen war, dann war er in den Augen der Welt tot. Vielleicht nicht die schlechteste Position – auch wenn es Jet nicht viel geholfen hatte.

Jet. Der eine Lichtblick in seinem Leben. Eine weitere gebrochene Seele, die versuchte ihren Weg zu finden und die Vergangenheit hinter sich zu lassen. Konnte es zwischen ihnen funktionieren? Sie beide? Wagte er es überhaupt, sich Hoffnungen zu machen? Sie schleppte auf jeden Fall genug von ihrem eigenen Ballast mit sich, aber hatten sie nicht alle mehr als genug davon? Es war unmöglich, in ihrer Welt gelebt zu haben und keine Narben davonzutragen – von Wunden, die niemals ganz verheilen würden. Vielleicht war es naiv, sich eine Zukunft mit ihr vorzustellen. Oder mit irgendwem. Aber er wusste, dass er, wenn er an ihre tanzenden grünen Augen und ihr verschmitztes Lächeln dachte, etwas fühlte … etwas Echtes. An diesem Punkt in seinem Leben war er bereit, sich auf etwas Echtes einzulassen. Nach einem Leben im Schatten schien *echt* gut.

Mittlerweile konnte er etwas mehr als ein Häuserblock rechts von ihm den Wohnblock erkennen. Er erhöhte das Tempo, doch als er näherkam schlug sein sechster Sinn Alarm. Irgendetwas stimmte nicht, aber er wusste nicht, was. Dann sah er es: Ein schwarzer Transporter parkte mit laufendem Motor drei Meter vor ihm. Vielleicht war es gar nichts, aber das glaubte er nicht. Im Vorbeigehen warf er einen Blick hinein und wie vermutet, beobachtete der Fahrer die Wohnung und sprach mit jemandem auf dem Rücksitz. Und er trug ein kabelloses Headset.

Alan ließ sich nichts anmerken und ging, ohne langsamer zu werden und ohne hinzusehen an der Wohnung vorbei, dann bog er um die Ecke am Ende des Blocks und ging nach rechts. Was auch immer es war, es konnte nichts Gutes bedeuten. Sein beruflicher Instinkt, geschärft von einem Jahrzehnt der Überwachung und Beschattung, sagte ihm alles, was er wissen musste. Jemand beobachtete das Gebäude. Das bedeutete, dass Jet ein großes Problem hatte – eines, von dem sie wahrscheinlich nichts wusste.

Alan wanderte weiter die Straße entlang, dann bog er am nächsten Block links ab und ging weiter geradeaus. Unauffällig durchsuchte er die Nachbarschaft. Er musste verstehen, womit er es zu tun hatte, und der erste Schritt war, herauszufinden, wer sie sonst noch beobachtete. Sobald er das wusste, konnte er einen Plan schmieden. Im Moment konnte er nichts tun, außer zu warten, bis sie aktiv wurden. Die Frage war nicht, ob sie etwas unternehmen würden, sondern wann. Davon ausgehend, dass Jet in dem Gebäude war, würde er an ihrer Stelle warten, bis es dunkel war – um diese Zeit herrschte zu viel Verkehr, aber sobald die Sonne untergegangen war und nachdem sich die Bewohner für die Nacht zurückgezogen hatten, wären die Straßen verlassen.

Er umrundete den Häuserblock und kam zurück auf die Straße, wo der Transporter geparkt war. Er studierte die anderen Fahrzeuge, sah aber nichts Verdächtiges. Im Moment war es also nur der Transporter.

Sobald es Nacht wurde, war Jet nicht mehr die Einzige, die angreifbar war. Die Wachposten gingen wahrscheinlich davon aus, dass sie allein war – und sie hätten recht gehabt, wenn ihn nicht der Zufall in ihre Nähe gebracht hätte. Diese kritische Information könnte sich als der Vorteil herausstellen, den er benötigte. Sie hatten keine Ahnung, dass er mitspielte.

Was vermutlich der letzte Fehler ihres Lebens sein würde.

***

Kurz nach Sonnenuntergang, als die letzten Anwohner, die noch auf dem Weg nach Hause waren, von den Straßen verschwanden, fuhr ein SUV an dem Haupteingang des Gebäudes vorbei und vier kalt wirkende Männer in schwarzen Sturmjacken stiegen aus. Ihre Blicke suchten geübt die Straße ab, während sie auf die Türen des Gebäudes zumarschierten.

Der Sicherheitsmann in der Eingangshalle sah mit einem verwunderten Lächeln von seiner Zeitschrift auf, als die vier Männer eintraten, dann verwandelte sich sein Ausdruck in ein Keuchen, als der Anführer ihm den Griff seiner Pistole gegen die Schläfe rammte. Er versuchte noch nach dem Telefon zu greifen, dann sackte er ohnmächtig zusammen und landete krachend auf dem Boden, als sein Drehstuhl nachgab. Sein Schädel schlug mit einem hörbaren Knacken auf dem gefliesten Boden auf und die Männer tauschten knappe Blicke – er würde so bald nicht zu sich kommen. Zwei kleine Flachbildschirme zeigten Überwachungsaufnahmen vom Eingang und der Anführer ging zu dem Computer und schaltete ihn ab, dann drehte er sich zu den anderen Söldnern um.

»Denkt daran, den ganzen Scheiß auf dem Weg nach draußen mitzunehmen. Ich habe keine Lust heute Abend unsere dumm grinsenden Gesichter in den Nachrichten zu sehen«, wies er sie mit tiefer Stimme an.

Die Männer nickten als Antwort.

Er tippte gegen sein Headset und sprach leise. »Terry. Hier ist Tango. Over. Was hast du für uns?«

»Nichts. Die Straße ist leer. Ich würde sagen, ihr könnt anfangen«, murmelte eine Stimme aus dem Transporter, der das Gebäude von außen überwachte. »Bringen wir es hinter uns. Ihr könnt zugreifen.«

»Alles klar. Ihr zwei nehmt die hintere Treppe. Wir nehmen die vordere. Das Ziel ist die dritte Tür von der Haupttreppe aus, auf der straßenzugewandten Seite. Seid leise, wenn ihr näherkommt. Denkt daran, mit wem wir es hier zu tun haben. Ich gebe euch drei Minuten, um euch in Position zu bringen, dann kommen wir die Haupttreppe hoch. Wenn euch irgendjemand sieht, schaltet ihn aus«, warnte der Anführer, bevor er eine schallgedämpfte Pistole aus seinem Schulterholster zog und in den langen Flur deutete, der zur Rückseite des Gebäudes führte. Zwei der Männer bewegten sich schleichend den Gang entlang. Auch sie zogen Waffen unter ihren Jacken hervor, dann verschwanden sie hinter einer schweren Stahltür, die zu der Wartungstreppe führte.

Überrascht davon, wie dunkel es war, blieben sie auf dem Treppenaufgang im Erdgeschoss stehen – die Glühbirne war durchgebrannt und hatte die Umgebung tiefschwarz zurückgelassen und es gab kein Fenster, durch das Licht dringen konnte.

»Scheiße, ist es dunkel hie-«

Der Anführer bekam keine Chance, seinen Satz zu beenden. Eine Gestalt ließ sich von dem Treppenabsatz über ihnen fallen, während er noch versuchte, mit der Pistole auf den Schatten zu zielen, dann prallte ein lähmender Tritt gegen seine Brust, raubte ihm den Atem, und seine Waffe polterte über den Boden. Er taumelte gegen seinen Partner, der nur einen Sekundenbruchteil zu langsam reagierte, um sie beide zu retten, und ein Schwall warmen Blutes spritzte über das Gesicht des zweiten Schützen, während er noch seine Pistole zum Schuss hob. Der Anführer sackte auf den harten Betonboden, seine Kehle von Ohr zu Ohr durchgeschnitten, und sein Partner ließ die Waffe fallen, als ihn ein stechender Schmerz durchfuhr. Der brennende Schock seiner aufgeschlitzten Bauchdecke erstickte jeden Kampfgeist. Sein Gesicht verzerrte sich zu einer qualvollen Maske, als seine Gedärme über seine Schuhe rutschten. Er stolperte vorwärts, sein schwindendes Bewusstsein versuchte noch zu verstehen, was sie beide gerade umgebracht hatte.

Jet stand über den zwei Leichen, ihre Augen komplett an die Dunkelheit gewöhnt. Sie bückte sich, wischte das Blut von dem langen gezahnten Brotmesser und benutzte die Jacke des ersten Mannes, um das Messer und ihre Hände zu säubern. Sie steckte sich das Messer in den Gürtel, dann streckte sie die Hand aus und griff sich die nächste Waffe, bevor sie zu dem zweiten Mann ging und auch seine Waffe einsammelte. Sie registrierte, dass beides Ruger 9mm Pistolen mit maßgeschneiderten Schalldämpfern waren. Beide waren geladen und entsichert.

Flüchtig durchsuchte sie die Toten, konnte aber nichts finden. Keiner der beiden hatte einen Ausweis oder Geld. Sie waren offensichtlich Profis, ausgehend von ihren Waffen und dem Kommunikationsequipment. Und Amerikaner. Die paar Worte, die der erste Mann auf Englisch von sich gegeben hatte, waren genug gewesen, um sie zuzuordnen.

Aufmerksam lauschend zog sie das Funkgerät aus seinem Ohr, säuberte es von dem Blut und steckte es sich selbst ins Ohr, dann steckte sie sich eine der Pistolen in den Hosenbund, bevor sie die Stufen zum zweiten Stockwerk erklomm.

Die gesamte Aktion hatte weniger als dreißig Sekunden gedauert.

Sie öffnete die Tür zum zweiten Stockwerk einen Spalt weit und stellte sicher, dass der Gang leer war. Sie überlegte kurz, dann schloss sie die Tür leise und hechtete, zwei Stufen auf einmal nehmend, die Treppe zum dritten Stock hoch.

KAPITEL 8

»Alles klar. Los geht's«, sagte der Anführer und blickte auf die Uhr, während er von seiner Position am Fuße der Haupttreppe aus die Stufen ins Auge nahm. Exakt drei Minuten waren vergangen. Der Eingangsbereich war leer und er hatte sich einen Moment Zeit genommen, um den Riegel an der Eingangstür vorzuschieben, damit sie nicht gestört wurden.

Beide Männer schlichen die breite Treppe hinauf, ihre Gummisohlen lautlos auf den Marmorstufen. Als sie den zweiten Stock erreichten, nickten sie sich zu, bevor sie um die Ecke bogen und auf den Gang traten.

Das Gesicht des Anführers wirkte für einen Moment genervt. Er tippte gegen sein Funkgerät.

»Wo zur Hölle seid ihr? Wir sind in Position«, flüsterte er wütend.

Die erste schallgedämpfte Kugel zerriss sein Schlüsselbein, die nächsten zwei zerfetzten seinen Schädel und ließen sein Gehirn gegen die Wand spritzen. Eine vierte Kugel knallte gegen die Schulter des zweiten Söldners, der seine Waffe fallen ließ. Die Hand gegen die Wunde gedrückt wirbelte er herum und fand sich Alan gegenüber, der ihn gelassen vom Treppenabsatz aus ansah.

Alan legte sich einen Finger auf die Lippen und deutete auf das Headset des verwundeten Söldners. Die Augen des Mannes weiteten sich, als er überlegte, es zu aktivieren und die Männer im Transporter zu warnen, aber der Pistolenlauf, der ruhig auf seine Stirn gerichtet war, ließ ihn zögern – wer auch immer das war, er wusste, was er tat. Er blickte auf den toten Anführer herab und hob eine blutige Hand, mit geöffneten Fingern, bevor er sie zum Ohr führte und den Ohrhörer herauszog, darauf bedacht, ihn nicht versehentlich mit einer Berührung zu aktivieren. Alan machte eine Geste mit der Waffe, lehnte sich herunter und legte das Headset auf die Brust des Anführers.

»Sehr gut. Also, hier ist der Plan. Du gehst fünf Meter zurück und ich werde deine Waffen einsammeln. Dann will ich, dass du seine Leiche zur Hintertreppe trägst, wo wir ihn lassen werden, und dann werden du und ich ein kleines Gespräch führen. Wenn du mich nicht anlügst und alle meine Fragen beantwortest, wirst du leben. Anderenfalls stirbst du, genau wie die anderen drei. Es gibt keine dritte Möglichkeit, also spar dir den Atem.« Alan begutachtete die Wunde des Mannes. »Das wird dich nicht umbringen, aber ich werde es tun. Hast du das alles verstanden?«

Der Mann nickte.

»Okay. Geh den Gang entlang und bleib stehen, wenn ich es dir sage.«

Der Mann folgte der Anweisung.

Jet erschien hinter Alan, blieb aber still und erlaubte ihm, die Sache mit seinem Gefangenen zu Ende zu bringen. Er ging zu dem Toten, schnappte sich das Headset und steckte es sich ins Ohr.

»Das ist weit genug«, rief Alan dem Schützen zu. Er bückte sich und sammelte die Waffen auf, dann warf er Jet eine davon zu, bevor er einen Schritt zurückging und nickte.

»Schlepp ihn weg. Jetzt«, befahl er.

Mit einem angestrengten Grunzen folgte der Verletzte dem Befehl, Tropfen seines eigenen Blutes vermischten sich mit der Schleifspur, die der Körper des Toten hinterließ, als er über den Marmor rutschte.

Als sie die Tür zum Treppenhaus erreicht hatten, machte Alan wieder eine knappe Geste und der Verletzte drehte den Stahlknauf und drückte sie auf, dann zog er die Leiche auf den stockdunklen Treppenabsatz.

»Sehr gut. Und jetzt gehen wir zurück zur Haupttreppe. Ich möchte nicht, dass du im Dunkeln auf dumme Ideen kommst.« Er drehte sich um und sah Jet an. »Wir sollten bereit sein, zu verschwinden. Ich kümmere mich um das hier und bin in ein paar Minuten zurück.« Jet nickte und schlich leichtfüßig zur Wohnung.

Als sie die Haupttreppe erreichten, blieben beide Männer stehen. Der verletzte Mann wandte sich Alan zu, Blut breitete sich über seiner Jacke aus und durchtränkte sein T-Shirt.

»Hoch. Wir gehen aufs Dach. Ich will etwas Privatsphäre. Es wäre zu schade, wenn wir von deinen Freunden im Van unterbrochen würden«, sagte Alan. Die Augen des Verletzten verengten sich – sein Angreifer wusste von dem Überwachungsteam. Das verringerte seine Chancen weiter, die Befragung zu überleben.

Sie erklommen die Stufen und der blutende Söldner klammerte sich an das Geländer, bis sie die Tür zum Dach erreicht hatten. Sie war unverschlossen. Alan hatte das Schloss vorher aufgebrochen und ein kleines Stück Holz in die Schwelle geklemmt, um sie offenzuhalten.

»Mach schon. Mach sie auf, aber spar dir die Mühe, etwas zu versuchen. Es gibt kein Entkommen.«

Als sie draußen waren, machte Alan eine Bewegung mit der Waffe. »Setz dich hin. Du wirst bald jemanden brauchen, der sich um deine Wunde kümmert, also machen wir es kurz. Wer bist du?«

Der Mann schüttelte den Kopf. »Du weißt, dass ich das nicht sagen kann.«

»Ich weiß, dass du den schmerzhaftesten Tod sterben wirst, den du dir vorstellen kannst, wenn du es mir nicht sagst. Du bist ein junger Typ. Willst du wirklich auf dem Dach von irgendeinem verdammten Loch in Südamerika draufgehen? Komm schon. Denk nach. Dein Akzent sagt mir, dass du Amerikaner bist. Also, zum letzten Mal. Für wen arbeitest du?«

Der Mann schüttelte den Kopf.

Vier Minuten später stieg Alan die Stufen wieder hinab und rechnete im Kopf durch, wie lange er noch hatte, bevor die Männer im Van sich wirklich Sorgen machten.

Der Ohrhörer knisterte, als er gerade im Eingangsbereich ankam.

»Was ist los?«, verlangte eine besorgte Stimme flüsternd.

»Eine Komplikation. Noch fünf Minuten«, zischte Alan in akzentfreiem Englisch, dann tippte er das Headset aus und machte sich auf den Weg zum Hinterausgang des Wohnhauses.

Mit ein wenig Glück wäre alles vorbei, bevor es begonnen hatte.

Und er fühlte sich, als könnte er sich auf sein Glück verlassen.

***

Der Mann auf dem Rücksitz des Vans räusperte sich. »Mir gefällt das nicht. Es dauert zu lange.«

»Er hat gesagt, es hätte eine Komplikation gegeben. Wahrscheinlich ein Nachbar. Entspann' dich. Die Jungs sind die Besten der Besten«, sagte der Fahrer.

»Aber es sind zwölf Minuten, seit sie das Gebäude betreten haben. Die Sache sollte fertig sein. Du weißt es und ich … oh, scheiße …«

Der Fahrer wandte seine Aufmerksamkeit ruckartig wieder der Windschutzscheibe zu, nachdem er sich seinem Partner zugewandt hatte, und fand sich einem ungepflegt aussehenden Mann gegenüber, der mit einer schallgedämpften Pistole auf ihn zielte. Das Funkgerät knisterte.

»Ich will eure Hände dort haben, wo ich sie sehen kann, oder ich entlade das Ding in den Van und niemand kommt lebend da raus«, sagte Alan mit ruhiger und gelassener Stimme, leicht verzerrt von den Lautsprechern, die im Heck des Vans verbaut waren.

Der hintere Agent hechtete zu einer Schrotflinte und Alan feuerte sechs Schüsse durch die Windschutzscheibe und übersäte die Ladefläche mit Kugeln. Der Mann zuckte, als drei davon seine Brust fanden. Er sackte zu Boden und eine Blutlache breitete sich um ihn herum aus. Der Fahrer starrte Alan wie versteinert an.

»Dein Freund hat nicht sehr gut zugehört. Das ist schade. Du scheinst ein bisschen schlauer zu sein. Mach, was ich dir sage – nimm deine Pistole aus dem Holster, mit zwei Fingern, und wirf sie hinter dich«, befahl Alan.

»Ich … ich habe keine Pistole.«

Alans Augenbrauen hoben sich ein wenig. »Wirklich? Wenn du mich anlügst, werde ich deine Körperteile über der ganzen Straße verteilen.«

»Ich habe keine. Nur die Schrotflinte da hinten.«

»Okay. Steig aus. Langsam.«

Die Tür öffnete sich und der Fahrer stieg wie befohlen aus, Scherben von dem Sicherheitsglas fielen von ihm ab und auf die Straße. Alan schätzte, dass er Mitte zwanzig war, aber mit einem kindlichen Gesicht.

Alan durchsuchte ihn mit der freien Hand, dann gab er ihm einen Schlag mit dem Pistolenlauf.

»Komm mit. Wir gehen spazieren. Wenn wir fertig sind, wirst du mir entweder erzählt haben, was ich hören will oder du wirst tot sein, wie der Rest deiner Crew.«

Der Fahrer sagte nichts.

»Los.«

»Wo… wohin gehen wir?«, stotterte er.

»Zu dem Gebäude, das ihr überwacht habt.«

»Wirst du mich umbringen?«

»Ich will es nicht. Aber ich werde es tun.« Im Laufen stieß Alan ihn ein weiteres Mal an. »Keine Waffe. Also bist du wirklich nur der Fahrer.«

»Richtig. Ich bin kein … Agent. Nur ein Techniker.«

»So wie dein Kumpel, der tote Möchtegernheld.«

»Er war nicht mein Kumpel.«

Sie erreichten die Häuserecke und Alan wurde langsamer. »Biege in diese Gasse ab. Sobald wir den Parkplatz erreicht haben, bleibst du stehen und legst die Hände an den Kopf. Ich werde dir einige einfache Fragen stellen und du wirst sie beantworten. Wenn du lügst, werde ich ein Stück von dir abschneiden, zuerst deine Finger. Ich mache keine Witze. Wenn du mir sagst, was ich hören möchte, wirst du leben. Hast du das verstanden?«

»Ja.«

»Bist du bereit zu sterben, um den harten Mann zu spielen?«

»Nein. Ich bin kein harter Kerl. Kein Job ist es wert, dafür zu sterben.« Der Fahrer sah so aus, als meinte er es ernst.

»Exakt. Weißt du was? Ich glaube wir werden hervorragend miteinander auskommen.«

KAPITEL 9

Jet erklärte Magdalena knapp, was passiert war. Eine Gruppe Auftragsmörder, zweifellos von ihrem Ex geschickt, hatte sie gefunden und sie schwebten in größter Gefahr. Alan hatte sich um sie gekümmert, aber sie musste aus der Wohnung verschwinden und hatte nur ein paar Minuten, um ihre Sachen einzusammeln.

Jet war geschockt gewesen, Alan lebendig zu sehen, aber er hatte erklärt, was geschehen war und sie vor der Bedrohung gewarnt, und sie war augenblicklich in den Agentenmodus gewechselt. Umfangreiche Erklärungen würden später folgen. Im Moment hatte es ein professionelles Mordkommando auf sie abgesehen und sie mussten effizient handeln oder sie würden sterben.

Jet spülte im Waschbecken die Blutreste von dem Brotmesser, außer Sicht der älteren Frau. »Magdalena, ich weiß, dass du Angst hast, aber mach dir keine Sorgen. Alan kümmert sich um alles. Er war beim Militär, er weiß also, wie man mit so etwas umgeht. Er wollte, dass wir in der Zwischenzeit unsere Sachen packen und uns bereitmachen, zu gehen, wenn er uns holt. Kannst du das tun? Meine Tasche ist noch gepackt. Ich kann Hannah bereitmachen, wenn du dich um den Rest kümmerst.« Jet hatte den Teil ausgelassen, in dem sie zwei Schützen mit dem Brotmesser neutralisiert hatte. Besser, die Sache in Magdalenas Augen nicht noch komplizierter zu machen.

Die ältere Frau wirkte ängstlich und für einen Moment war sich Jet unsicher, ob sie sich unter Kontrolle bekommen würde oder nicht, doch dann straffte sie die Schultern und nickte.

»Ich bin in drei Minuten fertig.«

»Nimm deine Papiere mit, und was du an Geld hast. Verschwende nicht zu viel Zeit auf Kleidung. Lass alles hier, was dich ausbremst«, warnte Jet, dann wurde ihre Stimme sanfter. »Danke, dass du keine Panik bekommst, Magdalena. Wir schaffen das.«

Magdalena warf ihr einen skeptischen Blick zu, dann drehte sie sich um und duckte sich in das Schlafzimmer. Jet wurde klar, dass sie mit Magdalena sehr, sehr vorsichtig sein musste, bis sie irgendwo in Sicherheit waren – nicht jeder war es gewohnt, von bewaffneten Killern angegriffen und zu werden und von einem Moment auf den anderen davonzulaufen.

Kurze Zeit später kam Alans sanftes Klopfen vom Eingang. Jet steckte das Brotmesser zurück in die Schublade und öffnete ihm dann. Alan trat ein und schloss die Tür leise hinter sich.

»Ich habe mich um alles gekümmert. Aber wir sollten die Kurve kratzen. Es könnte jede Sekunde ein anderes Team hier auftauchen. Wenn wir Glück haben, sind wir verschwunden, bevor hier die Hölle los ist«, warnte er.

»Wie nennst du das, was gerade passiert ist?«

»Vorspiel.«

Magdalena betrat wieder das Wohnzimmer, sie trug einen Koffer und ihre Handtasche. Jet schulterte Hannahs Rucksack und ihre Tasche.

»Gehen wir«, sagte Alan und streckte die Hand aus, um Magdalena mit ihren Sachen zu helfen.

Sie schlüpften aus der Wohnung und machten sich auf den Weg die Treppe hinunter. Alan blieb am Tresen stehen und blickte dahinter.

»Wo ist dein Auto?«, fragte er.

»Nach links, fast am Ende des Blocks. Ein roter Ford Mondeo.«

»Starte schon mal den Motor. Ich komme in einer Minute nach.«

Jet nickte und führte Magdalena und Hannah durch die Eingangstür und den Gehsteig entlang. Alan umrundete den Tresen und bückte sich, begutachtete den Computer, dann zog er alle Kabel ab und klemmte sich die Box unter den Arm. Um die Festplatte würde er sich später kümmern. Nach einem letzten Blick durch die Lobby stupste er den Sicherheitsmann mit dem Fuß an und stellte sicher, dass er noch atmete, und sah noch einmal nach dem Fahrer, der noch immer bewusstlos neben dem Tresen lag, wo Alan in ausgeknockt hatte. Dann trat er durch die Tür und ging zu dem wartenden Auto.

Jet fuhr vor, als sie ihn sah, und er klappte den Kofferraum auf. Er verkeilte den Computer neben den Taschen und schlug die Klappe wieder zu, setzte sich auf den Beifahrersitz und zog die Tür hinter sich zu.

»Wohin?«, fragte Jet auf Hebräisch.

»Ich habe keine Ahnung. Du kennst dieses Land besser als ich. Irgendwelche Vorschläge?«

»Magdalena. Kennst du irgendjemanden in San José de Mayo?«, fragte Jet und blickte in den Rückspiegel.

»Nein, *Señora*. Leider nicht.«

Jet tauschte einen Blick mit Alan.

»Dann ist es perfekt«, sagte sie zu ihm, wieder auf Hebräisch, damit sie ihre Vorgehensweise untereinander ausdiskutieren konnten. »Und jetzt sag mir, was los ist. Fang mit der Fähre an.«

Er gab ihr die Zwei-Minuten-Version von seinem Abenteuer, ohne, dass sich seinem Gesicht etwas anmerken ließ. Auch Jets Ausdruck blieb unberührt, während sie die Informationen verarbeitete.

»Wer waren die Angreifer in der Wohnung?«, fragte Jet.

»Amerikaner, wie du bereits herausgefunden hast.«

»CIA? Söldner?«

»Privat. Nordhaver Industries. Hast du schon mal etwas davon gehört?«

»Sagt mir nichts.«

»Mir auch nicht.«

»Also, warum sollten Angestellte einer amerikanischen Firma mitten im Nirgendwo auftauchen, um mich auszuschalten?«, fragte Jet.

»Das ist die Frage, oder?«

»Und wer hat die Fähre in die Luft gejagt?«

»Noch eine exzellente Frage. Ich habe keine Ahnung. Ich wünschte, es wäre anders«, gab Alan zu.

»Denkst du, man hat versucht, dich zu erwischen?«

Er erzählte ihr von den zwei Männern, die er im Terminal gesehen hatte, als die Fähre abgelegt hatte.

Sie seufzte. »Du machst das lange genug, dass deine Instinkte wahrscheinlich recht haben.«

Ihr Gespräch pausierte und Jet steuerte durch den seichten Nachtverkehr, bis sie die Außenbezirke der Stadt erreicht hatten.

»Wir müssen diesen Computer loswerden. Er bringt uns mit der Wohnung in Verbindung. Im Moment ist es so, als wärst du nie dort gewesen. Nur Hannah und Mag, die nicht die Tür öffnen wird, wenn die Polizei klingelt, und ich. Eine Gruppe von Frauen. Niemand wird uns verdächtigen – wir sind schließlich das schwache Geschlecht, richtig? Aber wenn sie wie beim letzten Mal Straßensperren aufstellen … dann ist dieser Computer eine Gehe-ins-Gefängnis-Karte«, sagte sie.

Alan deutete auf ein kleines Geschäft. »Bleib da stehen. Ich brauche nur ein paar Minuten.«

Sie stoppte am Straßenrand, und während Magdalena mit Hannah nach drinnen ging, um einige Snacks zu besorgen, holte

Alan schnell den PC aus dem Kofferraum und löste die Schrauben. Einige Minuten später platzierte er das Gehäuse unter dem Vorderreifen.

»Fahr vorwärts.«

Der PC wurde von dem Gewicht des über ihn rollenden Wagens plattgedrückt. Alan inspizierte den zerstörten Computer und stieg dann mit der Festplatte in der Hand wieder ins Auto.

»Bleib am See stehen. Ich schleudere das so weit ich kann ins Wasser. Fertig, aus.« Er wog die Festplatte in der Hand, und Jet nickte, als Magdalena und ihre Tochter zum Auto zurückkehrten. Als sie angeschnallt waren, rollte sie zurück auf die leere Straße.

»Wie viel Geld hast du?«, fragte Alan. »Bar?«

»Ich habe etwas fünfunddreißigtausend übrig von dem, was ich für Russland zur Seite gelegt habe.«

»Ich erinnere mich noch daran, wie du einen Weg finden wolltest, deine zehn Millionen über den ganzen Planeten zu verteilen, damit sie gewaschen sind ...«

»Ich war ein bisschen beschäftigt damit, Grigenko auszuschalten und die Welt vor Terrorismus zu beschützen.«

»Was war dein Plan? Wie wolltest du es von der Bildfläche verschwinden lassen und wie lange wird es dauern? Ich frage, weil mir fünfunddreißigtausend keinen neuen Pass und Ausweis kaufen werden. Meine Papiere sind mit dem sinkenden Schiff untergegangen. Wortwörtlich.«

»Ich werde wahrscheinlich ein paar Stunden brauchen. Ich habe ein paar Betriebskonten, auf die ich Geld überweisen kann – Konto A in Luxemburg, Konto B auf den Cayman Inseln. Ich schließe beide, nachdem die Überweisung durchgegangen ist, damit die Spur endet, dann wird das Geld auf Konto C auftauchen. Es sollte funktionieren«, sagte sie.

»Ich würde sagen, je früher du das erledigen kannst, desto besser«, sagte Alan. »Was auch immer das hier ist, wir werden eine

Kriegskasse brauchen, um sicher zu sein und um überhaupt eine Chance zu haben.«

»Stimmt. In der Zwischenzeit müssen wir uns um Mag kümmern. Ich schlage vor, sie mietet sich irgendwo in San José ein und taucht für eine Woche oder zwei unter. Ich bin mir sicher, dass wir etwas finden, wo sie nicht nach dem Ausweis gefragt wird, wenn wir uns umschauen. Ich möchte nicht, dass sie irgendwo ist, wo man sie finden kann. Das Einzige, was mir einfällt, ist, dass man sie irgendwie mit mir in Verbindung gebracht hat … und es gibt nur eine Möglichkeit, wie das passieren konnte.«

»Das Bankkonto.«

»Exakt. Ich habe das Konto benutzt, welches Matt mir zur Verfügung gestellt hat, um Geld auf das Treuhandkonto zu überweisen. Wenn das irgendwie markiert wurde …«

»Dann mussten sie, um dich zu finden, nur herausfinden, wohin die Treuhand ausgezahlt wurde – und Bingo.«

»Was ein paar beunruhigende Probleme aufwirft, aber darum kann ich mich später kümmern. Eins nach dem anderen. Wenn nötig, bringen wir Mag in einem Motel unter, während wir uns darum kümmern. Eines, das Bargeld annimmt und keine Fragen stellt.«

»Hast du ein bestimmtes im Kopf?«, fragte Alan.

»Habe ich tatsächlich. Ich habe in einem Motel übernachtet, dass nicht einmal nach meinem Namen gefragt hat. Ich fand es gut genug. Und jetzt noch viel besser.«

»Wie weit ist es bis San José de was-auch-immer.«

»Wir können bis ungefähr zehn Uhr dort sein. Ich muss mir nur eine plausible Geschichte für Mag zusammenreimen, damit sie nicht durchdreht.«

»Sie wirkte ziemlich ruhig, als sie das Blut im Gang gesehen hat.«

»Ich weiß. Sie ist ein guter Mensch. Aber es gibt Grenzen, die normale Leute nicht überschreiten, nicht einmal für Geld«, sagte Jet.

»Wie wäre es mit: Ich habe den Exfreund verprügelt, aber die Botschaft ist nicht angekommen, deshalb hat er ein paar Schläger auf die angesetzt und ich habe sie erwischt, bevor sie Schaden anrichten konnten?«

»Das ist gut, aber sie wird über die Toten in der Zeitung lesen.«

»Ich musste sie umbringen. Selbstverteidigung. Das sind blutrünstige Mörder. Es hieß entweder sie oder ich.«

»Lass mich herausfinden, wie ich das ein wenig abmildern kann. Ich möchte nicht, dass sie sich aus dem Staub macht.«

»Du hast recht.« Alan lehnte sich zu ihr herüber und nahm ihre freie Hand. »Du weißt, dass wir wahrscheinlich Hannah ein bisschen länger allein lassen müssen, während wir uns darum kümmern.«

»Ich weiß. Ich ... es fühlt sich nur an, als wäre es niemals vorbei, Alan. Wir haben gerade erst den Russen neutralisiert und jetzt haben es Amerikaner auf mich abgesehen.« Resigniert ließ sie die Schultern hängen. »Ich kann nicht gewinnen. David hatte recht, als er sagte, dass ich niemals sicher sein werde, egal, was ich mache.« Ihre Augen wurden feucht. »Alles, was ich will, ist allein gelassen zu werden und meine Zeit mit Hannah zu verbringen, und es scheint so, als würde das niemals passieren.«

»Schwachsinn. Wir werden herausfinden, wer das ist, die Bedrohung beseitigen und das war's. Ganz einfach.«

Sie drückte seine Hand. »Große Worte für einen Kerl, der fast auf einer Fähre in die Luft gejagt worden wäre.« Sie zögerte. »Nichts im Leben ist ganz einfach. Hast du das noch nicht verstanden?«

Ihre Frontlichter pflügten durch die Dunkelheit und sie folgten weiter der Landstraße, die sie früher oder später nach San

José de Mayo führen würde. Jet überlegte, wie sie am besten ihre Bitte an Magdalena richten würde. Alan war in seinen eigenen Gedanken versunken, und Hannah döste neben Magdalena, die mit Sorgenfalten im Gesicht aus dem Fenster starrte, auf dem Weg vom Chaos in die Unsicherheit.

KAPITEL 10

Standish öffnete die Haustür und begrüßte den vornehmen Herrn mit grauen Haaren, dem meerblauen Anzug und der grauen Hose, der auf der Veranda stand, und bot an, ihm die abgenutzte, dunkelbraune Arzttasche abzunehmen. Der Mann winkte ab und sah sich in dem kunstvoll geschmückten Foyer um, bevor er sich räusperte.

»Wie schlägt er sich?«

»Nicht gut. Wie Sie wissen, hat die letzte Behandlung nicht angeschlagen. Er hofft, dass diese zumindest einen kleinen Effekt haben wird«, sagte Standish.

»Und das Morphin?«

»Er verschwendet es literweise, aber er ist überzeugt davon, dass es seine kognitiven Fähigkeiten einschränkt.«

»Hm. Seine Leiden zu mildern ist ein harter Kampf. Wie schläft er?«

»Schrecklich. Vielleicht hier und da eine Stunde, dann weckt ihn der Schmerz.« Standish bedeutete dem Doktor, ihm die Treppe hinauf zu folgen – ein Weg, den der Arzt nur zu gut kannte.

»Wie stehen die Chancen, dass diese neue Charge anschlägt?«

»Ehrlich gesagt, nicht großartig. All das ist Spekulation. Ein Schuss ins Blaue. Ich habe so etwas noch nie zuvor gesehen, genauso wenig wie die Chemiker. Es ist, als wäre jedes Nervenende in seinem Körper ein Schmerzrezeptor. Bemerkenswert.«

»Ja. Tatsächlich bemerkenswert«, sagte Standish mit einem Nicken, während er langsam die Stufen hinaufstieg.

»Was ist mit dem Rest von ihm? Irgendwelche Beschwerden?«

»Er ist einigermaßen geheilt, wie Sie wissen. Er hat Atemprobleme, beizeiten, und seine Lichtempfindlichkeit scheint schlimmer zu werden. Er entwickelt sich nicht in eine gute Richtung.«

»Wir können keine Wunder vollbringen.«

»*Ich* weiß. Sagen Sie *ihm* das.«

Sie gingen weiter den Flur entlang zur Schlafzimmertür und als sie den Raum betraten bewegte sich das Bett, als der Patient die Kopfseite mit der Fernbedienung anhob. Die Maschinen pumpten und die warme Feuchtigkeit schlug den beiden Neuankömmlingen unangenehm entgegen.

»Da ist der Quacksalber. Was haben Sie mir heute mitgebracht, Sie Stümper?«, krächzte eine zittrige Stimme.

»Ich freue mich auch, Sie zu sehen«, entgegnete der Arzt und schritt auf das Bett zu.

»Haben Sie beschlossen, weitere wissenschaftliche Experimente an mir durchzuführen? Was ist los – sind die Versuchskaninchen alle gestorben?«

»Ja, ich bin hier, um etwas Neues auszuprobieren. Aber in erster Linie bin ich für das freundliche Willkommen hier, mit dem Sie mich immer begrüßen.«

»Ich wäre ein gutes Stück freundlicher, wenn Sie tatsächlich etwas für mich tun könnten.«

Der Doktor ignorierte die spitze Bemerkung und stellte sich an die Bettseite. »Wie steht es um Ihre Sehfähigkeit?«

»Grauenvoll. Es ist, als würde jemand glühende Schüreisen in meine Augen rammen, wenn das Licht heller ist als hier. Selbst jetzt ist es Folter. Ich trage diese Sonnenbrille den ganzen Tag, nur um nicht verrückt zu werden.«

»Ich muss eine körperliche Untersuchung durchführen. Bereit?«

»Sie könnten mir zumindest zuerst einen Kuss geben oder mir Blumen kaufen.«

Zwei Minuten später war die Untersuchung beendet.

»Wie viel Morphin benutzen Sie?«

»Ich drücke den Knopf und gebe mir jede Stunde eine Dosis. Nicht mehr. Aber es benebelt mich. Das kann ich mir nicht leisten.«

»Ja, nun, das ist eine bekannte Nebenwirkung. Man muss immer Kompromisse eingehen.«

»Können Sie nichts anderes benutzen?«

»Nein, Morphin ist leider das Beste, was wir haben. In Bezug auf die Vernebelung würde ich mir keine allzu großen Sorgen machen – die Schmerzbekämpfung ist wichtiger. Und in Wahrheit sollten Ihre kognitiven Fähigkeiten nicht zu sehr eingeschränkt sein, wenn überhaupt. Wenn Sie Aussetzer haben, ob Sie mir glauben oder nicht, ist es unwahrscheinlich, dass sie von dem Morphin ausgelöst werden.«

»Also kann ich mir öfter eine Dosis verpassen?«

»Ja. An diesem Punkt würde ich sagen, tun Sie, was auch immer nötig ist, um den Schmerz zu lindern.«

»Das ist immerhin etwas.«

»Und wie steht es mit Verstopfung?«, fragte der Doktor.

»In etwa gleich.«

»Ein Nebeneffekt des Medikaments. Unumgänglich. Es mindert die Verdauungsaktivität, die Verstopfung ist also ein notwendiges Übel.«

»Dafür kann ich mehr Morphin nehmen, um den Schmerz zu unterdrücken.«

Der Doktor lächelte wehmütig. »Man muss immer Kompromisse eingehen.«

»Ich werde so bald kein New York Steak essen. Ich denke, das kann ich mit Gewissheit sagen.«

»Nein. Und ich mache mir ein wenig Sorgen über Ihre Atembeschwerden«, sagte der Doktor.

»Dann sind wir schon zwei.«

»Es könnte eine Folge der Verletzungen sein. Wir müssen das wirklich sorgfältig überwachen.«

»Tun Sie, was auch immer Sie tun müssen. Also, was haben Sie für mich?«

Der Doktor öffnete seine Tasche und nahm eine Spritze heraus. »Etwas Neues zum Ausprobieren. Keine Garantie, aber die Chemiker denken, es ist eine Verbesserung zur vorherigen Charge.«

»Die mich lediglich gekitzelt hat.«

»Ja, nun, ich kann verstehen, wie frustrierend es sein muss, diese Experimente über sich ergehen zu lassen.«

»Sparen Sie sich das Mitleid. Geben Sie mir die Spritze. Bringen wir es hinter uns. Wie lange, bevor ich etwas spüre?«

»Der positive Effekt wird beinahe augenblicklich spürbar sein.« Der Doktor warf einen Blick auf den Arm des Patienten, wo die Venen am Katheter rötlich und leicht angeschwollen waren. »Sie weisen noch immer eine Histaminreaktion auf das Morphin auf. Ich hatte gehofft, dass sich das beruhigen würde. Ich werde die effektive Dosierung erhöhen und ein Antihistamin beimischen.«

»Was auch immer. Bringen Sie es hinter sich.«

Der Doktor entkoppelte den Schlauch von dem automatisierten System und führte geschickt eine Spritze, ohne Nadel, in den Katheter ein und leerte den Inhalt in das Rohr. Einige Augenblicke lang geschah nichts.

»Scheiße. Schließen Sie das Morphin wieder an«, gurgelte der Patient mit verkrampften Fingern.

»Was ist los?«, fragte der Doktor, offensichtlich alarmiert, während er hektisch die Maschine wieder anschloss.

»Es … es ist nicht gut. Argghhhh…«

Der Patient begann sich zu winden und der Doktor erhöhte die Dosierung des Schmerzmittels, dann drückte er auf den Knopf. »Es wirkt nicht.«

»Warten Sie eine Minute.«

Langsam wurden die Krämpfe schwächer und der Atem des Patienten normalisierte sich, das kratzende Keuchen wurde von flachem Atmen abgelöst.

»Ich denke, ich kann mit einiger Sicherheit sagen, dass das kein Schritt in die richtige Richtung war. Es tut mir leid«, sagte der Arzt und schüttelte den Kopf, als er die leere Spritze zurück in seine Tasche legte. »Das ist eine vollkommen andere Reaktion, als das, was wir bei Tierversuchen und an Freiwilligen beobachtet haben. Sehr ungewöhnlich.«

Der Patient sagte nichts, das Morphin war endgültig in seinem System angekommen. Der Doktor drehte sich um und wandte sich Standish zu, der unberührt daneben stand.

»Gehen wir in den Flur und lassen ihn sich ausruhen«, wies der Doktor an.

Beide Männer gingen aus dem Zimmer und ließen den Patienten in seiner persönlichen Hölle zurück.

»Warum hat es nicht funktioniert?«, fragte Standish, nachdem sie die Tür hinter sich geschlossen hatten.

»Der Wirkstoff, der ihm ursprünglich injiziert wurde, hat offensichtlich seine Neurophysiologie verändert. Wir arbeiten hier hauptsächlich nach dem Prinzip Versuch und Irrtum. Im Labor haben die Freiwilligen ein euphorisches Gefühl des Wohlbefindens angegeben, zusammen mit einer beinahe vollständigen Schmerzlinderung. Wir haben starke Schmerzen ausgelöst und sie konnten nichts spüren. Warum es bei ihm nicht anschlägt, ist reine Vermutung.«

»Was jetzt?«

»Ich werde mich bei den Wissenschaftlern im Labor zurückmelden und sehen, was sie sich ausdenken. Das war offensichtlich nicht so erfolgreich, wie wir erwartet haben. Seltsam. Ich habe wirklich geglaubt, dass es eine spürbare Verbesserung hervorbringen würde.«

»Finden Sie den Weg nach draußen selbst? Ich werde ihn beruhigen müssen. Er wird rasend vor Wut sein. Sie möchten nicht, dass er die Kontrolle verliert. Wenn er wütend wird und nicht mehr vernünftig denken kann … Sie wissen, dass er seinen Hund umgebracht hat?«

Das Gesicht des Doktors strahlte Schock aus. »Guter Gott. Nein. Wann?«

»Letzte Woche. Es war über Nacht im Raum mit ihm, das war ihm am liebsten, und anscheinend hat etwas seine Aufmerksamkeit geweckt – vielleicht einer der Wachposten. Wie auch immer. Bis ich aufgewacht war, hatte er bereits eine halbe Stunde gebellt. Bis ich bei ihm war, war das Tier tot. Er hat ihn erwürgt. Er hat danach tagelang geweint, aber der Lärm war so schmerzhaft gewesen, dass er sich nicht helfen konnte – er sagte, dass er alles getan hat, um das Geräusch zu blockieren, aber letzten Endes hieß es in seinem Kopf: entweder er oder der Hund. Er hat das Tier geliebt. Mehr als jeden Menschen«, endete Standish.

»Ich … ich hatte keine Ahnung.«

»Nein. Haben Sie nicht. Aber Sie wollen nicht, dass er wütend bleibt. Letztendlich hat er die Fäden in der Hand und seine Unzufriedenheit könnte … bedeutsam sein.«

»Sie können ihn beruhigen, sagen Sie?«

»Das ist der Plan. Um unser aller willen.«

Der Doktor stieg die breite, hölzerne Treppe zum Erdgeschoss hinunter, während Standish ins Schlafzimmer zurückkehrte. Er war sich bewusst, dass er die nächste Stunde damit verbringen würde, zu versuchen, einem Mann ins Gewissen zu reden, dessen ganzer Körper ein einziger offener Nerv war, der nichts anderes als unaussprechliche Schmerzen aussenden konnte.

Er öffnete die Tür einen Spalt breit und lugte hinein. Der Patient war ruhig, das einzige Geräusch in der Dunkelheit war das rhythmische Ticken der Maschinen und das Zischen des Luftbefeuchters. Standish näherte sich dem Bett und nahm sich einen Moment Zeit, das verzerrte Fleisch im Gesicht des Patienten zu begutachten, das von entsetzlichen Brandwunden entstellt war, dann bewegte sich die klaffende Wunde, die sein zerstörter Mund war.

»Töte ihn«, befahl Arthur, seine Stimme kaum mehr als ein Flüstern.

»Das ist keine Lösung. Er bereut seinen Fehler zutiefst, aber er ist Ihre beste Chance. Er hat ein Team von Experten, die an einer Lösung arbeiten. Ihn umzubringen wäre kontraproduktiv.«

»Dein Job ist es, meinen Anweisungen zu folgen. Wenn du dich weigerst, dann finde ich jemanden, der es tut.«

Standish war das gewohnt. Seit Arthur beinahe gestorben war, hatte Standish Befehle erhalten, zahllose Angestellte umzubringen, für echte und eingebildete Unbesonnenheiten. Keine davon hatte er durchgezogen. Zum Glück kam Arthur normalerweise auf den Boden der Tatsachen zurück, sobald seine Wut verraucht war.

»Du elender Bastard, wenn ich aus diesem Bett käme, ohne dabei einen Schock zu erleiden, würde ich dir die Augen ausreißen und dich zwingen, sie zu essen«, schäumte Arthur.

Standish nickte zurückhaltend als Antwort. Die Drohungen waren ein gutes Zeichen, genau wie der Missbrauch. Alles Teil seines Jobs als persönlicher Assistent – der sehr, sehr gut bezahlt wurde. Arthurs Vermögen aus dem Drogenhandel war unvorstellbar groß und Standish hatte es seit dessen Nahtoderfahrung in Abwesenheit verwaltet. Arthur verließ sich außerdem auf ihn, um seine Beziehungen zu koordinieren, einige davon beinhalteten *sensible* Angelegenheiten, die ein gutes Gefühl für Diplomatie benötigten. Standish arbeitete seit beinahe fünfundzwanzig Jahren für Arthur und war es gewohnt, Aufgaben zu erledigen, die geringere Männer ihre geistige Gesundheit infrage stellen lassen würde. Nicht Standish. Er war reich geworden, indem er der geschätzte Vertraute des großen Mannes gewesen war – keine hunderte Millionen, aber mehr als genug, um den Rest seines Lebens bequem zu verbringen, die Schattenwelt weit hinter sich. Während er dem zeternden und drohenden Arthur zuhörte, fragte er sich zum tausendsten Mal, warum er noch hier war, dann lächelte er innerlich.

Macht. Schlicht und ergreifend.

Als Arthurs Sprecher bewegte Standish Berge und kommandierte alles, was er sich vorstellen konnte. Er formte Schicksale, hatte Macht über Leben und Tod – er war eine Art niedrige Gottheit.

»Hörst du mir zu, du Arschgeige?«, zischte Arthur.

Standish nickte.

Seit der Nacht der Schießerei, als Arthur dreimal auf dem Operationstisch gestorben war, bevor er sich stabilisiert hatte, war er vollständig und für alles von Standish abhängig, und wenn Standish seine Karten richtig ausspielte, würde ein Großteil des Vermögens des Mannes auf seinem Konto landen. Arthur hatte keine Verwandten, keine Kinder und keine Zeit für Wohltätigkeit oder Nächstenliebe. Seit dem frühen Ableben seines Hundes war Standish das einzige, was ihm noch geblieben war; er und ein unbeirrbarer Rachedurst. Und ein unerbittlicher Trieb, trotz seiner Handlungsunfähigkeit weiter im Weltgeschehen mitzuspielen.

»Natürlich mache ich das, ich höre jedes Wort«, sagte Standish pflichtbewusst und erlaubte den giftigen Schuldzuweisungen, ihn zu überschwemmen, ohne sich im Geringsten davon berühren oder besudeln zu lassen.

Jeder Augenblick von Arthurs Leben war eine schlimmere Bestrafung als alles, was sich Standish vorstellen konnte. Und auch wenn Arthur den ganzen Tag lang mit Schmähungen um sich werfen konnte, war er in Wahrheit von Standish abhängig und würde sich deshalb beruhigen. Und der zusätzliche Schmerz bei jedem Wutausbruch würde ihn weiter mit Qualen bombardieren, bis er sich schließlich selbst ausgelaugt hätte.

Standishs Handy vibrierte in seiner Tasche und er wandte sich zur Tür, um das kleine Display anzusehen.

»Du wagst es, mir den Rücken zuzudrehen?«, wütete Arthur, sich wieder in Rage redend.

»Entschuldigen Sie, Sir. Es ist eine Nachricht von unserem Kontakt in Südamerika. Ich muss jemanden anrufen. Es geht um die Frau.«

»Was hat er gesagt?«, verlangte Arthur, seine Wut augenblicklich vergessen, jetzt, da sein Lieblingsthema angesprochen worden war – die Entführung, Folter und schließlich Ermordung der Person, die für seine höllische Existenz verantwortlich war.

Die Frau.

Jet.

»Ich werde Sie informieren, sobald ich mehr weiß. Die Nachricht sagt nur, so schnell wie möglich anzurufen.«

Standish ignorierte die gegrollte Erwiderung und eilte zu der Tür, erpicht darauf, Arthur zumindest für den Moment zu entkommen.

»Ich werde bald zurück sein. Versuchen Sie, sich ein wenig auszuruhen. Es hilft Ihnen nicht, sich all dem auszusetzen.«

Arthur sank auf das Bett zurück, seine weißen Haare standen ihm in Büscheln vom Kopf ab, sein vernarbtes Gesicht verzerrt zu dem bekannten Ausdruck aus Schmerz und Wut, dann schloss sich die Tür und überließ ihn seiner stillen, endlosen Bestrafung.

KAPITEL 11

Jet umfuhr Montevideo, indem sie sich an die weniger befahrenen Straßen hielt. Gegen elf Uhr abends erreichten sie San José de Mayo. Das kleine Motel, in dem sie die vorherige Nacht verbracht hatte, war nicht voller als am Tag zuvor und sie buchte drei Zimmer – eines für Magdalena, eines für Hannah und sich selbst und eines für Alan.

Hannah hatte sich den ganzen Tag über großartig geschlagen und den größten Teil der Reise gedöst, wie es nur Kleinkinder konnten. Magdalena hatte sich höflich nach ihrem Plan erkundigt und Jet hatte ihr die verkürzte Version erklärt – ihrer Meinung nach wäre es am besten, wenn Magdalena und Hannah sich für etwa eine Woche in einem Motel oder einer Mietwohnung versteckten, während sich Jet und Alan ein für alle Mal um den vermeintlichen Exfreund kümmerten.

Magdalena hatte nicht gefragt, was *ein für alle Mal* bedeutete und Jet führte es nicht weiter aus, auch wenn die Blutspuren im Flur nur wenig der Vorstellung überlassen hatten. Sie hatte wiederholt gefragt, ob Hannah sicher bei ihr wäre, und Jet hatte ihr versichert, dass ihr Exfreund zwar hinter Jet her war, aber nicht hinter ihrer Tochter. Vielleicht eine kleine Notlüge, aber eine glaubhafte, schließlich hatten sie keine Ahnung, warum ein privates Sicherheitsunternehmen aus den USA sie umzubringen versuchte.

Als sie sich trennten und auf ihre jeweiligen Zimmer gingen, nahm Jet Magdalena zur Seite und betonte, dass alles gut werden würde. Sie entschuldigte sich für das andauernde Chaos, das ihr ständig zu folgen schien. Magdalena zeigte Verständnis, aber Jet merkte, dass ihre Geduld Grenzen hatte, Geld oder nicht.

Das brachte Jet zum Grübeln. Ihre Angreifer konnten nur dann etwas von der Wohnung wissen, wenn sie dem Geld gefolgt waren, und dafür bräuchten sie Informationen von der Bank. Oder, dachte sie, von dem Anwalt, der für die Treuhand zuständig war.

Sie bereitete Hannah aufs Schlafengehen vor und duschte selbst, dann krochen Mutter und Tochter unter die Decke und schlossen die Augen, das dumpfe Dröhnen der gelegentlich vorbeifahrenden LKWs ihr Schlaflied, während sie einschlummerten, erschöpft von dem langen Tag. Hannah zusammengerollt, von Jets Arm schützend umschlossen, sorglos in ihrer unschuldigen Welt, während Jet kämpfte, um die Dämonen ruhigzustellen, die in ihrem Kopf Amok liefen. Schließlich gewann sie die Schlacht. Zumindest fürs Erste.

***

Die Straßen im Recoleta-Viertel in Buenos Aires waren nachts still, abgesehen von einigen Pärchen, die gelegentlich die verlassenen Gehsteige entlanghasteten, auf dem Weg zu einem späten Abendessen in einem der angesagten Restaurants in der Nähe des Hotels *Vier Jahreszeiten*. Ein kalter Wind wehte über den breiten Alleen und ließ die Bäume rascheln, die wie stoische Wachposten auf dem Weg zum Friedhof Wache standen, der die letzte Ruhestätte solcher Berühmtheiten wie Eva Perón war.

Musik wummerte aus einem Renault auf der dunklen Straße, die an den unzähligen Nachtklubs im zweiten Stock vornehmer Gebäude vorbeiführte, wo die privilegierten Stadtbewohner bis zum Morgengrauen tanzten und tranken. Das *Azul* war der neueste in einer Reihe angesagter Nachklubs, entworfen und geleitet von zwei jungen, coolen Unternehmern, die noch andere erfolgreiche Discos betrieben, hauptsächlich im schicken Palermo-Viertel, nur wenige Meilen südwestlich.

Die Abendfeierlichkeiten hatten gerade erst begonnen und würden gegen zwei oder drei Uhr morgens wirklich Fahrt aufnehmen; die Tradition unter den Partygehern war es, um Mitternacht zu essen und dann in den Klubs zu feiern, bis die Sonne aufging. Die, deren Leben sich um das Tanzen zu hämmernden Beats drehte, mussten sich nicht mit Unwichtigkeiten wie Arbeit oder Schule befassen – sie waren die Kinder des kleinen Bruchteils der Bevölkerung, der den Großteil des Wohlstandes im Land kontrollierte.

Ein paar bereits betrunkene junge Frauen in extrem knappen Röcken und turmhohen Absätzen wankten kichernd den Gehsteig zum Eingang des *Azul* entlang. Ein schmierig lächelnder Mann Mitte dreißig mit zurückgekämmtem Haar und einem Zweihundert-Dollar-Hemd grüßte sie mit einem Kopfnicken, an ein nahes Gebäude gelehnt und an einer Zigarette ziehend. Die Mädchen lächelten ihn kokett an und die größere der beiden winkte, das Versprechen auf eine Nacht voller lustvoller Vergnügen lag in ihrer Körpersprache.

Er grinste, als sie auf ihren wackeligen Schuhen an ihm vorbeistaksten und den Türsteher des Klubs begrüßten, der sie umarmte, als wären sie verloren geglaubte Verwandte, bevor er einer von ihnen in einer sehr unfamiliären Geste und begleitet vom Gekicher der beiden im Vorbeigehen auf den Hintern klatschte. Er nahm einen weiteren Zug von seiner durchdringend riechenden Zigarette, pustete eine Nikotinwolke in den Nachthimmel und schnippte den Stummel in den Rinnstein, bevor er links und rechts die Straße entlangblickte.

Es war eine gute Nacht, um sich zu entspannen. Seine Taschen waren voller Bargeld von seinem letzten Auftrag und er freute sich darauf, einen Teil davon zu verprassen. Vielleicht würde er den beiden, die gerade den Klub betreten hatten, Drinks ausgeben. Sie hatten nicht schlecht ausgesehen und er hatte sich in der Vergangenheit schon mit weniger zufriedengegeben. Mit stiller Zufriedenheit überprüfte er die Uhrzeit auf seiner neuen Panerai-Armbanduhr, die er am gleichen Tag gekauft hatte, als er durch die Stadt geschlendert war und nach etwas Ausschau gehalten hatte, für das er Geld ausgeben konnte – seine Art, sich nach guter Arbeit selbst zu belohnen. Die Uhr hatte er zu einem unfassbar teuren Preis bei einem der edelsten Juweliere in Buenos Aires erstanden, und er hatte sich nur dazu entschieden, sie zu kaufen, als der Verkäufer ihn skeptisch angesehen hatte und offensichtlich Zweifel daran hatte, dass er sie sich leisten konnte. Der Ausdruck auf dem Gesicht des hochnäsigen Snobs, als er ein Geldbündel aus der Tasche gezogen hatte, das fett genug war, um damit einen Esel zu ersticken, und ohne die Miene zu verziehen den Kaufpreis auf den Tresen geblättert hatte, war Belohnung genug gewesen, und er hatte noch immer den schockierten Ausdruck auf dem Gesicht des Mannes vor Augen, wenn er auf das große, leuchtende Ziffernblatt blickte.

César war gewieft, ein Resultat davon, in einem der ärmsten Viertel dieser gnadenlosen Stadt aufgewachsen zu sein. Er hatte sich auf seinen Verstand verlassen müssen, seitdem seine Mutter verschwunden war, als er zehn gewesen war. Sie war eines Abends Zigaretten holen gegangen und hatte ihn und seine jüngere Schwester allein zurückgelassen. Er hatte sich mit Taschendiebstahl und Drogenhandel durchgeschlagen, hatte sich hochgearbeitet, bis er als Vollstrecker mehr Geld machen konnte und seine erbarmungslose Aggressivität und Grausamkeit die Aufmerksamkeit einer Gang auf sich gezogen hatte, die den Slum kontrollierte, der seine persönliche Hölle war. Er hatte sein Bestes getan, sich um seine Schwester zu kümmern, aber die Realität eines Lebens ohne Hoffnung hatte früh ihren Tribut gefordert und sie war mit fünfzehn an einer Überdosis gestorben. Zu diesem Zeitpunkt hatte sie bereits seit drei Jahren als Prostituierte gearbeitet, mit vierzehn hatte man ihr AIDS diagnostiziert.

Der erste Mann, den César jemals umgebracht hatte, war der Dealer gewesen, der ihr das Heroin verkauft hatte, das ein chemischer Urlaub von ihrer düsteren, albtraumhaften Existenz gewesen war. Er erinnerte sich noch immer an den ungläubigen Gesichtsausdruck auf dem Gesicht des jungen Kerls, als César eine selbstgemachte Pistole aus nächster Nähe durch sein rechtes Auge entladen hatte, um dann vor den Augen seiner Crew auf ihn zu pissen und sie herauszufordern, etwas zu tun. Césars Geheimnis war, dass ihm wirklich egal war, ob er noch einen weiteren Tag lebte – ein großer Vorteil in dem Berufszweig, den er schließlich wählen würde: Vollstrecker für die Gangs, welche die Slums mit brutaler Effizienz führten. In den Gegenden, wo sich die Polizei nicht hineintraute, stand er über dem Arm des Gesetzes. Er war berüchtigt für seine Schamlosigkeit und seinen Mut, und innerhalb weniger Jahre verlangte er Höchstpreise für Morde – manchmal bis zu zweitausendfünfhundert Pesos oder achthundert Dollar.

Nicht viel hatte sich geändert, dachte er, außer dem Preis. Er war ein kaltblütiger Auftragskiller, der ohne Reue tötete, und er hatte gelernt, alles einzusetzen, was ihm zur Verfügung stand. In den meisten Fällen tendierte er zu Sprengstoff – seine Klienten waren gewillt, mehr für eine Autobombe zu zahlen, als für einen Versuch mit einer Pistole oder einem Messer, und César folgte immer den bestbezahlten Trends.

Er wünschte, er könnte jemandem von seinem Meisterwerk erzählen – der Bombe auf der Fähre, welche die ganze Stadt in Aufruhr versetzt hatte – aber er hatte noch nie mit jemandem über seine Arbeit geredet. Es war Teil der Regeln, nach denen er seit Jahren lebte und die ihm gute Dienste geleistet hatten. Dass er es ins reife Alter von dreißig Jahren geschafft hatte, war Beweis genug, dass er klüger und besser war als die meisten – fast alle seiner Kollegen waren gestorben, bevor sie zwanzig waren, umgebracht von Rivalen oder der Polizei, oder so benebelt von Drogen, dass sie den Raubtieren im Großstadtdschungel zum Opfer gefallen waren.

Er mochte das *Azul* lieber als die meisten Klubs – die Kundschaft war wohlhabend und er fühlte sich wie etwas Besseres, wenn er es schaffte, die feine Gesellschaft der Stadt zu verführen, bis sie die Hüllen fallen ließen, oft nach einigen Lines Koks in den frühen Morgenstunden. Dass er, ein autodidaktisches Wunder aus dem Armenviertel, die Prinzessinnen der Stadt schänden und benutzt und erniedrigt zurücklassen konnte, wenn er mit ihnen fertig war, gab ihm ein Machtgefühl wie sonst nichts … außer die Macht über Leben und Tod, die er in seinen fähigen Händen hielt. Mord war der ultimative Rausch, aber wenn er zwischen zwei Jobs war, dann waren die Clubs das Nächstbeste. Seine typischen Ziele waren die Töchter der Schönen und Reichen, unterwegs für einen Kick mit einem gefährlichen, undurchschaubaren Fremden, und er spielte bei ihren Fantasien überzeugend mit, gab ihnen gerade genug von dem, was sie wollten, um sie in sein nahegelegenes Apartment zu locken, wo die Sache unvermeidbar hässlich wurde, wenn der Abend weit genug fortgeschritten war.

Dreißig Meter entfernt stand eine schattenbedeckte Gestalt, und als César den Blick des Mannes einfing, wusste er, dass er gefunden hatte, wonach er gesucht hatte – was er für die perfekte Ergänzung zur nächtlichen Jagd hielt. Er brauchte etwas Kokain, und durch die Straßen um die Klubs streiften immer Dealer, die sich auf die bequeme Zielgruppe spezialisiert hatten, die es vermeiden wollte, in den gefährlichen Barrios einzukaufen, wo Drogen allgegenwärtig waren.

Der Dealer nickte, bog um die Ecke und verschmolz mit der Dunkelheit in der Gasse. César stolzierte ihm hinterher, in Gedanken schon bei den Möglichkeiten, die diese Nacht bieten würde. Vielleicht konnte er beide Mädchen überzeugen, mit ihm nach Hause zu gehen – ihr Aussehen deutete an, dass sie für alles zu haben waren. Ein Aussehen, dass er nur zu gut kannte und zu schätzen wusste wie nichts anderes.

Der weißglühende Stoß aus Schmerz stach durch Césars Brustkorb, nur einen Sekundenbruchteil, nachdem er in die enge Gasse getreten war. Er starrte voller Überraschung auf den Griff des Eispickels, der aus seinem Brustkorb ragte, wo ihn ein ungewöhnlich starker Arm durch sein Herz gerammt hatte. Blut tropfte aus der Stichwunde, als er nach dem Griff tastete. Dann stürzte er vornüber, sein Herz von dem Schock gelähmt, seine Augen glasig, sein Bewusstsein verblassend, als er auf das Pflaster stürzte.

Sein Angreifer spähte aus der Gasse und stellte sicher, dass er unbeobachtet war. Er entfernte methodisch die schwere Goldkette, die César um den Hals trug – Jesus an einem Kreuz, in handgefertigter, vierzehnkarätiger Pracht an feingearbeiteten Kettengliedern aufgehängt –, dann steckte er das Bündel Bargeld ein. Die neue Uhr war das letzte Stück, das der Mörder an sich nahm, und als er sie sich umschlang und bewundernd das Gewicht an seinem Handgelenk abwog, grinste er reptilienartig, bevor er sich von dem Körper entfernte und die Straße entlangging, hastig um die Ecke am Ende des Blocks bog und verschwand.

***

Jorge Antonios schwere Arbeiterschuhe stapften unregelmäßig auf dem Asphalt vor seiner Wohnung, als er nach einer langen Nacht voll Feiern, Tanzen und anonymem Sex in einer der

Schwulenbars in San Justo, einer Gegend, die er regelmäßig besuchte, nach Hause stolperte. Sein wütendes, düsteres, gutes Aussehen und geübtes spöttisches Lächeln waren unwiderstehlich für die jungen Typen, die für ein paar Minuten Spiel und Spaß die Gefahr suchten.

Seine Wohnung war modern und für das körperliche Wohlergehen war bestens gesorgt. Er hatte sie von einer alten Flamme modern und protzig einrichten lassen, die Gefallen am Bauhaus-Stil gefunden hatte und ein Auge für Symmetrie besaß. Jorge Antonio war seine Umgebung meistens ziemlich egal, er hatte Jahre damit verbracht, sich auf der ganzen Welt als Söldner anheuern zu lassen und dabei Höchstpreise mit der Arbeit verdient, mit der sonst niemand etwas zu tun haben wollte. Er hatte Kindersoldaten in Afrika getötet, Stammesführer in Afghanistan, Gewerkschaftsaufhetzer in Kolumbien und Zentralamerika und Nonnen in Brasilien. Er diskriminierte nicht, und es gab nichts, was er nicht tun würde – für einen Preis.

Sich als LKW-Fahrer auszugeben, war einfach gewesen, und von der Fähre nach Montevideo zu schleichen, ein Kinderspiel, er hatte seine verschmutzte Kleidung in einer ruhigen Ecke des großen Schiffes gegen die eines Wartungsarbeiters getauscht. Er hatte nie erfahren, warum genau er den LKW an Bord gefahren hatte, aber er wusste, dass er nicht zu viele Fragen stellen sollte, und als ein Jobangebot hereingeflattert gekommen war, das genug für sechs Monate Leben im Luxus bezahlt hatte, war seine Neugier endgültig auf Urlaub verschwunden.

Als die Meldungen der Explosion auf allen Nachrichtensendern kamen, war er nicht überrascht gewesen und hatte nichts gespürt, als er gehört hatte, dass seine Bemühungen fast eintausend Menschen das Leben gekostet hatten. Er hatte schon lange aufgehört, die Toten zu zählen, die er hinter sich gelassen hatte; es war nur eine Zahl, ein abstraktes Konzept, das ihm nichts bedeutete. Jeden Tag entstand neues Leben und altes brannte aus. Es war ein natürlicher Kreislauf. Bei sieben Milliarden Menschen auf dem Planeten, würden tausend mehr oder weniger keinen Unterschied machen; aber fünfzigtausend Dollar in einem dünnen Koffer würden es, und das war es, was ihm wichtig war, sonst nichts.

Der Kunde war in diesem Fall eine Gruppe gewesen, für die er vorher bereits gearbeitet hatte, und sie zahlten zuverlässig und waren sehr diskret. Mit dem Bargeld würde er für ein paar Monate untertauchen, nach Rio gehen und sich am Strand entspannen, die Dschungelrhythmen auskosten, richtig an der Copacabana feiern. Geld war ein unglaubliches Schmiermittel, und mit der Beute, die er zur Schau stellte, konnte er groß leben. Er hatte die Hälfte im Voraus bekommen und die andere Hälfte würde ihm morgen gehören, bis dahin wäre er in dem ersten Flugzeug nach Brasilien, um die warme Sonne und die heißblütigen jungen Männer dieser Stadt auszukosten – ein Vergnügen, dem er sich bereits hingegeben hatte, als er vor zwei Jahren dort gewesen war, eines, das im Gegensatz zu ihm niemals alt werden würde.

Jorge Antonio hantierte mit seinen Schlüsseln auf den Eingangsstufen des fünfstöckigen Gebäudes, als eine einzelne Kugel seinen Schädel traf. Die pilzartig verformte Kugel schleuderte durch sein Gehirn, zerfetzte es in Sekundenbruchteilen und beendete sein Leben, bevor er die Chance hatte, die Blutspritzer auf dem grün gefärbten Glas der Eingangstür zu registrieren.

Auf der anderen Straßenseite beobachtete der Schütze durch ein Zielfernrohr, wie sein Ziel auf dem Gehsteig stolperte, tot, noch bevor es auf dem Boden aufkam. Sicher, dass es nichts mehr zu sehen gab, packte er sorgfältig das eigens für ihn angefertigte Gewehr in einen Gitarrenkoffer und hastete zum Ausgang des leerstehenden Apartments, in das er eingebrochen war. Bis man die Leiche seines Ziels gefunden hatte, würde er in seinem Hotel schlafen, und morgen wäre er auf dem Weg zurück in sein Heimatland Peru, sein neuester Auftrag ohne Komplikationen ausgeführt.

***

»Ha. Komm schon, Süße. Du weißt, wie Daddy es mag!«

Tomás warf eine weitere Hundert-Peso-Note auf den Tisch und bedeutete der scharfen, jungen Stripperin, näherzukommen. Darauf bedacht, das Geschäft abzuschließen, gehorchte Sylvie, ein professionelles Lächeln auf den Lippen, die spärliche Beleuchtung war ihr sehr geneigt, auch wenn sie das nicht nötig hatte – selbst bei hellem Tageslicht war sie makellos, eine Schönheit mit deutsch-argentinischen Wurzeln, ihr Vater ein junger Tischler, der in den späten Achtzigern mit ihren Großeltern eingewandert war, ihre Mutter eine Blume aus den Barrios, die ihm kurz nach seiner Ankunft ins Auge gefallen war. Sylvie war die einzige Frucht dieser kurzen und turbulenten Beziehung gewesen, und sie hatte früh gelernt, ihre Reize auszunutzen, solange sie das konnte; ihre Mutter hatte ihr unzählige Male eingebläut, dass sie ein sehr enges Zeitfenster hatte, um Geld zu machen, und dass Männer kommen und gehen würden, aber wenn sie etwas Geld auf die hohe Kante legen konnte, hätte sie die Kontrolle über ihr eigenes Schicksal, wenn irgendwann andere für ihren flüchtigen Charme geschätzt wurden.

»Was willst du, eh? Du scheinst ein böser, schmutziger Hund zu sein. Bist du ein schmutziger Hund?«, schnurrte sie, nachdem sie den lauten blonden Mann, der mit Geld wedelte, als hätte er es gerade im Hinterzimmer gedruckt, abschätzig gemustert hatte.

»Das weißt du doch. Es gibt keine Böseren oder Schmutzigeren. Was willst du trinken? Was ist das Teuerste, was ich in dieser Absteige bekomme? Cognac? Brandy? Scotch?« Er grölte eine Cocktailkellnerin an. »Hey, Schätzchen, komm hierher und bring uns was zu trinken, ja? Wenn du schnell bist, springt vielleicht ein Trinkgeld für dich raus. Was darf es sein …?« Er bedeutete Sylvie mit der Hand, ihm ihren Namen zu verraten.

»Summer.«

»Summer! Perfekt. Was möchtest du?«

»Ganz ehrlich? Eine Flasche Champagner!« Sylvie überschlug einige Zahlen im Kopf. Ihr Anteil an dem Gewinn würde sich leicht auf umgerechnet fünfzig Dollar belaufen.

»Du hast die Dame gehört. Eine Flasche von eurem besten Zeug. Zwei Gläser. Aber schnell.«

Tomás warf eine Handvoll Pesos in Richtung der Kellnerin, als sie mit einer Flasche teuren französischen Champagners zurückkehrte, und zahlte die dreihundert Dollar ohne mit der Wimper zu zucken. Innerhalb von zwanzig Minuten hatten sie die Flasche geleert und Sylvie klammerte sich an ihn und drängte ihn, mit ihr den Klub zu verlassen und die Barauslöse zu zahlen, damit sie den Rest des Abends freinehmen konnte – eine Gebühr, um das Geschäft für das Geld zu entschädigen, das sie vermutlich verdient hätte, wenn sie geblieben wäre und weiter mit Kunden getrunken hätte, bis ihre Schicht um fünf Uhr morgens vorbei war.

Tomás ließ sich nicht lange bitten, und einige Minuten später war die Transaktion abgeschlossen und sie schwankten den Gehweg entlang zu seinem Auto. Sie hatte zugestimmt für umgerechnet zweihundertfünfzig Dollar die Nacht mit ihm zu verbringen, fast das doppelte von dem, was sie normalerweise unter der Woche in dieser finanziell angespannten Lage erwarten konnte. Sie sprach kein Englisch, deshalb wurde sie zweitrangigen Lokals zugewiesen, die ortsansässige Kundschaft bedienten, wo die Bezahlung etwa die Hälfte dessen war, was in touristenorientierten Bars verlangt wurde; aber sie verdiente immer noch das zwanzigfache dessen, was sie als Verkäuferin bekommen hätte. Sie beschwerte sich also nicht.

Und Tomás sah gar nicht so schlecht aus, für einen etwas aus der Form geratenen Angeber Anfang vierzig, schätzte sie, auch wenn sie gesagt hatte, dass sie ihn auf fünfunddreißig schätzte, als er sie gefragt hatte. Der Trick war es, niedrig zu schätzen, aber nicht so niedrig, dass es offensichtlich war, dass sie log, und in den drei Jahren nach der Highschool, die sie in Klubs gearbeitet hatte, war sie zu einer Expertin im Errechnen von Alter geworden.

Sie ließen sich in seinen Peugeot fallen, lachten über einige Bemerkungen, die er über ihre Anatomie und seine unehrenhaften Absichten machte, und sie kuschelte sich an ihn, als er den Schlüssel in die Zündung steckte und den Motor durchdrehen ließ.

Ein Feuerball brandete in den Himmel, als das kleine Auto in einer blendenden Explosion auseinanderflog. Die Beifahrertür rammte gegen die Ziegelwand des nächsten Gebäudes, bis zur Unkenntlichkeit verzerrt von der Kraft der Explosion. Ein Fahrzeugalarm heulte am Ende des Blocks auf, wachgerüttelt vom Schock der Explosion und Lichter gingen in den dunklen Fenstern an, die das kleine Fahrzeug umgaben, das bis auf den Rahmen heruntergebrannt war, die zwei Passagiere in Sekundenbruchteilen von der Macht der Explosion zerfetzt.

KAPITEL 12

Jet war am nächsten Morgen schon früh wach und ließ Hannah schlafen, während sie den Fernseher mit niedriger Lautstärke einschaltete und die Nachrichten verfolgte. Die Morde waren das zweite Thema des Tages, die Fähre dominierte die Berichterstattung aufgrund der schieren Menge an Todesopfern, die damit zusammenhingen. Ein gesetzter Sprecher mit einem schlecht sitzenden Toupet wechselte schließlich von dem Boot zu dem Gemetzel in der Wohnung, beschrieb die Morde bis ins blutige Detail, mit dem Hinweis, dass die Behörden jeden befragten, den sie in dem Gebäude finden konnten. Es wurden keine Verdächtigen genannt und es wurde vermutet, dass es eine Art fehlgeschlagener Hinrichtung durch organisiertes Verbrechen oder im Zusammenhang mit Drogen gewesen war. Das Teammitglied, das Alan am Leben gelassen hatte, wurde nicht erwähnt; entweder hatte die Polizei ihn im Kreuzverhör oder er hatte es geschafft, die Behörden davon zu überzeugen, dass er ein unschuldiger Beobachter war – höchst unwahrscheinlich, aber sie waren schließlich in Uruguay.

Die Nationalitäten oder Identitäten der Toten wurden auch nicht erwähnt. Logisch, dachte Jet. Wahrscheinlich waren sie in keiner der Datenbanken bei Interpol oder in Südamerika, sie würden also wahrscheinlich ein Enigma bleiben.

Selbst im klaren Morgenlicht schaffte es Jet nicht, die Puzzleteile zusammenzufügen. Warum sollte ein amerikanisches Unternehmen, das sich auf private Sicherheit und militärische

Unterstützung – ein Euphemismus für Söldner – spezialisiert hatte, sie tot sehen wollen? Irgendjemand hatte sie offensichtlich angeheuert, aber wer? Was auch immer die Ursache war, sie musste dem auf den Grund gehen. Wie mit dem Russen konnte sie ihre eigene Sicherheit nur dann garantieren, wenn sie es schaffte, die Bedrohung auszulöschen, egal, von wo sie kam.

Die erste Herausforderung des Tages wäre es, Magdalena die Konsequenzen daraus zu erklären, dass sie durch die Bankaufzeichnungen lokalisiert worden war. Sie legte sich eine vereinfachte Erklärung zurecht und machte eine geistige Notiz, ihr einen Haufen Bargeld zu geben – genug, um mindestens einen oder zwei Monate über die Runden zu kommen. So wäre sie nicht auf das Geld auf dem Treuhandkonto angewiesen, das vermutlich kompromittiert war.

Hannah drehte sich um und öffnete ein wenig ein Auge, als Jet sich auf die Bettkante setzte und dabei den kaum wahrnehmbaren Stimmen aus dem Fernseher zuhörte. Als Jet sah, dass ihre Tochter wach war, schaltete sie das Gerät aus und stand auf.

»Raus aus den Federn. Zeit fürs Bad und dann Frühstück. Hast du gut geschlafen?«

Hannah hatte einen benommenen Gesichtsausdruck, als sie vollständig wach wurde.

»Ja, Mama.«

»Dann komm. Waschen wir dich. Niemand mag ein stinkendes Kind.«

Widerwillig schälte sich Hannah aus der Decke und plumpste auf den Fliesenboden, dann tapste sie um das Bett herum zum Badezimmer. Jet sah ihrer kleinen Tochter dabei zu, wie sie über den Boden watschelte, und spürte einen Stich von Reue bei dem Gedanken, sie zurücklassen zu müssen, mal wieder, wenn auch nur für kurze Zeit.

Hoffentlich.

In Wahrheit hatte Jet keine Ahnung, auf was sie sich einließ, was ihren Frust nur verschlimmerte. Es schien ihr unmöglich, dass der Anschlag auf die Fähre und der Angriff auf die Wohnung zusammenhingen; aber konnte sie die Idee von vornherein ausschließen? Es schien unwahrscheinlich; aber Unsicherheit war der Feind sorgfältiger Planung und im Moment konnte sie nichts außer Zweifel und Fragen vorweisen.

Hannah duschte mit Jet und folgte ihrem Vorbild mit Seife und Shampoo, seifte sich mit ein wenig Hilfe von Mama ein, dann stellten sie sich vor den Spiegel und Jet kämmte Hannahs langes Haar, während eine kindliche Version von Jet unschuldig ihr Spiegelbild anstarrte, die gleichen intelligenten Augen studierten sich selbst im Licht der Morgensonne. Wieder einmal war Jet überwältigt davon, was für ein Wunder ihre Tochter war. Sie konnte Davids Anteil in ihren Zügen erkennen, aber es waren vor allem ihre Gene gewesen, die Hannah geformt hatten, bis hin zu den durchdringenden, grünen Augen.

»Also, hast du gelernt, Handys nicht anzufassen? Dass sie nicht schwimmen?«, fragte Jet.

Hannah blickte verlegen auf den Boden. »Ja, Mama.« So, wie sie es murmelte, klang es wie: »Mja.«

»Das ist sehr wichtig, Liebling. Weil ich noch einmal verreisen muss, bevor ich endgültig zurückkomme, was bedeutet, dass du mit Magdalena allein sein wirst, und meine einzige Möglichkeit, mit ihr zu reden, wird mit dem neuen Telefon sein, das ich ihr kaufen werde. Das heißt, Finger weg.«

Hannah sah zu ihr auf. »Du wieder gehst?«

Jet seufzte und kämmte die letzten Knoten aus Hannahs Wuschelhaaren. »Ja, Liebling, aber nur für kurze Zeit. Ich möchte nicht, aber ich muss. Es ist für … die Arbeit.«

Hannah nickte ernsthaft, als ob sie die Last, ihren Lebensunterhalt verdienen zu müssen, nur zu gut kannte.

»Aber ich werde dir einen Haufen neues Spielzeug mitbringen.«

Hannahs Stimmung hellte sich auf.

»Solange du brav bist.«

»Ich brav bin«, versicherte Hannah.

»Dann wirst du ein glückliches Mädchen sein, wenn ich zurückkomme.«

Hannahs Gesicht strahlte bei dem Gedanken und sie trottete zurück in das Schlafzimmer und wartete darauf, dass Jet ihr neue Kleidung für den Tag aussuchte.

Jet sah dabei zu, wie sie ihr Oberteil überzog und mit den Ärmeln kämpfte, bevor sie zu ihr ging, um ihr zu helfen. Sie zeigte ihr das Schildchen am Nacken und erklärte, dass sie so herausfinden konnte, welche Seite vorn war. Als sie beide angezogen waren, überprüfte Jet die Uhrzeit, dann verließen sie das Zimmer und gingen zwei Türen weiter zu Magdalena. Auf Jets Drängen klopfte Hannah an die Tür, und als Magdalena öffnete, strahlte sie das kleine Mädchen an, das wie an Halloween an der Tür stand.

»Guten Morgen, *Señora.*«

»Guten Morgen, Magdalena. Hast du Hunger?«

»*Si, Señora.* Frühstück wäre wundervoll.«

»Ausgezeichnet. Lasst mich Alan holen und wir suchen uns in der Nähe etwas. Wir haben heute viel zu tun, es ist also besser, früh anzufangen. Kannst du für eine Minute auf Hannah aufpassen?«

»Natürlich. Komm Hannah. Hier rein.«

Jet klopfte an Alans Tür und er antwortete, frisch geduscht, sein Gesicht glatt rasiert. Er sah nach der durchgeschlafenen Nacht viel besser aus.

Jet musterte ihn. »Wir müssen dir etwas zum Anziehen besorgen.«

»Ja. Anscheinend ist es nicht Teil der empfohlenen Pflegeanweisungen, in seiner Kleidung zu schlafen, nachdem man sie drei Stunden in Salzwasser eingeweicht hat.«

»Wer hätte das gedacht? Bist du bereit, etwas zu essen?«

»Du zuerst.«

In dem kleinen Familienrestaurant zwei Blocks vom Hotel entfernt, stürzten sie sich auf frische Eier vom Bauernhof mit Kartoffeln und besprachen ihren Plan mit Magdalena, die im Fernsehen die Nachrichten gesehen hatte und von den Morden aufgerüttelt Alan misstrauisch beäugte. Jet bemerkte, dass die Situation angespannt war, und versuchte alles, um sie zu beruhigen.

Nach einer langen Diskussion einigten sie sich darauf, dass Magdalena eine Woche mit Hannah in dem Motel bleiben würde, während sie sich um den geheimnisvollen Exfreund kümmerten, und Jet bestand darauf, ihr weitere zehntausend Dollar in bar aufzudrängen, obwohl sie noch sechstausend von der vorherigen Finanzspritze übrig hatte. Jet erklärte, dass sie unter keinen Umständen auf das Treuhandgeld zugreifen konnte, bis sie sich um ihr Problem gekümmert hatten – irgendwie war es kompromittiert, deshalb war es gefährlich. Magdalena brachte das Bargeld ins Auto und nickte, dass sie verstanden hatte – sie könnte es leicht in kleinen Mengen in uruguayische Pesos umzutauschen, wenn sie etwas brauchte, und es wäre genug für vier bis sechs Monate, kein Problem. Sie schien sich zu entspannen, sobald das Geld den Besitzer gewechselt hatte.

Zurück im Motel verabschiedete sich Jet von Magdalena und Hannah, während Alan losging und für eine Woche Aufenthalt zahlte.

Jet ging auf ein Knie herunter und strich Hannahs Haare glatt, dann blickte sie ihr direkt in die Augen.

»Mein Schatz, ich werde bald wieder zurück sein. Mama liebt dich, aber ich muss mich um einige Geschäfte kümmern. Du musst so brav sein, wie du kannst, und so gut auf Tante Magdalena hören, wie auf mich. Hast du das verstanden?«

Hannah war bereits wieder abgelenkt. Die Aussicht darauf, den kleinen Park auf der anderen Straßenseite zu erkunden, ließ ihre Aufmerksamkeit wandern, und sie richtete den Blick nur mit Mühe wieder auf Jet.

»Ja, Mama. Ich bin brav«, rezitierte sie feierlich.

»Das ist alles, was ich verlangen kann. Ich bin sehr stolz auf dich. Du warst großartig bis jetzt.«

»Kann ich spielen?«, fragte das Mädchen und deutete hoffnungsvoll auf den Park.

»Das ist eine tolle Idee.« Jet blickte zu Magdalena auf. »Ich werde einen Laden suchen und dir ein Telefon besorgen. Kannst du mit ihr in den Park gehen? Ihr ist so langweilig, sie sieht aus, als würde sie bald den Kopf verlieren.«

»Natürlich, *Señora.* Ich werde dort auf Sie warten.«

»Nimm Magdalenas Hand, Hannah, und pass auf, wenn du über die Straße gehst. Und stecke dir nichts in den Mund«, warnte Jet, aber Hannah starrte bereits zu der anderen Straßenseite, hypnotisiert von den umherstolzierenden Tauben, die unter den weiten Ästen der Bäume auf der Jagd nach verstreuten Leckerbissen waren. Alan kam näher, als Magdalena und Hannah die Straße überquerten, und nahm Jets Hand – eine einfache, intime Geste, die alles sagte. Jet blickte ihn mit traurigem Gesichtsausdruck an, aufgewühlt und unsicher. Er drückte ihre Hand und lächelte beruhigend.

»Mach dir keine Sorgen. Es wird ihnen gut gehen.«

»Ich weiß. Es ist die sicherste Option. Aber es ist trotzdem scheiße.«

»Ja, ist es.«

Sie schüttelte den Kopf, dann deutete sie auf das Auto. »Komm, wir besorgen dir etwas zum Anziehen und für Mag ein Telefon.«

»In Ordnung. Und was dann?«

»Dann fahren wir nach Montevideo.«

Alan nickte. »Darf ich fragen, warum?«

»Die einzige Möglichkeit, wie sie Magdalena zu der Wohnung zurückverfolgen konnten, war, dem Geld von dem Treuhandkonto zu folgen, was bedeutet, dass jemand eine Adresse aus den Aufzeichnungen der örtlichen Bank in Maldonado bekommen hat. Das ist einfach, aber an die Informationen zu kommen, um den Sprung von Matts Konto zu dem Treuhandkonto zu machen, ist alles andere. Das bedeutet, entweder hat jemand bei der Bank gesungen oder es war der Anwalt. Ich muss wissen, wer es war, bevor ich mich um die Treuhand kümmern kann.«

»Also gehen wir zu der Bank?«

»Dort fangen wir an.«

»Und was wirst du tun, wenn du etwas weißt?«

Sie warf ihm einen dunklen Blick zu. »Kommt darauf an, was ich entdecke.«

»Es gibt nicht viele Arten, die Jagd zu beenden, oder?«

»Nicht wirklich. Ich mache mir keine Sorgen um die Treuhand. Sobald wir herausgefunden haben, warum die Amerikaner hinter mir her sind, wird sich das von selbst lösen. Entweder werde ich das Problem lösen, oder, wenn ich versage …«

»… dann wird es keinen Unterschied machen, wenn Magdalena in drei Monaten Geld abhebt«, endete Alan für sie.

»Nun, ich hoffe, dass es Ersteres sein wird. Aber ich muss nachprüfen, wie viel Schaden angerichtet wurde. Und wenn es der Anwalt ist, muss ich mich vielleicht darum kümmern, mein gesamtes Vermögen zu verschieben.«

»Klingt, als hätten wir eine Autofahrt vor uns.«

»Wir können unterwegs unser weiteres Vorgehen ausarbeiten.«

»Schöner Tag dafür.«

Sie führte ihn zu dem Auto und drückte auf den Knopf, der die Türen öffnete. »Ich fahre. Besorgen wir dir etwas zum Anziehen.«

»Etwas Hübsches«, sagte Alan, ohne die Miene zu verziehen.

»Ich kaufe dir, was auch immer du willst, Großer.«

Er betrachtete sie, als er seine Tür öffnete. »Was auch immer ich will?«

Ihr Augen wurden weicher und ein angedeutetes Lächeln umspielte ihre Mundwinkel. »Sei vorsichtig mit dem, was du dir wünschst.«

KAPITEL 13

Am späten Morgen blitzte die Sonne durch die verstreuten Wolken und das brackige Wasser des Potomac rauschte nur wenige Minuten von dem Getümmel der Innenstadt von Washington D.C. entfernt an dem Fletcher's Cove Jachthafen vorbei. Rote Ruderboote schaukelten sanft in den Wogen und zerrten an ihren Tauen. Ihre Holzverkleidungen protestierten gelegentlich mit gedämpftem Knarren und Ächzen gegen das sachte Aneinanderprallen.

Eine einsame Gestalt stand am Ende des Stegs, eine Angelrute in der Hand, und warf einen Barschköder unter die Bäume in die vielversprechenden Verwirbelungen, die entlang des Flussufers die Oberfläche erzittern ließen. Ein herunterhängender Hut und eine Sonnenbrille schützten die Haut des alten Mannes vor den schlimmsten Strahlen, die das Wasser reflektierte, als er den Köder wieder einholte, regelmäßig an der Angel ziehend, um die Bewegungen lebendiger Fischköder für die jagenden Barsche anzudeuten.

Ein weiterer Mann spazierte eine Angelrute tragend den Pfad entlang, der vom Parkplatz zu dem unberührten Flussufer führte, und als er den Fischer erreicht hatte, sah er ihm mit Kennerblick beim Auswerfen zu, bevor er seine eigene Rute gegen einen nahen Baum lehnte. Er ging in die Knie, griff in die kleine Kühltasche, die er bei sich trug, und zog ein kühles Soda heraus, wischte die dünne Eisschicht von der Dose, bevor er sie öffnete und zufrieden einen Schluck nahm.

»Möchtest du eines?«, fragte er.

»Nein, danke. Ich bekomme davon Sodbrennen«, erwiderte der Angler mit einem leichten Stirnrunzeln. »Und die ziehen das Kalzium aus deinen Knochen.«

»Ich lebe gern gefährlich.«

Der Angler warf einen knappen Blick auf die Uhr. »Du bist spät.«

»Ich habe im Verkehr festgesteckt.«

Die zwei Männer hörten den Flussgeräuschen und dem Rauschen der Autos im Hintergrund zu, dann atmete der Angler laut aus.

»Was zur Hölle, Peter. Eine ganze Fähre? Gab es keine weniger ... dramatische Möglichkeit, sich um unser Problem zu kümmern?«

»Du hast seine Akte gelesen, richtig?«, antwortete Peter. »Mossad Hinrichtungskommando, Undercoveragent, verantwortlich für mindestens zwei Dutzend bestätigter Abschüsse in nahezu unmöglichen Situationen. Ein Ziel mit diesen Fähigkeiten hätte Hackfleisch aus jedem gemacht, der versucht hätte, ihm nahe genug zu kommen, um ihn auszuschalten.«

»Aber neunhundertfünfzig Menschen? Mit weltweiten Schlagzeilen? Warum nicht einfach eine gute, alte Kugel von einem Scharfschützen oder vielleicht ein vergiftetes Omelett?«, jammerte der Angler.

»Es hat funktioniert, oder nicht?« Peter nahm einen weiteren tiefen Schluck von seinem Soda, dann rülpste er. »Die Party ist vorbei, ganz einfach. Keine losen Enden mehr. Und darf ich dich daran erinnern, dass, wenn wir präziser gewesen wären, der Mossad wissen wollen würde, warum einer seiner Top-Agenten ausgeschaltet wurde?«

»Aber wir wissen immer noch nicht, wem er sonst noch etwas erzählt hat. Angenommen, er wusste etwas.«

»Oh, er wusste Bescheid. Ryker hat die Befragung durchgeführt, und er ist der Beste. Er hat Verdacht geschöpft und dann zwei Männer dazu geholt, um es zu bestätigen – und sie haben ihm alle recht gegeben. Sie waren sich sicher. Die einzige Frage ist, wie viel der Araber dem Israeli erzählt hat, bevor er abgeknallt wurde.« Peter spuckte angewidert auf das Flussufer. »Verdammter, turbantragender Idiot«, jammerte er. »Sicher, dass du keines möchtest?«

»Ziemlich sicher.«

»Na ja, es ist zu spät, das noch infrage zu stellen. Wir mussten schnell handeln. Ehrlich gesagt, es war fast ein Wunder, dass wir es geschafft haben, das alles rechtzeitig einzufädeln. Du solltest uns beglückwünschen. Und außerdem, was ist, wenn wir es versucht und dabei versagt hätten? Schon mal darüber nachgedacht? Dann hätten wir ein noch größeres Problem – einer der gefährlichsten Agenten, von denen ich je gehört habe, auf freiem Fuß, untergetaucht, fragt sich, warum jemand versucht, seinen Aufenthalt auf diesem Planeten zu beenden. Er würde nicht lange brauchen, es herauszufinden, und dann … nun, sagen wir mal, dass wir bereits mit dem verpfuschten Bioangriff alle Hände voll zu tun haben. Bei dem ich, wie ich dich erinnern darf, übrigens argumentiert hatte, ihn anders anzugehen.«

»Ich konnte dich nicht einbeziehen. Oder sonst irgendjemanden aus den Vereinigten Staaten. Das war von äußerster Wichtigkeit.«

»Ich weiß. Ich sage nur, dass du damit jetzt genau nichts erreicht hast«, erwiderte Peter.

»Nicht ganz. Es war gute PR für uns, dass ein Terrorist seinem Ziel so nahe gekommen ist.«

»Hast du die Berichterstattung im Internet gesehen? Es gibt mindestens ein Dutzend Seiten, die offen hinterfragen, ob der Iran eine Finte à la Irak war. Ob es dir gefällt oder nicht, im letzten Jahrzehnt hat sich viel geändert, und die Leute glauben nicht mehr alles, was ihnen CNN vorbetet. Zu viele Gruppen stellen offen infrage, ob der Iran wirklich Atomwaffen hat. Ich persönlich denke, dass es ein aussichtsloser Kampf ist.«

»Zur Kenntnis genommen. Und auch wenn ich deinen brillanten Verstand und deine charmante Gesellschaft zu schätzen weiß, das ist nicht dein Problem. Was ist mit den Leuten, die wir beauftragt haben, die Fähre in die Luft zu jagen? Irgendetwas, das uns zum Verhängnis werden kann?«

»Nein. Es gibt keine losen Enden. Nichts, dass man auf uns zurückführen kann.«

Der ältere Mann schüttelte den Kopf und warf den Köder wieder aus. Dieser traf mit einem *Plopp* auf dem Wasser auf und der Mann begann ihn wieder einzuholen.

»Bist du sicher? Die Fähre war viel zu öffentlich. Wir können es uns nicht leisten, dieses Risiko einzugehen.«

Peter leerte das Soda und zertrat die Dose auf dem Boden, presste sie zusammen und warf sie zurück in die Kühltasche. »Und du sagst, ich sei kaltherzig?«

»Das hast du von deiner Mutter.«

»Da bin ich mir nicht sicher, Dad.«

»Meine Sorgen sind berechtigt. Ich will, dass du mir versprichst, dass nichts mehr dem Zufall überlassen wird.«

»Wie gesagt, ich habe mich darum gekümmert. Sie wurden alle neutralisiert. Und das war nicht billig.«

»In Ordnung.« Der ältere Mann blickte wieder auf die Uhr. »Abendessen ist immer noch um sieben Uhr. Komm nicht zu spät. Und sei nächstes Mal pünktlich, wenn wir eines unserer Treffen haben.«

»Ich habe dir gesagt – der Verkehr war schrecklich.«

»Du solltest das eingeplant haben«, sagte der ältere Mann offen drohend, seine Stimme eiskalt. Er wirkte kurz so, als wolle er mit seiner Standpauke fortfahren, als sich die Rute verbog und die Rolle durchdrehte, als ein Fisch anbiss. Er grinste, und für den Moment hatte er vergessen, wie genervt er von seinem Sohn war.

»Sieht aus, als wärest du beschäftigt«, sagte Peter, dann schnappte er sich seine Kühltasche und Angelausrüstung und machte sich auf den Weg zurück zum Parkplatz. Der alte Mann misstraute Telefonen, und Peter hatte in dieser Hinsicht seine Vorsicht geerbt. Sie spielten mit hohen Einsätzen, und auch wenn er es dem grimmigen, alten Bastard gern hin und wieder heimzahlte, war er doch nicht draufgängerisch – wenn überhaupt, war er sogar noch berechnender und klinischer als sein Vater.

Er öffnete den Kofferraum seines BMW und klappte die Angelrute zusammen, dann warf er sie achtlos hinein, bevor er sich hinters Lenkrad setzte und sicherstellte, dass die Kühltasche unter dem Handschuhfach auf der Beifahrerseite eingeklemmt war, wo sie nicht verrutschen würde.

Als der Motor zu schnurren begann, begutachtete er kurz sein Spiegelbild. Seine kurz geschorenen Haare waren ein Überbleibsel seiner lange hinter ihm liegenden Tage beim Militär, aber davon abgesehen sah er aus wie ein unscheinbarer Manager – so beschrieb ihn seine Visitenkarte eines Import-Export-Unternehmens: Geschäftsführer einer obskuren Firma, von der noch nie jemand etwas gehört hatte. Seine eigentliche Karriere war gesellschaftlich weniger akzeptiert, dafür aber extrem gut bezahlt. Darum kümmerte sich sein Vater. Die letzten zehn Jahre waren eine Goldmine für ihn gewesen, er hatte sich um Spezialaufträge gekümmert; in Afghanistan, im Irak, in Libyen, Ägypten …

Er legte den ersten Gang ein und gab dem PS-starken Motor etwas Gas. Der Wagen machte gehorsam einen Satz nach vorn. Trotz all seiner Fehler hatte der alte Mann unglaublichen Einfluss in einigen hohen gesellschaftlichen Kreisen, und Peter hatte schon vor langer Zeit gelernt, seinen Befehlen aufs Wort genau zu folgen, auch wenn er seine Art, Probleme mit eiserner Faust zu lösen, hasste. Sein Vater konnte seine Art genauso wenig ändern, wie er selbst, sinnierte er. Und seine erste Regel war, nie etwas zu verändern, das funktionierte. Egal, was alle anderen dachten, Peter war höchst effektiv in seiner gewählten Laufbahn – ein Problemlöser, wie sein Vater, der sich in den Korridoren der Macht bewegte, ohne herauszustechen, und trotzdem fähig war, die Welt zu verändern, wenn es seinen Zielen diente.

Peter passierte das geparkte Auto seines Vaters, der Fahrer, vertieft in seine Zeitung, vermied es gezielt, ihn zu bemerken, und fuhr auf die Canal Road in Richtung Süden. Er beschleunigte und drückte auf eine Taste des Autoradios. Das Heulen einer Gitarre ertönte aus den Lautsprechern. Er tippte mit den Fingern auf das Lenkrad, während er den Wagen weiter beschleunigte, und genoss das befriedigende Machtgefühl, das er in seiner Gewalt hatte, während er den Rest seines Tages überdachte, der ein Treffen mit einem Kontakt beim Verteidigungsministerium beinhaltete – aber er konnte am Nachmittag sicher einige Stunden mit einem seiner Lieblingsmädchen verbringen. Vielleicht zwei. Schließlich hatte er Grund zu feiern – ein weiteres Problem war gelöst, ein weiterer Bauer vom Schachbrett genommen.

Er drehte an dem Regler und erhöhte die Lautstärke, dann öffnete er das Schiebedach, damit die wärmenden Strahlen den restlichen Stress lindern konnten.

Es würde bald Spätsommer werden.

Und es würde ein wunderschöner Tag werden.

Warum sollte er ihn nicht genießen?

KAPITEL 14

Es dauerte nicht lange, für Alan Kleidung zu kaufen; sie betraten und verließen das Geschäft innerhalb von zehn Minuten, mit einigen Paar Jeans, einem Hygieneset, Unterwäsche und drei T-Shirts in einer Flugreisetasche. Das Handy zu kaufen dauerte nur wenige Minuten länger und sie waren kurze Zeit später zurück in dem Park gegenüber des Hotels, um sich zu verabschieden.

Hannah und Jet umarmten sich lange, beide versuchten ihre spezielle elementare Verbindung so untrennbar wie möglich zu machen. Jet versicherte ihr, dass sie schon bald zurück sein würde – ein unrealistischer Gedanke, von dem sie hoffte, dass er der Wahrheit entsprach und nicht nur Wunschdenken war. Magdalena sah zu, wie sie sich mit geröteten Augen trennten, dann nahm sie Hannahs Hand und hielt sie fest, während sie ihrer Mutter und Alan dabei zusahen, wie sie zum Auto gingen.

Jets Kehle war wie zugeschnürt, als sie losfuhren, ihre kleine Tochter winkte ihnen nach, bis sie auf die Straße abbogen, die nach Montevideo führte, und lange sagte weder sie noch Alan ein Wort. Nur das dumpfe Dröhnen des ungleichmäßigen Asphalts unter den Rädern des Ford bildete einen monotonen Rhythmus.

Sie musste bremsen, als sie den Weg einer Gruppe örtlicher Viehhirten kreuzten, die ihre Pferde den zweispurigen Asphalt entlangritten. Mit einem kurzen Hupen warnte Jet sie, auszuweichen, damit sie überholen konnte. Die Szene erinnerte sie daran, dass sie auf dem Land waren, wo die Leute hauptsächlich mit Ackerbau ihren Lebensunterhalt verdienten. Dort würde niemand nach Mag und Hannah suchen – es war so weit ab vom Schuss wie irgendwie möglich. Die Sicherheit der beiden war ihre höchste Priorität und der Anblick der die Landstraße entlangtrabenden Gauchos beruhigte sie.

Alan setzte sich in seinem Sitz auf und räusperte sich, als sie an dem letzten Pony vorbeirauschten.

»Zeit, uns Gedanken zu machen, wohin wir von hier aus fahren«, begann er.

»Jep. Ich denke, wir statten der Bank einen Besuch ab und finden heraus, welche Art von Sicherheitsvorkehrungen sie dort getroffen haben, und dann schauen wir bei meinem treuen Anwalt vorbei. Ich habe es mir durch den Kopf gehen lassen und die Informationen müssen von einem der beiden gekommen sein. Sonst gibt es keine Möglichkeit, wie sie ein Auftragskiller nach Maldonado zurückverfolgen könnte.«

Alan öffnete ihre Handtasche und zog eine der Pistolen heraus, die sie ihren Angreifern abgenommen hatten, und begutachtete den Schalldämpfer, bevor er das Magazin auswarf und die Patronen untersuchte.

»Die Patronen wurden von Hand geladen. Das kann man sehen. Und die Schalldämpfer sind maßgeschneidert. Dieses amerikanische Unternehmen hatte offensichtlich keine Probleme damit, Waffen in kurzer Zeit hierherzubringen. Das deutet auf beachtliche Ressourcen hin.«

»Die Grenzen sowohl nach Argentinien als auch nach Brasilien sind ziemlich durchlässig. Und in beiden Ländern gibt es viele Waffen. Das Gleiche gilt für Uruguay.«

»Meine Vermutung ist, dass diese hier aus den Vereinigten Staaten kommen.«

»Du könntest recht haben.«

»Hast du noch einmal darüber nachgedacht, wie du an dein Geld kommst? Machst du das mit den Überweisungen?«, fragte Alan und beobachtete dabei einen uralten Farmlieferwagen, mindestens zwei Stockwerke hoch mit Heuballen beladen, der auf der entgegenkommenden Spur entlangkroch. Schwarzer Rauch qualmte aus den altersschwachen Auspuffrohren auf beiden Seiten des Fahrerhäuschens.

»Sicher. Ich werde eh in der Bank sein, und da ich weiß, dass das Konto nicht mehr sicher ist, werde ich Hunderttausend abheben, wenn ich dort bin. Die sollten dort so viele Dollars haben – es ist die größte Bank in Uruguay. Damit können wir uns etwas Raum zum Atmen kaufen. Und ich habe drei Millionen in Diamanten dabei. Sobald wir Uruguay verlassen haben, kann ich einige davon oder auch alle zu Geld machen.«

»Stimmt. Ich vergesse immer, dass der Großteil deines Vermögens in Diamanten liegt.«

»Ich will damit nur sagen, dass wir Ressourcen haben. Ich kümmere mich später um die Überweisungen und werde mir einfach keine Gedanken um das Konto machen, das Matt mir gegeben hat, bis ich weiß, wer hinter all dem steckt.«

»Vielleicht bekommen wir von der Bank oder dem Anwalt eine Spur«, erwiderte Alan hoffnungsvoll, aber sein Tonfall klang bedrückt.

»Das ist wirklich der offensichtlichste Ort, um anzufangen. Ich habe keine bessere Idee. Du?«

Er schüttelte den Kopf, dann steckte er die Pistole zurück in die Handtasche. »Nicht wirklich. Und vergiss nicht, dass wir das nagende, kleine Problem haben, dass meine Pässe auf dem Grund der Bucht liegen.«

»Habe ich nicht. Wir können dir immer etwas in Argentinien oder Brasilien kaufen.«

»Das wird eine Zeit dauern. Und wir werden keine Garantie haben, dass die Qualität gut genug ist, um damit zu reisen. Ich kann es mir nicht leisten, von einem übereifrigen Einreisebeamten durchleuchtet zu werden.«

Sie fuhren schweigend einige Meilen weiter, dann rieb sich Alan das Gesicht und setzte sich auf. Er wirkte jetzt wacher. »Ich kann mir einen anderen Ausweis besorgen. Ich habe ein Notfallset bei einem Anwalt in Jerusalem gelassen, darin waren zwei Pässe, zusammen mit einigen Kreditkarten. Unbenutzt. Aber es wird einige Tage dauern, bis sie nach Südamerika kommen.«

»Wie sehr vertraust du ihm?«

»Bedingungslos. Er hat das Paket seit fast vier Jahren und er hat mir schon andere Gefallen getan. Er wird es dorthin schicken, wo ich es ihm sage. Ohne Fragen zu stellen. Aber das löst eines unserer Probleme nicht – wir müssen irgendwo für ein paar Tage bleiben, damit wir das Paket annehmen können, und ich kann ohne Papiere keine Grenze überqueren.«

»Das stimmt nicht unbedingt. Aber ein Problem nach dem anderen. Wenn du ein Paket hast, das man dir zuschicken kann, vereinfacht das die Sache. In der Zwischenzeit sollte es unkompliziert sein, dich entweder nach Brasilien oder Argentinien zu schmuggeln.«

Sie hatte ihm bereits erklärt, dass die Grenzen nicht stark überwacht wurden, ein motivierter, fähiger Agent sollte also ohne Probleme durchkommen.

»Und was dann?«

»Schauen wir, was wir in Montevideo herausfinden.«

***

Alan betrat zuerst die Bank und ging zu einem der Schalter, um einige Dollars in Pesos zu wechseln – ein alltägliches Geschäft, für das er, bei den geringen Mengen, die er umtauschte, keinen Ausweis brauchte. Sein Blick glitt über die Angestellten und das Foyer, er registrierte die Überwachungskameras, die in den Ecken des Raums angebracht waren, sowie die verräterischen, verspiegelten Halbkugeln, die strategisch über die gesamte Decke platziert waren. Es war unmöglich, den Kameras aus dem Weg zu gehen, aber ihre mögliche Entdeckung war ein notwendiges Übel, was der Grund war, warum Jet und er sich getrennt hatten. Man würde keine Verbindung zwischen ihnen herstellen können. In der Bank waren mindestens dreißig Menschen, als er seine Pesos an sich nahm und das Gebäude verließ.

Er ging zum Auto zurück, das um die Ecke geparkt war, und Jet beäugte ihn, als er auf den Beifahrersitz rutschte.

»Ich habe nichts gesehen. Niemand, der die Bank offensichtlich beobachtet. Niemand im Foyer, außer Angestellten und Kunden. Einige Sicherheitsleute. Aber nichts Verdächtiges«, erklärte er.

»Okay. Dann gehe ich rein. Das wird wahrscheinlich ein bisschen dauern, also entspann dich. Ich lasse dir eine der Waffen und ein zusätzliches Magazin hier.« Sie zog eine Pistole aus der Handtasche, klappte das Handschuhfach auf und reichte ihm ein volles Magazin. »Hoffen wir, dass du es nicht brauchst.«

»Hoffnung ist mein zweiter Name.«

Er lächelte und sie spürte, plötzlich wallten Emotionen in ihr auf. Sie lehnte sich zu ihm und küsste ihn sanft auf die Wange, seine frisch rasierte Haut roch nach Seife und Männlichkeit. Eine angenehme Kombination. Er drehte den Kopf und seine Lippen streiften ihre; dann fielen sie übereinander her, der Damm gebrochen, die gesammelte Anspannung der letzten Tage explodierte.

Als Jet sich endlich zurückzog, war sie rot angelaufen, ihre Atmung beschleunigt. Es war zu lange her, seit sie so etwas gefühlt hatte.

»Ich bin froh, dass du auf dem Boot nicht in tausend Stücke gerissen wurdest«, sagte sie mit heiserer Stimme.

»Ich auch. Ich bin froh, dass der Russe dich nicht wie einen Truthahn zerlegt hat.«

Sie lächelte, ihre smaragdgrünen Augen glänzten in der Nachmittagssonne. »Dann haben wir ja beide etwas, über das wir froh sind.«

Der Moment entglitt ihnen und nach einem weiteren Kuss öffnete sie die Fahrertür und stieg aus, wobei sie nur knapp einem vorbeifahrenden Bus auswich.

»Ich habe den Schlüssel in der Zündung gelassen. Wenn du dir eine Tasse Kaffee holen willst, schließe das Auto einfach ab. Wie gesagt ... es könnte eine Weile dauern.«

»Ich bleibe hier. Viel Glück da drinnen.«

Alan sah ihr nach, während sie auf die Ecke zuging, und bewunderte den Schnitt ihrer Jeans, als sie in der spärlichen Menschenmenge verschwand, die am frühen Mittag auf den Straßen unterwegs war. Sie war in vieler Hinsicht ein Wunder der Schöpfung, sinnierte er, dann schaltete er das Radio ein, um Jagd auf einen Nachrichtensender zu machen.

Jet betrat die Bank und ging geradewegs auf einen Manager zu – ein anderer Mann als der, mit dem sie das letzte Mal gearbeitet hatte, als sie das Treuhandkonto eingerichtet hatte. Klein, dickbäuchig, fast vollständig kahl, mit notdürftig über die Glatze gekämmten, öligen, schwarzen Haaren, die zu seinem buschigen Schnurrbart passten, war er dennoch professionell und höflich und bedeutete ihr, in seinem mit Kirschholz getäfelten Büro Platz zu nehmen. Sie nahm das Angebot an und er schloss die Tür, umrundete den Schreibtisch, nahm sich einen Moment, um zu Atem zu kommen, bevor er zu sprechen begann.

»Wie kann ich Ihnen helfen?«, schnurrte er.

»Ich werde Geld abheben, in Dollar.«

»Sehr gut. Dazu benötigen Sie von meiner Seite nichts weiter. Wir können zu einem der Kassierer gehen …«

»In Höhe von einhundertfünfzigtausend Dollar«, endete Jet. Sie hatte beschlossen, die Summe zu erhöhen, solange sie die Gelegenheit dazu hatte.

Die Augen des Managers verengten sich für eine Nanosekunde, dann lächelte er, seine Miene wieder unergründlich. »Natürlich. Ich werde es aus dem Tresor holen und zählen lassen müssen. Das wird einige Minuten dauern. Ich hoffe, Sie haben es nicht eilig.«

»Ich werde Ihren Pass und Ihre Kontoinformationen benötigen.«

»Natürlich. Ich habe vor einigen Wochen über eine Million Dollar überwiesen.«

Sie schob ihm eine dünne blaue Plastikkarte zu, zusammen mit ihrem thailändischen Diplomatenpass. Er nahm die Informationen gewissenhaft auf, dann drehte er sich mit dem Stuhl und legte ihren Pass auf einen kleinen Scanner, der auf seinem Tisch stand und machte eine Kopie, bevor er das Bild auf dem Flachbildschirm am Rand seines Schreibtischs musterte.

»Ah, hervorragend. Hier haben Sie Ihre Papiere zurück. Ich werde einige Formulare für Sie zum Unterschreiben haben und wenn Sie mich einen Moment entschuldigen würden …« Er deutete auf das Telefon.

»Kein Problem.«

Er wählte eine dreistellige Durchwahl und sagte hastig etwas auf Spanisch, dann legte er auf. »Es wird nicht länger als eine halbe Stunde dauern. Kann ich Ihnen einen Kaffee anbieten? Soda? Wasser? Einen Snack?«

»Eine Flasche Wasser wäre nett. Danke.«

Er drückte einen Knopf auf seinem Sprechgerät und bestellte zwei Flaschen Wasser. Einige Augenblicke später kam eine Sekretärin damit ins Zimmer.

Jet warf einen Blick auf das Namensschild auf dem Tisch. »Nun, *Señor* … Garmindo. Wo ist der andere Manager, den ich getroffen habe, als ich das letzte Mal hier war? Ich glaube, sein Name war …«

»Tamarez. Ah, eine traurige Geschichte. Er ist kürzlich verstorben. Es ist tatsächlich erst ein paar Tage her.«

»Aber er war so jung.«

»Ja. Es war ein großer Schock für uns alle. Ein Autounfall. Er wurde angefahren, als er nachts die Bank verlassen hat. Der Fahrer ist geflohen und war wahrscheinlich betrunken. Tamarez war bereits tot, als er ins Krankenhaus eingeliefert wurde. Tragisch.«

»Sie sagen, wahrscheinlich betrunken. Hat man den Fahrer jemals erwischt?«

»Nein, leider Gottes. Aber sie suchen noch, da bin ich mir sicher. Auf der anderen Seite, Sie wissen, wie es ist. Man kann nicht viel tun.«

»Was für eine Tragödie. Hatte er Familie?«

»*Si.* Zwei junge Töchter.«

Sie schwiegen einen Moment lang.

»Lassen Sie mich eine hypothetische Frage über Ihre Sicherheitsvorkehrungen stellen. Wie könnte jemand Kontoinformationen herausfinden? Zum Beispiel, wo von einem bestimmten Konto Geld abgehoben wird oder andere Details über Transaktionen?«

»Das ist unmöglich. Und es verstößt gegen das Gesetz, es preiszugeben. Das und die Sichtschirme der Angestellten begrenzen die Menge der Informationen, auf die sie zugreifen können. Nicht einmal ein Vizepräsident könnte alle Details herausfinden. Diese Dinge sind aufgeteilt, um die Informationen zu sichern. Wir nehmen unser Bankgeheimnis hier sehr ernst. Wir müssen das. Uruguay hat den Ruf als die Schweiz …«

»… Südamerikas. Ja, ich weiß. Ich war nur neugierig. Aber, ich meine, mit Identitätsdiebstahl und einem guten Vorwand ist es theoretisch möglich, dass jemand, wie zum Beispiel ein Privatdetektiv, die Informationen kauft, richtig?«

Er lehnte sich zurück und musterte sie genauer.

»Nein. Was Sie beschreiben, könnte niemals passieren. Es gibt zu viele Sicherheitsvorkehrungen.« Seine Stimme war fest – wenn es eine Möglichkeit gab, dann kannte er sie nicht oder würde sie nicht zugeben.

»Ich habe gehofft, dass Sie das sagen. Es ist nur, dass es bei verschiedenen Ländern so schwer zu wissen ist, wie die Banken mit ihren Angelegenheiten umgehen«, ruderte Jet zurück.

»Ich kann Ihnen versichern, dass die Vorschriften in Uruguay zu den strengsten der Welt gehören. Wahrscheinlich besser als in den meisten anderen Ländern.«

»Das ist gut zu wissen. Ich bin noch immer nicht über den Unfall hinweg … die arme Witwe. Und die Kinder«, sagte Jet und lenkte die Unterhaltung wieder auf sicheres Terrain.

»Man weiß nie, wann für uns die Stunde schlägt, oder? Es ist eine Tragödie.«

Sie plauderten noch ein wenig, bis einige Minuten später das Telefon klingelte. Er hob ab, lauschte, dann legte er den Hörer wieder auf und erhob sich mit der offenen Hand gestikulierend.

»Das Geld erwartet uns im Tresor. Wären Sie so freundlich?«

»Natürlich. Gehen Sie vor.«

Der eifrige kleine Mann watschelte zur Tür und öffnete sie. Sie gingen zusammen in den hinteren Teil der Bank, wo ein Sicherheitsmann an der Edelstahltür des Tresors Wache stand. Nachdem Garmindo seine Hand an den Scanner gehalten hatte, öffnete sich die Tür und sie gingen hindurch. Die Haupttresortür war geschlossen. Eine Frau saß in einem angrenzenden Raum mit einem automatischen Geldzähler auf einem Tisch neben einer Reisetasche, auf der zentimeterdicke Stapel von Hundert-Dollar-Noten lagen. Garmindo bedeutete Jet, auf dem

Stuhl gegenüber der Frau Platz zu nehmen, dann stellte er sich in die Ecke und sah zu, wie sie jeden Stapel in die Maschine fütterte – einhundert Scheine pro Bündel.

Das Geld war in wenigen Minuten gezählt. Garmindo bot Jet an, ihr die Reisetasche *auszuleihen*, aber sie lehnte ab und zog eine leere schwarze Nylontasche hervor, die sie besorgt hatte, als sie mit Alan Kleidung gekauft hatte. Die Scheine passten ohne Schwierigkeiten hinein und sie streifte sich den Gurt über die Schulter, wie eine Laptoptasche, ihre Handtasche am selben Arm.

Garmindo beäugte Jet und tat sein Bestes, nicht urteilend zu wirken, als er nickte. »Darf ich Ihnen die Dienste eines unserer bewaffneten Sicherheitsmänner anbieten, der Sie zu Ihrem Auto eskortieren kann?«

»Vielen Dank. Nein, ich werde erwartet. Aber ich weiß das Angebot zu schätzen. Sie waren mehr als liebenswürdig. Dürfte ich Ihre Karte haben?«

Er strahlte und fischte in seinem Jackett, dann zog er ein geprägtes Rechteck hervor und überreichte es ihr mit einer kleinen Verbeugung. »Ich stehe zu Ihren Diensten.«

Jet konnte die Bank nicht schnell genug verlassen. Ihre Augen suchten hinter der Sonnenbrille die Straße ab, sobald sie auf dem Gehsteig war und als sie nichts Bedrohliches erkannte, ging sie zügig auf den wartenden Alan zu und riss die Beifahrertür weit auf. Dann warf sie ihm die Tasche zu. Er fing sie auf und blickte Jet mit unbewegter Miene an, bevor er fragend eine Augenbraue hob.

»Alles in Ordnung?«

»Nicht wirklich. Offensichtlich wurde der Bankmanager von einem unbekannten Fahrer umgenietet, seit ich ihn das letzte Mal besucht habe«, sagte sie durch die offene Tür.

»Gefährliche Stadt.«

»Ich frage mich nur, ob die Tatsache, dass er *mein* Banker war, es noch schlimmer gemacht hat.«

»Sicher werden wir das nicht herausfinden, oder?«

»Gewiss nicht.«

Sie schlug die Tür zu und er öffnete das Fenster. »Was jetzt?«

»Zeit, mit meinem Anwalt zu reden.«

KAPITEL 15

PAPUA, INDONESIEN

Regen prasselte auf die schlammige Straße, die zu der kleinen Stadt Keppi Mappi Papua führte, und ein brauner Sturzbach bahnte sich seinen Weg den Abhang hinunter. Aus dem Wolkenbruch regneten in zwei Minuten fünf Zentimeter Wasser herunter. Ein indonesischer Militärjeep, dessen Reifen damit kämpften, auf der rutschigen Oberfläche Halt zu finden, kroch den Weg entlang zu einem der Kontrollpunkte, die in der gesamten Region aufgebaut worden waren, seit der Rebellenaufstand die Mine zerstört hatte. Der Motor ächzte, als das Fahrzeug an einem Auto vorbeischlingerte, das am Straßenrand liegen geblieben war. Einige Einheimische hatten sich um den Motor versammelt, die Motorhaube geöffnet und die Köpfe zusammengesteckt, als würden sie am offenen Herzen in den Innereien des gebeutelten Autos operieren.

Die Tage nach dem Angriff auf die Mine waren angespannt gewesen, das Militär hatte brutal durchgegriffen und hunderte verdächtigter Sympathisanten der Rebellen aufgegriffen, was von der internationalen Presse geflissentlich ignoriert worden war. Sie hatte sich stattdessen auf die von der Sabotage verursachte Verwüstung konzentriert. In Folge der Explosionen war der Betrieb zum Stillstand gekommen und die Kosteneinschätzungen für die Reparatur waren bestenfalls unschön. Die Pipelines waren an mehreren Stellen ruiniert und, was schlimmer war, die Brechanlage war vollständig zerstört. Sie zu ersetzen würde Monate dauern.

Einige weitere isolierte Sabotagefälle waren erfolgt, aber größtenteils ineffektiv und gegen unwichtige Ziele gerichtet gewesen, mit Sprengstoffen, die nur wenig Schaden anrichten konnten. Aber die fortlaufenden Versuche, das indonesische Regime zu destabilisieren, hatten die Reibungen zwischen dem Militär und den Einheimischen, die nun Gefangene in ihrem Heimatland waren, noch verstärkt, mit Soldaten, die in den größeren Städten Streife fuhren, an beinahe jeder Ecke stationiert waren und dort bedrohlich mit ihren Sturmgewehren posierten. Friedliche Proteste waren zu Konflikten mit Bereitschaftspolizei und bewaffneten Soldaten verkommen, der größte davon endete mit sechs Toten, aus nächster Nähe erschossen von Soldaten mit nervösem Finger am Abzug, die nie zur Rechenschaft gezogen wurden.

Der Jeep bremste zwanzig Meter hinter dem liegen gebliebenen Auto und die drei Soldaten sprangen heraus, ihre Stiefel schmatzten im Schlamm, als sie zu den Inselbewohnern stapften. Der Fahrer des Jeeps blieb unter der schützenden Stoffabdeckung, während die anderen die Einheimischen aufscheuchten.

»Hey. Schafft das Stück Scheiße hier weg. Ihr könnt hier nicht bleiben. Das ist nicht erlaubt«, brüllte einer der Soldaten, ein Korporal, den vier Männern entgegen.

»Wenn wir es bewegen könnten, denkst du, wir würden hier im Regen stehen?«, rief einer der Einheimischen zurück, ohne sich die Mühe zu machen, sich umzudrehen. »Dummer Hurensohn«, murmelte er, aber ein bisschen zu laut.

Zwei der Soldaten kicherten und die Gesichtszüge des Korporals verzerrten sich vor Wut.

»Ihr alle. Dreht euch um. Jetzt. Du nennst mich einen dummen Hurensohn? Ich zeige dir, wer der dumme Hurensohn ist.

Ihr seid alle verhaftet«, spuckte der Korporal aus, seine Stimme vor Wut eine halbe Oktave höher.

»Verhaftet? Wofür? Weil wir unser Auto reparieren? Verschwindet. Macht woanders Stress«, spottete der größte der Inselbewohner über die Schulter.

»Ihr habt mich gehört. Ihr seid verhaftet. Jetzt dreht euch um.«

Die Inselbewohner blickten sich an, dann zuckte der Größte mit den Schultern und legte den Schraubenschlüssel in seiner Hand zur Seite.

Die Soldaten sahen den Angriff nicht kommen. Die Inselbewohner drehten sich um, Pistolen und eine Maschinenpistole in den Händen, die sie wahllos auf die uniformierten Männer feuerten. Als er die Schussgeräusche hörte, geriet der Fahrer in Panik und zerrte hektisch am Schaltknüppel, bei dem Versuch, den Gang einzulegen. Er würgte beinahe den Motor ab, als er die Kupplung kommen ließ und auf die Straße zurückschoss. Wasser und Schlamm spritzten von den Reifen.

Der größte Mann lief lässig zu den gefallenen Soldaten und nahm eines der Gewehre an sich, schüttelte den braunen Schlamm ab, bevor er eine Patrone in die Kammer schob und mit der Waffe auf den davonfahrenden Jeep zielte.

»Wie viel möchtet ihr wetten, dass ich ihn mit einem Schuss festnageln kann?«, fragte er die Männer, aber niemand war gewillt, die Wette anzunehmen. »Zum Ersten ... zum Zweiten ...«

Der Rückstoß ließ das Gewehr erzittern und die Windschutzscheibe des Jeeps färbte sich rot, dann wurde das Fahrzeug langsamer, bevor es von der Straße rollte und mit einem Baum kollidierte. Einer der Männer rannte hinterher und sprühte die Initialen TPN mit schwarzer Sprühfarbe auf das Heck, bevor er zu ihrem eigenen Auto zurückkehrte. Der größte Mann umrundete es zur Fahrertür, während ein anderer Inselbewohner die

Motorhaube zuknallte, dann kletterten alle vier in den Wagen und der Fahrer startete den Motor.

Eine halbe Meile weiter, am Kontrollpunkt, saßen sechs weitere Soldaten unter einer von vier Stangen aufrecht gehaltenen Plane und spielten Karten. Der Regen donnerte mit walnussgroßen Tropfen auf die Abdeckung. In der Ferne erklang Donner, ein tiefes Grollen, das die nahen Berge zum Zittern zu bringen schien, und der siebte Mann, ein Leutnant, schüttelte den Kopf und fluchte murmelnd.

»Drecksloch, oder? Es gibt nichts, außer Regen und dem Gestank von Misthaufen«, sagte er an niemand besonderes gerichtet.

Die Männer waren seine regelmäßigen Herabwürdigungen der Gegend, des Wetters und der Menschen gewöhnt und spielten ohne aufzublicken weiter. Er schnippte ein altes Zippofeuerzeug aus Edelstahl auf, zu, auf, zu, ein nervöser Tick, der die Männer unter seinem Kommando heimlich auf die Palme brachte, dann endlich zog er eine Zigarette aus der Brusttasche und zündete sie an, schloss das Feuerzeug mit einem besonders lauten Schnippen, bevor er den kräftigen Rauch inhalierte. Er lächelte zufrieden und inspizierte den Boden des Zippos, in den sein Name und einige Glückwünsche eingraviert waren, ein Geschenk von seinen Eltern, als er in den Dienst eingestellt worden war.

Schüsse erklangen aus dem umliegenden Dschungel – das Schnellfeuer von Kalaschnikows. Ein Hagel aus brennend weißem Tod bedeckte die Soldaten und verwundete oder tötete sie, bevor sie zurückschießen konnten. Der Leutnant stürzte auf den Boden und tastete nach seiner Dienstwaffe, zerrte sie ungeschickt aus seinem Hüftholster und feuerte ziellos auf die Büsche; eine schwache Verteidigung, aber die einzige, die ihm zur Verfügung stand. Als seine Munition verbraucht war, hallte eine einzelne Salve aus dem nahen Gebüsch, dann war es still, der Widerhall der Sturmgewehre abgeklungen. Das einzige Geräusch war der

Regen, als eine Gruppe von sechs Gestalten in Camouflage aus dem dichten Unterholz kam und sich auf den Kontrollpunkt zubewegte, die Waffen im Anschlag, falls es doch noch unerwarteten Widerstand gab.

Unter der Plane angekommen bellte der Anführer einen knappen Befehl und seine Untergebenen sammelten hektisch die Waffen und Munition der Toten ein, dann sicherten sie alles in einem Rucksack, der in der Nähe des Funkgeräts stand, das von einigen Querschlägern zerstört worden war. Einer der Männer zog die Pistole aus der Hand des toten Leutnants, als sein Blick auf etwas Glänzendes in dem rostigen Wasser fiel, das aus den Leichen den sanften Abhang zur Straße hinunterfloss. Er ging in die Knie, schnappte sich das Zippo und hielt es hoch, damit der Regen den Schlamm abwaschen konnte, bevor er es grinsend in der Tasche verschwinden ließ, seine wenigen gelben Zähne glimmten im Zwielicht des Regenschauers. Ein weiterer Donnerschlag ließ den Boden erzittern, wie ein Signal, dass die Zeit knapp wurde, und die Angreifer durchsuchten ein letztes Mal die Umgebung, um sicherzustellen, dass sie nichts vergessen hatten, das in Zukunft nützlich sein könnte.

Zwei Minuten später verschmolzen die Inselbewohner lautlos wie Gespenster wieder mit dem Dschungel, unbeeindruckt von der Sintflut.

Als die wutschäumende, indonesische Presse von dem Massaker an dem Kontrollpunkt berichtete, kam das auf das Hemd des toten Offiziers geschmierte TPN auf die Titelseiten und verstärkte damit weiter den Hass der Indonesier auf die *Liberation Army of Free Papua*, deren Initialen in der Landessprache, TPN, ein Symbol der Hoffnung für die Eingeborenen und ein Vorwand für die Gewalt des Militärs geworden waren.

Im Laufe der nächsten Tage sollte ein weiterer Angriff auf einen abgelegenen Militärstützpunkt sechzehn Meilen entfernt stattfinden und eine weitere Gräueltat sollte für die Nachwelt aufgezeichnet werden. Der einzige ungewöhnliche Aspekt der ganzen Tragödie war, dass beide Massaker umfassend von der internationalen Presse behandelt werden sollten und somit das indonesische Regime weiter in Verlegenheit brachten und die Spannungen eskalieren ließen. Weitere Eingeborene wurden eingepfercht und Körper wurden in Flüssen treibend gefunden, die aufgedunsenen Leichen entstellt von den Narben, die auf Folter und Gewalt hindeuteten, was pflichtbewusst von den Medien berichtet wurde, die tausende Meilen von den Auseinandersetzungen entfernt war – kurze Beiträge, um den Raum zwischen Fast-Food-Werbung und Anzeigen für Fitnesscenter zu füllen – unaussprechliche Vergehen an Orten, deren Namen man nicht aussprechen konnte, abgehandelt von lebhaften, blonden Moderatorinnen mit ernstem Auftreten und unnatürlichem, kosmetisch aufgebessertem Lächeln.

KAPITEL 16

Jet blieb in der Lobby des Gebäudes stehen, in dem der Anwalt seine Büros hatte, und blickte zur Uhr hoch. Mittagszeit – das erklärte, warum das Büro so leer wirkte. Uruguayer, wie ihre argentinischen Brüder, liebten lange Mittagessen, die oft zwei bis drei Stunden dauerten, und Geschäfte schlossen regelmäßig um diese Uhrzeit, damit die Betreiber eine entspannte Mahlzeit und eine Siesta genießen konnten. Um zu dem Büro des Anwalts zu kommen musste sie die Treppe hochsteigen, die Kanzlei belegte den Großteil des vierten Stockwerks in dem Gebäude. Sie erklomm rasch die Treppe, in der Hoffnung, dass der Anwalt noch nicht zum Mittagessen verschwunden war. Als sie ankam, machte sich die Rezeptionistin gerade bereit zu gehen und sie wirkte entnervt, als Jet eintrat und auf sie zukam. Die junge Frau stellte seufzend ihre Handtasche ab und fixierte Jet mit einem kühlen Blick.

»Kann ich Ihnen helfen?«

»Ja. Ich bin hier, um Alfredo zu sehen. Ich bin eine Klientin«, erklärte Jet.

»Ah, nun, er trifft sich gerade mit einem anderen Klienten, tut mir leid«, sagte die Rezeptionistin, der es offensichtlich nicht im geringsten leidtat, und hoffte, damit das Gespräch beendet zu haben.

»Wird es lange dauern?«

»Hmmm, das kann ich Ihnen nicht sagen. Vielleicht möchten Sie einen Termin machen? Nach dem Mittagessen?«, schlug sie vor.

»Das funktioniert für mich nicht. Ich werde mich einfach hinsetzen und auf ihn warten«, verkündete Jet und ging auf die chrombeschlagene, braune Ledercouch zu, vor der ein dazu passender Kaffeetisch stand, auf dem wahllos eine Reihe von Reise- und Freizeitmagazinen verstreut lag.

»Oh, nun. Ich befürchte Sie werden sich auf eine lange Wartezeit einstellen müssen. Und ich war gerade dabei, zu gehen …«

»Ich muss ihn wirklich so bald wie möglich sehen«, betonte Jet.

»Ich … werde ihn anklingeln und ihm sagen, dass Sie warten.«

»Bitte.«

Jet setzte sich und starrte auf die gegenüberliegende Wand, wo das impressionistische Ölgemälde einiger Blumen dem sonst konservativ eingerichteten Büro einen Spritzer Farbe gab. Sie hörte der Frau zu, die etwas in das Telefon murmelte. Als sie auflegte, musterte Jet sie erwartungsvoll.

»Er weiß jetzt, dass Sie hier draußen sind. Er sagt, er braucht zehn Minuten, nicht mehr. Kann ich Ihnen etwas anbieten, bevor ich gehe? Etwas zu trinken?«

»Nein, mir geht es gut. Gehen Sie ruhig essen. Ich werde einfach auf ihn warten. Das scheint nicht besonders lange zu sein«, sagte Jet süßlich lächelnd.

»Wenn Sie sicher sind, dass Sie das wollen.«

Jet deutete auf die Magazine. »Kein Problem. Mit dieser Bibliothek werde ich genug haben, um mir die Zeit zu vertreiben.«

Die Frau blickte unsicher, dann gewann der Hunger die Überhand und sie sammelte ihre Sachen ein und ging mit einem letzten Blick auf Jet aus dem Büro.

Nachdem sie verschwunden war, legte sich Stille über den Raum. Die beiden anderen Anwälte waren nicht da – Jet konnte ihre Büros gerade noch am entgegengesetzten Ende des langen Flurs erkennen und sie waren leer, genau wie der Konferenzsaal. Offensichtlich war es eine entspannte Sache, in Uruguay als Anwalt tätig zu sein, zumindest was die Arbeitszeiten anging. Genau wie alles andere, dachte sie.

Fünf Minuten vergingen, und dann weitere zehn. Jet wurde unruhig, sie hatte genug davon, über das Leben der Reichen und Ziellosen und ihre Lieblingsurlaubsresorts zu lesen. Sie legte das Magazin zurück auf den Tisch und stand auf, befahl sich selbst, nicht im Kreis zu laufen, tat es dann aber doch.

Ein gedämpftes Geräusch hallte von der Rückseite des Gebäudes, wo das Büro des Anwalts lag. Es klang wie eine sich schließende Tür oder wie etwas, das auf dem Holzboden aufschlug, dann hörte sie einen dumpfen Schrei. Ein Mann.

Ihre Agenteninstinkte übernahmen die Kontrolle und sie drückte sich an dem Empfangstisch vorbei und den Flur entlang, während sie auf weitere Geräusche lauschte. Ein weiterer Schlag, dann Stille.

Sie überlegte, ob sie die Pistole aus ihrer Handtasche ziehen sollte, dann zögerte sie. Wahrscheinlich war es keine gute Idee, mit einer schallgedämpften Waffe in einer Anwaltskanzlei herumzufuchteln. Jet legte die letzten Schritte zu der geschlossenen Bürotür zurück und blieb davor stehen. Sie hörte nichts. Nachdem sie einige Augenblicke gewartet hatte, klopfte sie schließlich.

»*Hola.* Alfredo?«

Keine Antwort.

»Alfredo. Ist alles in Ordnung?«

Immer noch nichts.

»Ich komme rein«, warnte Jet, dann öffnete sie die Tür einen Spalt breit und spähte hinein.

Alfredo saß an seinem Schreibtisch, die Rückseite seines Stuhls war ihr zugewandt, und blickte anscheinend durch das Fenster auf die Gebäude um die Plaza auf der anderen Seite der Allee. Sie schritt vorsichtig in das Büro, dann roch sie den charakteristischen metallischen Duft von frischem Blut – ein Geruch, der ihr nur zu vertraut war. Sie griff in ihre Handtasche und zerrte die Pistole hervor, als sie auf den Stuhl zuging und mit einem kurzen Blick ihre Einschätzung bestätigte. Die Schusswunde lag genau zwischen seinen Augen. Er war aus nächster Nähe getroffen worden. Jets Blick huschte zu seinen Händen und sie sah, dass seine Finger in einem unnatürlichen Winkel abstanden, was ihr bestätigte, dass er gefoltert worden war. Ein schmutziger Lumpen auf dem Boden verriet ihr den Rest – man hatte ihm damit den Mund gestopft, um ihn am Schreien zu hindern, und der Mörder hatte ihn herausgezogen, damit sein Opfer Fragen beantworten konnte.

Sie drückte sich gegen die Wand, spähte hinaus und sah eine schwarz gekleidete Gestalt am entgegengesetzten Rand des Dachs auf dem Nachbargebäude stehen. Sie öffnete das Fenster und kletterte hinaus auf den Sims, dann sprang sie ein Stockwerk tiefer auf das Dach, während der Mann am anderen Ende kurz aus ihrem Sichtfeld verschwand.

Eine Kugel prallte an der Wand hinter ihr ab und sie hatte kaum Zeit zu registrieren, dass der Schütze eine schallgedämpfte Waffe abgefeuert hatte, bevor sie sich abrollte und mit der Pistole auf den Kopf der Gestalt zielte … die in genau dem Moment verschwand, als sie abdrückte.

Ihr Schuss ging weit am Ziel vorbei, die Distanz zu groß für echte Präzision, und die Kugel riss ein Stück aus dem Teerdach. Ohne Zeit zu verschwenden, sprintete sie auf die letzte Position des Schützen zu. Sie spähte über die Dachkante und sah, wie er auf dem Boden der feuchten Gasse drei Stockwerke unter ihr landete. Die Feuerleiter klapperte, als er sie losließ.

Sie feuerte auf den Boden um ihn herum ein und hoffte, ihn mit einem glücklichen Treffer zu verletzen, aber er rannte bereits im Zickzack zum hundert Meter entfernten Gassenende. Einer der Schüsse traf ihn am oberen Brustkorb, aber er wurde nicht langsamer; wo auch immer sie ihn erwischt hatte, es war kein tödlicher Treffer gewesen. Er drehte sich im Rennen und feuerte einige Schüsse in ihre Richtung, aber sie gingen weit an ihr vorbei. Sie wartete, bis er am Ende der Gasse war, und nachdem sie die Pistole in den Bund ihrer Jeans gesteckt hatte, warf sie sich über die Dachkante und rutschte die Feuerleiter mit rasender Geschwindigkeit herunter. Ihre Hände brannten von der Reibung, aber sie ignorierte den Schmerz. Als sie dreißig Zentimeter über dem Asphalt war, sprang sie, federte den Fall mit den Knien ab, dann sprintete sie ihrem Ziel hinterher. Die Waffe warf sie in ihre Handtasche, um damit keine Passanten in Panik zu versetzen.

Als sie die Straße erreichte, pausierte sie und suchte die Menschenmenge ab, dann erblickte sie einen weinroten Blutstropfen zehn Meter entfernt auf dem Gehsteig zu ihrer Rechten. Sie drückte sich an einem genervten Geschäftsmann vorbei und begann schneller zu laufen, dann sah sie einen weiteren rubinroten Tropfen. Ein erschreckter Ausruf von einer Frau in der Nähe der nächsten Ecke trieb Jet vorwärts, aber als sie an der Kreuzung angekommen war, hatte sie die Spur verloren. Ihr Blick schweifte über die hektischen Passanten, aber sie konnte nichts Ungewöhnliches entdecken … und dann sah sie es. Mehr Blut führte sie den Block entlang.

Dreißig Meter die Straße hoch hupte ein Auto, als ein VW Polo vom Straßenrand losfuhr und einem anderen Auto die Vorfahrt nahm. Das kleine Auto raste mit quietschenden Reifen davon. Ohne zu zögern, rannte Jet in den Mittagsverkehr. Ein weißer BMW 325is machte eine Vollbremsung und kam kreischend zum Stehen, bevor er sie beinahe überrollt hätte. Sie zog ihre Waffe heraus und richtete sie auf den erschrockenen Fahrer.

»Raus aus dem Auto«, brüllte sie.

Der Fahrer hob die Hände und fummelte an dem Gurt, während die Autos hinter ihm zu hupen begannen, aufgebracht, weil das Fahrzeug die Straße blockierte. Er stürzte geradezu aus dem Sitz und Jet drückte ihn zur Seite und schwang sich hinter das Lenkrad.

»Tut mir leid. Ich werde versuchen, ihn nicht kaputtzumachen«, rief sie ihm zu, dann rauschte sie mit röhrendem Motor davon und ließ den traumatisierten Mann mitten auf der Straße zurück. Die Arme noch immer über dem Kopf sah er seinem Auto dabei zu, wie es im Verkehr verschwand.

Jet schleuderte die Pistole auf den Beifahrersitz und konzentrierte sich aufs Fahren, darauf, schnell zu schalten, während sie langsamer fahrenden Autos auswich. Der VW war einige hundert Meter vor ihr, aber die überlegene Leistung des BMW verkürzte den Vorsprung schnell.

Der Schütze schien zu spüren, dass er verfolgt wurde. An der nächsten Kreuzung riss er abrupt das Lenkrad herum und schlitterte mit seinem Auto in den entgegenkommenden Verkehr einer dreispurigen Allee. Eine Symphonie aus Hupen begrüßte sein Manöver, und er schaffte es nur knapp, einem Lieferwagen auszuweichen, der in zweiter Reihe vor einem Restaurant parkte.

Jet folgte dem VW, ihr Handballen malträtierte die Hupe des BMW, und sie jagte die Drehzahl in den roten Bereich, um den Abstand zu dem Killer zu verringern. Sie schaltete in den dritten Gang und tastete auf dem Sitz nach der Waffe, die Augen fest auf den Schützen gerichtet. Als ihre Finger den vertrauten Griff der Pistole spürten, nahmen ihre Züge einen entschlossenen Ausdruck an. Es war beinahe unmöglich, ihn aus einem fahrenden Auto zu treffen, das sich gegen den Strom in einer Einbahnstraße bewegte, aber sie würde es versuchen. Sie nahm die Waffe in die linke Hand und hielt sie aus dem Fenster, wurde kurz langsamer, als sie dreimal abdrückte. Jet hatte jahrelange Erfahrung damit, mit beiden Händen zu schießen und war deshalb immer tödlich genau – eine Voraussetzung für alle Teammitglieder, sollten sie verwundet werden und gezwungen sein, ihren schwachen Arm zu benutzen.

Zwei der drei Kugeln schlugen in die Rückseite des Autos ein, eine zersplitterte die Heckscheibe, aber keine traf den Fahrer, und das zerbrechende Glas schien ihn eher anzutreiben als zu beeindrucken. Er trat auf die Bremse und wirbelte gleichzeitig das Lenkrad herum, brachte so das Auto zum Schlittern, bis er Jet zugewandt war. Sie imitierte das Manöver, aber bis sie ihr schweres Auto unter Kontrolle hatte und wieder die Verfolgung des VW aufnehmen konnte, hatte dieser bereits sechzig Meter Vorsprung gewonnen und war auf dem Weg zu einer geschäftigen Kreuzung.

Sie sah zu, wie das kleine Auto über eine rote Ampel raste und dabei nur wenige Zentimeter an einem Bus vorbeischrammte, dann beschleunigte der Schütze und ließ Chaos hinter sich zurück.

Jet fluchte und drückte das Gaspedal durch, entschlossen, um jeden Preis an dem Polo dranzubleiben. Als sie über die Kreuzung flog, schlingerte ein Motorrad, um ihr auszuweichen, es war aber zu spät und der Vorderreifen streifte den hinteren Reifen des BMWs. Das Motorrad schleuderte hoch, überschlug sich, und der Fahrer rollte auf den Asphalt, nur der Helm rettete seinen Kopf. Jets letzter Eindruck, bevor sie die Ampel hinter sich gelassen hatte, war das Motorrad, wie es in ein aus der entgegengesetzten Richtung kommendes Auto knallte, das einen LKW rammte. Der Airbag des Autos wurde ausgelöst, als es von dem größeren Fahrzeug abprallte und zum Stehen kam.

Vor sich beobachtete sie, wie der Polo ein Taxi streifte. Funken sprühten, dann raste es nur Zentimeter an einem Fußgänger vorbei, der zurückwich und gegen ein geparktes Auto knallte. Sie schaltete einen Gang niedriger, um die Drehzahl zu erhöhen, und rauschte an dem Taxi vorbei, dem VW immer näher kommend.

Sie bereitete sich darauf vor, wieder zu schießen, als er zu schlingern begann, um ein schlechteres Ziel zu bilden. *Offensichtlich ein Profi,* dachte sie und folgte dem Schützen auf eine größere Durchfahrtsstraße, die zu einer Auffahrt zum Highway führte.

Der Polo machte eine Vollbremsung und schlitterte, bis er vor zwei stehenden Autos zum Stehen kam, die darauf warteten, dass ein riesiger LKW in eine Einfahrt zurücksetzte, dann schoss er wieder in den entgegenkommenden Verkehr, um die Blockade zu umrunden. Jet folgte seinem Beispiel, musste aber auf ihre eigene Spur zurücklenken, um einem Wagen auszuweichen, verbeulte dabei ihre Beifahrertür an einem der zwei wartenden Autos, bevor sie den BMW wieder unter Kontrolle bekam und hinter dem Killer beschleunigte.

Sie streckte die Waffe wieder aus dem Fenster und spürte den Rückstoß der Pistole, als sie weitere Schüsse abfeuerte. Einer davon traf den Hinterreifen, der augenblicklich explodierte. Zerfetzter Gummi flog in einer Rauchwolke in die Luft und das kleine Auto verlor die Kontrolle und wurde langsamer, bevor der Fahrer das Lenkrad herumriss und seinen Kurs korrigierte. Eine weitere rote Ampel blockierte seinen Weg, eine Reihe von Autos wartete im Leerlauf darauf, dass sie umschaltete, aber er holperte auf den Gehweg, schabte an ihnen vorbei und bog um die Ecke, bevor er wieder auf die Straße lenkte und in Richtung der Auffahrt türmte, obwohl eines seiner Hinterräder auf der Felge drehte. Jet folgte ihm, der BMW ächzte protestierend, als die tiefliegenden Reifen an dem Bordstein aufsetzten, dann donnerte sie den Gehsteig entlang, eine Hand am Lenkrad, mit der anderen die Waffe umklammert, ihre Knöchel weiß von der Anstrengung, das Auto auf Kurs zu halten.

Sie schoss von dem steilen Bordstein, landete federnd auf der Straße hinter dem Polo und bereitete sich darauf vor, wieder zu feuern, als sich ein Müllwagen direkt vor dem Wagen aus dem

Verkehr schälte, die Beifahrerseite rammte und den VW mit sich riss. Er überschlug sich einmal, zweimal und knallte dann gegen eine Straßenlaterne. Jet stieg in die Bremse, um beiden Fahrzeugen auszuweichen.

Nachdem sie schlitternd zum Stehen gekommen war, warf Jet die Tür auf und griff nach ihrer Handtasche, in die sie ihre Waffe steckte, bevor sie zu dem zerstörten Auto rannte. Der charakteristische Geruch geschmolzener Kabel lag in der Luft und eine schwache Rauchfahne zog sich aus dem aufgeplatzten Tank in die Höhe, wo Benzin auf den Boden leckte.

Eine blendende Stichflamme versengte für einen Sekundenbruchteil ihr Gesicht, als der Tank Feuer fing und sie bedeckte die Augen mit einem Arm. Als sie die Augen wieder öffnete, brannte das Auto. Sie kam langsam näher, um zu sehen, ob sie den Fahrer retten konnte – sie brauchte ihn lebendig, damit sie herausfinden konnte, für wen er arbeitete.

Als sie die Fahrertür erreicht hatte, war es bereits zu spät. Sie sah, wie sein verbrannter Arm schwach an dem Gurt zog, bevor er erschlaffte. Blasen bildeten sich auf seiner Haut, bevor sie sich schälte und er von den Flammen verschlungen wurde.

Aus der Richtung des Müllwagens und der stehengebliebenen Autos kamen Schritte näher und sie warf einen letzten Blick auf den brennenden Mann, bevor sie sich umdrehte und davonsprintete, in der Hoffnung, verschwunden zu sein, bevor die von entfernten Sirenen angekündigte Polizei die Unfallstelle erreichte.

Zwei Blocks weiter wurde sie langsamer und winkte in einer Querstraße ein Taxi heran. Sie ließ sich dankbar auf den Rücksitz fallen und gab dem Fahrer die Adresse des Anwaltsbüros, dann öffnete sie das Fenster und atmete tief ein.

Zehn Minuten später klopfte sie gegen die Windschutzscheibe des Ford. Alan wartete auf dem Fahrersitz. Er schreckte auf und öffnete die Beifahrertür.

»Hat ja lange genug gedauert. Muss ein heftiges Meeting gewesen sein«, sagte er.

Jets Gesicht war ausdruckslos und verriet nichts. »Ich dachte, ich lasse mir Zeit«, antwortete sie, als er den Motor startete.

Er drehte sich zu ihr und musterte ihr Profil. »Nicht schlimm. Ich habe die Nachrichten gelesen, solange du weg warst. Die Morde waren auf allen Sendern.«

»Nicht überraschend.«

»Stimmt. Hey, möchtest du fahren? Da du weißt, wohin wir wollen.«

Sie wägte ein dutzend Antworten ab, dann schüttelte sie den Kopf. »Nein, du kannst fahren, zumindest bis wir die Stadt hinter uns haben. Ich habe genug vom Fahren.«

Er nickte, dann legte er den Gang ein. »Schnall dich an«, erinnerte er sie, dann ordnete er sich zwischen zwei Autos ein und fuhr los. Sie warf ihm einen ausdruckslosen Blick zu und schnallte den Gurt fest.

»Man kann nicht vorsichtig genug sein«, stimmte sie zu.

»Wie ist es gelaufen? Hast du etwas von dem Anwalt erfahren?«

Einige Sekunden lang war sie still, dann seufzte sie.

»Nein. Es war eine Sackgasse.«

KAPITEL 17

Alan stoppte in den Außenbezirken Montevideos, um zu tanken, und tauschte mit Jet den Platz. Er machte sich Sorgen, aus irgendeinem Grund angehalten zu werden und sich nicht ausweisen zu können. Er fuhr nicht nur ohne Führerschein, schlimmer, er war illegal im Land. Normalerweise war er im Besitz von zwei Identitäten, jetzt keine einzige zu haben, bereitete ihm sichtlich Unbehagen. Jet konnte verstehen, warum. Pässe bedeuteten die Flexibilität, sich leicht zwischen zwei Ländern bewegen zu können, und im Augenblick hatte er nichts.

»Sag mir, wie du nach Argentinien kommen möchtest. Es ist noch immer etwas unklar, abgesehen davon, dass die Grenze nicht gut bewacht ist«, sagte Alan.

»Die Grenze ist der Fluss Uruguay. Die gute Nachricht ist, dass ein motivierter Ruderer leicht bei Nacht an verschiedenen Stellen durchschlüpfen kann.«

»Woher weißt du das?«

»Ich habe die Fluchtwege nach Brasilien und Argentinien recherchiert, nur für den Fall der Fälle, als ich überlegt habe, hierherzuziehen. Nicht viele Leute versuchen aus Uruguay nach Argentinien zu schleichen. Schmuggelware bewegt sich in der Regel in die andere Richtung.«

»In Ordnung. Angenommen wir schaffen es, ohne Probleme rüberzukommen. Was dann?«

Sie schlüpfte hinter das Lenkrad und startete das Auto.

»Wir fahren nach Buenos Aires, wo viele, viele Millionen Menschen leben, und tauchen unter, bis wir deine Reisepapiere bekommen. An diesem Punkt verschwinden wir aus Argentinien und fliegen in die Vereinigten Staaten. Die Antwort auf die Frage, wer mich umzubringen versucht, ist dort. Das Sicherheitsunternehmen hat dort seinen Sitz, und die Männer, die hinter mir her waren, kommen von dort. Also gehen wir dorthin und tun, was getan werden muss, um die Sache zu Ende zu bringen«, sagte Jet.

»Keine schlechte Idee. Aber in die USA zu kommen wird nicht einfach, solange die Terrorbedrohung so frisch ist.«

»Schwachsinn. Es gibt unzählige Wege, die entweder kaum oder gar nicht bewacht sind. Mit dem Boot aus Mexiko. Oder von den Bahamas. Über Land aus Kanada oder Mexiko. Darum mache ich mir keine großen Sorgen. Es gibt ein ganzes Geschäft, das sich darauf spezialisiert hat, Menschen in die USA zu schmuggeln, und wenn du genug Geld hast, wie überall sonst, reist du Erster Klasse. Ich habe mich umgehört und habe einen Kontakt, der das in die Wege leiten kann.«

»Du warst beschäftigt.«

»Das letzte Mal, als ich in die Staaten musste, war ich unsicher, ob ich einen meiner Pässe benutzen konnte oder nicht, also habe ich ein paar von Matts Kontakten ausgenutzt. Ich komme für zwanzig Riesen ins Land, keine dummen Fragen, und du kannst das auch, also entspann dich. Das wird unser kleinstes Problem. Was wir tun, wenn wir dort sind, wird schwerer. Auch wenn es ein Lichtblick ist, dass ich, als ich das letzte Mal dort war, entdeckt habe, dass es ein Paradies für Waffennarren ist. Du bekommst dort wirklich alles, und die Teile und das Werkzeug, das du brauchst, um eine zivile Waffe zu einer vollautomatischen Militärwaffe umzubauen, kann man im Internet kaufen. Das Gleiche gilt für alles andere – was auch immer es ist, es ist käuflich. Einer der Vorteile davon, die größte Verbrauchergesellschaft der Welt zu sein«, erklärte sie.

»Hmm. Dann ist die größte Hürde, über den Fluss zu kommen. Hast du eine Idee?«

»Ein Stück südlich von hier liegt eine Stadt namens Paysandú, wo der Fluss nur eine Dreiviertelmeile breit ist, und weil flussaufwärts ein Damm liegt, kann man die Strömung gut einschätzen. Ich stimme dafür, entweder ein Boot zu stehlen oder ein Plastikkajak zu kaufen. Du ruderst. Ich lasse dich südlich von Paysandú raus, überquere legal die Grenze, dann komme ich zurück und hole dich auf der argentinischen Seite ab. Einfach und effektiv. Ich würde eher irgendwo ein Kajak besorgen, weil das noch unsichtbarer ist als ein Ruderboot, aber das hängt davon ab, was wir auf dem Weg finden. Wenn wir ein Geschäft finden, gut. Ansonsten suchen wir, wo sich eine gute Gelegenheit ergibt.«

Alan nickte. »Wie weit ist es?«

»Ungefähr zweihundert Meilen, aber die Straßen sind wahrscheinlich miserabel, also wird es den ganzen Tag dauern. Aber in der Zwischenzeit, wenn du die Nummer noch weißt, kannst du deinen Freund in Israel anrufen und deine Papiere verschicken lassen.« Sie blickte auf die Uhr. »Kommt darauf an, wie lange er arbeitet. Er ist uns vier Stunden voraus. Oder fünf. Ich weiß es nicht mehr.«

»Halt am nächsten Internetcafé, an dem wir vorbeikommen. Da kann ich das Internettelefon benutzen, damit wir dein Handy nicht kompromittieren.«

»Die gibt es in diesen Vierteln an jedem vierten Block, es wird also nicht lange dauern.«

Tatsächlich traten sie zehn Minuten später durch die Tür eines kleinen Geschäfts, in dem ein Dutzend Computer an einer Wand aufgereiht waren. Eine notdürftige Telefonzelle in einer Ecke sorgte für Privatsphäre.

Alan wandte sich an Jet. »Wohin soll ich es schicken lassen?«

»An das *Vier Jahreszeiten* in Buenos Aires. Die Adresse sollte nicht schwer zu finden sein.« Sie sagte ihm den Namen auf ihrem aktuellen Pass. »Lass es an die Rezeption liefern.«

Alan verschwand in der Telefonzelle und kam fünf Minuten später zurück. »Es wird morgen verschickt. Die schlechte Nachricht ist, dass es drei Tage dauern wird, hierherzukommen. Also werden wir mindestens so lange in Buenos Aires sein.«

»Das ist eigentlich nicht so schlecht. Dann sind wir flexibler, was deine Überfahrt und die Einreise in die USA angeht. Wir können uns Zeit lassen, nach Paysandú zu kommen, morgen die Lage zu checken und morgen Nacht die Grenze zu überqueren.«

»Klingt nach einem Plan. Tut mir leid, dass du die ganze Strecke fahren musst.«

»Kein Problem. Oh, apropos fahren, heute Morgen ist mir etwas Seltsames in der Stadt passiert …«

***

Die Fahrt nach Paysandú verlief quälend langsam. Sie mussten sich ihren Weg entlang einer zweispurigen Landstraße mit Pferden, im Schneckentempo fahrenden Traktoren, großen Sattelzügen, die kurz davor waren, den Geist aufzugeben, und hundert Varianten anderer Fahrzeuge teilen. Als sie ankamen, war es bereits dunkel. Nachdem sie ein annehmbares Hotel in der Nähe eines Parks in der Stadtmitte gefunden hatten, nahmen sie die Empfehlung des Rezeptionisten für ein Abendessen an und spazierten zu einem Restaurant einige Blocks weiter. Die Luft war feucht und überraschend warm und das Restaurant besaß Außentische in einem Innenhof.

Das Essen war nicht schlecht, aber Jet war in Gedanken versunken. Die Last, Hannah wieder zurückgelassen zu haben, lag ihr auf dem Herzen, und Alan ließ ihr den Raum, um in Ruhe über die Ereignisse nachdenken zu können. Er wusste, dass es schwer für sie sein musste, sich daran zu gewöhnen, Mutter zu sein, dann Agentin, dann wieder das eine und dann wieder das andere, und er beneidete sie nicht um die Schlacht, die in ihrem Kopf vor sich ging. Sie beließen ihr Gespräch bei einfachen Themen und umschifften die größeren Probleme, mit denen sie sich beide auseinandersetzen mussten, und nach einem kurzen Spaziergang zurück zum Hotel fielen sie erschöpft ins Bett und waren nach wenigen Minuten eingeschlafen.

Am nächsten Morgen wachte Jet früh auf und beschloss Laufen zu gehen. Sie sprintete aus dem Stand zehn Blocks entlang und ließ die alten Häuser auf sich wirken. Sie erinnerten sie an Italien. Jet drehte um und lief das Flussufer entlang, bevor sie sich auf den Weg zurück in die Stadt machte. In einem Park auf dem Weg entdeckte sie einige vielversprechende Wände und Statuen und machte zwanzig Minuten lang Parkour und Saltos, bevor sie in das Stadtzentrum zurückkehrte, gemächlich in der kühlen Morgenluft joggend, bis ihr die Energie ausging. Sie blickte auf die Uhr, sah, dass sie seit eineinhalb Stunden unterwegs war, und schlug den Weg zum Hotel ein.

Als sie in das Zimmer platzte, war Alan bereits aufgestanden, hatte geduscht und verfolgte im Fernsehen die Berichte über die Fährexplosion und die Tode in dem Wohnblock.

»Irgendetwas Neues?«, keuchte sie, nahm eine Flasche Wasser und leerte sie in einem Zug.

»Nein. Das Übliche. Terroristen haben das Boot gesprengt und Drogengangs haben die Schützen getötet.«

»Und niemand stellt das infrage?«

»Nicht, soweit ich weiß. Und in den internationalen Nachrichten wird über die Biogasattacken in L.A. berichtet und über die

Bemühungen der USA, den Iran daran zu hindern, Atomwaffen zu entwickeln. Aber der Tonfall hier ist eher zynisch gegenüber der Behauptung der USA, dass sie glaubhafte Beweise haben. Interessant, wie sehr es sich von dem unterscheidet, was ich in Los Angeles gesehen habe.«

»Nicht wirklich. Ich habe vor ein paar Tagen einen Artikel gelesen, in dem ein ehemaliger Reporter von einem der großen Nachrichtenkanäle zugegeben hat, dass der Sender von der amerikanischen Regierung bezahlt wird, bestimmte Ereignisse unter den Teppich zu kehren und dafür andere erfundene Geschichten auszustrahlen. Und nicht nur von den Amerikanern – sie nehmen offenbar auch Geld von Ländern wie Bahrain, um das Gleiche zu tun – um ihre schmutzigen, kleinen nationalen Auseinandersetzungen als alles andere darzustellen, als das, was sie sind. Das sind also die besten Nachrichten, die man für Geld kaufen kann …«

»Ich frage mich, wie lange das schon so geht«, sinnierte Alan.

»Länger, als wir am Leben sind. Manche Dinge ändern sich nie.« Sie verfolgte noch einen Augenblick lang die Berichterstattung, dann ging sie ins Bad. »Ich gehe mich abduschen. Hast du Hunger?«

»Auf jeden Fall. Hast du auf dem Weg etwas Vielversprechendes gesehen?«

»Ja. Ich erzähle dir beim Frühstück davon.«

»Abgemacht.«

Eine halbe Stunde später saßen sie im Hotelrestaurant im Erdgeschoss. Sie waren die einzigen dort, nippten an Tassen mit starkem, dampfendem Kaffee und warteten auf ihr Rührei. Jet erzählte ihm von dem Jachthafen voller Boote und von dem Ruderklub in der Nähe. Sie hatte außerdem eine Reihe von Kajaks in den Gärten der umliegenden Häuser gesehen, sie hatten also einige Möglichkeiten für die nächtliche Flussüberquerung in einem gekauften – oder gestohlenen – Boot.

»Ich habe außerdem ein paar Boote der uruguayischen Wasserwacht gesehen, die im Hafen liegen, aber die sehen nicht besonders modern aus. Abgesehen davon sind es nicht die uruguayischen Patrouillen, um die wir uns Sorgen machen müssen. Argentinien wird das Problem sein.«

»Wirkt die Strömung stark?«

»Sie ist sichtbar, aber es ist schwer zu sagen. Ich denke, wir gehen später an den öffentlichen Strand und finden es heraus. Du solltest dort ins Wasser können, dann wirst du es spüren. Es hat aber nicht schlimm ausgesehen.«

»Das ist gut.«

Nach dem Frühstück packten sie das Auto und checkten aus, dann gingen sie die Meile zum Fluss, spazierten am Ufer entlang und beobachteten die gelegentlich vorbeischwimmenden Boote, die sich flussabwärts bewegten. Sie sahen eine Gruppe Kajakfahrer, die in dem ruhigen Wasser vom nahegelegenen Strand wegpaddelten, und Alan lachte leise, nachdem er ihren Fortschritt einige Minuten lang verfolgt hatte.

»Das wird kein Problem«, sagte er.

»Und von hier aus liegt alles flussabwärts. Das ist die Brücke, die ich benutzen werde, um die Grenze zu überqueren.« Sie deutete auf eine Struktur, die in einiger Distanz lag, und schützte mit der Hand die Augen vor dem grellen Licht. »Komm mit. Schauen wir uns den Stand und den Jachthafen an.«

Ihr erster Halt war das Klubhaus am Jachthafen, vor dem ein Schild den eigenen Kajakverleih bewarb. Jet und Alan gingen auf den Besitzer zu, der mit einem kleinen tragbaren Fernseher beschäftigt war, den er vor sich auf den Tresen gestellt hatte, und fragten ihn, ob er Kajaks verkaufte. Er schüttelte den Kopf – er kaufte sie in Montevideo und ließ sie hierher transportieren.

Alan fragte, ob irgendwer in Paysandú sie verkaufte, und die Augen des Mannes blitzten entnervt.

»Nein, schau dich um. Kein großes Geschäft, Kajaks in einem Kaff, in dem fast niemand lebt, zu verkaufen.«

»Wie wäre es, wenn wir dir das Doppelte bezahlen, was du für eines von deinen bezahlt hast?«, schlug Alan vor.

Der Ausdruck des Mannes wurde argwöhnisch und er lehnte ab. Jet zog an Alans Arm, sie wollte so schnell wie möglich verschwinden. Das hier führte zu nichts Gutem. Sie würden eines stehlen müssen.

Sie verbrachten den Tag damit, durch die Stadt zu spazieren. In einem kleinen Internetcafé betrachteten sie eine Stunde lang Satellitenbilder der Gegend und suchten eine geeignete Stelle, um sich auf der argentinischen Seite wiederzutreffen.

Jet deutete auf den Bildschirm. »Hier. Das ist perfekt. Ein Zeltplatz, vier Meilen südlich. Er liegt abseits und ist um diese Jahreszeit wahrscheinlich verlassen. Und es gibt viele Straßen. Wir organisieren dir ein Wegwerfhandy, damit wir kommunizieren können, und dann suchen wir ein paar gute Möglichkeiten für unseren Kajakdiebstahl.«

Als sie an diesem Abend in einem Restaurant in der Nähe des Flusses saßen, hatten sie sich darauf geeinigt, dass Alan ein Kajak von einem der vier Häuser besorgen würde, die sie in der Nähe gefunden hatten, und um Mitternacht losrudern sollte. Jet würde schon früher über die Grenze fahren, eine Straße suchen, die in Ufernähe führte, und dann auf seine Ankunft warten.

»Mit ein bisschen Glück sind wir morgen Mittag in Buenos Aires. Ich habe schon ein Zimmer im *Vier Jahreszeiten* gebucht«, sagte sie. »Aber wir werden ein Stück weiter im *Alvear Palace* übernachten. Nur für den Fall, dass jemand die Lieferung nachverfolgt. Ich zahle lieber für ein Zimmer im *Vier Jahreszeiten*, damit wir an das Paket kommen, bleibe aber woanders, sollte jemand versuchen, uns mit Blei vollzupumpen, wenn wir in dem Zimmer sind. Die Sache mit der Fährexplosion sollten wir nicht unterschätzen, und wenn du das Ziel warst …«

Alan nickte und lenkte das Gespräch in eine angenehmere Richtung. »Das *Alvear Palace*. Ziemlich edel, oder? Ein Palast …«

»Nur das Beste. Das ist mein neues Motto.«

»Wirklich? Was war dein altes?«

Sie lächelte und nahm einen Schluck von ihrem Soda. »Bring sie alle um und lass Gott sie aussortieren.«

Er nickte. »Das habe ich auch schon benutzt.«

Sie hob ihr Getränk zu einem Toast.

»Auf die Nacht-und-Nebel-Aktion.«

»Hört, hört.«

KAPITEL 18

Die staubigen Straßen in Flussnähe waren gegen halb zwölf Uhr nachts wie leergefegt. Paysandú war eine ruhige Stadt, in der die Bürgersteige hochgeklappt wurden, sobald es dunkel wurde. Die dünn gesäten Straßenlampen und vereinzelten Gartenlichter spendeten nur schwaches Licht und außer Alan war niemand zu sehen.

Jet war schon früher zur Grenze gefahren, Alan hatte sich von dem Platz in der Stadtmitte aus zu Fuß aufgemacht und sich Zeit genommen. Er hatte es nicht besonders eilig und wollte keinerlei Aufmerksamkeit auf sich ziehen, deshalb hielt er sich an die kleineren Straßen, die zum Ufer des Uruguay führten. Aus der Ferne, von einer mindestens vier Blocks entfernten Straße, hörte er das tiefe Grummeln eines Fahrzeugs, das durch die Stadt streifte, der fragwürdig klingende Auspuff ließ die Fenster zittern, als es die verlassene Durchgangsstraße entlangkroch.

Die Temperaturen waren gefallen, als die Sonne untergegangen war, und eine tiefliegende Wolkendecke bedeckte den Himmel und blockierte das Licht des Mondes und der Sterne; das kam ihm zugute. Er hatte sein neues Handy in der Brusttasche auf Vibration gestellt, damit es nicht im falschen Moment klingelte, und seine schwarze Reißverschlussjacke schützte ihn vor der abendlichen Kälte. Er hoffte nur, dass es nicht regnen würde, auch wenn es im Endeffekt egal war. Er musste über den Fluss, das Wetter spielte keine Rolle.

Als er näher kam, drängte sich der charakteristische Geruch des Flusses in seine Nase, und das Rauschen des Wassers am Ufer hallte von den umgebenden Gebäuden ab. Ein kleiner Hund bellte aus dem offenen Fenster eines zweistöckigen Wohnhauses links von ihm, sein schrilles Trauerlied an eine gleichgültige Welt. Alan wollte nicht, dass jemand herausblickte und ihn entdeckte, deshalb duckte er sich in die Schatten und entfernte sich von dem Haus.

Als er die Straße erreicht hatte, die parallel zum Uferweg verlief, blieb er stehen, um sich zu sammeln. Als er früher am Tag die Nachbarschaft beobachtet hatte, waren ihm einige vielversprechende Möglichkeiten aufgefallen, eine davon in dieser Straße, eineinhalb Blocks nördlich von ihm. Ein einstöckiges Gebäude mit einem großen, ungepflegten Garten. Auf dem Gelände lag unter anderem ein leichtgebautes, rotes Kajak, perfekt für seine Zwecke. Er näherte sich langsam dem verrosteten Eisenzaun, der den Garten von der Straße trennte, und blieb stehen, um auf Tiere oder Anzeichen, dass irgendjemand wach war, zu lauschen. Die Lichter waren gelöscht. Ein dreißig Jahre alter Chrysler K verrostete langsam in der Auffahrt. Um das Auto herum drängte sich Unkraut aus dem aufgebrochenen Asphaltboden. Er legte eine Hand auf die Motorhaube. Sie fühlte sich kalt an. Die Bewohner waren seit Stunden, möglicherweise Tagen, nicht damit gefahren.

Der Torriegel quietschte, als er ihn befreite, und Alan erstarrte. Als die Umgebung einige Augenblicke später noch immer still war, drückte er das Tor auf, wobei die Scharniere bedenklich krächzten. Aber kein Lebenszeichen rührte sich, nichts bewegte sich, also schlich er sich an der Seite des Hauses entlang und duckte sich unter die zerrupfte Hecke, die an der Grundstücksgrenze entlang verlief, um aus den anliegenden Fenstern nicht gesehen zu werden.

Sobald er im Garten war, kniff er die Augen zusammen und versuchte Details auszumachen. Er stürzte beinahe mit dem Gesicht voran, als sein Schuh an einem alten Rechen hängenblieb, der versteckt im Gras lag. Er fluchte leise und blickte sich um, dann erblickte er die Umrisse des Kajaks in der entgegengesetzten Ecke des Gartens, in der Nähe der Mauer, die das Grundstück von dem des Nachbarn trennte. Alan schritt behutsam durch das Unkraut, darauf bedacht, weiteren Stolperfallen aus dem Weg zu gehen, und als er das Kajak erreicht hatte, seufzte er leise vor Erleichterung. Das Paddel lag daneben, wo es von einem unachtsamen Besitzer auf den Boden geworfen worden war.

Sein Blick richtete sich auf die Hausrückseite, dann ging er zu dem Kajak und hob es hoch, vorsichtig, um nicht irgendwo mit dem Rumpf anzustoßen. Es wog nur etwa zwanzig Kilogramm und er konnte es leicht auf einer Schulter tragen. Er ging einige Schritte und kniete sich hin, um das Paddel aufzuheben.

Das zerbrochen war.

Verdammt.

Das war ein Problem, aber eines, um das er sich kümmern musste, sobald er das Grundstück verlassen hatte. Er überlegte, das nutzlose Paddel mitzunehmen, verwarf die Idee aber und beschloss stattdessen, zurück zur Straße zu schleichen. Seine Sinne waren in Alarmbereitschaft, um kein Lebenszeichen zu verpassen. Alan verfolgte seinen Weg zurück, und sobald er wieder auf dem Gehsteig war, verfiel er mit dem Boot in einen Lauf, um die Chance zu minimieren, damit auf dem Weg zum Flussufer gesehen zu werden.

Der Fluss war dunkel. Die pechschwarze Flut floss unter der hell beleuchteten Brücke in der Ferne entlang. Alan wusste, dass der Ruderklub neben dem Jachthafen lag, ein paar Blocks von seiner aktuellen Position entfernt. Obwohl der schwere Teil, ein

Boot zu organisieren, geschafft war, musste er jetzt ein Paddel finden, oder das Kajak war so gut wie nutzlos.

Er kam zu der größeren Straße, die am Flussufer entlang führte, konnte in beiden Richtungen nichts sehen, überquerte sie und lief über offenes Feld zum Fluss. Dort angekommen wirbelte er herum und suchte nach einer geeigneten Stelle, um seinen neu gewonnenen Schatz zu verstecken. Er entschied sich für eine Ansammlung dürrer Büsche, die ein Dutzend Meter vom Wasser entfernt in der Nähe eines riesigen Baumes standen, den er bei seiner Rückkehr nicht übersehen konnte. Sicher, dass niemand den grellroten Rumpf im Dunkeln sehen konnte, machte er sich auf den Weg zum Jachthafen, joggend, damit man ihn für einen Sportnarren hielt, der für ein wenig Nachttraining unterwegs war, wenn ihm jemand über den Weg laufen sollte.

In dem kleinen, geschützten Hafen knarrten Boote gegen das Dock, die Strömung des Flusses zerrte sanft an ihren Hüllen und spannte die Ankerseile. Alan ging am Pier vorbei und wurde langsamer, als er den abgedunkelten Jachthafen direkt dahinter beobachtete. Zu dieser späten Stunde war er verlassen, aber Alan war trotzdem vorsichtig, als er das Gelände betrat. Er wusste, dass das Gebäude, aus dem die Kajaks vermietet wurden, am entgegengesetzten Ende des Komplexes lag, es war das aufragende Hauptgebäude, das in der Nähe der Einfahrt lag, die zum öffentlichen Park und Strand im Norden führte.

Als er die Tür des Jachtklubs erreicht hatte, blieb er stehen und sah auf die Uhr. Er musste sich beeilen und konnte nicht viel Zeit darauf verschwenden, still und leise einzubrechen. Er hatte keine Dietriche, also gab er sich mit dem Nächstbesten zufrieden – einem herumliegenden Stück Ziegelstein. Alan atmete tief ein, dann zerschlug er das hohe Fenster neben der Tür und biss die Zähne zusammen, als das Glas aus dem Rahmen brach. Er erwartete fast, dass ein Alarm losging, und war erleichtert, als sich wieder Stille über die Umgebung legte. Sein kruder Einbruch war unbemerkt geblieben.

Am entgegengesetzten Ende des Hauptraumes waren Jalousien aus Holz über das Verkaufsfenster des Ausrüstungsvermieters gezogen und versperrten den Eingang zum Lagerraum dahinter. Alan versuchte es mit der Tür, aber sie war verschlossen. Sich nur zu bewusst, dass er sich mit jedem Moment mehr Risiko aussetzte, trat er dagegen, und der zweite Tritt ließ den Türpfosten zersplittern. Die Tür schwang auf und er trat in das Zimmer. Zu seiner Erleichterung fand er schnell Kajakpaddel, die zu Dutzenden an der nächsten Wand hingen.

In einem großen Container beim Tresen am anderen Ende des Raumes bemerkte Alan einen Haufen von Spritzschutzdecken. Das Wasser war natürlich relativ ruhig und die Wahrscheinlichkeit gering, dass er kentern würde und sich drehen musste. Trotzdem, gab es einen Grund, unvorbereitet zu sein? Die Antwort folgte direkt, als er den ersten Schritt auf den Container zugemacht hatte; das unverwechselbare Geräusch eines Automotors drang vom Uferweg heran. Mit einem kurzen Blick auf das Paddel in seiner Hand wog er seine Vorgehensweise ab. Wenn er in dem Gebäude erwischt wurde, war er so gut wie erledigt – es gab keine unschuldbare Erklärung für seinen Einbruch. Er musste auf die Decke verzichten und so schnell wie möglich verschwinden. Scheinwerferlicht streifte nun auf der entgegengesetzten Seite des Gebäudes über die Vorderwand. Er duckte sich schnell durch das zerbrochene Fenster und stahl sich in die Nacht davon. Er hoffte, dass ihn die Dunkelheit lange genug verbergen konnte, bis er das Kajak erreicht hatte.

Zwei Autotüren schlugen auf dem Parkplatz zu, als er auf den erdigen Abhang zu sprintete, der den Jachthafen zur Seite hin abgrenzte. Das feuchte Gras machte den Weg glitschig, aber er schaffte es, sechzig Meter zwischen sich und das Gebäude zu bringen, bevor er mehr hörte.

Ein knappes, statisches Geräusch hallte über das Wasser, und dann durchschnitt eine hohe, von einem Funkgerät verzerrte Männerstimme die Nacht und bestätigte eine Einbruchsmeldung. Er bahnte sich weiter seinen Weg zum Südende des Jachthafens und wagte es dann, einen Blick über die Kante des Abhangs zu werfen, um zu sehen, was an dem Gebäude vor sich ging.

Die Polizisten mussten ins Innere gegangen sein, was ihm die Gelegenheit gab, die er brauchte. Er sprintete die Steigung hoch und auf den Pfad, der zurück zum Pier führte, dann erhöhte er die Geschwindigkeit, während er sich von dem Ort seines Bagatellvergehens entfernte. Seine Laufschuhe klatschten auf den Asphalt, sein Atem war regelmäßig, genau wie seine Schritte.

Ein Schrei erklang an dem Gebäude hinter ihm und er zog noch einmal das Tempo an und zwang seine Muskeln, schneller zu werden. Ein flackerndes Taschenlampenlicht zog an ihm vorbei, als er um die Ecke bog, dann war er außer Sichtweite und einen Augenblick lang in Sicherheit. Wer auch immer auf Nachtschicht der Polizei in einer Kleinstadt in Uruguay arbeitete, würde kein geübter Marathonläufer sein – dem Aussehen der zwei uniformierten Männer nach zu urteilen, denen er diesen Nachmittag begegnet war, musste hier niemand Hunger leiden und das Laufband im Revier war wahrscheinlich seit dem Zweiten Weltkrieg nicht mehr funktionstüchtig.

Ein weiterer Schrei folgte ihm aus größerer Entfernung und er wurde langsamer, als er sich dem Versteck näherte, wo das Kajak auf ihn wartete. Ohne Zeit zu verschwenden, zog er es aus den Büschen und zerrte es zum Wasser, setzte es in den Fluss, bevor er in den engen Sitz rutschte und sich vom Ufer abdrückte.

Er glitt vom Strand weg und begann zu rudern, in der Hoffnung, dass seine Verfolger ihre Aufmerksamkeit auf den Weg konzentrierten und den Fluss ignorierten. Er machte sich keine allzu großen Sorgen – er hatte genug Vorsprung, dass es fast unmöglich wäre, ihn in den nächsten Minuten zu sehen. Das Kajak schnitt durchs Wasser, als er sich mit kräftigen Ruderschlägen vorwärtsbewegte, dann erfasste ihn die Strömung und er spürte, wie er sich nach Süden bewegte.

Ein Lichtstrahl wanderte zu seiner Rechten über das Wasser, dann gesellte sich ein zweiter vom Ufer aus dazu. Die verdammten Cops waren hartnäckig, das musste er zugeben, aber sie waren zu spät – er war verschwunden und sie mussten den Fall des verschwundenen Paddels ohne seine Hilfe lösen.

Seine Ruderbewegungen hatten einen gleichmäßigen Rhythmus angenommen und die Strömung trug ihn flussabwärts, zusätzlich zu seinen eigenen Bemühungen. Er gratulierte sich selbst für seinen schnellen Fortschritt, als er hinter sich hörte, wie ein Motor gestartet wurde. Auf dem Wasser waren Geräusche irreführend, das wusste er, und was nur hundert Meter hinter ihm zu sein schien, konnten locker zwei oder drei Meilen sein. Was auch immer der Fall war, er konnte es sich nicht leisten, seine Konzentration zu verlieren. Wenn die Behörden so fest entschlossen waren, ihn zu fangen, dass sie gewollt waren, ein Patrouillenboot hinter ihm herzuschicken, dann konnte er das nicht ändern – er konnte sich lediglich weiter in Richtung seines Ziels kämpfen und hoffen, dass sie ihn nicht finden würden.

Das Dröhnen des Motors änderte seinen Klang, was Alan signalisierte, dass das Boot jetzt unterwegs war. Er verdoppelte seine Anstrengungen, seine Arme und Schultern brannten von dem strammen Tempo. Ein Suchscheinwerfer flammte auf und bewegte sich über den Kanal, auf die Flussmitte fokussiert, und Alan lenkte näher an die nächste Insel heran und trieb sich selbst an, schneller zu werden. Der Strahl bewegte sich vom Wasser auf die uruguayische Uferseite zu, kroch daran entlang, auf der Suche nach Hinweisen darauf, dass er sich ans Ufer zog und zu entkommen versuchte. Er verstand die Logik dahinter – für die Polizei aus Uruguay war er ein Dieb, und es war unvorstellbar, dass ein einfacher Krimineller versuchen würde, nach Argentinien zu entkommen. Die Schwierigkeit, zurück nach Uruguay zu kommen, war viel größer, als zum Ufer zu rudern und sich in die Büsche zu schlagen.

Vor ihm materialisierte sich die erwartete Sandablagerung und er kam näher, während hinter ihm das Geräusch des Patrouillenboots leiser wurde. Eine weitere Minute ging vorbei, dann ruderte er in den nach rechts ausscherenden Kanal, wo er innerhalb von Sekunden außer Sichtweite war.

Sobald er auf der argentinischen Seite der Insel war, hörte er auf zu paddeln und zog das Handy aus der Tasche. Er drückte die Schnellwahl für Jets Nummer und sie antwortete auf das erste Klingeln.

»Wo bist du?«

»Ich habe gerade den Kanal durchquert. Ich sollte bald da sein. Wo bist du?«

»In der Nähe von einem der Zeltplätze. Ruf mich zurück, wenn du denkst, dass du näherkommst und ich schalte für ein paar Sekunden meine Scheinwerfer an. Du solltest sie vom Fluss aus sehen können und kannst direkt darunter an Land gehen. Ich stehe etwa einhundert Meter vom Ufer entfernt.«

»Okay.«

Er begann wieder zu paddeln und fünf Minuten später wählte er erneut ihre Nummer. »Mach die Lichter an.«

Vor ihm zu seiner Rechten gingen für eine knappe Sekunde ein Paar Scheinwerfer an und dann wieder aus.

»Hab es. Ich werde in zwei Minuten dort sein.«

Als Alan das Ufer erreichte, stand Jet dort und wartete auf ihn.

»Wie ist es gelaufen?«, fragte sie, als er aufstand, dann ausrutschte und platschend in den Fluss fiel. In knietiefem Wasser sitzend blickte er sie an und lachte leise.

»Ungefähr so. Das Einzige, was nicht passiert ist, war, dass mich ein Hund gebissen hat«, sagte er und richtete sich auf.

»Die Nacht hat gerade erst angefangen. Komm. Gehen wir. Wir haben bis morgen einen langen Weg vor uns.«

Er nickte und folgte ihr den Hügel hinauf, der Klang des Patrouillenboots jetzt weit entfernt auf der anderen Seite des Flusses.

KAPITEL 19

Standish öffnete die Haustür mit einer Verbeugung, sein Anzug saß wie immer perfekt, seine Schuhe waren so glatt poliert, dass sie Sloan beinahe blendeten. Er hatte das heutige Treffen sogar vorgeschlagen, was sonst traditionell von der anderen Seite ausging. Die Sicherheitsmänner standen in diskretem Abstand auf beiden Seiten des Hauses und beäugten ihn ausdruckslos. Sloan nickte Standish zu, der zurücktrat und dabei die Tür offenließ.

»Auf die Minute genau«, kommentierte Standish mit einem Blick auf seine Patek Philippe Weltzeituhr.

»Ich gebe mir Mühe, pünktlich zu sein.«

»Ja, nun, er erwartet Sie. Aber ich sollte Sie warnen. Er hat heute keine besonders gute Laune.«

»Das habe ich mir fast gedacht. Haben Sie ihm die Neuigkeiten überbracht?«

»Nein. Ich habe ihm gesagt, dass Sie neue Informationen über die Aufgabe haben, die er Ihnen anvertraut hat, aber ich wollte ihn nicht weiter in Rage versetzen.«

»Sie meinen, Sie wollten, dass er es an mir auslässt.«

»Es ist Ihre Verantwortung«, erinnerte ihn Standish. »Ich werde mich für niemand anderen vor die Kugel werfen. Tut mir leid.«

»Was auch immer. Ich kann damit umgehen. Gehen wir zum großen Chef, ja?«

Standish nickte, dann drehte er sich um und ging durch das Foyer voraus. Sloan schloss die Tür hinter sich und bemerkte den

Sicherheitsmann, der im Wohnzimmer auf einem Laptop herumtippte. Das war das erste Mal, dass er einen der Männer im Inneren des Hauses gesehen hatte.

»Wie viele Schlafzimmer gibt es hier nochmal?«

»Sechs, plus die separate Unterkunft für Bedienstete.«

»Das ist viel Platz.«

»Es ist eines der größten Wohnhäuser in der Gegend.«

»Mit großem Außenbereich.«

»Es ist ein Doppelgrundstück. Fast zweihundert Meter Straßenlänge. Er hat mir einmal gesagt, dass er ein abgelegenes Waldstück wollte. Wie Sie sehen, trägt der Park auf der anderen Straßenseite seinen Teil zu diesem Gefühl der Exklusivität bei.«

»Es herrscht auf jeden Fall ein Gefühl der Abgelegenheit.«

»Er wollte etwas, das leicht zu bewachen ist. Nach seiner Erfahrung mit … der Frau.«

»Mhm.«

Sie stapften die Treppe hinauf und Sloan widmete den Kunstwerken mehr Aufmerksamkeit als sonst. Teure Ölgemälde, allesamt Originale, soweit er das beurteilen konnte. Arthur hatte sich mit seiner kleinen Nebenbeschäftigung gut gemacht.

Standish hielt ihm die Schlafzimmertür auf und sie traten ein. Die warme, feuchte Luft schlug ihnen wie immer entgegen. Der Ventilator und der Luftbefeuchter summten. Sloan nahm sich Zeit, an das Bett heranzutreten, und gab seinen Augen einen Moment, sich an das Licht zu gewöhnen.

Standish räusperte sich. Eine nervige Angewohnheit, dachte Sloan im Vorbeigehen.

»Du hast Neuigkeiten über die Frau für uns?«

»Ja. Etwas ist schiefgelaufen. Wir haben das gesamte Team verloren.«

Arthur krallte nach seiner Sauerstoffmaske und zerrte daran, um sie zu entfernen. Das tiefe Piepsen seines Herzmonitors wurde schneller und innerhalb von Sekunden war es bei über einhundert Schlägen pro Minute.

»Was? Wie? Was ist passiert?«, krächzte Arthur, bevor Standish etwas sagen konnte.

Sloan verlagerte sein Gewicht, ihm war unbehaglich, jetzt, wo die hässliche Nachricht überbracht war.

»Wir konnten nur ein kurzes Gespräch mit einem einzelnen Überlebenden führen. Dem Fahrer. Er wurde verhaftet und ist in Gewahrsam der Behörden in Uruguay. Wir haben es geschafft, einen Anwalt für ihn zur Verfügung zu stellen, der so viel Information herausgeholt hat, wie möglich, aber er musste vorsichtig sein. Er hatte das Gefühl, dass die Zelle verwanzt sein könnte.«

Arthur sagte nichts und hob dann einen einzelnen Finger, als Zeichen, dass Sloan fortfahren sollte.

»Das Team wurde von einem Mann ausgeschaltet. Blond, eher jung, hart aussehend. Das war das Einzige, was er uns sagen konnte.«

Arthur schüttelte den Kopf. »Was ist mit der Frau? Hat er die Frau nicht erwähnt?«

»Er hat sie nicht erwähnt.«

»Also, was bedeutet das für uns?«

»Wieder bei null. Aber wir haben unsere Spuren verwischt. Wir haben bei dem Bankier und dem Anwalt Vorsichtsmaßnahmen getroffen – wir müssen uns um sie keine Sorgen mehr machen. Aber der Söldner, den wir angeheuert haben, um sich um sie zu kümmern, war in einen Autounfall verwickelt und hat nicht überlebt. Wir versuchen noch, mehr darüber in Erfahrung zu bringen, aber es ist nicht viel. Offenbar war er in einen Vorfall verwickelt.«

»Hören Sie auf, in Rätseln zu sprechen. Was ist passiert?«, zischte Arthur angestrengt.

»Das Beste, was unser Mann herausfinden konnte, war, dass eine Verfolgungsjagd stattgefunden hat, einige Unfälle, eine Schießerei. Und dann, nun, der Söldner hat es nicht geschafft.«

»Wer ist Ihr Mann?«

»Wir haben einen erfahrenen Agenten, der fließend Spanisch spricht, ein Rechtsdiplom, das ganze Programm. Er arbeitet seit einem Jahrzehnt für uns. Er hat Kontakte in Uruguay und einer davon hat ihm ein hochrangiges Mitglied der Polizei vorgestellt. Wir wissen also über alles Bescheid, was sie herausfinden. Daher wissen wir von der Verfolgungsjagd und dem Fahrer.«

»Töte ihn«, flüsterte Arthur, dann ließ er die Sauerstoffmaske wieder über Nase und Mund schnappen.

»Wen? Den Agenten oder den Fahrer?«

Arthur hob die Hand bei der Erwähnung des Fahrers.

»Das könnte sich als schwierig herausstellen. Er ist im Polizeihauptquartier in Montevideo, wo er ohne Kaution festgehalten wird. Es ist nicht so, als könnten wir da einfach einmarschieren und …«

Arthurs Stimme wurde lauter, als er die Maske anhob. »Ich. Habe. Gesagt. Töte. Ihn.« Die Art, wie Arthur jede Silbe überbetonte, hatte die gleiche Wirkung wie Pistolenschüsse.

»Nun gut. Es wird höchstwahrscheinlich sehr teuer werden. Vielleicht sollten wir …«

»Es ist mir egal.« Arthur fixierte die Maske wieder und schloss die Augen. Das Treffen war vorüber.

Standish versuchte, nicht hämisch zu lächeln. »Wir sind nicht preisempfindlich, wenn es darum geht, die Sache so zu Ende zu bringen, dass nichts zurückverfolgt werden kann. Es scheint, als wäre das genauso Ihr Problem, wie es unseres ist, also würde ich erwarten, dass Sie die Kosten teilen, schließlich folgt es direkt aus dem Versagen Ihres Teams«, sagte er ruhig.

Sloan funkelte ihn an, verkniff sich aber eine Bemerkung.

»Ich verstehe das und stimme Ihnen zu. Das waren einige unserer besten Männer. Ich versuche noch immer nachzuvollziehen, wie das passieren konnte. Die Frau hatte Hilfe. Das ist offensichtlich. Die Frage ist also, von wem und was ist seine Rolle in der ganzen Sache? Im Moment haben wir nur unvollständige Informationen – Informationen, die von Ihrer Seite kommen. Bevor Sie damit anfangen, mir das alles vorzuwerfen, schlage ich vor, dass Sie noch einmal darüber nachdenken, wie wir überhaupt von dem Anwalt und dem Bankier erfahren haben, und überlegen, ob es in dem Dossier, das Sie uns gegeben haben, undichte Stellen gegeben hat. Denn es hat einen mysteriösen Mann vollkommen ignoriert, der problemlos ein ganzes Team neutralisieren konnte«, endete Sloan.

Standish verstand, dass Sloan sich nur an Arthur richtete, und sagte nichts. Es war sowieso nicht sein Geld, sein Interesse lag mehr daran, so zu erscheinen, als hätte er nur Arthurs Bestes im Sinn. Er hatte Sloan seine Standpauke gehalten und getan, was von ihm erwartet wurde, er hatte seine Rolle in dem elaboriert choreografierten Ritual gespielt. Zumindest bis Sloan gegangen war, dann konnte er eine mehrstündige Tirade von Arthur erwarten, der fordern würde, ihn loszuwerden.

»Sehr gut. Wir werden unsere Quellen unter die Lupe nehmen und herausfinden, welche, eventuellen, Fehler oder Auslassungen es gab. Aber eine letzte Frage. Wie planen Sie, jetzt mit der Frau zu verfahren? Mit dieser *Jet*?«, verlangte Standish.

»Wir fliegen eine neue Gruppe von Spezialisten ein und arbeiten daran, ihre Spur aufzunehmen. Aber im Moment haben wir keine vielversprechenden Anhaltspunkte, abgesehen von der älteren Frau und dem Kind. Auch wenn das viel zu sein scheint, in Wahrheit ist es das nicht. In Uruguay leben dreieinhalb Millionen Menschen. Und es ist zum größten Teil eine Bargeldwirtschaft, viel Handel findet also inoffiziell statt. So ähnlich wie in

Argentinien. Das bedeutet, dass wir sie nicht leicht nachverfolgen können, wenn überhaupt. Im Gegensatz zu den Vereinigten Staaten haben oder benutzen viele Einwohner keine Kreditkarte, also gibt es keine Spur von Transaktionen, der wir folgen können. Was ich damit sagen will, ist, dass es mit nur ihrem Namen ein Schuss ins Blaue wird.«

»Aber das Kind stellt doch sicher eine Möglichkeit dar?«

»Ja und nein. In dieser Gegend gibt es viele Kleinkinder. Und vergessen Sie nicht, dass sie mithilfe dieser Jet untergetaucht sind, und sie weiß, wie das Spiel läuft. Wir überwachen die Wohnanlage und die Polizei fahndet nach ihnen, aber sie können nicht viel tun – sie wird nur für eine Routinebefragung gesucht. Der Portier war nicht sicher, wer in dem Gebäude war, also ist die Wahrscheinlichkeit, die alte Frau zu finden, solange sie sich versteckt hält, ziemlich gering. Und ich denke, wir können davon ausgehen, dass sie sich versteckt.«

»Was ist mit dem Konto?«

»Es zeigt keine weiteren Aktivitäten. Und der Bankier ist natürlich tot. Unsere Möglichkeit, weitere Informationen zu sammeln, ist also, ähm, beschränkt.«

»Mussten Sie ihn umbringen?«, fragte Standish.

»Ja. Stellen Sie mich nicht infrage. Er war ein loses Ende, das wir nicht einfach ignorieren konnten«, schnappte Sloan. Es ärgerte ihn langsam, Standishs unverschämtem Tonfall Rede und Antwort stehen zu müssen. Er atmete tief ein und gleichmäßig wieder aus. »Nun, sofern es nichts anderes mehr gibt …«

Standish blickte zu Arthur, der seinen Arm vom Bett erhob und wieder fallen ließ, ein Zeichen, dass das Treffen beendet war. Standish ging zur Tür und öffnete sie mit einer Geste in Sloans Richtung.

Als sie wieder unten waren, wandte sich Sloan an Standish. »Das wird Sie einiges kosten. Und ich meine *einiges*.«

»Zum Glück besitzt er *einiges*. Sie haben den netten Mann gehört. Bringen Sie ihn um«, sagte Standish, dann brachte er Sloan zur Tür. »Nun, da wir vorhin davon sprachen, nicht für jemand anderen vor die Kugel zu springen, ich muss zurück nach oben in die glühenden Kohlen und ihm zuhören, wie er Ihren Kopf verlangt. Und ihn davon abbringen. Das werden ein paar sehr unangenehme Stunden.«

»Sie haben etwas gut bei mir.«

»Ich habe mehr als etwas gut bei Ihnen. Er baut ab, langsam aber sicher, und in letzter Zeit ist seine Antwort auf alles: *Töte sie*. Die halbe Bevölkerung Washingtons wäre tot, wenn ich es ihm nicht ausgeredet hätte.«

»Nun, das ist gar keine so schlechte Idee, aber hey, ich habe Verständnis dafür. Ich werde einen Weg finden, meine Dankbarkeit auszudrücken.«

»Tun Sie das.«

Sloan ging in Gedanken versunken die Treppe zu seinem Auto hinunter. Standish wurde langsam zu aufsässig. Er würde irgendwann zu einem Risiko werden, aber im Moment spielte er noch eine nützliche Rolle, indem er Arthur in Zaum hielt.

Sloan glitt auf den Rücksitz und stellte die Belüftung so ein, dass sie ihm ins Gesicht wehte. Die schwüle Luft in dem Schlafzimmer verdarb ihm immer die Laune. Arthur war fast an einem Punkt, wo er zu unberechenbar war, um ein guter Kunde zu sein. Sloan hatte ungeheure Mengen Geld damit gemacht, mit dem Mann gearbeitet zu haben, aber alles hatte ein Ende, und im gleichen Maße, in dem sich sein Zustand verschlechterte, wurde er zu einem immer größeren Risiko.

Irgendwann musste er Arthur von seinen Leiden erlösen.

Sloan an Arthurs Stelle wäre ihm dankbar dafür gewesen.

Ein Schauder durchzog Sloan bei dem Gedanken, dazu verurteilt zu sein, den Rest seiner Tage in Höllenqualen zu verbringen.

Er würde nie verstehen, warum Arthur nicht einfach eine Spritze mit zu viel Morphin auffüllte und friedlich einschlief. Alles wäre besser, als das, was er durchlebte.

Vielleicht gab es etwas, das er nicht ganz verstand, aber er war ziemlich sicher, dass es nicht so war. Arthur schien mit einer Willenskraft am Leben zu hängen, die jeden überraschte, selbst wenn es Folter war. Er war davon besessen, seine Feinde auszurotten, sie um jeden Preis zu vernichten, und das hielt ihn am Leben. Er kämpfte darum, seine Position in einem Spiel zu halten, das er bereits sein ganzes Erwachsenenleben spielte.

Gehässigkeit schien ihn weiter anzutreiben, jeden Tag aufzuwachen und weiterzumachen, selbst wenn er unvorstellbare Schmerzen litt.

Vielleicht war es doch nicht so schwer zu verstehen.

Arthur war wahrscheinlich einfach zu verdammt gemein zum Sterben.

KAPITEL 20

Die Dämmerung brach gerade an, als Jet und Alan Buenos Aires erreichten. Die riesige Stadt begann sich zu regen, die Einwohner wachten langsam auf und bereiteten sich auf einen weiteren Tag zermürbender Arbeit vor. Auf den Straßen breitete sich erst langsam der Verkehr aus, für den die Metropole berüchtigt war, und die frühmorgendlichen Lieferwagen erkämpften sich ihren Platz zwischen den Taxis und den Feiernden, die gerade die Discos verließen, als das Morgenlicht die Stadt überschwemmte.

Die Fahrt war genauso anstrengend gewesen, wie Jet es erwartet hatte, mit lausigen Straßen und Tieren, die sich ihnen gelegentlich in den Weg gestellt hatten, um sie auf ihrem Weg nach Süden auszubremsen. Alan hatte die meiste Zeit des Wegs geschwiegen und in der Nähe von Buenos Aires hatte sie ihn dabei erwischt, wie er eingedöst war.

Jet steuerte den Wagen vor die beeindruckende Fassade des *Alvear Palace Hotels* und ein Valet rannte die Stufen hinunter, um ihnen die Türen zu öffnen, und ein zweiter junger Mann eilte dazu, um ihre Taschen zur Rezeption zu tragen, als sie in die Lobby eintraten. Diese erinnerte an vergangene Eleganz und stank nach Opulenz. Goldblatt und Säulen rahmten antike Wandteppiche und komplexe Kunstwerke ein. Das Hotel war eines der stattlichsten Gebäude in einer Stadt, die für ihre europäische Architektur bekannt war, und es nahm seine Position als Flaggschiff des kultivierten Stils ernst, ausgerichtet auf die Wohlhabenden, auf große Namen, zu denen Diplomaten, Industriechefs und müßige Millionäre zählten.

Jet und Alan folgten dankbar dem Portier zu der Aufzugreihe, wo goldene Türen aufglitten, um sie nach oben zu ihrem Zimmer zu befördern. Die Suite selbst war umwerfend, mit Möbeln im französischen Renaissance-Stil, die sich in den edelsten Wohnhäusern in Paris wie Zuhause gefühlt hätten. Nachdem sie dem Portier ein großzügiges Trinkgeld gegeben hatte, warf sich Jet glücklich seufzend auf die bestickte Decke des breiten Doppelbetts.

»Sag mir, dass das keine willkommene Abwechslung zu den Absteigen ist, die wir in den letzten Tagen besucht haben!«, rief sie.

»Sehr schön. Ich wünschte nur, ich wäre wach genug, um beeindruckter zu sein. Ich bin vollkommen fertig. Können wir uns für ein paar Stunden aufs Ohr hauen? Unsere Akkus aufladen?«

»Jetzt sprichst du meine Sprache. Ich bin ziemlich ausgelaugt.«

»Darauf würde ich wetten. Möchtest du zuerst ins Bad? Ich will duschen. Das Flusswasser abwaschen.«

Sie glitt mit den Beinen zur Bettkante und stand auf, dann ging sie zu ihrer Tasche und öffnete den Reißverschluss.

»Kannst du das Bargeld in den Safe legen? Laut der Internetseite gibt es mehr als genug Platz.«

»Klar. Aber beeil' dich besser, sonst bin ich eingeschlafen, bevor du fertig bist.«

Sie zog einige Kleidungsstücke aus dem Koffer und verschwand im Badezimmer, während Alan das Geld sicherte und dann den Fernseher einschaltete. Auf den argentinischen Nachrichtenkanälen war der Angriff auf die Fähre noch immer die Hauptstory und wetteiferte um Aufmerksamkeit mit einem bevorstehenden Fußballspiel gegen den verhassten Rivalen Brasilien.

Zehn Minuten später war Jet fertig und kam in Tanktop und Laufshorts zurück. Alan stand ächzend auf und reichte ihr die Fernbedienung, dann ging er ins Bad, um sich abzuduschen. Als er herauskam, seine nassen Haare in alle Richtungen abstehend, lächelte sie und schaltete den Fernseher ab.

»Also das ist ein Badezimmer! Ich könnte hier einziehen«, verkündete er.

»Es ist ziemlich nett, oder? Aber für fünfhundert Dollar die Nacht wird das schnell teuer.«

»Unsinn. Nur das Beste für dich, meine Liebe«, sagte Alan galant, dann ließ er sich neben ihr aufs Bett fallen, wo sie sich gegen ein paar dick gepolsterte Kissen zurückgelehnt hatte.

»Zumindest hast du deine Prioritäten richtig gesetzt«, neckte sie, bevor sie die Nachttischlampe auf ihrer Bettseite ausschaltete. Die schweren Brokatvorhänge verhinderten, dass Licht von draußen in das Zimmer fiel, und dämpften den Lärm von der Straße. Nachdem Alan unter die Decke geschlüpft war und seine Lampe ausgeschaltet hatte, begann er innerhalb von Sekunden leise zu schnarchen.

Vier Stunden später regte er sich, drehte sich um und studierte Jets Gesicht in dem Zwielicht. Sie wirkte so gelassen und friedlich. Jung. Es war unmöglich, sich vorzustellen, was sie alles durchgemacht hatte, aber er kannte ihre Geschichte gut. Sie tat ihm leid. Was sein Bruder getan hatte – die Entscheidung, die er getroffen hatte, um Hannahs Existenz geheimzuhalten, sogar vor ihr – war unverzeihbar, und er wusste nicht, wie sie über diesen Verrat hinweggekommen war. Aber sie war es. Sie war widerstandsfähig; eine der vielen Qualitäten, die sie besaß, die ihn so faszinierten.

Alan strich eine Haarlocke aus ihrem Gesicht und sie kräuselte im Schlaf die Nase. Er stand auf und stapfte zum Badezimmer, wo er im Spiegel einen Blick auf sich selbst erhaschte. Er zögerte und verzog das Gesicht. Diese Woche war die Hölle gewesen. Aus dem Jemen nach Moskau, nach L.A. und dann nach Uruguay. Der Bioterroranschlag, die Fährexplosion, das Mordkommando, die Flussüberquerung. Er hatte Schlimmeres überlebt, aber es war trotz allem ein Rekord für ihn, und er wusste, dass ihm das Schlimmste noch bevorstand. Er hatte keine Ahnung, was sie in Washington erwarten würde, aber er war ziemlich sicher, dass es, was auch immer es war, nichts Gutes sein konnte.

Alan inspizierte sein kantiges Kinn und seine selbstbewussten Augen, dann drehte er den Wasserhahn auf und spritzte sich kaltes Wasser ins Gesicht. Sie hatten zumindest einige Tage, um herunterzukommen, bevor sie Buenos Aires hinter sich lassen würden, vielleicht konnten sie sich ja etwas entspannen. Er war sich ziemlich sicher, dass es Jet innerlich zerriss, Hannah zurückgelassen zu haben, und sie konnte weiß Gott eine Pause gebrauchen – ihre Woche war fast so schlimm gewesen wie seine.

Er streckte den Arm aus, um eines der dicken, schweren Handtücher von dem Halter zu nehmen und trocknete sich das Gesicht ab, dann schaltete er das Licht aus und öffnete die Tür zum Schlafzimmer. Vielleicht konnte er noch ein paar Stunden schlafen, dachte er, doch dann hatte Jet die Arme um seinen Hals geschlungen und sich an ihn gepresst, küsste ihn mit ihrem unglaublichen Mund. Ihr Duft war berauschend. Sie stöhnte, ein leises, hungriges Geräusch, in dem Aufforderung und Unterwerfung mitschwangen. Alle Gedanken an die Zukunft traten in den Hintergrund. Da waren nur sie und ihr feuriges Verlangen, ihr Bedürfnis so unnachgiebig wie das seine.

***

Jet döste in Alans Armen, ausgelaugt und benommen von der Intensität ihrer Leidenschaft. Sie kuschelte sich gegen ihn und seufzte zufrieden, die Anspannung, die sie erstickt hatte, war plötzlich verschwunden. Er bewegte sich, als sie sich bewegte, aber wachte nicht auf. Sie versuchte wieder einzuschlafen, aber ihre Gedanken ließen sie nicht. Es war so lange her, dass sie mit jemandem geschlafen hatte, dass sie fast vergessen hatte, wie gut es sich anfühlen konnte, aber ein anderer Teil von ihr fühlte sich … seltsam. Nicht schlecht oder auf irgendeine Art schuldig, aber auch nicht so, als wollte sie nichts anderes, als in Alans Armen zu schmelzen. Vielleicht würde dieses Gefühl nie wieder zurückkehren – das Gefühl, das sie mit David wie einen Schatz behütet hatte.

Warum musste sie die Sache gerade jetzt mit Gedanken an seinen Bruder David verkomplizieren? Er hatte sie betrogen und ihren Glauben an ihn zerstört. Ein Teil von ihr hasste ihn. Und das sollte er auch.

Aber sie könnte nicht leugnen, dass ein anderer Teil vermisste, was sie geteilt hatten. Es war etwas Besonderes gewesen. Sie hatte es damals gewusst und sie wusste es jetzt.

Es war unfair, die beiden zu vergleichen. Das war auch nicht, was sie wollte. Aber es gab einen Kern, tief in ihrem Inneren, der sich nur für den Bruchteil einer Sekunde gewünscht hatte, dass David nicht gestorben wäre und sie stattdessen irgendwie ihr gemeinsames Leben in den Griff bekommen hätten, sich vertragen und als Familie weitergemacht hätten – zugegeben, eine extrem dysfunktionale Familie, aber trotz allem eine Familie.

Jet rührte sich und zog sich aus Alans Umarmung zurück, sein sanfter Atem noch immer auf ihrer Schulter. Sie öffnete die Augen und blickte sich in dem Zimmer um. Dank der dichten Vorhänge war es immer noch stockdunkel und sie musste auf die Uhr sehen, um die Uhrzeit herauszufinden. Es war siebzehn Uhr. Sie hatten den Großteil des Tages im Zimmer verbracht und ihr wurde erschrocken bewusst, dass sie den ganzen Tag noch nicht mit Magdalena gesprochen hatte.

Eine verirrte Träne lief ihr über die Wange und sie wischte sie mit dem Kissen weg. Warum wurde sie so emotional? Das passte nicht zu ihr. Vielleicht hatten die Gedanken an David zwiespältige Gefühle in ihr geweckt – Gefühle, auf die sie verzichten konnte. Alan war ein guter Mann. Und ein ehrlicher Mann, so weit sie wusste. Dass sie seinem lügnerischen, kontrollsüchtigen Bruder erlaubt hatte, sich so in einen Moment des Glücks einzumischen, war wahrscheinlich ein Beweis dafür, wie sehr er sie fertiggemacht hatte, dachte sie verbissen. Ein Therapeut könnte sich mit dem, was in ihrem Kopf vor sich ging, zur Ruhe setzen. Natürlich müsste sie ihn dann umbringen, aber dennoch …

Sie glitt aus dem Bett und ging zu ihrer Handtasche, dann sammelte sie ihre Kleidung vom Boden auf, bevor sie vorsichtig die Badezimmertür öffnete und hineinschlüpfte. Magdalenas neues Handy klingelte viermal, dann antwortete ihre unverwechselbare Stimme.

»*Hola.*«

»*Hola*, Magdalena. Wie geht es euch?«

»Gut. Nichts Besonderes zu berichten. Hannah langweilt sich zu Tode, aber wir haben drei Blocks weiter einen Spielplatz entdeckt und sie hat ein paar neue Freunde gefunden. Wir haben beschlossen, uns morgen zum Spielen zu treffen.«

»Das ist großartig. Ich bin froh, dass ihr gut zurechtkommt.«

»Alles kein Problem. Und wir haben noch ein paar Restaurants gefunden, wir werden also nicht verhungern. Alles in allem geht es uns gut.«

»Dann bin ich beruhigt. Ist sie da? Kann ich mit ihr sprechen?«

»Sie schläft. Möchten Sie, dass ich sie wecke?«

Jet spürte ein Ziehen. Hannah, glücklich schlafend, ohne sich über das Drama, das sie umgab, Gedanken zu machen. »Nein, lass sie schlafen. Ich werde entweder später am Abend oder morgen wieder anrufen. Brauchst du etwas?«

»Ich denke nicht. Wie gesagt. Alles läuft gut und wir kommen zurecht.«

»Ich hoffe, dass ich bald zurück bin, Magdalena. Ich weiß es zu schätzen, dass du mir hilfst und dich um sie kümmerst.«

»Es kann nicht passieren, dass Ihr ... dass uns dieser Mann, der hinter Ihnen her ist, uns findet, oder?«, fragte Magdalena.

»Auf keinen Fall. Ihr seid in Sicherheit. Verhaltet euch einfach ruhig und es wird alles gut werden. Mehr kann ich nicht sagen, aber du kannst mir vertrauen. Ich werde es nicht zulassen, dass euch irgendjemand etwas antut.«

Magdalena klang vorläufig beruhig und nachdem sie noch einige Minuten über nichts Spezielles geredet hatten, meldete Jet sich ab. Die Entscheidung, sie in die Provinz zu bringen, hatte sich als gut erwiesen. Sie waren vollkommen von der Bildfläche verschwunden und in Sicherheit.

Ihre Gedanken wandten sich ihrer aktuellen Zwickmühle zu. Alans Pass würde in einem Tag ankommen und dann konnten sie sich in die USA schleichen und herausfinden, wer sie umzubringen versuchte und warum. Sie hatte online einiges über die private Sicherheitsfirma herausgefunden, aber viele Informationen waren nicht verfügbar gewesen. Der CEO, Jim Sloan, lebte zurückgezogen und vermied es, mit der Presse zu sprechen, und da es keine öffentlichen Dokumente gab, hatte ihre Suche wenig anderes ergeben, außer, dass die Firma Söldner für Konfliktgebiete zur Verfügung stellte, so wie im Irak, und sich außerdem um private Sicherheitsangelegenheiten im Inland kümmerte. Nordhaver war vor zwei Jahrzehnten von Sloan gegründet worden, der als kontrollsüchtig bekannt war – das war Teil des Jobs, das wusste sie von David. Darüber hinaus war das Unternehmen ein Mysterium, und sie hatte nichts herausfinden können, außer, dass seine Agenten mit Mordplänen in der Wohnung aufgetaucht waren.

Jet warf einen Blick auf den Handybildschirm und wischte durch die Nummern, bis sie die richtige gefunden hatte, wählte sie und wartete, bis eine tiefe Männerstimme antwortete. Sie erklärte, was sie brauchte, und der Mann versicherte ihr, dass er helfen konnte, dann gab er ihr eine Reihe knapper Anweisungen. Sie würde nach Tijuana fliegen und ihn von dort kontaktieren und er würde die Reise in die Vereinigten Staaten organisieren. Er sagte ihr den Preis, der höher war, als sie gehofft hatte, aber sie war nicht in der Stimmung, zu feilschen. Für fünfzig Riesen würde er sie beide nach Kalifornien bringen und von da an wäre sie auf sich allein gestellt.

Jet steckte das Handy in die Handtasche und drehte die Dusche auf. Sie blieb stehen und betrachtete sich im Spiegel. Sie sah nicht verändert aus, aber sie fühlte sich nicht ganz wohl. Zu viele Variablen, dachte sie, als sie unter den warmen Strahl trat und die Hand nach dem Stück Kräuterseife ausstreckte.

So oder so würde sie herausfinden, was vor sich ging und es zu Ende bringen. Sie hatte genug davon, von ihrer Tochter getrennt zu sein, und sie würde nicht zulassen, dass sie irgendetwas auseinanderriss. Hannah verdiente etwas Besseres, als sich in Motelzimmern verstecken zu müssen und sich zu fragen, wo ihre Mutter war. Jet seifte ihre Haare mit etwas Zitrusshampoo ein und spülte sich den Rest vom Gesicht, genoss das Gefühl des Wassers auf ihrer verspannten Haut, dachte an ihre Tochter und darüber nach, was noch vor ihr lag. Hannah war unschuldig, dennoch war ihr Leben davon geprägt, ständig entwurzelt zu werden, um Gefahren zu entkommen. Das musste aufhören.

Um ihrer beider Willen.

KAPITEL 21

»Also, Großer, was willst du heute Abend machen?«, fragte Jet, ein Bein lässig über die Armlehne gelegt. Im Stuhl zurückgelehnt verfolgte sie die Nachrichten, ihre bronzene Haut schimmerte in dem sanften Licht.

»Essen klingt nach einer guten Idee, findest du nicht?«, entgegnete Alan vom Bett aus.

Jet sah ihn an, sein Haar war auf der einen Seite glatt und stand auf der anderen in die Luft, ein Zweitagebart verdunkelte sein Kinn.

»Ich war eben online und habe ein paar Restaurants gesucht. Und außerdem … eine Tangoshow.«

Alan schenkte ihr einen ausdruckslosen Blick. »Eine Tangoshow?«, wiederholte er.

»Ja. Sie gehört zu den größten Attraktionen in Buenos Aires. Und da wir für ein paar Tage Touristen sind …«

Er dachte über ihren Vorschlag nach und lächelte dann. »Solange du mich nicht zum Ballett oder in die Oper schleppst, wie schlimm kann da ein Tango sein?«

»Das ist sehr mutig von dir. Neues auszuprobieren und so.«

Er setzte sich auf und sein Blick glitt über ihre langen Beine und ihren flachen Bauch, ihre Unterwäsche und das Tanktop überließen nicht viel der Fantasie.

»Ich habe es noch nie in meinem Leben so genossen, Neues zu entdecken. Ich meine das ernst. Abgesehen vom Nachtbaden natürlich.«

»Nun, ich bin froh, dass du etwas gefunden hast, das dir gefällt. Arbeit allein macht auch nicht glücklich. Also ist das ein Ja für die Show? Ich buche sie für heute Abend.«

Sie streckte die Hand aus, nahm den Telefonhörer ab und drehte die Lautstärke des Fernsehers runter. Der Concierge bot Show- und Restaurantempfehlungen, auch wenn sie für argentinische Verhältnisse unverhältnismäßig früh essen wollten und ihr Abendessen um acht Uhr dreißig planten.

Als sie im *Rio Alba* im Stadtteil Palermo ankamen, war das Restaurant aufgrund der frühen Stunde nur halb gefüllt. Sie bekamen einen Tisch an der Rückseite des Restaurants und ein Kellner mit zurückgekämmten Haaren kam auf sie zu und nahm ihre Bestellung auf. Er empfahl eine Flasche *Argentine Malbec* zu ihren Steaks. Alan warf Jet einen Blick zu, zuckte mit den Schultern und bestellte die Empfehlung des Mannes – einen *La Flor Reserva.*

»Ich weiß, dass du nicht viel trinkst.«

»Vielleicht ändere ich meinen Ruf heute Abend. Wenn wir in Buenos Aires sind, müssen wir uns den lokalen Gepflogenheiten anpassen.« Sie gestikulierte in Richtung der anderen Gäste, die Flaschen mit Rotwein auf den Tischen vor sich stehen hatten. »Davon abgesehen ist das hier die Welthauptstadt des Rindfleischs, und man hat mich vorgewarnt, dass ich kein argentinisches Steak ohne Wein essen darf.«

»Es riecht köstlich«, sagte Alan und drehte sich zu dem Holzfeuergrill um, wo die Köche riesige Streifen Fleisch auf den Rost warfen.

»Und es ist gut für dich. Wusstest du, dass das ganze Rind in Argentinien mit Gras gefüttert wird – sie nennen das Freilandhaltung.«

»Warum ist das wichtig?«

»Weil das Fett in den Kühen anders ist. Grasgefüttertes Rind zu essen ist wie Lachs essen. Nur gutes Fett, kein schlechtes.

Was rotes Fleisch in vielen Ländern so schädlich macht, ist das Getreidefutter. Wenn man einer Kuh Getreide füttert, wird sie viel schneller fett, aber es wird zu sogenanntem schlechtem Fett umgewandelt. Das ist großartig, wenn du im Kuhgeschäft bist, weil du die Kuh viel schneller schlachtreif bekommst, besonders dann, wenn du noch ein paar Hormone dazugibst, aber es ist schrecklich für jeden, der es isst. Die Argentinier machen das nicht. Die trinken literweiße Rotwein, essen dreimal am Tag Rindfleisch und sind meistens gesünder als die Menschen in den USA, die sich von mit Hormonen verstärktem, mit Maissirup durchtränktem Mist ernähren, während sie sich über jede Kalorie den Kopf zermartern.«

Der Keller kam mit ihrem Wein, und Alan nickte, als er ihm einschenkte, um diesen zu probieren.

»Hmm. Hervorragend.«

Als ihre Gläser gefüllt waren, hob Alan seines an und toastete Jet zu, die mit ihm anstieß und einen Schluck nahm.

»Wow. Das ist gut. Ich trinke nicht viel Wein, aber wenn ich hierbleiben würde, dann würde ich vielleicht damit anfangen«, sagte sie und probierte noch einmal.

»Du scheinst viel über Kühe zu wissen«, stellte Alan fest.

»Ich verbringe viel Zeit im Internet, wenn ich nicht um die Welt fliege, um Übeltäter zu jagen.« Sie lächelte süßlich. »Was übrigens langsam mühselig wird.«

»Das kann ich mir vorstellen. Hannah muss dir fehlen.«

Sie nickte. »Mehr als du dir vorstellen kannst.«

Der Kellner stellte schwungvoll ihre Salate vor ihnen ab und sie begannen zu essen.

»Dann erzähl' mal von dieser Tangoshow. Auf was habe ich mich da eingelassen?«, fragte Alan zwischen zwei Bissen.

»Wir gehen in die Spätvorstellung – normalerweise ist es eine Kombination aus Abendessen und Vorführung, aber an zwei

Abenden pro Woche gibt es eine Cocktailshow. Ich habe uns eine im San Telmo Viertel ausgesucht, das ist südlich von hier am Wasser. Dort gibt es die besten Shows, behauptet der Concierge – und bis jetzt hat er uns noch nicht angelogen.«

»Wie lange geht das?«

»Ungefähr eineinhalb Stunden. Aber keine Sorge. Sie servieren Alkohol.«

»Wie du weißt, bin auch ich nicht unbedingt ein großer Trinker, aber da ich frisch im Ruhestand bin, kann ich es immer noch lernen. Vor allem dann, wenn der Wein wie dieser hier schmeckt.«

Nach einer kurzen Wartezeit kamen ihre Steaks; riesige, auf den Punkt gebratene Portionen Fleisch, die ihnen das Wasser im Mund zusammenlaufen ließ.

»Das ist genug für drei Mahlzeiten«, kommentierte Jet und probierte einen Bissen. »O mein Gott, im Ernst. Du musst das probieren.« Sie schnitt ein Stück ab und reichte Alan die Gabel über den Tisch.

Er steckte es sich in den Mund und kaute genießerisch. »Wow. Was ist das nochmal?«

»*Entraña*. Auf der Karte steht, dass es ein Flanksteak ist, aber so etwas habe ich noch nie gegessen, noch nicht mal in Uruguay, das auch für sein Rind bekannt ist.«

»Hier, probier ein Stück von meinem. Filet.«

Sie ließen sich Zeit mit ihrer Mahlzeit, genossen den Moment, und als sie den letzten Wein in ihre Gläser füllten, fühlte Jet sich etwas schwindelig – aber auf eine gute Art. Sie blickte auf die Uhr und schüttelte den Kopf, als der Kellner ihnen Dessert anbot. Sie hatte bereits fast die Hälfte ihres Steaks übrig gelassen, auch wenn Alan seines geschafft hatte und noch ein paar Bissen von ihrem.

Sie bezahlten die Rechnung und nahmen ein Taxi zu dem Klub, wo sie mit einer Ansammlung von Touristen aus der ganzen Welt Schlange standen und sich der singende Klang von Italienisch in der frischen Nachtluft mit Deutsch und Englisch vermischte. Zehn Minuten später öffneten sich die Türen. Die Gäste schwappten in den Raum und nahmen ihre der Bühne zugewandten Plätze ein.

Als jeder im Saal auf seinem Platz war, wurden die Lichter gedimmt und eine Kellnerin brachte Weinkaraffen zu den Tischen. Ein Pärchen kam auf die Bühne, der Mann in einem schwarzen Anzug aus den Dreißigern und seine junge Partnerin trug ein rotes Samtkleid, das sich wie eine zweite Haut an sie schmiegte, mit einem Schlitz auf jeder Seite, der bis zu ihren Hüften reichte.

Auf vereinzeltes Klatschen folgte Musik und dann begannen die Tänzer sich zu bewegen, erst langsam, er führte sie in einem Kreis um die Bühne, ihre Beine bewegten sich zusammen und wieder auseinander, in einem kunstvollen Muster, das nur sie kannten. Der anschwellende Tango pulsierte, während sie sich ineinander verknoteten, sie drängte sich gegen ihn, er behielt seine arrogante Haltung bei, gestrecktes Kinn, die Pomade seines streng geschnittenen Haars glitzerte im Licht. Immer weiter, immer schneller, die Schritte immer komplexer zu dem hypnotischen Wummern der Musik, bis Jet sich allein vom Zuschauen benommen fühlte. Der Tanz war mit nichts zu vergleichen, das sie je gesehen hatte – sinnlich, sexy, ausgefeilt aber mühelos, die Schritte unmöglich zu erfassen, außer als komplexer Ausschnitt eines großen Ganzen, und als das Lied endete, fühlte Jet sich den Tränen nahe.

Dieses Mal war der Applaus tosend, und als er abebbte, nahm Jet Alans Hand in ihre. Sollte es so etwas wie einen perfekten Abend geben, dann war dieser auf dem besten Weg dahin; und während sie der endlosen Reihe unglaublich talentierter Performer dabei zusahen, wie sie die tausenden Nuancen des berühmten argentinischen Tanzes vorführten, spürte sie, wie sich etwas in ihr regte, eine Verbundenheit zu ihm, die ihr vorher entglitten war.

Der Wein leerte sich und schließlich gingen die Lichter wieder an und die Vorstellung war beendet, die magische Stimmung gebrochen, als die angetrunkenen Touristen zum Ausgang schwirrten. Jet wartete, bis die meisten gegangen waren, bevor sie aufstand, und als sie Alan anblickte, waren ihre Augen feucht.

»Danke, dass du mit mir hierhergekommen bist, Alan. Das bedeutet mir viel. Es war so … so wunderschön.«

Er beugte sich zu ihr und küsste sie sanft auf den Mund. »Vielleicht verstehen diese Argentinier das ein oder andere von Romantik, hm? Ich habe so etwas noch nie gesehen«, gab er zu.

Sie gingen Hand in Hand zum Ausgang und Jet spürte ein angenehmes Gefühl der Verbundenheit und der Sicherheit. Ihre Zweifel an Alan, die sie vorher gehabt hatte, waren mit dem Wein verschwunden, und als sie ein Taxi heranwinkten, küsste sie ihn erneut.

»Ich könnte mich an Buenos Aires gewöhnen«, sagte er, als das Auto vorfuhr.

»Es hat seinen Reiz«, stimmte sie zu.

Auf dem Weg zurück ins Hotel schwiegen sie. Jet lehnte sich an seine Schulter, während sich das Taxi die Boulevards entlangschlängelte, ihre Sorgen schienen Millionen von Meilen entfernt zu sein und ihr Bewusstsein auf das Hier und Jetzt mit Alan fokussiert, und nirgendwo sonst.

KAPITEL 22

Als Alan am nächsten Tag im *Vier Jahreszeiten* eincheckte, ging er nicht auf das Zimmer, sondern entschied sich dazu, einfach für die zwei Tage zu bezahlen, bevor er mit einem Aufzug rauf und mit dem anderen wieder runter fuhr. Er bemerkte nichts Verdächtiges in der Lobby, aber er ging kein Risiko ein und nahm den langen Weg zurück zum *Alvear Palace*, nach verräterischen Anzeichen Ausschau haltend, während er die Straßen der Recoleta entlangspazierte.

Sein Freund, der Anwalt, hatte ihm die Nummer zur Sendungsverfolgung per E-Mail geschickt, und am nächsten Tag um drei hatte die Website angezeigt, dass sein Paket geliefert worden war. Alan und Jet machten sich zu Fuß auf den Weg zum Hotel – der Plan war, den Umschlag abzuholen und dann zu gehen, Jet wollte sich im Hintergrund halten, um sicherzugehen, dass er nicht verfolgt wurde.

Im Hotel gab es kurz Verwirrung, weil man das Paket nicht finden konnte, aber nach einigen Minuten tauchte es auf und Alan unterschrieb, dass er es angenommen hatte. Wie vereinbart schlenderte er zu den Toiletten am Rand der Lobby und öffnete es in einer der Kabinen. Das Packpapier entsorgte er in dem Papierkorb, bevor er wieder herauskam und draußen Jet traf.

»Alles in Ordnung. Nichts Offensichtliches in der Lobby. Aber ich würde vorschlagen, dass wir die Papiere genau unter die Lupe nehmen, um sicherzugehen, dass keine Mikrochips darin versteckt sind, die sich nachverfolgen lassen. Wie du weißt, heutzutage ...«

Alan beendete den Gedanken für sie. »Ja, heutzutage passen die fast überall rein.«

Sie blickte verlegen. »Tut mir leid. Du weißt genau so viel darüber wie ich. Ich will nicht besserwisserisch sein.«

»Mach dir keine Gedanken. Ich nehme das nicht so wahr. Es ist gut, an die Kleinigkeiten erinnert zu werden. Gehen wir irgendwo eine Tasse Kaffee trinken und ich überprüfe beide Pässe und die Kreditkarten. Sie müssten dann aber eine Energiequelle haben, es ist also ziemlich unwahrscheinlich. Wenn so etwas in einem der Pässe ist, dann muss es im Umschlag sein. Und die Kreditkarten sind noch unwahrscheinlicher – ich habe darauf unterschrieben, es sind also die Originale, die ich bei ihm gelassen habe. Beide sind übrigens noch ungefähr ein Jahr lang gültig, wir haben also weitere Ressourcen, wenn wir sie brauchen.«

»Ich würde es vermeiden, etwas zu verwenden, das sich zurückverfolgen lässt. Nenn mich paranoid, aber ...«

»Ich weiß, was du meinst. Hey, lass uns hier reingehen. Das sieht nicht schlecht aus.«

Er deutete auf ein Café gegenüber und sie überquerten die Straße und betraten es. Sie setzten sich an einen Tisch, von dem aus sie den Gehsteig im Blick hatten.

Jet bestellte für sie beide, während Alan zur Toilette ging, und als er fünf Minuten später zurückkehrte, setzte er sich grinsend auf seinen Stuhl. »Sie sind in Ordnung. Sauber wie ein neugeborenes Baby.«

»Das ist gut. Zumindest kannst du dich auf deinen Anwalt verlassen.«

»Das habe ich nie bezweifelt. Okay, was ist der Plan von hier aus?«

»Am Abend gibt es einen Aeromexico Flug um elf Uhr dreißig«, sagte Jet. »Kommt um sechs Uhr morgen früh in Mexiko City an, von da aus gibt es ein paar Stunden später einen Flug nach Tijuana. Ich würde sagen, den nehmen wir, jetzt wo du einen Pass hast.«

»Und dann?«

»Ich melde mich bei meinem Kontakt, sobald wir in Tijuana wieder festen Boden unter den Füßen haben, und er gibt mir weitere Anweisungen. Aber er hat mir garantiert, dass er uns ohne Probleme in die USA bringt, also schätze ich, dass wir bis morgen Abend in Kalifornien sind. Von dort aus können wir ein Auto mieten, oder eines kaufen oder stehlen, und uns auf den Weg machen. Es sollte uns nicht mehr als ein paar Tage kosten, nach Washington zu kommen, wenn wir rund um die Uhr fahren. Die Sicherheitskontrollen an US-Flughäfen sind zu streng, um zu fliegen, und die Züge und Busse sind auch überwacht. Also wird es ein langer Weg quer durchs Land, vor allem, wenn wir uns an die Geschwindigkeitsbegrenzungen halten.«

»Kommen wir nicht irgendwie anders näher an Washington, ins Land? Über Kanada? Florida?«

»Ich kenne niemanden, der das kann. Ich bin mir sicher, dass es geht, aber wir würden mehr Zeit damit verschwenden, jemanden zu finden, als wenn wir einfach fahren. Außerdem ist Florida eintausend Meilen von Washington entfernt und Kalifornien ungefähr zweitausend. Also sind wir von Kalifornien aus einen Tag länger unterwegs, dafür ist es sicher, dass wir ins Land kommen.«

»Klingt gut. Was müssen wir vorzeigen, um ein Auto zu mieten?«

»Pass, Führerschein und Kreditkarte. Ich mag das als Option weniger, als ein Auto zu kaufen oder zu stehlen. Kaufen wäre am besten.«

»Vielleicht kann uns dein Kontakt ein Fahrzeug organisieren?«

»Ich frage ihn. Ich kann mir nicht vorstellen, dass es allzu schwer ist. Und wir brauchen keinen Rolls-Royce. Nur etwas, das verlässlich genug ist, uns nach Washington zu bringen. Ich rufe ihn nochmal an und schaue, ob er etwas in die Wege leiten kann.«

»Besteht die Möglichkeit, dass er dich verrät?«

»An wen? Wir wissen nicht einmal, wer hinter mir her ist. Wenn er das herausfindet, bevor wir es tun, dann sollten wir ihn anheuern.« Jet probierte ihren Kaffee und seufzte. »Sie haben großartigen Kaffee hier, oder?«

»Schade, dass sie kein Steak zum Java servieren.«

»Du kannst nicht schon wieder Hunger haben. Wir hatten ein spätes Frühstück.«

»Ich wachse noch.«

Sie lachten entspannt, während Jets Augen aus Gewohnheit die Straßen absuchten. Als sie ausgetrunken hatten, zahlten sie und gingen zurück zum Hotel, die Arme umeinander gelegt, ein glückliches Pärchen auf einem Nachmittagsspaziergang.

Zurück im Zimmer machte Jet sich an die Arbeit, buchte zuerst die Flüge und sprach dann mit ihrem Kontakt. Er versicherte, dass er ihr bis zum nächsten Abend ein Auto besorgen konnte, und schätzte, dass sie noch einmal fünfzehn Riesen für ein älteres Modell hinlegen musste, zwanzig für ein neueres – polizeilich sauber, mit Nummernschildern, ein Privatkauf, bei dem sie jeden gewünschten Namen auf den Vertrag schreiben konnte, sobald sie unterwegs war. Jet mochte die professionelle Einstellung des Mannes immer mehr und entschied sich für die neuere Option. Als sie auflegte, fühlte sie sich besser in Bezug auf den nächsten Schritt ihrer Reise.

»Was ist mit Waffen?«, fragte Alan.

»Das wahrscheinlich einfachste, was man in den USA machen kann, ist an eine Waffe zu kommen – Amerika ist das am stärksten bewaffnete Land der Welt. Wir können uns Waffen von Privatleuten kaufen, auf Waffenmessen … und wenn wir etwas Spezielles brauchen, dann gibt es jede Menge Krimineller, die sie verkaufen. Es ist einfacher, dort auf der Straße eine Maschinenpistole zu bekommen, als in den meisten Gegenden der Welt, außer vielleicht im Jemen oder in Afghanistan.«

»Es klingt, als hättest du deine Hausaufgaben gemacht.«

»Nein, ich muss immer noch sehen, welche Waffenmessen es in der Umgebung gibt, sobald wir in Washington sind. Und ich muss unsere Route planen und herausfinden, wo ich ein paar Diamanten verkaufen kann, falls wir Bargeld brauchen. Ich habe tatsächlich noch ziemlich viel zu tun, bevor wir uns auf den Weg zum Flughafen machen.«

Alan verstand den Wink und machte sich daran, aufzuräumen. »Möchtest du noch zu Abend essen, bevor wir losgehen?«, rief er aus dem Badezimmer.

»Absolut. Wir müssen nicht vor zehn dort sein, weil wir nur Handgepäck mitnehmen, also können wir gehen, wann du willst.«

Er steckte den Kopf aus der Tür und warf ihr einen Blick zu. »Wie wäre es mit dem Lokal unten am Strand, von dem wir gehört haben? Puerto Madero?«

»Ich bin dabei. Gib mir ein paar Stunden, um hier alles einzufädeln.«

Um acht Uhr waren sie die Einzigen in dem Restaurant, und innerhalb einer Stunde waren sie fertig. Die Abwicklung am Flughafen verlief genauso reibungslos, und sie kamen fünfundvierzig Minuten vor Abflug an, Zeit, die sie in der Lounge des um diese späte Stunde fast leeren Flughafens verbrachten.

Im Gegensatz zu Alans Flug nach Süden von Mexiko City aus, war die Reise ruhig und sie konnten die meiste Zeit schlafen. Als die Stewardess vorbeikam, um ihnen ein Frühstück anzubieten, schreckte Alan auf, und Jet sah, wie er sich für einige Sekunden versteifte, bevor er registrierte, wo er war. Sie kannte das Gefühl und fragte sich, ob sie es jemals schaffen würden, diesen Überlebensinstinkt abzuschalten und normal zu leben. Sie wollte daran glauben, dass es möglich war, aber ihr Bauchgefühl sagte ihr, dass es mit den Erfahrungen, die sie gemacht hatten, nicht passieren würde.

Der Flughafen von Mexiko City war ruhig, als sie landeten, und die Zollabfertigung dauerte nur ein Drittel der Zeit, die sie erwartet hatten. Ihre Pässe wurden mit einem knappen Blick von einem schläfrigen Beamten mit dem Gesicht eines Bluthundes und einem Pancho-Villa-Schnurrbart durchgewunken, der sie ansah, als wäre er gerade erst aufgewacht. Bis zu ihrem Flug nach Tijuana hatten sie mehr als ein paar Stunden totzuschlagen, also suchten sie sich ein Restaurant und schäkerten über einer Tasse Kaffee. Jet verband ihr Handy mit dem WiFi und surfte im Netz.

»Ich habe ein E-Mail von einem Juwelier in Washington zurückbekommen, der sagt, er hätte großes Interesse daran, sich ein paar meiner Steine anzusehen, es sieht also so aus, als hätten wir mehr als genug Geld, wenn wir es brauchen«, bemerkte sie, während sie aufmerksam den Bildschirm studierte.

»Oh, gut. Wenn wir mit dem Schmuggler, dem Auto und den Flügen durch sind, werden wir nämlich gerade einmal … sechzigtausend US-Dollar haben.«

»Ein bisschen mehr als das, aber ich denke, es kann nicht schaden, so viel Geld wie möglich zu haben. Meiner Erfahrung nach kommt man damit aus vielen brenzligen Situationen.«

»Wie viel werden die Steine einbringen?«

»Ungefähr einige hundert.«

»Tausend?«

»Jup. Sie sind fast lupenrein und ganz oben auf der Farbskala. Es gibt extreme Preisunterschiede, aber ein VVS1-Stein, mit einer Farbe im B oder C Bereich, zwischen drei und vier Karat – das ist ein sehr wertvoller Diamant.«

»Und du hast einen Beutel davon um den Hals hängen. Ich möchte mit dir feiern gehen.«

»Ich dachte, es geht dir um mehr als nur um mein Geld.«

Er streckte die Hand über den Tisch aus und nahm ihre. »Das ist, was ich den Leuten erzähle, die viel Geld haben.«

Sie schlug ihm spielerisch auf den Arm und schloss den Browser.

»Wie lange dauert es nach Tijuana?«, fragte er.

»Ungefähr dreieinhalb Stunden. Wir sollten kurz vor drei Uhr dort sein.«

»Es ist ein ziemlich langer Flug.«

»Gefolgt von einer ziemlich langen Fahrt. Wir sollten uns an den Gedanken gewöhnen. Es werden einige ziemlich anstrengende Tage werden, egal, wie wir es drehen und wenden«, sagte sie.

Auch der Flug nach Norden war ruhig und Jet schaffte es noch einige Stunden zu schlafen. Sie ging davon aus, dass sie in der absehbaren Zukunft keine Gelegenheit mehr dazu haben würde. Als das Flugzeug zum Landeanflug ansetzte, streckte sie sich und blickte aus dem Fenster auf die weitläufige Stadt. In der Ferne konnte sie San Diego erkennen, nur einige hundert Meter trennten den scheinbar maßlosen Wohlstand des reichsten Landes der Erde von seinem mit Armut kämpfenden Nachbarn im Süden.

Als sie im Haupttermінal waren, rief Jet ihren Kontakt an. Er wies sie an, ein Taxi vom Flughafen zu nehmen und zur Hafenstadt Ensenada eineinhalb Stunden südlich der Grenze zu kommen und dem Fahrer zu sagen, dass er sie am Jachthafen des Hotels *Coral* absetzen sollte. Sie orteten schnell eine Reihe wartender Fahrzeuge und wenige Minuten später rasten sie durch die Stadt zu der Küstenstraße, die von Tijuana zur Spitze der Halbinsel Baja California führte.

Gegen halb fünf fuhren sie vor einem großen Hotel am Strand vor, direkt nördlich von Ensenada, das von einem auffälligen Schild als das *Coral* ausgeschrieben wurde. Das Taxi fuhr an der Seite entlang, und als es an den Sicherheitsmännern vorbei war, beschleunigte es eine Auffahrt zu den Hafenbüros entlang. Jet und Alan tauschten einen Blick aus und Jet bezahlte den Fahrer, noch während sie ihr Handy herauszog und den Kontakt wieder anwählte. Er antwortete auf das dritte Klingeln, und als sie verkündete, dass sie angekommen waren, sagte er, sie solle auflegen und nach links sehen.

Ein Mann in bunten Badeshorts und einem langärmligen T-Shirt winkte ihr zu, seine Basecap war nach hinten gedreht, eine Sonnenbrille balancierte auf seiner Hakennase und ein Dreitagebart schmückte sein Gesicht.

»Willkommen im Paradies. Ihr hab mein Geld?«, fragte er statt einer Begrüßung, ein Sixpack Bier in der einen und eine Papiertüte in der anderen Hand.

»Wie abgemacht. Wie möchtest du das durchziehen?«

»Wir gehen zu einem der Boote am Jachthafen. Ihr bezahlt mich. Ich starte den Motor und lenke das Teil nach Norden. In weniger als drei Stunden seid ihr vogelfrei in San Diego und trefft dort meinen Kumpel Pancho, der ein Auto für euch am Start hat«, antwortete er.

»So einfach?«, fragte Alan skeptisch.

Der Mann beäugte ihn, dann blickte er wieder Jet an.

»Wir können es dramatischer machen und ihr versucht durch einen Tunnel im Elendsviertel von Tijuana zu kriechen, hoffend, dass am anderen Ende nicht jemand mit einer Waffe auf euch wartet. Aber ich dachte, eine schöne Bootsfahrt in einem zwanzig Meter tiefen Ozean, mit entspannten fünfunddreißig Knoten, wäre eher euer Ding. Es steht euch offen, aber ich würde die Bootsfahrt nehmen«, sagte er gelassen.

»Ich mag Bootsfahrten. Gehen wir«, sagte Jet, und ohne weitere Diskussion folgten sie ihm zu den Docks, wo er das Sicherheitstor öffnete und ihnen bedeutete, auf die schwimmenden Betonplatten zu gehen. Von dort aus führte er sie zum Ende des Docks, wo eine wunderschöne Fischerjacht angebunden war. Ein mexikanischer Deckarbeiter mit einem blauen Bandana auf dem Kopf lag auf dem Heckbalken.

Jet begutachtete das Heck des Boots. »Pipe Dream?«, las sie den Namen vor und bemerkte, dass auf der Flagge Dana Point als Heimathafen vermerkt war.

»Richtig. Es ist ein US-Boot. Ich fahre damit ständig hin und her. Wir haben zwei Möglichkeiten, wie wir das angehen: Entweder nehmt ihr das Beiboot, sobald wir im Hafen sind, und fahrt zum Wartungsdock, oder wir treffen uns mit einem anderen Boot draußen an den Coronado Inseln. Ihr wechselt auf das andere Boot und das bringt euch rüber. Wenn wir das mit dem Beiboot machen, ist es etwas riskanter – die Leute vom Zoll kennen mich und wissen im Schlaf, was sie zu tun haben, aber nichts ist einhundertprozentig sicher. Heute wechseln wir ganz einfach auf das Boot von einem meiner Freunde. Er ist zum Fischen auf dem Wasser, aber die Flotte wird bei Sonnenuntergang umkehren, wir werden also etwas Privatsphäre haben. Ihr kommt mit dem Boot zurück, das nicht durch den Zoll muss und trefft euch mit meinem Kontakt für das Auto. Simpel.«

»Das kann nicht dein Ernst sein. Es gibt keine Patrouillenboote, die uns aufhalten werden?«

»Natürlich gibt es im Hafen Patrouillenboote, aber die arbeiten nicht für die Zoll- und Einreisebehörde. Die müssen einen Typen vom Flughafen vorbeischicken, um mich zu treffen und meine Formulare zu unterschreiben. Aber das ist nicht wichtig – ihr werdet auf einem Boot in den Hafen kommen, das nicht beobachtet wird«, erklärte er und grinste. »Ich habe das ein paar Mal gemacht. Macht euch keine Sorgen. Ich habe eine Wissenschaft daraus gemacht. Wir können es uns wirklich schwer machen, aber das ist es nicht. Die erwarten keine illegalen Einreisen auf Luxusjachten. Die durchsuchen nicht mal das verdammte Boot. Ich könnte hundert Kilo Kokain im Kielraum haben und die würden es nie bemerken. Es ist verrückt, aber so ist es.«

»Wollen wir dein Geld zählen?«, fragte Jet.

»Der beste Teil des Tages. Stolpert nicht, wenn ihr an Bord kommt«, warnte er.

Der Deckarbeiter streckte die Hand aus, um ihr zu helfen, und nahm ihre Hand, als sie auf die Leiter stieg. Alan folgte ihr, das Hilfsangebot ignorierend, und einige Minuten später saßen sie in dem geräumigen Salon. Die Klimaanlage summte und der Schmuggler zählte sein Bier schlürfend Hundert-Dollar-Noten. Unter ihnen dröhnte der mächtige Dieselmotor, während er warmlief.

»Alles klar. Es ist alles da. Ein Vergnügen, mit euch Geschäfte zu machen. Ich will weder eure Namen noch sonst irgendetwas über euch wissen. Bleibt hier unten, außer Sichtweite, für den Fall, dass man uns per Satellit überwacht, und wenn wir in der Nähe der Küste sind, rufe ich euch.« Jet warf ihm einen besorgten Blick zu. »Nur ein Witz mit dem Satelliten.«

Jet und Alan tauschten einen kurzen Blick aus und nickten.

Der Schmuggler stand auf, warf das Geld in die Papiertüte und rollte sie auf einer Seite zusammen, bevor er durch die Tür auf das Deck trat und die Edelstahlleiter zur Brücke hinaufkletterte. Der Arbeiter löste die Leinen und verstaute sie unter Deck, dann glitten sie vom Dock und tuckerten die fünfzig Meter zum Hafenausgang entlang. Als sie den Steg hinter sich gelassen hatten, gab ihr anonymer Kapitän Gas und das Bug erhob sich aus dem

Wasser. Bald war das Land außer Sichtweite und sie schnitten durch den aufkommenden Seegang, als wäre das Wasser flach.

Als sie die Spitze der Halbinsel umrundet hatten, ein paar Inseln zu ihrer Linken, wurden die Wellen höher – bis zu zwei Meter mit weißem Schaum auf dem Kamm, aber das große Boot schnitt sich einen geraden Pfad durch die blauen Wellen und hämmerte auf die Oberfläche, bis der Kapitän das Gas ein wenig zurücknahm und sie nicht mehr von der Spitze jeder Welle sprangen.

Jet lehnte sich in dem Ledersofa zurück und schloss die Augen, die Dieselmotoren dröhnten unaufhörlich, das tiefe Brummen und die Bewegungen des Boots lullten sie in einen schläfrigen Zustand, während sie sich durch anhaltende Winde nach Norden kämpften.

Zwei Stunden später wurden die Motoren leiser und das Boot langsamer. Der Kapitän erschien wieder, zog zwei Angelruten aus einem Lagerschrank und klemmte sie in Rutenhalter auf beiden Seiten des Boots, dann schwang er die Tür zum Salon auf.

»Wir sind da. Es sind nur ein paar Boote auf dem Wasser. Ein Scheißtag zum Fischen – die meisten sind schon abgehauen. Ich habe mit meinem Kumpel Carl auf dem Boot, dass euch nach San Diego bringen wird, gesprochen. Er wird uns an der Westseite der größten Insel treffen, außer Sichtweite vom Festland und den anderen Booten, und ihr könnt umsteigen. Sollte etwa fünf Minuten dauern. Ich bleibe eine Stunde hier, damit es so aussieht, als würde ich angeln, dann fahre ich über Nacht nach San Diego. Wenn mich jemand auf dem Radar beobachtet, wird er denken, dass ich versucht habe, noch etwas zu fangen, bevor ich mich auf den Weg gemacht habe.« Er ließ seinen Blick in die Ferne schweifen, wo ein riesiges Schiff der Küstenwache am Horizont lag. »Die suchen nach Drogenschmugglern und nicht nach unbescholtenen weißen Männern, die auf ihrer Jacht ein bisschen Spaß südlich der Grenze haben wollen.«

»Wer fährt das Boot?«, fragte Alan.

»Autopilot. Ich gehe besser wieder hoch. Wird nicht mehr lange dauern.« Der Kapitän stank nach Bier und in Jet zog sich alles zusammen, als er sich zu ihr lehnte. »Lasst mich wissen, ob ihr sonst noch etwas braucht. Ihr habt meine Nummer. Was auch immer ihr braucht.«

»Danke. Ich werde daran denken.«

Der Kapitän winkte und kehrte zu seinem Posten auf Deck der Jacht zurück. Sie sahen durch ein Seitenfenster dabei zu, wie sie sich einem kleineren Fischerboot näherten, einem zehn Meter langen Cabo, von dem in alle Richtungen Angelruten abstanden. Die *Cohiba* wankte, als sie näher kamen, der Kapitän hielt es mithilfe der Motoren ruhig. Ihre Jacht schrammte daran vorbei, ein Stoßdämpfer verhinderte, dass die zwei Hüllen verkratzt wurden.

Ein bärenartiger Mann mit einer Oakley-Sonnenbrille und einem ungepflegten Bart streckte die Hand von der *Cohiba* aus.

»Willkommen an Bord. Werft mir eure Taschen zu, dann kommt die Lady als Erste rüber.«

Sie taten wie geheißen und Jet sprang leichtfüßig auf das Deck des anderen Boots, gefolgt von Alan. Die Jacht zog näher an die Insel heran und der Kapitän winkte von der Brücke, als die *Cabo* sich auf den Weg machte.

»Möchtet ihr ein Bier?«, fragte der große Mann. Der Kapitän auf der Brücke ignorierte sie und konzentrierte sich darauf, das Boot zu steuern.

»Nein, danke. Wie lange wird es dauern, zum Hafen zu kommen?«, fragte Jet.

»Ungefähr eine Stunde. Macht es euch einfach im Salon bequem. Wir haben Wasser, Soda und Bier im Kühlschrank. Und eine Tüte Maischips. Fühlt euch wie Zuhause«, sagte er, reichte ihnen ihre Taschen und erklomm ohne ein weiteres Wort die Leiter zur Brücke.

Der Trip war Routine, wie erwartet, niemand hielt sie auf und als sie an einem Steg auf Shelter Island anlegten, kam ein dürrer Vietnamese auf sie zu und half ihnen aus dem Boot.

»Pancho?«, fragte Jet, ihr Gesicht ausdruckslos.

»Yeah. Das ist, was sich der Kapitän unter einem Witz vorstellt. Ich heiße Mike. Willkommen im Land der Freien und so. Wollt ihr euer neues Auto sehen?«, fragte er in hektischem Englisch mit einem typischen Surferakzent.

»Klar.« Jet sah keinen Sinn darin, mehr zu sagen.

Sie gingen das Dock entlang und Mike führte sie zu einem relativ neuen Ford Focus. Es war das perfekte Auto für ihre Bedürfnisse; vollkommen unsichtbar und es gab Millionen davon auf den Straßen des Landes. Er reichte Alan die Schlüssel.

»Das Nummernschild ist gemeldet. Fahrzeugbrief ist im Handschuhfach. Wird erst in ein paar Wochen als verkauft gemeldet werden – ich bin manchmal etwas vergesslich. Es ist noch einen Monat lang registriert. Voller Tank, läuft wie eine Eins, hat nur sechsundvierzigtausend Meilen drauf. Der Kleine bringt euch zum Mond und zurück, ohne Probleme«, versicherte Mike und sah dabei genau so aus, wie ein unehrlicher Gebrauchtwagenhändler.

»Ist das deiner?«, fragte Alan.

»So ähnlich. Ich kaufe und verkaufe sie. Eine kleine Nebenbeschäftigung, wenn ich nicht gerade freiwillig im Waisenhaus arbeite«, scherzte Mike grinsend.

»Nett. Irgendetwas, das wir wissen müssen?«

»Nö. Es ist wirklich ein gutes Auto. Wenn ihr irgendwelche Probleme bekommt, dann ist meine Handynummer auf dem Fahrzeugschein. Wenn irgendjemand Fragen über den Kauf stellt, soll er mich anrufen. Ich kenne euch nicht, ihr habt bar bezahlt, Ende der Geschichte. Funktioniert das für euch?«

»Perfekt.« Alan ging zum Fond des Wagens und spähte durch das Fenster ins Innere, dann öffnete er die Fahrertür und öffnete den Kofferraum, bevor er seine und Jets Taschen hineinfallen ließ und ihn wieder zuklappte. Ohne ein Wort zu sagen, hielt Jet die Hand auf und er warf ihr die Schlüssel zu, als er es umrundete, dann stieg er auf der Beifahrerseite ein.

Der Motor startete schnurrend und bald waren sie auf dem Freeway, der südlich an Los Angeles vorbeiführte, und dann nach Osten durch die USA.

»Zumindest ist der Wagen benzinsparend«, sagte Alan und versuchte es sich im Sitz bequem zu machen.

»Wir wechseln uns in Sechs-Stunden-Schichten ab. Ich übernehme die erste Fahrt. Wir sollten es bis Las Vegas schaffen, bevor wir tauschen. Wir können uns unterwegs Fast Food besorgen. Eine Toilettenpause alle drei Stunden oder so. Wenn du möchtest, kannst du auf den Rücksitz klettern und ein bisschen die Augen zumachen. Du hast die Nachtschicht«, sagte Jet und schaltete den Blinker ein, um die Spur zu wechseln.

»Ich warte, bis wir unser Gourmetdinner bei McCrap oder wo auch immer hatten. Hast du eine Karte?«

»Ich brauche keine. Ich habe alles auf meinem Handy. Aber wir können eine organisieren, wenn du möchtest.«

»Bei Gelegenheit. Wir haben es nicht eilig. Wir werden wahrscheinlich genügend Möglichkeiten dazu haben.«

»Vielleicht in Colorado. Es ist ziemlich unkompliziert. Wir fahren solange nach Osten, bis wir in Washington ankommen. Wenn wir im Atlantik landen, sind wir zu weit gefahren.«

Der Motor des Ford brummte beruhigend, während das kleine Auto den Freeway entlangschoss. Sie waren beide still, in ihre eigenen Gedanken versunken. Die Sonne versank im Ozean und warf ein farbenfrohes Kaleidoskopmuster in den Abendhimmel. Die zweite Phase ihrer langen Reise hatte endlich begonnen.

KAPITEL 23

»Wir müssen ihn entführen. So finden wir am schnellsten die Wahrheit heraus.«

Jet saß am Lenkrad. Der Morgen war gerade angebrochen und sie überquerten die Rocky Mountains. Grand Junction, Colorado, lag ein Stück südlich von ihnen. Bisher war die Fahrt ruhig verlaufen, Las Vegas war verschwommen an ihnen vorbeigezogen, die Straße in Utah gut gepflegt und leer, abgesehen von LKW, die alles über die Berge transportierten, was die Nation brauchte.

»Dir ist klar, dass es nicht so einfach sein wird, wie es klingt, richtig? Ich meine, der Mann ist der Kopf eines mächtigen Sicherheitsunternehmens – seiner eigenen Privatarmee«, konterte Alan.

»Das ist egal. Um was möchtest du wetten, dass es ihm nie durch den Kopf gegangen ist, dass jemand versuchen würde, an ihn heranzukommen? Ich habe im Internet Recherchen über ihn angestellt. Sehr unauffälliger Typ. Du könntest tausend Leute nach seinem Namen oder dem seiner Firma fragen und niemand würde etwas wissen. Aber er ist kein Gespenst. Er ist Geschäftsmann.«

»Dessen Hauptexportgut der Tod ist. Ich weiß. *Sicherheit.*« Alan hob die Hände.

»Hast du eine bessere Idee?«

»Nicht wirklich. Aber es scheint so, als wäre das die radikalste mögliche Vorgehensweise.«

»Exakt. Wir schnappen ihn, besorgen uns die Informationen, und dann machen wir Jagd auf denjenigen, für den er arbeitet.«

»Und was machen wir, wenn wir mit ihm fertig sind?«, fragte Alan und klappte den Sonnenschutz herunter, um seine Augen vor der Morgensonne zu schützen.

»Ich denke, du kennst die Antwort darauf.«

Sie fuhren eine weitere halbe Stunde, ohne zu reden, und bewunderten das Gebirgspanorama, dann hielten sie an einem Eckladen in einem winzigen Nest namens Parachute und kauften Kaffee und Gebäck.

»Zumindest haben wir das Überraschungsmoment auf unserer Seite. Das ist ein großer Vorteil.« Alan setzte die Unterhaltung fort, als hätten sie nur eine Pause gemacht. Jet war froh zu sehen, dass er anfing, nachdem er darüber nachgedacht hatte, die Logik in ihrem Ansatz zu sehen. »Die Frage ist, welche Sicherheitsvorkehrungen er getroffen hat.«

»Das ist pure Logistik. Alle Ziele sind verwundbar. Wir beobachten ihn, bis wir seinen Schwachpunkt finden. Wahrscheinlich machen wir uns zu viele Gedanken. Es ist möglich, dass er minimal gesichert ist, weil er nur ein einfacher Geschäftsmann ist, der sich seinen Lebensunterhalt verdient und wie jeder andere Amerikaner lebt. Wir wissen natürlich, dass er Killer in andere Länder schickt, um auf Befehl zu töten, aber ich wette, dass er das nicht heraushängen lässt. Wahrscheinlich geht er zur Kirche, streichelt Hunde und bringt die Kinder am Samstag zum Fußballtraining.«

»Er hat keine Kinder. Ich habe nachgeprüft«, bemerkte Alan. »Auch keine Frau.«

»Egal. Du weißt, was ich meine.«

Sie verließen den Laden und Alan streckte sich vor dem Auto. »Dieser Sitz bringt meinen Rücken jetzt schon um«, beschwerte er sich.

»Ich habe es dir gesagt – schlaf auf dem Rücksitz. Das ist vielleicht gemütlicher.«

»Wie schaffst du es, so aufgedreht zu sein? Du hast auch in dem verdammten Ding geschlafen.«

»Das ist meine gesunde Lebensart. Und die Tatsache, dass ich fast einen Kopf kleiner bin als du. Ich glaube, dieses Auto wurde für uns kleinere Menschen gebaut, nicht für euch in den Himmel ragende Zirkusfreaks.«

Er grinste Jet an. »Ich bin ziemlich durchschnittlich groß.«

»Für ein Basketball-Team vielleicht.«

Den Rest des Tages verbrachten sie damit, die Berge zu überqueren und in das Flachland der Great Plains hinabzufahren. Schließlich hielten sie in Omaha, um zu Abend zu essen und sich die Beine zu vertreten.

»Du kennst die ganze Geschichte mit Omaha, oder?«, fragte Jet, als sie in dem Restaurant einen Platz bekommen und bestellt hatten.

»Der CIA-Schläger, der David mit Hannah geholfen hat, wollte dich umbringen, nachdem du eine Mission abgeschlossen hast, zu der er dich erpresst hat. Hannah war hier versteckt«, bestätigte Alan.

»Es ist ein bisschen komplizierter, aber ja, das ist das Wichtige.«

»Du kannst nicht viele gute Erinnerungen an die Gegend haben. Geht es dir gut?«

»Um ehrlich zu sein war ich nur eine kurze Zeit hier, ich kann mich also kaum daran erinnern. Nur, dass es flach ist, die Leute schwere Knochen haben und dass alle Häuser gleich aussehen.«

Sie genossen schnell ihre Mahlzeit, dann wappneten sie sich für eine zweite Nacht ihrer Fahrt quer durchs Land im Auto. Jet erkannte viel der Route von ihrem Abenteuer mit Hannah in dem Wohnmobil wieder, aber sie war noch immer beeindruckt davon, wie unterschiedlich die verschiedenen Gegenden waren. Die USA waren ein riesiges Land mit unglaublich vielen Facetten, und alles, was sie bisher gesehen hatte, war besser gepflegt als der Großteil vom Rest der Welt. Die Straßen waren eben und sie lagen gut in der Zeit, ihre Durchschnittsgeschwindigkeit lag bei fünfundsechzig Meilen pro Stunde, seit sie losgefahren waren. Der Ford lief hervorragend und schluckte nur wenig Benzin, was ihre Reichweite erhöhte, auch wenn sie jedes Mal nachtankten, wenn sie sich als Fahrer abwechselten.

Die Fahrt zog sich, aber am nächsten Abend hatten sie ihr Ziel beinahe erreicht. Als sie nur noch fünfzig Meilen von Washington entfernt waren, begann Jet damit, nach Hotels zu suchen.

»Es ist zu spät, um Sloan heute noch zu beschatten. Ich bezweifle, dass er noch im Büro ist, und ich konnte nicht herausfinden, wo er lebt. Wir müssen uns morgen darum kümmern und sein Büro überwachen. Dafür brauchen wir mindestens noch ein zweites Auto. Als ich das letzte Mal hier war, habe ich eines gekauft. Ich glaube nicht, dass es Sinn macht, eines zu stehlen – damit setzen wir uns nur unnötigem Risiko aus. Also suchen wir uns eine Unterkunft, schauen uns nach Angeboten für Autos um und besorgen uns ein Paar Wegwerfhandys, damit wir in Kontakt bleiben können«, sagte sie.

»Macht Sinn. Weißt du, in welches Hotel du möchtest?«

»Nicht wirklich. Ich würde sagen, wir suchen uns eines mit Geschäftssuiten, irgendwo in der Nähe von Sloans Firmensitz, und schauen uns dann nach Fahrzeugen um. Wir können genauso gut heute Abend noch etwas erledigen.«

Jet hielt an, als sie an einem Supermarkt in einer Ladenzeile vorbeikamen. Sie besorgten zwei Handys und zwei Ferngläser, sowie einige Schirmmützen und billige Shirts, damit sie schnell die Farbe ihres Outfits ändern konnten, wenn sie unterwegs waren, dann legten sie den Rest des Weges nach Washington zurück und suchten sich ein Hotel in der Nähe von Lincolnia, Virginia, nur zwei Meilen vom Nordhaver Hauptsitz entfernt.

Alan durchblätterte die Zeitungen, die er gekauft hatte, während Jet eincheckte, und fand einige geeignete Autos – mehrere

Fords und drei Dodge-Limousinen. Er wählte die Nummern in den Anzeigen, während Jet auspackte und kurz duschte. Er vereinbarte Termine für den nächsten Morgen, um sie anzusehen – niemand wollte nachts sein Auto vorzeigen, und Alan hatte keine Lust, sie zu begutachten, nachdem er zwei Tage in dem Focus verbracht hatte. Er duschte nach Jet, und dann gingen sie los, um ein Restaurant zu finden.

Ein nahegelegener Italiener wirkte einladend, also blieben sie stehen und gingen hinein. Sie waren angenehm überrascht von dem reichhaltigen Duft nach Knoblauch und Basilikum, der durch den Speisesaal wehte. Sie studierten die Karte und trafen ihre Auswahl, dann brachte ihnen der Kellner Brot und Getränke.

»Vergiss nicht, dass wir morgen auch eine Waffenmesse vor uns haben. Wann ist unsere erste Autobesichtigung?«, fragte Jet.

»Um acht Uhr morgens. Der Mann wollte, dass wir vorbeikommen, bevor er zur Arbeit muss.«

»Hoffentlich finden wir etwas Geeignetes. Die Waffenmesse ist ungefähr eine Stunde Fahrt von hier entfernt.«

»Mach dir keine Sorgen. Wir schaffen das alles.«

»Ich weiß. Aber ich will keinen ganzen Tag verlieren. Ich möchte morgen Nachmittag anfangen, das Gebäude zu überwachen. Sobald wir das Auto haben, können wir uns trennen. Du kümmerst du dich um das Gebäude und ich organisiere Waffen. Vielleicht ein paar Glocks oder H&K. Hast du besondere Wünsche?«

»Ist beides nicht falsch. Schaffst du es, Schalldämpfer zu finden?«

»Weißt du was? Man kann nie wissen. Ich war überrascht davon, welches Zubehör ich bei der letzten Waffenmesse, die ich besucht habe, gesehen habe. Ich meine, ein Typ hat ein Set verkauft, mit dem man eine AR-15 vollautomatisch umbauen kann. Also sag niemals nie.«

In dieser Nacht, als sie in den Armen des jeweils anderen einschliefen, hatte Jet das Gefühl, voranzukommen, jetzt wo sich ihr Ziel in unmittelbarer Nähe befand. Sie hoffte, es würde nur einen Tag oder zwei dauern, bis sie Sloan in die Finger bekam und herausfinden würde, warum sie um die halbe Welt hatte fliegen müssen. Und wenn es soweit war, würde es nicht schön ausgehen.

Sie hatte nicht um diese Schlacht gebeten.

Oder um irgendeine Schlacht, die sie seit Trinidad hatte schlagen müssen, wo ihre Einsamkeit und Sicherheit von dem Mordkommando des Russen zerschlagen worden war. Nein, sie hatte nichts davon gewollt.

Aber sie würde es auf jeden Fall beenden.

Ein für alle Mal.

KAPITEL 24

MONTEVIDEO, URUGUAY

Wasser tropfte die graue Wand herunter, wo sich eine Rohrdichtung an der Decke gelöst hatte. Die Feuchtigkeit leckte durch den Beton und die aufgeplatzte Farbe, wo die Schwerkraft ihre unwiderstehliche Kraft ausgeübt hatte. Eine Kakerlake krabbelte über den Boden und blieb an der kleinen Pfütze abgestandener Flüssigkeit stehen, bevor sie beschloss, dass es selbst für ihren unkritischen Geschmack zu suspekt war.

Diffuses Licht sickerte durch ein Fenster drei Meter über dem Boden, Eisenstangen schützten das undurchsichtige Glas vor den Insassen. Der Mann auf der Stahlpritsche regte sich, gestört vom Quietschen der Gefängnishaupttür am Ende des Korridors. Im Gegensatz zu amerikanischen Gefängnissen gab es kein unflätiges Gebrüll, keine Pfiffe und kein Gejohle, nur die verzweifelte Stille der Eingesperrten, die abwarteten, was auf sie zukam.

Der Gefangene stand auf und ging zu der Stahltoilette in der Ecke – kein Sitz, kein Abzug, nur ein ranziges Loch, das weiß Gott wohin führte – und erleichterte sich. Der abstoßende Gestank brachte ihn zum Würgen und seine Augen tränten. Er versuchte, die Luft anzuhalten. Eine der Wachen hatte ihm gesagt, dass er froh sein konnte, wenigstens das zu haben – im Hauptgefängnis gab es nur einen Eimer und wenn ein Betrunkener ihn mitten in der Nacht umstieß, dann durften die Insassen im Dreck schwimmen, bis am nächsten Tag jemand kam, um die Zelle mit einem Schlauch sauber zu spritzen.

Er befühlte mit zitternden Fingern seinen Kopf, die Fingerspitzen streiften über die Abschürfung, wo er niedergeschlagen worden war; er war nicht sicher, ob von seinem Angreifer oder von den Wachen während des Verhörs. Schürfwunden überzogen sein Gesicht und seinen Oberkörper, und er war sicher, dass er irgendeine innere Verletzung von der eher angeregten Vernehmung am Tag zuvor davongetragen hatte. Einer der Wärter schien besonderen Spaß daran gehabt zu haben, ihn als Boxsack zu benutzen, und an einem Punkt hatte er ein hörbares Knacken vernommen, ein Rippenbruch von einem besonders treffsicheren Schlag.

Zumindest pisste er kein Blut mehr. Das hatte vierundzwanzig Stunden angehalten – mehrere Schläge mit einem Schlagstock gegen die Nieren hatten ihm diesen Vergnügen beschert, aber sein Körper hatte sich offenbar selbst geheilt, zumindest bis zu dem Punkt, an dem seine lebenswichtigen Körperflüssigkeiten nicht mehr in ein Rattenloch tropften.

Seine Forderungen, dann Bitten, dann sein Flehen, seinen Anwalt noch einmal zu sehen, waren unbeantwortet geblieben und schienen seine Peiniger sogar zu amüsieren. Die Art, wie sie sich angrinsten und vergnügte Blicke austauschten, als er sie angefleht hatte, mit ihm zu sprechen, ließen nichts Gutes erahnen, genau wie ihre Weigerung, ihm einen Arzt zu besorgen. Offensichtlich waren die Regeln in Uruguay etwas anders als in den USA und er wurde nicht nur für schuldig befunden, sondern auch als Ärgernis angesehen, jetzt, da sie wussten, dass er ihnen nichts erzählen würde.

Noch nicht, auf jeden Fall. Er war nicht sicher, wie viel mehr er ertragen konnte. Der fette, hochgewachsene Wärter, der in der Nachtschicht arbeitete, hatte angedroht, ihn zu vergewaltigen, wenn er morgen nicht reden würde, und seinem Auftreten nach zu schließen war das kein leeres Versprechen.

Wie zur Hölle war er hierhergekommen? Er war nur ein unwichtiger Fahrer. Er hatte niemanden umgebracht – nun, außer bei seinem Auslandseinsatz bei der Infanterie, aber das war aus der Ferne gewesen, mit einem Gewehr, beinahe surreal. Nur den Abzug gedrückt, ein Knall, und dann war ein Soldat in dreihundert Metern Entfernung zusammengebrochen. Es war vorüber gewesen, bevor er Zeit gehabt hatte, zu verarbeiten, was geschehen war, und er hatte sich selbst unzählige Male eingeredet, wenn ihn die Erinnerung mitten in der Nacht einholte, dass es fast wie ein Videospiel war. Es war ihm unmöglich vorgekommen, dass ein Leben so einfach ausgelöscht werden konnte, mit so beiläufiger Willkür, ein paar Gramm Blei, die unsichtbare Linien durch die Luft zogen, und ein Mann war tot, und er hatte sich fast davon überzeugt, dass es mehr Traum als Realität gewesen war. Ein anderer Ort, eine andere Zeit; er war verängstigt gewesen, verwirrt, abgeworfen über einer höllischen Wüste mit anderen jungen Männern, die kaum alt genug waren, um sich zu rasieren.

Der Wagemut, bis dahin ihre operative Norm, hatte sich nach dem ersten Schusswechsel mit Feinden in einem Hinterhalt in Luft aufgelöst, und der Orden, der ihm verliehen worden war, wirkte unpassend – als würde er jemand anderem gehören. Die meiste Zeit hatte er sich einfach ruhig verhalten, außer als er diesen einen Schützen erschossen hatte, und als es vorüber war, hatte er sich bei dem Anblick seiner drei toten Freunde übergeben, die verdreht neben ihm lagen, wo fremde Kugeln ein Zuhause in ihren Körpern gefunden hatten.

Einen Monat, nachdem er entlassen worden war, hatte ihn ein anderer Kumpel zurück in seinem Zivilleben kontaktiert. Dass er von der Arbeitssuche frustriert war, bei der sich nur Angebote für

Mindestlohnjobs ergeben hatten, musste bei ihrem Gespräch zu spüren gewesen sein, und der Kumpel schlug vor, dass er sich um ein Vorstellungsgespräch bei dem Unternehmen bemühen sollte, bei dem er jetzt arbeitete. Er hatte die Gelegenheit beim Schopf ergriffen, und als man ihm sein Einstiegsgehalt verraten hatte, war er vollkommen überwältigt gewesen.

Dieses war sein dritter internationaler Auftrag. Die ersten beiden waren ein Kinderspiel gewesen – Überwachungsjobs, bei denen er Wochen damit verbracht hatte, nichts zu tun. Der erste Job im Irak, der zweite in Kolumbien. Dieser Job hatte angeblich genauso einfach sein sollen. Behaltet den Wohnblock im Blick. Ein Team würde hineingehen, tun, was sie tun mussten; dann konnten sie alle nach Hause gehen. Sie hatten ihr eigenes Fahrzeug. Alles, was er also tun musste, war, seinem Partner Gesellschaft zu leisten und nicht einzuschlafen.

Es war nicht so gelaufen, wie man es ihm beschrieben hatte.

Und jetzt wurde er von einer Gruppe sadistischer Polizisten, die nicht das geringste Interesse an einem fairen Verfahren oder menschenwürdiger Behandlung zu haben schienen, wie der Staatsfeind Nummer eins behandelt.

Der Anwalt, der von der Firma geschickt worden war, hatte ihm versichert, dass er bald hier herauskommen würde, dass sie daran arbeiteten, dass er geduldig und tapfer sein musste und kein Wort sagen durfte, aber er wusste nicht, wie lange er dieses Spiel noch spielen konnte. Er war nicht tapfer. Er hatte nur verzweifelt nach einem vernünftigen Job gesucht und seine einzige Qualifikation war das, was er mehr schlecht als recht beim Militär gelernt hatte. Es überraschte ihn sogar, dass er so lange ausgehalten hatte – die Angst, dass die Firma ihn hier nicht herausholen würde, wenn er etwas sagte, hatte seinen falschen Mut mehr gestärkt als alles andere. Eine Zukunft in dieser Hölle – oder schlimmer, für brutalen Sex herumgereicht zu werden wie eine Packung Zigaretten auf einem Rockkonzert – war unvorstellbar. Diese Dinge passierten Leuten wie ihm nicht. Er war im Grunde ein guter Kerl. Das musste ein Irrtum sein. Ein Albtraum, aus dem er bald aufwachen würde, in seinem gemütlichen Bett in Virginia.

Die Haupttür am Ende des Korridors quietsche erneut, als sie geöffnet wurde, und dann kamen zwei Wärter den langen, betonierten Weg entlang, bis sie an seiner Zelle waren. Sie blieben stehen und er blickte angsterfüllt auf, dann entspannte er sich, als einer von ihnen ein Essenstablett hochhielt.

»Geh nach hinten in die Ecke«, befahl der größere der beiden Wärter.

Er tat, wie geheißen, dann sah er zu, wie der große Mann die Tür aufschloss und in die Zelle trat, stoppte, um ihn ausdruckslos anzustarren, bevor er das Tablett auf der Pritsche abstellte.

Der Fahrer war am Verhungern, er hatte seit dem Vortag nichts zu essen bekommen und beim Anblick des harten Brotes und des nicht identifizierbaren Breis in einer Plastikschüssel daneben lief ihm das Wasser im Mund zusammen.

»Iss. Du hast fünf Minuten«, sagte der Wärter, dann zog er sich aus der Zelle zurück und knallte die Tür zu, bevor er sie mit einem Schlüssel von dem Bund in seiner Hand verschloss. Der zweite Wärter grunzte, als der große Mann ihn hämisch angrinste, dann lachten sie kurz, bevor sie wieder durch den Gang verschwanden.

Er rannte beinahe zu dem Tablett und stürzte sich wie ein wildes Tier auf das Essen, stopfte sich große Stücke von in den Eintopf getauchten Brotes in den Mund, hielt nur inne, um hektisch zu kauen, bevor er schluckte. Das Tablett war nach zwei Minuten leer und zum Schluss leckte er die Schüssel sauber, angewidert von seiner Verzweiflung, als er noch den letzten Rest Nahrung von der harten Plastikoberfläche saugte.

Als zwanzig Minuten später die Krämpfe anfingen, krümmte er sich schmerzerfüllt. Seine Bauchmuskeln zogen sich spastisch zusammen und er versuchte von dem Bett aufzustehen, bevor er auf dem Boden zusammenbrach, ächzend vor Schmerzen, die mit nichts zu vergleichen waren, was er jemals gespürt hatte.

Zehn Minuten später kam der große Wärter allein zurück und blickte auf den sich windenden Gefangenen hinab, in dessen Gesicht Qual geschrieben stand und dessen Augen um Hilfe flehten. Der Wärter öffnete die Tür und trat in die Zelle, einen besorgten Blick im Gesicht.

Der erste Tritt mit dem steifen schwarzen Stiefel überraschte den Fahrer und raubte ihm mit einem *Uff* den Atem. Er merkte kaum noch, wie ihm der Wärter eine Plastiktüte über den Kopf zerrte und ihm die Luft nahm, und als er endlich den Rest seiner Kraft gesammelt hatte, war er bereits kurz davor, ohnmächtig zu werden.

Der große Mann hielt die Tüte fest, während der Gefangene zuckte, seine Arme und Beine wie wild herumfuchtelten und seine Hose von den erbärmlichen Resten seines Blaseninhalts durchnässt wurde, als seine Lebenskraft die gequälte Gestalt verließ. Sobald der Wärter sicher war, dass der Fahrer tot war, nahm er die Tüte von dessen Gesicht und faltete sie vorsichtig zusammen, dann steckte er das kleine Quadrat in seine Hosentasche, bevor er in die Hemdtasche griff und ein tennisballgroßes Stück Brot herauszog. Nachdem er den Mund des Mannes aufgezwungen hatte, stopfte er das Brot so weit wie möglich in seine Kehle und wischte sich dann die Hand an seinem Hemd ab. Er stand auf und betrachtete angewidert den Fahrer, dann trat er um den Leichnam herum, darauf bedacht, die sich ausbreitende Urinpfütze zu umgehen, und verließ die Zelle. Er stellte sicher, dass er sie hinter sich abgeschlossen hatte.

Als man die Leiche am nächsten Morgen fand, wurde als Todesursache angegeben, dass der Gefangene an seiner Mahlzeit erstickt war, zweifellos eine Folge der Verletzungen, die er sich zugezogen hatte, als er versucht hatte, sich der Festnahme zu entziehen. Eine Autopsie wurde nicht durchgeführt – das System verhätschelte seine Gefangenen nicht und hatte keine Ressourcen, um sie auf so etwas zu verschwenden. So war das Leben, und keine Ermittlung konnte den Tod ungeschehen machen.

Nur ein weiteres in einer Reihe von Rätseln, in einem Land, das dafür bekannt war. Südamerika war ein Kontinent, der in eine Art Magie gehüllt war, wo niemand die Dinge zu sehr infrage stellte. Es gab Besseres zu tun, als sich mit Dingen zu beschäftigen, die man nicht ändern konnte, und ein abgeschlagener Pragmatismus hieß die knappe Meldung willkommen, dass einer der Verdächtigen für die Morde in dem Wohnblock, im Gefängnis an natürlichen Ursachen gestorben war.

Es interessierte niemanden, und der Körper wurde so schnell eingeäschert, wie ein Feuer entfacht werden konnte.

KAPITEL 25

Am nächsten Morgen machten sich Alan und Jet auf den Weg, um das erste potenzielle Auto anzusehen. Sie verbrachten fünfzehn Minuten damit, das Fahrzeug zu begutachten – ein relativ aktueller Dodge Stratus mit über achtzigtausend Meilen auf dem Tacho.

»Alles Highwaymeilen«, beschwor der Besitzer stolz, ein Versicherungsvertreter, der den Wagen benutzt hatte, um seine Route an der Nordküste abzufahren. »Ich habe alle Inspektionsunterlagen. Habe alle dreitausend Meilen das Öl gewechselt und hatte nie ein Problem mit dem Auto, abgesehen von ein paar durchgebrannten Glühbirnen und so.«

Sein brav geschnittenes, blondes Haar hüpfte im Sonnenlicht, während er sich Mühe gab, ihnen den Deal schmackhaft zu machen. Sein Bestreben, das Geschäft abzuschließen, war spürbar. Käufer für Privatwagen mit hohem Kilometerstand waren selten und er würde sie sich sicher nicht durch die Finger gehen lassen, wenn er etwas dagegen tun konnte.

Alan, der größeres Interesse an den mechanischen Feinheiten zeigte, überprüfte das Fahrzeug sorgfältig und gab ihm nach einer kurzen Probefahrt sein Okay. Jet kümmerte sich um die Verhandlungen, und nach einigen Minuten des Feilschens einigten sie sich auf einen Preis in bar, der fünfhundert Dollar unter der sehr angemessenen Vorstellung des Besitzers lag. Mit hungrigem Blick sah er zu, wie sie Hundert-Dollar-Noten abzählte, bevor er fast tänzelnd ins Haus zurückkehrte, um die Papiere zu holen. Sie blieben in der Einfahrt stehen und warteten.

»Scheint ziemlich gut zu sein. Wir können den Wagen später noch überprüfen lassen, aber mir ist nichts ins Auge gefallen. Und wir werden ihn nicht lange behalten, er sollte also seinen Zweck erfüllen«, erklärte Alan.

»Er sieht gemütlicher aus als der Focus, soviel steht schon mal fest. Das ist gut, wenn du das Auto benutzt, um das Firmengebäude zu überwachen.«

»Mein Rücken hat die letzten zwei Tage in dieser Fehlkonstruktion von einem Sitz noch nicht vergessen«, sagte Alan, als der Besitzer mit dem Fahrzeugbrief und dem zweiten Satz Schlüssel zurückkehrte.

Der Mann schüttelte energisch Alans Hand, während Jet das Dokument begutachtete.

»Sie werden das nicht bereuen. Der Wagen war ein echtes Schmuckstück für die letzten drei Jahre. Ich gebe ihn nur äußerst ungern ab«, sagte er begeistert.

»Ja, danke. Das ist genau, was wir gesucht haben. Ich bin sicher, dass alles in Ordnung sein wird. Und der Händler hier im Ort kennt das Auto?«, fragte Alan, drehte sich um und trat einen Schritt von dem Wagen zurück.

»Absolut. Wie Sie in den Serviceunterlagen sehen können, hat sich immer der Händler selbst darum gekümmert. Man möchte nicht im Regen oder im Schnee steckenbleiben, weil man geizig und zu einer unabhängigen Werkstatt gegangen ist«, betonte der Versicherungsvertreter.

Alan nahm den Dodge und Jet den Ford, er folgte ihr zurück zum Hotel, dann trafen sie sich in der Lobby für eine zweite kostenlose Tasse Kaffee.

»Er fährt sich tatsächlich gut. Ich denke, wir haben ein gutes Geschäft gemacht«, sagte Alan auf dem Weg ins Foyer.

»Gut. Hoffen wir, dass wir auf der Waffenmesse genauso viel Glück haben. Die gute Nachricht ist, dass sie ziemlich groß ist, wir sollten also kein Problem haben, etwas Interessantes zu finden. Machst du dich jetzt auf den Weg, um mit der Überwachung anzufangen?«, fragte Jet offensichtlich ungeduldig.

»Ja. Ich gehe nur kurz auf die Toilette und hole mir noch einen Kaffee, dann fahre ich los.« Sie einigten sich darauf, dass Jet vorausfahren sollte und er sich einen diskreten Parkplatz suchen würde, sobald sie beide das Gelände in Augenschein genommen hatten.

Als sie an dem Gebäude vorbeifuhren, entpuppte es sich als großes, unscheinbares, zweistöckiges Industriegebäude mit Backsteinwänden, das in einem geschäftigen Gewerbegebiet nur fünf Minuten vom Hotel entfernt lag. Von außen hätte es alles sein können; es gab keine Anzeichen dafür, dass es das Hauptquartier eines Unternehmens war, das Auftragskiller vermittelte. Sie verließen die Gegend und hielten an einer Tankstelle. Jet stieg aus dem Ford und kam zu Alan an das Fenster der Fahrerseite.

»Du weißt, wie er aussieht, oder?«, fragte sie.

»Ich habe mir die Bilder, die du im Netz gefunden hast, tausendmal angeschaut. Er kommt an mir nicht vorbei. Wenn ich ihn sehe, erkenne ich ihn sofort. Geh und tu, was du tun musst, und mach dir keine Sorgen. Das ist nicht mein erstes Mal«, sagte er grinsend.

»Tut mir leid. Es ist nur … ich möchte es hinter mich bringen, deshalb bin ich so ungeduldig.«

»Ich weiß. Ich bin es auch. Aber wir können das nicht beschleunigen. Du weißt selbst, wie das ist.«

Das stimmte und sie wusste seine Gelassenheit und Unterstützung zu schätzen.

»Alles klar. Ich bin weg, uns ein Waffenarsenal besorgen.« Sie lehnte sich zu ihm herunter und küsste ihn, dann ging sie zu ihrem Auto zurück, während er den Motor startete.

Die Fahrt nach Richmond, südlich von Washington, dauerte länger als geplant, aber die Waffenmesse hatte gerade erst eröffnet, als sie die weitläufige Halle betrat. Die Händler hatten ihre Waren auf langen Tischen ausgelegt, und Jet nahm sich Zeit damit, umherzustreifen und nach Pistolen Ausschau zu halten. Schließlich legte sie sich auf zwei relativ neu aussehender CZ-USA 75 9mm halbautomatische Pistolen fest. Sie feilschte mit den Händlern und kaufte schließlich beide, jeweils mit zwei zusätzlichen Magazinen, dann rundete sie ihren Einkauf mit zwei Schulterholstern und einer Elektroschockpistole ab.

Auf dem Weg nach draußen lief sie einem alten Mann mit weißem Bart über den Weg, der Kampfmesser verkaufte, und erstand zwei Blackhawk CQD Mark 1 Type E Klappmesser mit rasiermesserscharfen Klingen.

Schalldämpfer sollten kein Problem sein. Sie würde einige Maschinenwerkzeuge kaufen müssen, um sie herzustellen, und außerdem, um ein Gewinde in die Laufmündung zu schneiden, genau wie bei ihrem letzten Besuch in Washington. Sie erinnerte sich daran, wie sie einen Lagerraum gemietet hatte, und fand sich damit ab, die gleichen Schritte wieder durchgehen zu müssen. Auf dem Weg aus der Halle fragte sie einige Händler nach Munition und einer der Männer war bereit, ihr zwei Kisten 9mm zu verkaufen, ohne Fragen zu stellen. Sie trafen sich bei seinem Auto und er klappte den Kofferraum auf. Er hatte mindestens zwanzig Boxen mit verschiedenen Kaliber darin verstaut, das schien also ein lukratives Nebeneinkommen für ihn zu sein.

Voll bewaffnet dauerte es nicht lange, bis Jet einen Laden gefunden hatte, der die notwendigen Schneid- und Schweißwerkzeuge führte, und sie kaufte alles, was sie für die Herstellung der Schalldämpfer brauchte. Als sie vor dem Laden ausparkte, blickte Jet auf die Uhr und stellte fest, dass es nach Mittag war.

Sie rief Alan an, nachdem sie auf dem Weg zurück zum Hotel einen Lagerraum in einem anonymen Gebäudekomplex gemietet hatte. Sie berichtete ihm von ihren Einkäufen und den Schalldämpfern, und er versicherte ihr, dass er alles unter Kontrolle hatte. Sloan war in einer schwarzen Limousine mit Fahrer aufgetaucht und zwei Stunden geblieben, bevor er in einem edlen Restaurant in Flussnähe essen gegangen war. Er war jetzt wieder im Gebäude, und Alan hatte sich vorgenommen, ihn zu verfolgen und herauszufinden, wo er lebte. Er sagte ihr, dass sie sich um die Schalldämpfer kümmern und sich keine Sorgen um ihn machen sollte.

Um sieben Uhr abends war sie gerade dabei, den Lagerraum aufzuräumen, als ihr Handy vibrierte. Sie zuckte zusammen. Alans Stimme klang gedämpft, als sie den Anruf entgegennahm.

»Bingo. Ich bin vor seinem Haus. Der Fahrer hat ihn hier abgesetzt. Abgesehen von elektronischer Überwachung sehe ich keine Anzeichen von Sicherheitsvorkehrungen. Eine Alarmanlage, ein paar Lichter auf dem Dach. Möglicherweise Bewegungsdetektoren hinter dem Haus, aber hier vorn sehe ich nichts. Wie geht es dir?«

»Gut. Ich bin gerade fertig.«

Alan gab ihr die Adresse, die sie auswendig lernte. Sie würde sie später mit ihrem Handy finden und eine Route zu dem noblen Anwesen am Lake Barcroft planen. Alan wollte Sloan noch länger beschatten, um sich einen guten Überblick über die Situation zu verschaffen, und sie stimmte zu. Sie hatten nur eine Chance und sie wollten sie nicht verschenken, indem sie überstürzt handelten.

***

Alan hatte sein Auto an dem kleinen Strandbereich des Sees abgestellt, wo es einen öffentlichen Parkplatz gab, und nachdem er einige Zeit an den dicht gewachsenen Bäumen entlangspaziert war, hatte er einen Platz gefunden, wo er unsichtbar war, aber trotzdem einen guten Blick auf das Haus hatte. Es war dunkel, die Sonne war vor Stunden untergegangen und die umliegenden Häuser leuchteten grell wie ein Faschingsumzug. Sloans Haus gehörte zu den größeren in der Nachbarschaft, es war eine mindestens sechshundert Quadratmeter große, moderne Villa – offensichtlich teuer, prominent gelegen und von satten Grünflächen umgeben, mit eigenem Dock und Pool.

»Siehst du etwas Interessantes?«

Alan zuckte zusammen und ließ beinahe sein Fernglas fallen, als er Jet hinter sich flüstern hörte. Er atmete tief ein, bevor er sich zu ihr umdrehte.

»Sehr schön. Ich habe dich nicht mal gehört«, sagte er.

»Gut zu wissen, dass ich dich noch überraschen kann«, flüsterte sie zurück.

In der Dunkelheit liegend konnte er sie kaum erkennen, und als sie neben ihm in die Knie ging, konnte er sie besser riechen als sehen.

»Hier hast du eine Waffe. Praktisches Teil. CZ. Neun Millimeter. Und hier sind zwei Extramagazine«, sagte sie und reichte ihm eine schallgedämpfte Pistole und die zwei geladenen Magazine.

»Du hast die Schalldämpfer selbst gemacht?«

»Mit viel Liebe.«

»Perfekt.«

»Was läuft da drinnen ab?«

»Alles ist ruhig. Das Haus ist alarmgesichert. Ich habe gesehen, wie er einen Code eingegeben hat, als er die Tür öffnete. Und vor einer Stunde ist eine Frau vorbeigekommen. Sie ist noch drinnen. Hat professionell ausgesehen.«

»Kollegin?«, fragte Jet.

»Prostituierte. Das war nur mein Eindruck, aber der war recht stark.«

»Ich werde nicht nachfragen, warum du so viel über Prostituierte weißt.«

»War alles Teil meines Trainings«, flüsterte Alan.

»Den Teil muss ich verpasst haben.«

»Das war außerschulisch.«

»Aha.« Jet trat ihn aus ihrer liegenden Position heraus. »Tschuldigung.«

Alan ignorierte es. »Hast du eine Idee, wie wir da reinkommen?«

»Ich habe gehofft, du hättest schon einen Plan.«

»Leider nicht.«

Sie beobachteten das Haus weiter durch ein Fernglas. Fünfzehn Minuten später kam eine hochgewachsene, blonde Frau heraus, stieg in ein Lexus Coupé und fuhr davon.

»Könnte eine Geliebte sein«, sagte Jet.

»Alles ist möglich. Aber hast du den Schulmädchenrock gesehen?«

»War es das? Ich dachte, es wäre ein Kilt oder so. Ich bin nicht auf dem neusten Stand, was die Perversenmode angeht.«

»Gehen wir davon aus, dass sie eine Professionelle ist. Bringt uns das was, in Bezug auf unsere Strategie?«

»Nein, außer wir hacken uns in einen Anruf bei seinem Lieblingszuhälter und ich tauche als sexy Krankenschwester auf oder so.«

»Dafür würde ich sogar extra zahlen.«

»Darauf würde ich wetten.«

Sie verbrachten die nächsten zwei Stunden damit, das Haus zu beobachten, dann gingen die Lichter aus und nur die Außenleuchten brannten weiter. Ihre Beute war schlafen gegangen. Sie warteten noch eine halbe Stunde, dann schlichen sie zu ihren Autos und kehrten ins Hotel zurück, erschöpft von dem anstrengenden Tag. Während Jet sich die Zähne putzte, bildeten sich die ersten Ansätze einer Idee, und bis sie im Bett lag, waren sie zu einem vollständigen Plan gereift. Einer, der unerwartet war und sämtliche Sicherheitsvorkehrungen umgehen würde, die Sloan getroffen hatte. Er war perfekt, solange ihr Ziel nicht zu viel darüber nachdachte.

»Also, was ist unser Plan für morgen?«, fragte Alan und schmiegte sich an sie.

»Wir gehen Kleidung kaufen.«

KAPITEL 26

Sloan hatte mal wieder einen Scheißtag. Auf der einen Seite hatte er zwar das Problem mit dem Fahrer in Uruguay gelöst, aber auf der anderen Seite hatte sein Einsatzteam keine neuen Spuren gefunden. Laut seinem Kontakt bei der Polizei war die Wohnung verlassen, und auch wenn man eine umfassende Fahndung gestartet hatte, um diese Frau, Magdalena, für eine Befragung zu finden, galt sie nicht als tatverdächtig. Es gab nichts, was sie mit der Ermordung seiner Männer in Verbindung brachte – sie war nur eine der Bewohnerinnen des Gebäudes, die genauso gut im Urlaub sein konnte.

Sie hatten noch einmal versucht, sie über Kontobewegungen zu finden, aber das Konto war unbenutzt geblieben – und jetzt, wo sie den Anwalt aus dem Weg geräumt hatten, gab es nicht mehr viel, abgesehen von dem, was sie bereits wussten und über das Treuhandkonto herausfinden konnten. Vielleicht war es ein falscher Zug von seiner Seite aus gewesen, den Mann auszuschalten. Seitdem war er auf jeden Fall nicht vorangekommen und die täglichen Anrufe von Standish, der fragte, ob es einen Grund für ein Treffen gab, halfen auch nicht.

Zum Glück lief die Sache in Indonesien viel besser als die in Südamerika, und die Insel war nach den zivilen Aufständen und Rebellenangriffen – die von seinen Männern beaufsichtigt wurden – vom Rest der Welt so gut wie abgeschottet. Die Inselbewohner waren im Grunde nutzlos, wenn man sie sich selbst überließ, deshalb hatte er vier erfahrene Agenten vor Ort, die sich um alles kümmerten. Er war sich nicht sicher, warum Arthur Papua ins Chaos stürzen wollte, aber seine Bezahlung hing nicht davon ab, dass er Bescheid wusste. Für fünfundzwanzig Millionen Dollar hätte er die Queen of England live im Fernsehen erschossen – für diese Summe ein rückständiges Drecksloch auf der anderen Seite der Welt zu destabilisieren war also keine Frage gewesen. Und es schien, als wäre der Auftrag fast erfüllt. Sie hatten bisher alle Ziele erreicht und die Mine war für die absehbare Zukunft geschlossen. Die indonesische Regierung überflutete die Insel mit Soldaten, während Helfer und Menschenrechtler über ziellose Morde im großen Stil berichteten, was die Beziehungen in der Region weiter vergiftete.

Sein Unternehmen blühte, er hatte mehr Geld, als irgendjemand wirklich brauchte, eine Reihe hochklassiger Call-Girls auf Abruf; und trotzdem schien in letzter Zeit jeder Tag einen neuen Rückschlag mit sich zu bringen. Mit einundfünfzig hatte Sloan viel durchgemacht. Er hatte sich von einem einfachen Marinekorporal zum CIA-Berater und Inhaber eines führenden, hochklassigen Sicherheitsanbieters im Land hochgearbeitet. Er stand ganz weit oben, war endlich an der Spitze der Gesellschaft angekommen, und trotzdem konnte er diese undeutliche Vorahnung nicht abschütteln.

Vielleicht war es nur eine unterschwellige Reaktion darauf, dass er sich mit Arthur auseinandersetzen musste, während dieser unberechenbarer wurde und immer mehr von ihm verlangte. Ihre Beziehung zueinander war immer gut gewesen, Sloan hatte sich mehr als willig gezeigt, ihm Unterstützung zukommen zu lassen, wenn die CIA aus irgendeinem Grund nicht mit einer Situation in Verbindung gebracht werden durfte, und Arthur hatte ihm in wichtigen Momenten dabei geholfen, sein Unternehmen aufzubauen, indem er ihn mit finanziell einträglichen

Verträgen versorgt und leise Empfehlungen gegeben hatte, die ihm Zugang zu Regierungskreisen verschafft hatten. Er schuldete Arthur viel, aber die Last dieser Schulden erdrückte ihn und je weiter Arthurs Gesundheitszustand sich verschlechterte, desto riskanter war es, mit ihm Geschäfte zu machen. Die Sache in Uruguay war das beste Beispiel. Fast ohne Spuren war es ein kleines Wunder gewesen, dass sie ihr Ziel gefunden hatten, und dann war sein Team von einem mysteriösen Fremden ausgeschaltet worden – offensichtlich ein Verbündeter ihres Ziels, vor dem Arthur ihn hätte warnen sollen. Diese Fehler waren in der Vergangenheit einfach nicht vorgekommen.

Aber das hier war nicht die Vergangenheit und er musste sich mit der Zukunft auseinandersetzen. Uruguay wurde zu einem Problem geworden, einem Geldfresser mit Leichen, die sich wie Brennholz stapelten, und das alles nur, um Arthurs Blutgier zu stillen. Sloan hatte sich von Standish die ganze Geschichte erzählen lassen – von der entführten Tochter, der Mission, dem Anschlag, bei dem Arthur fast gestorben wäre, der Spritze. Aber seiner Meinung nach hatte Arthur die Wut der Frau auf sich selbst gebracht, indem er mit ihrer Familie gespielt und dann versucht hatte, sie zu hintergehen. Was hatte er erwartet? Blumen?

Unwichtig. Er hatte mal wieder acht Stunden Stress und Konflikt hinter sich gebracht und freute sich darauf, nach Hause zu gehen und sich mit einer schönen Flasche Shiraz, den er kistenweise aus Australien einfliegen ließ, und vielleicht einer seiner jungen Damen zu entspannen. Debbie, sein Date von letzter Nacht, hatte ihn ausgelaugt. Ihr junger, athletischer Körper war unersättlich gewesen, aber vielleicht würden ein bisschen Wein und etwas zu essen seine Lebensgeister wecken. Der Appetit kam beim Essen, und er wurde auch nicht jünger.

Er drückte auf einen Knopf seiner Sprechanlage und beauftragte seine Sekretärin, den Wagen vorfahren zu lassen. Er wusste, dass es fünf Minuten dauern würde, und in der Zwischenzeit räumte er seinen Schreibtisch auf und aktualisierte seinen Kalender für den nächsten Tag. Noch mehr Meetings, eines davon mit einem potenziell lukrativen Kunden aus dem Nahen Osten, der Hilfe mit einem streitsüchtigen Zweig seiner Familie mütterlicherseits brauchte. Das Geschäft lief besser als je zuvor, und die Nachfrage nach seinen speziellen Dienstleistungen würde nur steigen, solange die globale Lage weiter unsicherer wurde. Der Beinahe-Zusammenbruch des Weltwirtschaftssystems hatte ihm unzählige Möglichkeiten geschaffen, von verfeindeten Fraktionen, die in weit entfernten Ländern um die Herzen und Köpfe ihrer Bevölkerung kämpften – und man konnte sich immer auf Sloan verlassen, Männer und Know-how zur Verfügung zu stellen, um die Schlacht zugunsten seiner Klienten zu wenden.

Sloan schaltete das Licht aus, verabschiedete sich von seiner Sekretärin und verließ das Gebäude durch die hohen Glastüren des Haupteingangs. Er bewunderte dabei die eleganten Ledermöbel in der Lobby, die geschmackvollen Bilder an den Wänden und die Fotos von sich selbst mit Würdenträgern und Präsidenten, wie er Hände schüttelte, lächelte, Golf spielte. Sein Schweiß und sein kluger Verstand hatten ihm ein weitreichendes Imperium aufgebaut. Etwas, auf das er stolz sein konnte.

Die Fahrt nach Hause dauerte zwölf Minuten, und als er aus dem Auto stieg, sagte er seinem Fahrer, er solle am nächsten Morgen um Punkt acht Uhr fünfundvierzig vor seinem Haus sein. Er wollte Zeit haben, sich auf sein Zehn-Uhr-Meeting mit dem Kamelreiter vorzubereiten, welches Sandloch dieser auch immer regierte.

Er schwang die Haustür auf und trat ein, dann tippte er den vierstelligen Code ein, der den Alarm deaktivierte. Wenn jemand einbrechen sollte, wäre die Polizei innerhalb von fünf Minuten hier. Der stille Alarm war eine teure Anschaffung gewesen, die ihm sein Seelenfrieden wert war. In den sieben Jahren, die er dieses Haus besaß, hatte er nie ein Problem gehabt, aber es gab immer ein erstes Mal und er ging kein Risiko ein.

Sloan zog die Anzugjacke aus und schleuderte sie über die Lehne eines seiner teuren, modernen Sofas. Dann ging er in ein Zimmer, das an die Küche grenzte – ein Weinkeller voller Zweitausend-Dollar-Flaschen, in dem ein Steintisch und vier Stühle standen, der auf exakt vierzehn Grad klimatisiert und in dem die Luftfeuchtigkeit präzise eingestellt war. Seine Investition wurde von einem Notstromaggregat geschützt, das ansprang, wenn der Strom ausfallen sollte, und sicherstellte, dass die Temperatur im Haus und im Keller immer auf das Grad genau eingestellt war, selbst wenn ein Jahrhundertsturm über die Stadt hinwegfegen sollte.

Er griff in ein Regal und zog eine Flasche Elderton Command Shiraz hervor. Er überprüfte das Etikett, um sicherzugehen, dass es Teil der neuesten Lieferung war. Weinsammeln war ein teures Hobby, gehörte aber zu dem wenigen Luxus, den er sich erlaubte, und er verdiente mehr als genug Geld, warum sollte er also nicht das Beste vom Besten trinken? Bei knapp neunzig Dollar die Flasche war es edler Traubensaft für einen Arbeitstag, aber da er das ungefähr alle zwei Minuten einnahm, war ihm der Preis egal. Er wusste, was er mochte, und alles andere war unwichtig. Viele Flaschen in seiner Sammlung waren das fünf- oder zehnfach wert, aber das wirklich gute Zeug war für die Wochenenden vorbehalten – Penfolds Grange Shiraz, Screaming Eagle Cabernet, Cobos Malbec und natürlich alle französischen Premier Crus, aber nur außergewöhnlich gute Jahrgänge.

Als er in die Küche zurückkehrte, stellte Sloan die Flasche auf die schwarze Granitarbeitsfläche und trat an das Panoramafenster. Er seufzte zufrieden und betrachtete den See, der nur wenige Meter entfernt lag. Er hatte ein gutes Leben, auch wenn es manchmal etwas holprig lief. Er sah der Sonne dabei zu, wie sie über dem Wasser unterging, der Himmel leuchtete orange, rot und gelb, dann hob er seine Jacke auf und ging nach oben, wo ihn sein ausschweifendes Schlafzimmer erwartete.

Für knapp fünf Millionen Dollar, inklusive einiger Renovierungen, war das Haus auch für seine Verhältnisse teuer gewesen, aber für ihn war es eine Investition. Selbst bei der aktuellen Marktflaute hatte es seinen Wert behalten und er machte sich keine Sorgen. Es war eine der vier Residenzen, die er im Laufe der Jahre erworben hatte, und er hatte mit allen Glück gehabt – eine Wohnung in Manhattan, eine Skihütte in Vail, ein Strandhaus in Florida.

Das Licht ging automatisch an, als er das Schlafzimmer betrat, und die Jalousien schlossen sich computergesteuert, um ihm Privatsphäre zu geben. Er zog seinen Anzug aus, schleuderte ihn in den Wäschekorb, den seine Haushaltshilfe zweimal pro Woche leerte, und zog eine graue Jogginghose und ein altes Georgetown-T-Shirt an, eine Kombination, die er mit einem Paar Flip-Flops vervollständigte. Als er es sich endlich gemütlich gemacht hatte, überlegte er, ob er eine seiner bezahlten Gefährtinnen anrufen sollte, entschied sich aber dagegen. Nur etwas Wein, das Abendessen, dass die Haushälterin ihm vor Feierabend gemacht hatte, und etwas Fernsehen. Er brauchte Zeit, seine Batterien wieder aufzuladen. Er konnte den morgigen Abend mit einer seiner scharfen Gefährtinnen verbringen.

Unten schaltete er den Achtzig-Zoll-Flachbildfernseher an und suchte sich einen Nachrichtensender, dann drehte er die Lautstärke runter und widmete sich dem Wein. Er öffnete die Flasche, schenkte sich einen übergroßen Kelch von dem pechschwarzen Nektar ein und genoss das Aroma von Schokolade, Eukalyptus und Johannisbeere, das er ausströmte. Er schwenkte die reichhaltige Flüssigkeit und sah zu, wie sie am Glas herunterlief, dann nahm er einen kleinen Schluck und ließ ihn sich auf der Zunge zergehen, sodass er auch die letzte Geschmacksknospe benetzen konnte.

»Brillant«, murmelte er zu sich selbst und stellte das Glas ab, bevor er zu dem breiten Viking-Kühlschrank stapfte und den Behälter mit der von ihm bestellten Pasta herausnahm – hausgemachte Lasagne mit italienischer Wurst, die zum Sterben gut war.

Eine halbe Stunde später war Sloan voll und die Flasche leer. Er saß im Wohnzimmer, die Füße auf dem Couchtisch, der Rest von dem Wein in seinem Riedel-Glas, und er verfolgte die noch immer andauernde Berichterstattung über das Iran-Debakel und den fehlgeschlagenen Biowaffenanschlag.

Er war überrascht, als es an der Tür klingelte. Er sah auf seine Rolex Masterpiece aus Platin und verzog das Gesicht, dann stand er wankend auf. Der Wein war mit fünfzehn Prozent Alkoholgehalt ziemlich stark und er konnte ihn auf jeden Fall spüren, als er zur Haustür ging und durch den Türspion blickte.

Dort stand eine ernst blickende Polizistin, Hände in den Hüften, ihr Partner hinter ihr. Nebenbei bemerkte er, dass sie heiß war, und kurz schoss ihm ein erotischer Gedanke von ihr, nur Hut und Pistolengürtel tragend, durch den Kopf, als er noch versuchte, das Gesehene zu verarbeiten.

»Ja?«, rief er durch das Sprechgerät, mit dem Finger auf dem Sprechknopf bellte er die Frage.

»Mr. Sloan? Mr. James Sloan?«, fragte die Frau und überprüfte ihr Klemmbrett.

»Das bin ich. Was wollen Sie?«

»Ihr Alarm ist vor sechs Minuten losgegangen. Ist bei Ihnen alles in Ordnung, Sir?«

Er starrte auf das Alarmsystem, das normale Werte anzeigte und schüttelte den Kopf. »Muss irgendein Fehler sein. Hier ist alles in Ordnung.«

»Verstanden.« Sie wirkte genervt, was sie für Sloan, der bei diesem Gedanken merkte, dass er ein klein wenig angetrunken war, noch heißer erscheinen ließ. Es fühlte sich gut an. »Ich muss Sie leider bitten, die Tür zu öffnen, damit wir sichergehen können, dass es Ihnen gut geht. Haben Sie Ihren Ausweis zur Hand?«

»Was? Warum müssen Sie reinkommen?«

»Es tut mir leid, Sir. Es ist zu Ihrer eigenen Sicherheit. Um sicherzugehen, dass niemand Sie zwingt, uns zu sagen, dass es Ihnen gut geht.«

»Das ist dämlich.«

»Kann schon sein, aber das sind die Regeln. So können wir sicherstellen, dass Ihnen kein Verrückter eine Waffe an den Kopf hält. Können wir das bitte hinter uns bringen? Wenn das ein falscher Alarm ist, dann haben wir Besseres zu tun, Sir.«

Er seufzte und warf einen letzten Blick auf sie, bevor er den Riegel zurückschob und die Tür einen Spalt weit öffnete. Ihre Züge wirkten asiatisch angehaucht, ihre Augen waren von einem atemberaubenden Grün und ihr Gesicht passte zu ihrem strammen, kleinen Körper. Vielleicht konnte er sie davon überzeugen, nach Feierabend vorbeizukommen, um Räuber und Gendarm mit ihm zu spielen, dachte er, als er die Tür weit aufschwang.

»Okay, kommen Sie rein und verifizieren, dass es mir gut geht, aber machen Sie schnell.« Ein Teil seines Unterbewusstseins schlug Alarm, als er bemerkte, dass kein Polizeiauto vor dem Haus stand, dann wurde der Gedanke von Schmerz verschlungen, der jeden Nerv seines Körpers in Brand steckte, und er sackte auf dem Boden zusammen. Zuckend und von Schmerz geblendet rang er nach Luft.

Jet trat in das Foyer, den Finger noch auf dem Abzug der Elektroschockpistole. Alan folgte ihr und schloss die Tür hinter ihnen. Als sie beide im Flur waren, ließ sie von Sloan ab. Alan zerrte ihn in das Wohnzimmer und legte ihn auf den Boden, bevor er in das Esszimmer ging, um einen Stuhl zu holen.

Zwei Minuten später war Sloan gefesselt, seine Hände hinter dem Rücken mit Klebeband zusammengebunden und mit Streifen an den Holzstuhl fixiert, seine Füße waren vor ihm zusammengeklebt und sie hatten ihm ein Geschirrtuch in den Mund gestopft. Jet begutachtete ihn interessiert, als Alan vortrat und ihm den Lumpen aus dem Mund zog.

»Bitte. Ich habe oben im Safe Geld. Tut mir nichts«, begann Sloan.

Alan schlug ihn mit dem Handrücken ins Gesicht. Blut tropfte aus seinem Mundwinkel und der unerwartete Schlag trieb ihm Tränen in die Augen.

»Sei still. Ich will dein Geld nicht.«

Sloan kniff die Augen zusammen. »Was wollt ihr dann?«

»Informationen«, sagte Alan.

Sloan bemerkte alarmiert, dass sowohl er als auch die Polizistin Latexhandschuhe trugen. »Über was?«, fragte er verwirrt.

»Uruguay«, sagte die Frau, die zum ersten Mal das Wort ergriff, seit sie das Haus betreten hatten. »Deine Männer sind gekommen, um mich umzubringen. Sie haben versagt. Jetzt bin ich hier, um den Gefallen zu erwidern.« Sie sah zu, wie seine Augen größer wurden, als er erkannte, wie brenzlig die Situation wirklich für ihn war, und dass er sich hier nicht freikaufen konnte. »Genau. Du musst mein Dossier gelesen haben – du weißt, auf was ich spezialisiert bin. Also kommen wir zur Sache. Warum hast du dein Mordkommando nach Uruguay geschickt und wer hat dich beauftragt? Je eher du es mir erzählst, desto eher wird das alles vorbei sein.«

»Ihr werdet mich umbringen, oder? Selbst wenn ich es euch sage«, stotterte er.

Alan trat einen Schritt zurück und studierte sein Gesicht, wo eine Schweißperle Sloans Stirn hinunter in sein Auge lief.

»Es gibt Schlimmeres als den Tod, mein Freund. Viel Schlimmeres. Wir haben die ganze Nacht und am Ende reden sie alle. Immer. Die Frage ist, wie sehr wir dich verletzen müssen, bevor du es verstehst. Mir persönlich ist es egal, ob du es mir jetzt sagst oder in zwei Stunden, wenn du mich anflehst, dich umzubringen, wenn du betest, dass es endlich vorbei ist. Es ist mir vollkommen egal. Es geht wirklich nur darum, wie viel Schmerz du ertragen willst«, sagte Alan nüchtern und mit leiser Stimme. Er wandte sich an Jet. »Schau mal, was er unterm Waschbecken und in der Garage hat. Ich bin sicher, dass ich etwas improvisieren kann, das unseren Freund davon überzeugt, dass ich es todernst meine.«

Sie nickte und ging den mit Parkett ausgelegten Flur entlang. Sloan beäugte Alan mit einer Mischung aus Todesangst und Hass, aber Alan schien es gar nicht zu bemerken und ging in die Küche. Einen Moment später kam er mit einem Set Schweizer Küchenmesser zurück.

»Wow. Die sind nicht schlecht. Ich meine, im Ernst, das ist echt schönes Besteck, das du hier hast, weißt du das? Der Mann kennt sich mit Messern aus, das gebe ich zu.« Alan lächelte und Sloan gefror das Blut in den Adern. »Wusstest du, dass eine meiner Spezialitäten ist, einem Mann die Haut abzuziehen und ihn zu zwingen, sein eigenes Fleisch zu essen? Willst du wissen, wie man wirklich gut darin wird? Dreimal darfst du raten?«

Sloan sagte nichts.

»Willst du mich testen? Ich habe deine besten Männer in Sekunden getötet. Willst du sehen, ob ich dich ernsthaft in einen Zirkusfreak verwandeln werde, bevor es Mitternacht schlägt?«

»Ich … ich will nicht sterben«, bettelte Sloan. »Bitte. Ich sage euch, was ihr wissen wollt, aber bitte tötet mich nicht.«

»Nun, das ist schon mal ein Fortschritt. Ich überlasse der Dame dein Schicksal, aber ich befürchte, da du vor ein paar Tagen versucht hast, sie vom Antlitz der Erde zu tilgen, wird sie etwas gereizt sein. Sie nimmt so etwas manchmal etwas persönlich. Sie ist launisch.«

Jet kam mit einem Lächeln auf den Lippen zurück, in der Hand einen Propanbrenner und einen Beutel mit Chlortabletten für den Pool.

»Ich gehe jetzt in der Küche nachschauen, aber hiermit kann die Party anfangen. Kannst du dir vorstellen, wie sich Chlor in seinen Augen anfühlt? Oder wenn du ihm die Haut vom Gesicht gezogen hast? Igitt. Ich will nicht mal darüber nachdenken. Und schon gar nicht über den Gestank seiner brennenden Haut. Man bekommt den Verbrennungsgestank nie aus den Kleidern.« Jet stellte ihre Ausbeute auf dem Esstisch ab und ging in die Küche, wo sie lautstark unter dem Waschbecken hantierte. Als sie aufstand, hatte sie eine Dose Insektenspray und etwas Ammoniak in der Hand. »Ich glaube, wir haben einen Volltreffer gelandet. Wenn er davon etwas in die Augen bekommt, wird er wie ein Schulmädchen heulend darum betteln, dass wir ihn umbringen.«

Alan begutachtete Sloan teilnahmslos.

»Wenn du denkst, dass sie daran Spaß haben wird, dann hast du das richtige Gespür. Sie ist ein Psycho. Was du weißt, wenn du ihre Akte gesehen hast«, flüsterte Alan.

»Du weißt, dass ich dich hören kann. Und ich mag deinen vorwurfsvollen Ton nicht«, protestierte Jet und gab sich Mühe, nicht zu grinsen.

»Ups. Tut mir leid. Unser Kumpel hier sagt, dass er auspackt, aber er will nicht sterben.«

Jet wandte ihre Aufmerksamkeit Sloan zu. »Wirklich! Das macht es alles einfacher. Fangen wir mit etwas Simplem an. Was ist die Kombination für seinen Safe und wo bewahrt er seine Schusswaffen auf? Ein Macho wie er hat immer einen Haufen Waffen. Also, wo sind sie und wie lautet die Kombination?«

Alan und Jet sahen Sloan dabei zu, wie er innerlich mit sich rang und schließlich aufgab.

»Dreiundsiebzig nach links, neunzehn nach rechts, vierundsechzig nach links. Ihr müsst zweimal nach links herumdrehen, bevor ihr die Sequenz eingebt. Der Safe ist hinter der eingebauten Kommode im Schrank. Daneben ist ein versteckter Knopf in einer Ausformung. Und die Waffen sind in einem eigenen Safe im Arbeitszimmer. Der Schlüssel ist im Schlafzimmersafe. Bitte. Ich sage die Wahrheit. Ich sage euch alles, was ihr wissen wollt. Aber bitte tötet mich nicht.«

»Wir werden sehen. Ich komme gleich wieder«, sagte Jet und erklomm die Treppe zum zweiten Stock. Der Safe war, wo er es gesagt hatte, aber dort angekommen überkam Jet ein Gefühl der Besorgnis. Es war zu einfach. Er hatte zu schnell aufgegeben.

Sie kehrte in das Wohnzimmer zurück und die Panik in seinen Augen bestätigte ihre Vermutung.

»Es wäre eine Schande, wenn der Safe verkabelt wäre, um irgendwo einen stillen Alarm auszulösen, wenn er geöffnet wird, ohne dass der Alarm abgeschaltet wird, oder?«, sagte sie.

Sloans Gesichtszüge erfroren, obwohl er sein Bestes tat, ausdruckslos zu bleiben.

Sie warf Alan einen Blick zu. »Sieht so aus, als müssten wir anfangen. Dieser lügende Scheißkerl hat versucht, uns reinzulegen. Fang mit den Augen an.«

»Nein. Wartet. Nein, ich meine … okay, ja, ich habe versucht, euch reinzulegen. Ihr würdet dasselbe tun. Bitte. Ich sage euch, wo der Schalter ist. Im Safe ist viel Geld. Gold. Mehr als eine halbe Million in Goldmünzen. Bargeld. Was auch immer ihr wollt«, flehte er.

»Siehst du, so verlierst du mein Vertrauen, Jim«, sagte Alan. »Ich darf doch Jim sagen, oder? Und wenn wir kein Vertrauen haben, was haben wir dann wirklich? Nichts.« Er blickte zu Jet, die nickte, und er nahm das Insektenspray in die Hand.

»Davon wirst du blind werden. Wahrscheinlich dauerhaft. Vielleicht nicht. Für unsere Zwecke ist dauerhaft sowieso nicht so weit weg«, sagte Jet mit ausdrucksloser Stimme. »Schau dir ein letztes Mal die Welt an, das war es dann für dich.«

»Nein. Ich ... ich schwöre, ich werde nicht mehr versuchen euch hinters Licht zu führen. Der Alarmschalter ist ganz hinten im Badezimmerschrank unter dem linken Waschbecken. Schaltet ihn auf Grün. Er hat ein kleines Licht.«

»Nicht gut genug, Großer. Du kannst dich von deinen Augen verabschieden. Dann sehen wir, ob du mir sagen willst, was ich wirklich wissen will.«

»Nein. Ich verrate euch alles. Wirklich. Der Mann, der dich tot sehen will. Sein Name ist Arthur. Er war früher bei der CIA. Du hast ihm irgendetwas gespritzt. Er will Rache.«

Jets Ausdruck verwandelte sich. »Arthur? Das ist eine Lüge. Er ist tot. Ich habe ihn auf dem Gehsteig sterben sehen.«

»Nein. Er ist nicht gestorben. Er hat überlebt. Knapp. Er ist ans Bett gefesselt.«

Jet ging vor dem Panoramafenster auf und ab, dann wirbelte sie herum und funkelte Sloan an. »Warum lässt er dich seine Drecksarbeit machen? Er hat ein ganzes Netz aus Agenten, die er mir auf den Hals hetzen könnte.«

»Er hat nicht mehr so viel Einfluss wie früher. Er ist nicht mehr bei der CIA. Er arbeitet jetzt ... freiberuflich. Er hat also jemanden gebraucht, der die Mittel besitzt, sich darum zu kümmern. Bitte. Das ist für mich nicht persönlich. Es ist nur ein Auftrag. Wirklich. Ich habe nichts gegen dich.«

»Nicht persönlich? Du hast Männer auf mich gehetzt, um mich vor den Augen meiner Tochter umbringen zu lassen. Das ist nicht persönlich? Wie viel persönlicher könnte es sein?«

Sloan sagte nichts. Seine Augen nahmen einen argwöhnischen Blick an. »Wenn ihr mich umbringt, werde ich euch nie verraten, wo er ist. Ich kann euch Arthur auf dem Silbertablett servieren. Aber ihr müsst mir versichern, dass ihr mich am Leben lasst.«

Jet sah Alan an und nickte. »Ich werde mir den Safe ansehen. Du bringst ihn dazu, die Informationen preiszugeben.«

Sloans gerissener Blick verwandelte sich zu Furcht. »Nein. Ich werde es euch sagen. Alles.«

Alan trat mit dem Handtuch in der einen und dem Insektenspray in der anderen Hand vor ihn. »Ja, das wirst du. Ich bin absolut einhundertprozentig sicher, dass du es wirst. Und es ist mein Job, sicherzustellen, dass es die ganze, reine Wahrheit ist.«

Das Letzte, was Jet hörte, als sie die Treppe hinaufstieg, war Sloans vom Handtuch gedämpfter Schmerzensschrei, als das Insektenspray seine Wirkung entfaltete.

KAPITEL 27

Jet schaffte es, den Safe zu öffnen, und wühlte darin herum. Sloan hatte nicht gelogen, sie fand tatsächlich einen Haufen Goldmünzen sowie mehr als einhunderttausend Dollar in Hundert-Dollar-Scheinen. Vier Versicherungspolicen lagen auf dem Boden des Safes, zusammen mit zwei Schlüsseln, etwas, das aussah wie ein paar Gramm Kokain in einem Glasfläschchen, und eine USB-Festplatte.

Sie zog das Metalltablett mit dem Gold aus dem Safe und hob es hoch. Die Münzen wogen etwa elf Kilogramm und waren überraschend kompakt, in den Aufbewahrungsröhren aus Plastik waren jeweils zwanzig Unzen enthalten. Jet überdachte ihre Optionen und entschied sich schnell dazu, das Gold und das Bargeld mitzunehmen – wie es Einbrecher tun würden. Die Drogen konnten hierbleiben. Mit Sloans Fingerabdrücken auf dem Fläschchen, würden sie so der Polizei noch etwas geben, über das sie nachgrübeln konnten.

Sie durchwühlte den Schrank und fand eine Sporttasche, die sie ausleerte. Die Wasserflasche und das Handtuch ließ sie achtlos auf den Boden fallen. Sie beförderte das Gold und Bargeld hinein und ging dann den Flur entlang zum Arbeitszimmer. Der Waffensafe war ein zweitüriges Modell, das bestimmt eineinhalb Meter breit war. Sie probierte es mit beiden Schlüsseln und einer davon glitt ohne Widerstand ins Schloss.

Als sie ihn öffnete, weiteten sich ihre Augen.

Sloan war ernsthaft waffenvernarrt. Sie begutachtete den Inhalt des Safes und suchte sich einige Stücke aus, darunter zwei goldene Desert Eagle XIX .44 Magnum Pistolen aus Titan und eine Kiste voll Munition, ein M4-Sturmgewehr mit einem Ersatzmagazin und eine Heckler & Koch MP7A1 mit drei Dreißig-Schuss-Kastenmagazinen. Am Boden des Safes lag ein Zettel – eine Erlaubnis, vollautomatische Waffen zu besitzen. Als großkotziger Dienstleister, der sogar der Regierung Söldner zur Verfügung stellte, war es ein Kinderspiel, daran zu kommen. Sie steckte die Pistolen, die MP7 und die Magazine in die Tasche, zog das M4 heraus und legte es neben den Tisch. Den Safe ließ sie geöffnet – noch ein Beweis für einen Einbruch, mit dem sich die Polizei beschäftigen konnte.

Sie ging zum Computer und bewegte die Maus. Der Bildschirm blinkte und leuchtete auf, als das System zum Leben erwachte. Sie fischte die Festplatte aus der Tasche und steckte sie an einen der freien Anschlüsse, dann klickte sie auf die Verknüpfung, die auf dem Bildschirm erschien.

Zehn Minuten später war sie fertig. Sie steckte die Festplatte in die Tasche, schulterte das M4 und kehrte ins Wohnzimmer zurück, wo Alan stand und auf den bewegungslosen Sloan herunterblickte.

Alan sah sie an, nahm kommentarlos das Gewehr und hob eine Augenbraue. »Ich habe alles aus ihm herausbekommen, aber er hat es nicht geschafft.«

Sie trat um Sloan herum und gab Alan das Sturmgewehr, dann wandte sie sich dem Sicherheitsmanager zu, dessen Augen geschwollen waren und das Gesicht verbrannt, wo Alan den Brenner benutzt hatte.

»Was ist passiert?«

»Ich glaube, er hatte einen Schlaganfall. Der fette Bastard hat wahrscheinlich sein Eigengewicht in Foie Gras gegessen, das überrascht mich also nicht. Sein Gesicht ist in sich zusammengeschmolzen und zur Seite gesackt, dann hat er angefangen zu würgen und zu zucken.«

»Lebt er noch.«

»Er hat vor drei Minuten aufgehört zu atmen.«

»Scheiße.«

»Keine Sorge. Ich habe, was ich brauche.«

»Ich wollte ihm ein paar Fragen stellen, über einige der Sachen, die ich gefunden habe«, sagte Jet.

»Das wird nichts, außer du kannst mit den Toten kommunizieren.«

»Das habe ich verstanden. Was machen wir mit ihm?«

»Ich denke, wir können ihn nach draußen zum See tragen und ihn da reinwerfen. Wenn wir es richtig anstellen, wird es einen oder zwei Tage dauern, bis ihn jemand findet.«

»Was ist mit der Haushaltshilfe?«

»Sloan hat einen Computer, oder?«

Sie nickte.

»Drucker?«

»Ja.«

»Schreib einen kurzen, netten Brief für die Haushälterin, dass er aufgrund eines Notfalls wegmusste und in ein paar Tagen zurückkommt. Dann haben wir genug Zeit, dass er anfangen wird, wirklich zu verwesen. Wenn es in dem See Fische gibt, dann werden sie einen Großteil von ihm bereits gefressen haben, bis ihn jemand aus dem Wasser zieht.«

»Du brauchst etwas, um ihn zu beschweren.«

»Ich weiß. Du kannst dich oben um alles kümmern und ich kümmere mich um Sloan.«

Jet hechtete die Treppe hoch und verfasste die Notiz. Sie schloss den Waffensafe, als der Drucker das Papier ausspuckte. Sie blickte sich ein letztes Mal im Schlafzimmer um, schloss auch dort den Safe und ging zurück, um den Brief zu holen. Als sie wieder die Treppe hinunterkam, stand Alan bereits in der Küche und wartete auf sie.

»Alles erledigt?«, fragte sie.

»Positiv.«

»Was hast du als Gewicht benutzt?«

»Er hatte einen kleinen, benzinbetriebenen, tragbaren Generator. Damit – und mit knapp zwanzig Metern Kette aus der Garage – habe ich das Problem gelöst. Der nylonverstärkte Teppich, mit dem ich seinen fetten Arsch zum See gezerrt habe, hat mich zumindest vor Rückenschmerzen bewahrt. Er schwimmt nicht, also ist alles gut.«

»Dann verschwinden wir.«

»Ladies first.« Alan deutete auf die Haustür.

Jet trug die Tasche mit den Waffen und Alan öffnete vorsichtig die Tür. Sie verschwanden in der Dunkelheit, ihre Polizeiuniformen machten sie in der Nacht fast unsichtbar.

Als sie das Auto erreichten, warf Jet die Waffen zusammen mit ihrem Hut in den Kofferraum. Alan tat es ihr gleich und sechzig Sekunden später hatten sie die Nachbarschaft hinter sich gelassen und waren auf dem Weg in Richtung Freeway.

»Was hat er über Arthur gesagt? Ich kann noch immer nicht glauben, dass der Mistkerl überlebt hat, aber jetzt wo ich weiß, dass er lebt, ergibt alles einen Sinn. Jeder Moment muss Höllenqualen für ihn bedeuten. Ich wäre an seiner Stelle auch leicht reizbar.«

»Er hat irgendwo ein Anwesen, das er *Wolfsfalle* nennt. Mehr als ein Hektar Land, schwer bewacht. Das ist alles, was Sloan wirklich wusste. Er hat mir die Adresse gegeben, bevor er verreckt ist, aber davon abgesehen sind wir auf uns allein gestellt. Hast du Lust auf eine kleine Autofahrt?«

»Klar.« Sie suchte die Adresse mit ihrem Handy und leitete Alan.

»Was ist in der Tasche?«, fragte er, als sie auf den Highway abbogen.

»Oh, dies und das. Ein Arsenal. Eine halbe Million in Gold. Hunderttausend in Hunderterscheinen. Vielleicht sollten wir darüber nachdenken, ins Einbruchsgeschäft einzusteigen. Wie sich herausstellt, ist das ziemlich lukrativ.«

»Ich muss das vielleicht. Du nicht, wie du dich vielleicht erinnerst. Du bist reich.«

»Hey, die Hälfte der Beute gehört dir. Du hast also auch was vorzuweisen.«

»Nur die Hälfte?«, fragte Alan mit gehobenen Augenbrauen.

»Okay, du hast es mir ausgeredet. Du kannst alles haben.«

»Das ist schon besser. Ich habe einen teuren Geschmack.«

Sie musterte ihn am Steuer des Dodge, eine Siebzig-Dollar-Uhr am Handgelenk. Dann begannen sie beide zu lachen.

»Vielleicht nicht ganz so teuer. Aber trotzdem. Ich kann ja noch lernen«, scherzte er.

»Das ist gut zu wissen. Dass du gewillt bist, dich zu bessern.«

»Und wie.«

Sie erreichten die *Wolfsfalle* fünfzehn Minuten später und waren überrascht und erleichtert, wie ländlich es wirkte. Dicht stehende Bäume und Gebüsch ließen die Straßen, durch die sie sich schlängelten, zurückgezogen und privat wirken. Es war schwerer, in einer dicht besiedelten Gegend eine Mission aufzuziehen – es gab immer ein Kind, das einem Ball hinterherrannte, oder einen neugierigen Nachbarn, der im falschen Moment auftauchte. In einer bewaldeten Gegend wie dieser hätten sie mehr Möglichkeiten.

Sie erreichten Arthurs Straße und fuhren sie mit gelassenen zwanzig Meilen pro Stunde ab. Rechts von ihnen lag ein riesiges Anwesen im Stil einer amerikanischen Plantagenvilla, die besser nach Georgia gepasst hätte als einige Meilen außerhalb der Hauptstadt. Jet bemerkte ein Wachhaus und die Gartenbeleuchtung, und sie glaubte, einen Wachmann zu sehen, der die Außengrenzen des Grundstücks patrouillierte, als sie daran vorbeirollten – das hier würde komplizierter werden als Sloans Haus, so viel war klar. Als sie das Haus einige hundert Meter hinter sich gelassen hatten, endete die Straße in einer Sackgasse und zwang sie umzukehren und erneut an dem aufragenden Gebäude vorbeizufahren. Dieses Mal war sie sicher, dass sie mindestens zwei Männer sah, die an dem Eisenzaun zu beiden Seiten des Geländes entlanggingen, und außerdem zwei, die in dem Torhaus saßen.

»Was meinst du?«, fragte Alan, während sein Blick das Haus absuchte, das mindestens siebzig Meter abseits der Straße am Ende einer aufwendig gepflegten Auffahrt lag.

»Es ist ein Palast. Aber er hat außerdem einen ziemlich aufmerksamen Sicherheitsdienst. Wie viel Uhr ist es?«, fragte sie.

Alan warf einen Blick auf seine Uhr. »Zwanzig vor zwölf.«

»Mindestens vier Männer sind im Dienst und von den Lichtern im Erdgeschoss zu schließen sind noch mehr im Haus. Wie groß ist die Chance, dass wir etwas über das Haus herausfinden – Baupläne? Einen Grundriss?«

»Wahrscheinlich nicht groß. Wenn es nicht öffentlich zugänglich ist, komme ich nicht dran. Außer ich schaffe es, irgendwie in die Mossad-Server zu kommen … aber selbst dann bezweifle ich, dass wir etwas haben. Ich müsste hier ein paar Gefallen von der Botschaft einfordern.«

»Du wirst doch nicht wieder Kontakt mit dem Direktor aufnehmen, oder? Nach dem Vorfall auf der Fähre? Alan. Du weißt nicht, wer hinter dir her ist. Im Moment bist du tot. Glaubst du nicht, dass es besser ist, wenn es so bleibt?«

»Ich habe darüber nachgedacht. Ich muss dem Direktor meinen Rücktritt mitteilen. Ich muss ihm nicht sagen, wo ich bin, aber nach all den Jahren, die ich für seine Zwecke geopfert habe, fühlt es sich einfach nicht richtig an, ohne Erklärung zu verschwinden. Ich schulde ihm das. Und er hat ganz sicher nicht die Fähre in die Luft gejagt, um mich auszuschalten – denk darüber nach. Warum? Er hätte mich einfach zurück nach Israel beordern und mir die Kugel geben können.«

Jet schüttelte den Kopf. »Mir gefällt das nicht im Geringsten. Ich glaube, es ist besser, wenn du tot bist.«

»Ich weiß, aber das ist nicht deine Entscheidung. Mir ist es lieber, ihn wissen zu lassen, dass es mir gut geht, ich aber den Mossad hinter mir lasse, als ihn darüber, was mit mir passiert, ist im Dunkeln zu lassen, oder ob ich zur anderen Seite übergelaufen bin oder so etwas. Es kann nicht schaden, und ich denke, dass es das Richtige ist. Wie gesagt, ich werde ihm nicht verraten, wo ich bin. Es kann also nichts passieren.«

»Die berühmten letzten Worte. Hast du jemals vom Gesetz der unbeabsichtigten Folgen gehört?«

»Nicht wirklich.«

Er bog ab und sie entfernten sich von Arthurs Haus. Es gab nichts mehr zu sehen.

»Wir sollten morgen zurückkommen und anfangen das Haus zu überwachen.«

»Das wird nicht einfach. Es ist verlassen und die paar anderen Häuser sind auch Anwesen, die weit abseits der Straße liegen. Man kann nirgendwo parken und warten.«

»Ich weiß. Wir müssen also dorthin wandern und eine geeignete Stelle finden. Es ist nicht so, als hätten wir das nicht schon mal gemacht.«

Ihre Rücklichter verschwanden und die Gegend war wieder ruhig.

Auf der anderen Straßenseite des Anwesens, mehrere hundert Meter innerhalb des Lahey Lost Valley Parks, senkte ein schwarz gekleideter Mann sein Fernglas und notierte das Nummernschild des Dodge in einem kleinen Buch, das er in seiner Brusttasche trug, bevor er wieder die Beobachtung des Hauses von dem Aussichtspunkt in den Bäumen aufnahm.

KAPITEL 28

Das morgendliche Treffen im Club war ungewöhnlich, aber sie lebten in ungewöhnlichen Zeiten. Der ältere Mann trat auf den Gehsteig, sein schwarz gekleideter Fahrer hielt die Tür auf und er ging schwankend auf den Haupteingang zu, der sich wie von Geisterhand öffnete, als er näher kam.

Die Gruppe hatte sich im üblichen Raum zusammengefunden. Das vollmundige Aroma aromatischen Kaffees und schmackhafter Omeletts lag in der Luft. Der ältere Mann nahm seinen Platz an dem Tisch ein, und nachdem er einen Schluck Kaffee aus der bereitgestellten, dampfenden Tasse genommen hatte, blickte er sich in dem Raum um und musterte die anwesenden Männer.

»Wir schaffen es nicht, Fuß zu fassen. Wir brauchen mehr. Zu viele Leute stellen unsere Daten über den Iran infrage, obwohl alle freundlich gesinnten Fernsehsender nach unserer Pfeife tanzen«, sagte er ohne großes Interesse.

»Ich habe alle Hebel in Bewegung gesetzt, die sich bewegen lassen. Das Problem ist, dass unsere vergangenen Behauptungen, dass sie Atomwaffen zu entwickeln versuchen, unsere Glaubwürdigkeit untergraben haben. Und die Sache mit dem Irak hat unseren Vertrauensbonus zunichtegemacht.« Der Sprechende war einer der jüngeren Männer in der Versammlung. Er war dafür verantwortlich, sich um das Medienchaos zu kümmern.

»Ja. Mir ist bewusst, dass wir das Feld von hinten aufrollen. Deshalb sollten bei dem verdammten Angriff auch alle sterben.

Jetzt stehen wir hier herum wie Schlappschwänze mit nutzlosen Daten und unsere Gegner haben Blut geleckt. Ich bin nicht hier, um mich darüber zu beschweren, wie schwer es wird. Ich will Vorschläge, wie wir das Ruder herumreißen können.«

»Großbritannien und Kanada jubeln wir schon Informationen unter, die andeuten, dass der Iran eine Bedrohung darstellt.«

»Wie gesagt, diese Karte haben wir mit dem Irak ausgespielt und verbrannt. Die üblichen Verdächtigen hatten alle unseren Standpunkt untermauert, dass Saddam Massenvernichtungswaffen besitzt, die er innerhalb von fünfundvierzig Minuten abfeuern kann, und das hat sich nach der Invasion als falsch herausgestellt. Wir können nicht zweimal in den gleichen Apfel beißen. Niemand kauft uns diese Version mehr ab«, fauchte der ältere Mann wutentbrannt.

Der jüngere Mann nickte. »Und die Iraner stellen sich ziemlich clever an. Sie wissen, was wir vorhaben, und sind uns einen Schritt voraus. Sie haben jetzt unabhängige Beobachter, die alle sagen, dass es keine Beweise gibt, die auf etwas anderes als die Entwicklung eines zivilen Atomprogramms hindeuten. Das hilft auch nicht.«

»Ich will eine ehrliche Einschätzung der Lage und ich brauche neue Ideen, Leute. Wir müssen einsehen, wenn etwas nicht funktioniert, und uns etwas Besseres ausdenken.«

»Nun, Sir, laut den Umfragen steht die Öffentlichkeit hinter einem Präventivschlag. Die amerikanische Bevölkerung hat es uns also abgekauft.«

»Das ist aber unwichtig, wenn der Rest der Welt *Finger weg* sagt, oder? Wie gesagt, die ganze Medienaktion, um unsere Schäfchen an Bord zu bringen, würde uns nur helfen, wenn der Angriff erfolgreich gewesen wäre. Was er aber nicht. Und die Bastarde haben sich jetzt dem Ölmarkt geöffnet und handeln in Nicht-Dollar-Währungen. Die Chinesen sind ihre wichtigsten

Kunden und die zahlen in Yuan. Die Russen zahlen in Rubel. Das wird eine Katastrophe für den Dollar, wenn es so weitergeht. Ich gehe davon aus, dass ich Sie nicht daran erinnern muss, was alles auf dem Spiel steht.«

Niemand erwiderte etwas.

»Wenn wir keine Invasion im Iran starten können, dann ist der Dollar dem Tod geweiht. Die Deutschen holen gerade ihr ganzes Gold zurück und machen den EU-Ländern als Vorbereitung auf den Zusammenbruch Feuer unterm Hintern. Sie haben die Kredite für die Länder mit niedriger Produktivität angezogen, was ihre Darlehenskosten in die Höhe hat schießen lassen, und jetzt ist die Europäische Zentralbank eingesprungen und hat Notkredite angeboten. Aber Länder wie Griechenland, Spanien und Portugal müssen ihre gesamten Vermögenswerte abtreten, um die Kredite abzusichern.« Der ältere Mann nahm einen weiteren Schluck Kaffee und lehnte sich zurück. »Russland holt sein Gold auch zurück und hortet es. China, der weltgrößte Goldproduzent, exportiert keine Unze mehr. Jeder sieht, wie sich eine Papiergeldkatastrophe anbahnt und sie alle stellen sich so gut es geht mit materiellem Vermögen auf, bevor die Musik aufhört zu spielen.«

»Und wir haben noch ein Problem. Die verdammten Deutschen verlangen jetzt, dass sie eine Bilanzprüfung über das Gold in der Federal Reserve Bank in New York machen dürfen. Wir sind jahrzehntelang mit einem *Vertraut uns, es ist alles da* durchgekommen, aber jetzt wollen sie es tatsächlich sehen, zählen, verifizieren, dass es echtes Gold ist und nicht einfach Wolframkerne mit Goldbeschichtung. Muss ich euch erklären, was passiert, wenn die Welt herausfindet, dass … nun, sagen wir einfach, dass uns niemand mehr etwas abkaufen wird. Dass der Iran ins Stolpern kommt, damit wir Öl wieder ausschließlich in Dollar auszeichnen können, ist von höchster Wichtigkeit für das

Überleben der Währung. Andere Länder beobachten das genau, und es ist nur eine Frage der Zeit, bevor die Saudis oder Nigeria auch in etwas anderem als Dollar bezahlt werden wollen. Und wenn das passiert, sind wir geliefert.«

Die Gruppe diskutierte eine Stunde lang weitere Optionen, ohne dabei zu einem Schluss oder einem Durchbruch zu kommen. Schließlich lehnte sich der ältere Mann stöhnend zurück und starrte an die Decke.

»Was gibt es neues über den Mossad-Agenten, der vielleicht etwas weiß, Sir? Ich weiß, dass Sie gesagt haben, Sie kümmern sich darum, aber können Sie uns mehr sagen? Ist es noch ein Problem?«, fragte ein fetter, schwitzender Mann in einer Anzugweste auf der anderen Seite des Tisches.

»Man hat sich darum gekümmert. Er stellt keine Gefahr mehr dar. Er hatte einen unvorhergesehenen Unfall. So ist das Leben.«

»Das ist zumindest etwas, dass wir von der Liste streichen können.«

»Ja, aber ich will neue Anstöße sehen. Wir treffen uns nächste Woche wieder hier und arbeiten eine produktivere Richtung aus. Unsere Bemühungen bringen vielleicht die Leute auf die Straße, aber wir bringen niemanden auf unsere Seite. Macht euch Gedanken. Montag, gleiche Zeit«, sagte der ältere Mann und blickte auf die Uhr, als er aufstand.

Draußen fuhr der Fahrer in dem Moment vor, als sich die Tür zum Club öffnete und der ältere Mann, vor Wut über den Mangel an Fortschritt kochend, die Treppe herunterkam. Das gesamte Kartenhaus könnte in sich zusammenfallen, wenn sie nichts unternahmen. Wenn sich die Dinge weiter in diese Richtung entwickelten, wurde es Zeit, sich auf einen Zusammenbruch des Dollars vorzubereiten. Er konnte ihn bereits kommen sehen. Dies war natürlich schon von Anfang an Teil des Plans gewesen, aber frühestens in einem Jahrzehnt. Ein Staatsbankrott war die einzige Möglichkeit, die zweihundert Billionen Dollar unfundierter Verpflichtungen loszuwerden, die sich das System auferlegt hatte – Sozialhilfe, Krankenversicherung, die staatliche Hypothekenbank … Wenn der Dollar zusammenbrach, konnte die Regierung mit den Schultern zucken und sagen, tut uns leid, wir sind bankrott, aber konzentrieren wir uns auf die Zukunft mit einer neuen Währung, die wir dieses Mal verantwortungsbewusst handhaben. Es wäre der ultimative Landkauf. Alle Hypotheken im Land würden auf einmal mit Zahlungsforderungen, in was auch immer die neue Währung sein würde, belastet werden, ungeachtet dessen, dass es den meisten Menschen das Genick brechen würde, weil sie ihr Vermögen nicht in reale Werte, sondern in wertlose Aktien, Staatsanleihen und börsennotierte Fonds gesteckt hatten. Und das würde dazu führen, dass ihm und seinen Mitstreitern alles gehören würde, was sich der Mittelstand seit dem Zweiten Weltkrieg angespart hatte, und der Normalbürger würde im Regen stehen.

Schlussendlich würde sich nichts ändern, außer dem Mittelstand – genau wie in der Weltwirtschaftskrise, in der die Armen noch immer arm gewesen waren, die Stinkreichen genau das geblieben waren und es der Mittelstand gewesen war, der seinen massiven, gemeinsamen Wohlstand verloren hatte und mittellos wurde. Für ihn war es unglaublich, dass die Leute einfach nichts daraus lernten, aber auf der anderen Seite war das natürlich alles Teil des Plans.

Die USA würden wie Argentinien werden, oder Großbritannien, wo die meisten Vermögenswerte in den Händen von Banken oder ausländischen Unternehmen waren und die Bevölkerung in ihrem eigenen Land lebte, ohne das Land oder seinen Reichtum selbst zu besitzen. Von diesen Ländern wusste er, dass die apokalyptische Sicht, dass alles zum Stillstand kommen würde, Übertreibung war. Es würde sechs Monate dauern, bis die Menschen sich an die neue Währung und die neuen Sparprogramme gewöhnt hatten, dann würde das Leben weitergehen, nur ohne den Wohlstand, den man zuvor besessen hatte. Die Menschen würden noch immer Burger kaufen und arbeiten gehen, aber sie würden in einer neuen Währung statt Dollar bezahlt werden, und ihre Dollar-Ersparnisse wären eine halbvergessene Erinnerung, genau wie sie es für die meisten während der Weltwirtschaftskrise gewesen waren. Das Leben würde weitergehen. Und er und seine Gefährten hätten den Reichtum von vier Generationen umverteilt und niemand würde wissen, wie es geschehen war.

Es war das perfekte Verbrechen, aber das Timing stimmte nicht. Sie brauchten mehr Zeit, um all die gedruckten Dollars in realen Werten anzulegen, ohne dabei einen Ansturm auf das Bankensystem auszulösen. Dass der Iran sein Öl nicht in Dollar handelte, konnte dem Plan langfristig ernstlich schaden.

So oder so musste er ausgeschaltet werden. Und zwar bald.

***

Alan schüttelte den Kopf. Er sprach über das Internettelefon mit dem Direktor.

»Nein, Sir, ich bin nicht respektlos. Ich trete zurück. Mit sofortiger Wirkung. Ich will das nicht mehr. Ich habe meinen Teil getan. Ich bin raus. Ich kündige.«

»Sie entscheiden nicht, ob Sie raus sind, sondern ich«, warnte der Direktor.

»Bei allem Respekt, nein, Sir. Es ist mein Leben und ich nehme es mir zurück. Ich habe mehr für das Land und für Sie getan, als irgendjemand sonst. Aber es ist Zeit, dass Sie ohne mich weitermachen.«

»Wo sind Sie?«, verlangte der Direktor.

»Das kann ich Ihnen nicht sagen.«

»Warum nicht? Seit wann verheimlichen Sie so etwas vor mir?«, spuckte der Direktor, empört darüber, dass seine Autorität infrage gestellt wurde.

»Seitdem ich glaube, dass jemand versucht, mich umzubringen.« Da, jetzt war es raus.

»Was meinen Sie damit? Sprechen Sie es aus, verdammt nochmal.«

»Ich war auf der Fähre. In Südamerika. Sie ist explodiert. Ich glaube, dass sie zerstört wurde, um mich auszuschalten.«

Der Direktor war still, während er die neue Information verdaute. »Die Amerikaner haben nach Ihnen gefragt«, sagte er ruhig.

»Was? Warum? Welche Amerikaner?«

»Es war sehr subtil, aber sie haben Interesse bekundet, Sie noch einmal wegen der Bioattacke zu befragen.«

Alles fügte sich zusammen und Alan ging ein Licht auf. »Sie wollen wissen, wo ich bin.«

»Sie haben vor ein paar Tagen aufgehört zu fragen.«

»Ungefähr als die Fähre explodiert ist.«

Für einige Augenblicke waren sie beide still.

»Wer sucht mich?«

»Die amerikanische Homeland Security. Sie haben einen Agenten namens Ryker erwähnt. Ich glaube, er hat sie schon einmal befragt?«

»Ja. Und Sie sind sicher, dass er wieder versucht hat, an mich heranzukommen?«, fragte Alan.

»Klinge ich für Sie durcheinander oder konfus?«

»Nein, Sir.«

Der Direktor seufzte. »Was hat Ihnen der Terrorist genau erzählt? Bevor er gestorben ist?«

Alan wiederholte die Geschichte.

»Weiß sonst jemand davon? Haben Sie das irgendjemandem erzählt?«

Alan zögerte. »Nein, nur Ihnen.«

Der Direktor atmete schwer in das Telefon und beide Männer versuchten den jeweils anderen zu durchschauen. Schließlich traf der Direktor eine Entscheidung.

»Zu Ihrer eigenen Sicherheit, und vielleicht meiner, hat dieser Anruf nie stattgefunden. Ich habe nichts von Ihnen gehört. Sie sind tot für mich und ich weiß von nichts. Haben Sie das verstanden?«

»Ja, Sir. Das ist wahrscheinlich besser so.«

»Es wird natürlich einige Wochen dauern, bevor ich Ihren Serverzugang sperre. Ich habe viel zu tun. Und, Alan? Ich würde an Ihrer Stelle von der Bildfläche verschwinden. Planen Sie keinen Ausflug nach Disneyland, wenn Sie verstehen, was ich meine?«

Alan entschied sich, ihm nicht zu verraten, dass er in diesem Moment in den Vereinigten Staaten war. »Ja.«

»Dieser Ryker arbeitet von Los Angeles aus. Er hat mir eine Nummer hinterlassen. Ein geschäftstüchtiger Mann könnte damit herausfinden, wo genau er sein Büro hat.« Der Direktor ratterte eine Nummer mit der 310-Vorwahl herunter. »Nicht, dass das eine gute Idee wäre, wohlgemerkt.«

»Ich verstehe. Es wäre eine schlechte Idee.«

»Eine sehr schlechte Idee.« Der Direktor machte eine Pause. »Viel Glück, mein Freund. Sie werden es brauchen. Gott sei mit Ihnen«, endete er und legte auf.

Alan legte den Hörer wieder auf die Gabel, dann rieb er sich über das Gesicht und stand auf. Er trat aus der Telefonzelle, bezahlte den jungen Mann an der Theke des Internetcafés für die Zeit und ging nach draußen auf den Gehsteig. Um ihn herum strömten Fremde, wie er selbst – Downtown, wo sich die Touristen aufhielten, war der einzige Teil der Stadt, wo er ein Internetcafé gefunden hatte. Offensichtlich war sonst alles und jeder vernetzt, sodass die Cafés nicht überlebt hatten. Ein Zeichen des Fortschritts, dachte er.

Er spazierte zu seinem Auto und reichte dem Parkwächter ein paar Scheine, dann stieg er in den Dodge und startete den Motor. Jet war wahrscheinlich bereits bei Arthurs Haus und hielt dort Ausschau. Er hatte mit ihr ausgemacht, sich dort später zu treffen, sobald sie ihn anrufen würde. So wie es am Vorabend ausgesehen hatte, würde es schwerer werden als erhofft, dort hineinzukommen.

Aber jetzt hatte er ein anderes Problem. Ein größeres.

Ein Problem namens Ryker.

KAPITEL 29

Jet spazierte im Licht der späten Morgensonne die Straße entlang, das Wetter war mild und es sollte nicht mehr lange dauern, bis der Spätsommer anfangen würde. Der Kies am Straßenrand knirschte unter ihren Laufschuhen, die ihr Outfit vervollständigten, das ansonsten aus einem wellenden Hippierock und einem batikgefärbten Tanktop bestand, über das sie einen schäbigen Wollpullover gezogen hatte. Die Perücke, die sie am Morgen gekauft hatte, stand ihr gut, ein hellblonder Haarschopf, der ihre noch immer kurzen Haare vollständig versteckte.

In ihrem Rucksack hatte sie eine Wasserflasche, ein Fernglas und einige Proteinriegel, zusammen mit einem Buch, einer Decke und wahllosem Zeug, das unauffällig wäre, wenn jemand sie durchsuchte – unwahrscheinlich, aber sie ging kein Risiko ein. Eine dunkle Sonnenbrille verdeckte ihre Augen und für den Rest der Welt würde sie aussehen, wie eine schräge Collegestudentin, die einen Tagesausflug machte, um mit der Natur zu kommunizieren.

Ihr Weg führte sie in den Park gegenüber von Arthurs Unterschlupf und als sie eine Stelle erreicht hatte, die so tief in den Wäldern lag, dass sie keine Aufmerksamkeit auf sich ziehen würde, zog sie die Decke hervor und breitete sie auf dem Gras aus, dann machte sie es sich mit dem Buch und dem Fernglas gemütlich. Sie beobachtete, wie die Sicherheitsmänner der Morgenschicht ihrer Routine nachgingen und das Gelände mit roboterhafter

Effizienz patrouillierten. Ihr Verhalten hatte nichts von der entspannten Gleichgültigkeit, die sie sich erhofft hatte.

Irgendwann kam ein dünner Mann in einem schwarzen Anzug aus der Haustür und ging auf das vordere Torhaus zu. Sie machte einige Bilder mit ihrer hochauflösenden Handykamera, um sie später genauer unter die Lupe zu nehmen. Er blieb ein paar Minuten dort, dann stolzierte er mit beflissener Haltung zurück zum Haus. Offensichtlich hatte er das Kommando – vielleicht war er Arthurs rechte Hand.

Von der Beobachtung des Hauses allein konnte sie nicht darauf schließen, wo das Hauptschlafzimmer sein könnte. Durch die Fenster war nichts zu erkennen, in allen außer zwei Zimmern waren die Vorhänge fest zugezogen. Anscheinend ging Arthur nach seiner wundersamen Nahtoderfahrung kein Risiko mehr ein. Sie konnte es ihm nicht verdenken.

Ein geschlossener Lieferwagen hielt vor den Toren und der Fahrer tauschte einige Worte mit dem Wachmann aus, der in den Sicherheitsbereich trat und auf einen Knopf drückte. Die Tore schwangen langsam auf und der Lieferwagen rollte hindurch, bremste hinter den Toren kurz ab, bevor er zum Haus fuhr und dort parkte. Zwei uniformierte Männer stiegen aus und gingen zur Rückseite des Fahrzeugs, wo sie Werkzeugkästen und elektronisches Equipment an sich nahmen. Sie gingen auf den Rasen in der Nähe des Zauns, blieben bei einer der Steinsäulen stehen und gingen in Hocke, dann begannen sie an etwas zu arbeiten – ein Bewegungsmelder, dachte Jet, während sie ihnen durch das Fernglas zusah.

Mit Arthurs Insiderwissen hatte er die Möglichkeit, die absolut besten Sicherheitssysteme zu besitzen, die man für Geld kaufen konnte, und mit dem unrechtmäßigen Profit aus seinem jahrzehntelangen Drogenschmuggelprojekt hatte er haufenweise Geld zu verschwenden. Das Haus mit dem gesamten Gelände war locker zehn oder fünfzehn Millionen Dollar wert, vielleicht sogar mehr. Und für dieses Sicherheitssystem musste er wahrscheinlich im Monat einen sechsstelligen Betrag aufbringen.

Er war von den nötigsten Sicherheitsvorkehrungen zu einem Punkt übergegangen, an dem es zu viel des Guten war, was es dieses Mal bedeutend schwieriger machen würde, an ihn heranzukommen. Wenn er nie das Haus verließ, was laut Sloans Beschreibung seines Zustands wahrscheinlich war, hatte er sich quasi in einem schützenden Kokon eingepuppt. Auch wenn sie in der Vergangenheit in viele solcher Einrichtungen eingedrungen war, hatte sie hierfür keine der unterstützenden Technologie, die sie besessen hatte, wenn sie für den Mossad arbeitete – Überwachungsteams, Baupläne, Satellitenbilder, umfangreiche Recherche über mehrere Monate.

Sie bildete sich nicht ein, dass sie einfach hereinplatzen, Arthur eine Kugel in den Kopf jagen und dann unentdeckt wieder herausschlendern konnte. So wie es im Moment aussah, würde es chaotisch und riskant werden. Sie müsste hineinkommen, das Sicherheitsteam ausschalten, dieses oder die versteckten Alarmanlagen daran hindern, irgendjemanden von außerhalb zu alarmieren, und dann Arthur umbringen. Dass er von einer kleinen Armee bewacht wurde, war schlimm genug, aber dass er Zugriff auf die modernsten Sicherheitsvorkehrungen hatte, machte es noch riskanter.

Um elf Uhr dreißig vibrierte ihr Handy. Alans Wegwerfnummer erschien auf dem Display.

»Wie läuft es?«, fragte er.

»Nicht schlecht. Ich beobachte nur die Wächter.«

»Irgendwelche Erkenntnisse?«

»Nicht wirklich. Nur, dass es Profis sind, dass er mindestens ein Dutzend Männer und ernstzunehmende elektronische Sicherheitsvorkehrungen besitzt.«

»Deine Spezialität.«

»Ja, aber ich habe ein ungutes Gefühl bei der Sache, wenn ich mir das von hier aus anschaue. Wir haben keinen ganzen Monat, um den besten Weg ins Haus zu finden. Und wir haben keine Geheimdienstunterstützung. Selbst bei dem Russen haben wir uns auf den Mossad verlassen, um an Gebäudepläne zu kommen. Ohne die würden wir immer noch da drüben sitzen, und hoffen, dass wir Glück haben.«

»Nun, in dieser Hinsicht habe ich vielleicht gute Nachrichten. Ich habe mit dem Direktor gesprochen.« Alan erzählte ihr von seiner Diskussion.

»Also was hast du vor?«, fragte sie, als er fertig war.

»Ich denke, ich werde einen Teil von Sloans Geld anlegen, um ein Flugzeug nach Los Angeles zu chartern und ein ernstes Wörtchen mit Ryker zu reden. Ich muss wissen, was das alles soll und wer hinter mir her ist. Genau wie du.«

»Der Unterschied ist, dass sie davon ausgehen, dass du tot bist.«

»Bei allem Respekt, nach der Erfahrung, die du gemacht hast, bin ich nicht besonders zuversichtlich, dass das der perfekte Weg aus diesem Labyrinth ist. Tot zu sein, hat dein Leben nicht so viel einfacher gemacht, wie du gedacht hast, oder?«

»Das werde ich nicht bestreiten. Wann fliegst du?«

»Heute. Ich bin im Hotel. Ich habe fünfzigtausend aus dem Safe genommen und mit dem Charterservice gesprochen, der mich für sechzehntausend nach Los Angeles fliegt. Um den Rückflug kümmere ich mich später. Ich kann für den Privatflug einen meiner Ausweise nehmen – sie haben in Bezug auf Identifikation nicht viel verlangt, außer einem US-Führerschein oder einem Pass. Offenbar fliegen Terroristen nicht gern mit Lear Jets.«

»Dann wirst du bis heute Nachmittag dort sein? Wie viele Stunden bist du unterwegs?«, fragte Jet.

»Ungefähr viereinhalb. Und ich fliege in einer Stunde. Ich war auf den Servern und habe mich ein bisschen umgesehen. Ich glaube, ich habe eine Vorstellung davon, wo er arbeitet.«

»Denkst du darüber nach …?«

»Ich sehe nicht viele Möglichkeiten, schnell an Informationen zu kommen, außer ihn zu befragen, du etwa?«

Sie dachte kurz nach, dann schüttelte sie den Kopf und schloss die Augen. »Nicht wirklich. Aber er ist ein … er ist ein prominentes Ziel. Das wird den Druck massiv erhöhen. Wenn einer von ihnen etwas abbekommt … na ja, das weißt du selbst.«

»Ich bin mir des Risikos bewusst. Ich werde vorsichtig sein.«

»Bitte. Und ruf mich an, wenn du weißt, dass du zurückkommst.«

»Hast du alles im Griff?«

»Im Moment ja. Aber bitte geh in der Zwischenzeit auf die Server und schau, ob du irgendetwas über das Grundstück herausfinden kannst.« Jet machte eine Pause und dachte nach. »Weißt du was? Mir ist gerade etwas eingefallen. Es ist wahrscheinlich, dass Arthur aufgrund seiner Paranoia und ihrer Geschäftsbeziehung Sloans Firma für die Sicherheit beauftragt hat. Wenn das so ist, dann finden wir vielleicht etwas auf der Festplatte, die ich mitgenommen habe. Im schlimmsten Fall kann ich versuchen, mich in ihre Server einzuhacken. Sollte bei meinen Fähigkeiten kein allzu großes Problem sein.«

»Bescheiden bist du auch noch«, neckte Alan und löste damit die Spannung.

»Sei einfach vorsichtig. Bei einer Solomission kann viel schiefgehen, wie du weißt.«

»Ich werde mein Bestes tun, nicht erwischt zu werden. Was hältst du davon?«

»Das wird reichen müssen, nehme ich an.«

Sie verbrachten noch zwei Minuten damit, die logistische Seite zu klären, dann legte Jet auf und wandte ihre Aufmerksamkeit wieder dem Lieferwagen zu. Sie machte ein Bild von dem Nummernschild und verfluchte, dass das Fahrzeug keine identifizierbare Kennzeichnung hatte. Auf der anderen Seite würde das den Zweck einer diskreten Sicherheitsfirma verfehlen. Sloan hatte die Art von Geschäft geleitet, die kein Interesse daran zeigte, Werbung zu machen. Mit den Regierungsverträgen, seinen legitimen Geschäften und Arthurs Geheimoperationen hatte er ein Vermögen gemacht.

Nicht, dass es ihm am Ende irgendetwas gebracht hätte.

Es würde ein langer Nachmittag werden, das wusste sie, und sie begann wieder damit, so zu tun, als würde sie ihr Buch lesen, während sie das Kommen und Gehen der Sicherheitsmänner beobachtete.

Einhundertfünfzig Meter entfernt saß ein Mann in einem hochgewachsenen Baum auf einer Plattform, die er extra für diesen Zweck gebaut hatte. Seine Aufmerksamkeit war zwischen dem Haus und der Hippiefrau geteilt, die für ihn so aussah, als würde auch sie das Gelände im Auge behalten. Das Fernglas verriet sie. Er würde Millionen darauf verwetten, dass, wenn jemand fragen sollte, ihre Antwort wäre, dass sie Vögel beobachtete, und er hatte auch keine Zweifel daran, dass ihr Buch voll mit Bildern von Vögeln war – er hatte durch sein Teleobjektiv einen Blick auf das Cover erhaschen können, nachdem die Wahl ihres Liegeplatzes sein Misstrauen geweckt hatte.

Er verlagerte sein Gewicht auf den Holzbrettern. In dem grünen Tarnanzug und -netz, das er im Schutz der Dunkelheit aufgebaut hatte, war er unsichtbar. Was auch immer es mit der Frau auf sich hatte, es war kein defensives Manöver der Sicherheitsmänner auf Arthurs Gelände zu bemerken. Sie arbeiteten weiter streng nach Vorschrift, soweit er das einschätzen konnte.

Aber die Frau.

Es konnte nicht schaden, sie weiter zu beobachten.

KAPITEL 30

Agent Ryker streckte die Arme über den Kopf und gähnte. Ein weiterer stressiger Tag, an dem er fast nichts gemacht hatte, war endlich vorbei. Seit dem Terroranschlag auf das Stadion war die Dienststelle in Los Angeles in höchster Alarmbereitschaft, was viel Kontrolle von Sicherheitsdiensten öffentlicher Gebäude und Events bedeutete – nichts davon war Ziel eines Angriffs gewesen, und es hatte bei keinem Anzeichen dafür gegeben, dass es in Gefahr schwebte, Ziel eines Angriffs zu werden. Aber Befehle waren Befehle und er wurde gut bezahlt, also tat er, was er tun musste, um über die Runden zu kommen.

Er warf einen Blick auf die Uhr an der Wand seines Büros, ging zu dem Kleiderständer und nahm seine Sportjacke in die Hand. Er hatte Feierabend und es war sowieso angenehm ruhig. Seine Kollegen waren damit beschäftigt, Papierstapel hin- und herzuschieben, bis es spät genug war, um nach Hause zu gehen. Ryker gehörte zu den dienstältesten Mitgliedern des Teams in Los Angeles, deshalb konnte er an Tagen wie diesen etwas früher gehen – einer der wenigen Vorteile davon, in der Hierarchie so weit oben zu stehen.

»Auf Wiedersehen, Camelia«, sagte er zu der Rezeptionistin, als er am Empfangsbüro vorbeistürmte, entschlossen, es zu seinem Auto zu schaffen, bevor der Berufsverkehr richtig losging. Der Plan scheiterte jedes Mal, aber er hatte ihn nie aufgegeben. So schlimm es gegen halb fünf auf den Freeways von L.A. war, halb sechs war es tausendmal schlimmer. Die sieben Meilen von seinem Büro bis zu seinem Zuhause in Pasadena konnten locker eine Stunde Fahrt in Anspruch nehmen, und manchmal das Doppelte, wenn der Verkehr schlimm war. Es war eine irrsinnige Art zu leben, aber es war seine Norm, und vielen Leuten erging es viel schlimmer.

Seine Schritte hallten durch die Tiefgarage, die sich das Rathaus mit einer Reihe anderer Gebäude der Stadtverwaltung teilte, und als er mit quietschenden Reifen aus seiner Parklücke fuhr, war er erleichtert, der Menge voraus zu sein – die Parkgarage war noch voll, ein gutes Zeichen dafür, dass er es vor den anderen Bürosardinen geschafft hatte. Er fuhr bis zum Parkwächter vor und winkte, als der Mann auf den Knopf drückte, der die Schranke bewegte, ohne das Auto hinter ihm zu bemerken, dessen Fahrer sich mit dem Bezahlen beeilte, um nicht von ihm abgehängt zu werden.

Der 110 Freeway war bereits mit Pendlern verstopft, die wütend ihren Weg nach Norden entlangschlichen, und während er sich geistig auf die Sisyphusarbeit einstellte, die sein Heimweg werden würde, schaltete er das Radio an und entschied sich für einen Sender mit einem starken Fokus auf politische Themen. Er hörte zu, wie sich vollkommen uninformierte Hörer einwählten, um von dem rauen und rechthaberischen Moderator der Sendung niedergemacht zu werden.

Fünfundvierzig Minuten später blinkte er und nahm eine Ausfahrt, die auf die ruhigen Straßen im Süden von Pasadena führte, wo er ein mittelgroßes Haus mit drei Schlafzimmern besaß, das er sich als Kapitalanlage gekauft hatte, in der aufregenden Zeit, als sich Grundstückswerte noch alle drei Jahre verdoppelt hatten. Jetzt lebte er darin, seit seine Scheidung vor zwei Jahren endgültig durchgegangen war. Er schätzte seine Einsamkeit, die er sich zu einem horrenden Preis von einer Harpyie erkauft hatte, die ihm im Verlauf ihrer siebenjährigen Ehe alle Lebensgeister ausgesaugt hatte.

Zum Glück war er clever genug gewesen, sein inoffizielles Einkommen zu verstecken, es hätte also auch viel schlimmer sein können. Er war noch immer verhältnismäßig wohlhabend, auch wenn er wie ein Bettler lebte, weil er sein geheimes Einkommen lieber auf die Bank brachte, als es für unnötigen Mist aus dem Fenster zu werfen.

Das Garagentor öffnete sich automatisch und er fuhr hinein und stellte das Radio ab, als sich das Stahltor hinter ihm schloss. Er schaltete den Motor aus und griff nach seiner Aktentasche. Im Haus rümpfte er die Nase über die abgestandene Luft, ein Ergebnis dessen, dass die Fenster den ganzen Tag geschlossen waren, dann ging er zur Hintertür, die in seinen kleinen Garten führte und öffnete sie. Er stellte die Aktentasche auf den schäbigen Küchentisch und nahm beiläufig das Schulterholster ab, legte es neben seinen Koffer, bevor er in die Küche ging, um sich ein eiskaltes Bier zu holen.

Sein Schlafzimmer war nicht viel frischer, deshalb öffnete er ein Fenster, bevor er ins Bad ging und seine Arbeitskleidung auszog, um sie mit einer Jogginghose und einem Lakers-Trikot zu ersetzen – seine Lieblingskleidung für eine Pizza und ein Bier beim Italiener an der Ecke, wo er drei oder vier Abende in der Woche damit verbrachte, Sport zu schauen und zu versuchen, die Kellnerinnen mit ihren durchtrainierten Hintern abzuschleppen. Einer der Vorzüge von Los Angeles war, dass die Frauen in der ganzen Stadt Weltklasse waren, gleichzeitig aber vollkommen unbedarft. Sie waren vom Land gekommen, weil sie hofften, im Showbusiness erfolgreich zu sein, und hatten zwei Jobs, um ein WG-Zimmer in einer winzigen Wohnung in einer lausigen Gegend bezahlen zu können, während sie darauf warteten, dass sich der große Durchbruch bei ihnen meldete. Sein Favorit war

Monica, eine feurige Brünette aus Stockton mit südamerikanischen Wurzeln, und die Art Mädchen, die wusste, wie die Dinge liefen.

Als er zurück ins Wohnzimmer kam, wurde Ryker von einem im Schatten sitzenden Mann überrascht.

»Agent Ryker. Schön, Sie wiederzusehen. Setzten Sie sich. Ich habe gehört, dass Sie Interesse daran haben, mich zu sehen«, sagte Alan, seine Stimme gleichmäßig, Rykers Colt 1911 .45 Kaliber lässig in der Hand haltend, die Mündung auf Ryker gerichtet.

»Was zur … sind Sie verrückt geworden? Was zur Hölle tun Sie hier in meinem Haus?«

»Ich bin hier, um mit Ihnen zu reden. Von Mann zu Mann. Über den Biowaffenanschlag und warum man mich umzubringen versucht.«

Rykers Augen verengten sich zu Schlitzen.

»Setzten. Ich werde es nicht noch einmal sagen.« Alan erhob sich aus dem Lehnstuhl und deutete auf das Sofa.

Ryker ging darauf zu und setzte sich. »Ich habe keine Ahnung, worüber Sie verdammt nochmal reden. Aber ich kann Ihnen versichern, dass, diplomatische Immunität oder nicht, hier einzubrechen und mich mit einer Waffe zu bedrohen, der größte Fehler Ihres Lebens war«, zischte Ryker.

»Fangen wir am Anfang an, ja? Wer waren die zwei Schläger, die am Ende meines Verhörs aufgetaucht sind?«, fragte Alan und trat auf die der Straße zugewandten Fenster zu, um die Jalousien zu schließen.

»Wer?«

»Ich werde sehr bald sehr genervt sein, wenn Sie nicht anfangen zu reden. Wer waren die beiden?«

»Ich … FBI.«

»Wirklich. Wie heißen sie?«

»Ich erinnere mich nicht.«

Alan seufzte, machte drei schnelle Schritte auf ihn zu und rammte Ryker die schwere Pistole in den Solarplexus. Der Mann stürzte zu Boden und verlor das Bewusstsein.

Als er zu sich kam, war es komplett dunkel und er konnte sich nicht bewegen. Er riss die Augen auf und registrierte, dass er im Esszimmer an einen Stuhl gefesselt war. Alan saß auf Rykers Lehnstuhl und beobachtete ihn mit einem friedlichen Ausdruck im Gesicht. Sein Schweigen verhieß nichts Gutes.

»Es scheint, als müssten wir das auf die harte Tour machen. Schade, aber mir ist es im Grunde egal. Ich will, dass du mir alles sagst, was du über mein Verhör weißt und wer hinter mir her ist.«

»Ich weiß nicht, wer hinter Ihnen her ist.«

Alan verdrehte die Augen, dann stand er auf. »Du lügst. Ich weiß es. Ich habe das oft genug gemacht. Also lenken wir das jetzt in eine hässliche Richtung und finden heraus, über was du lügst. Das ist deine letzte Chance. Wir fangen mit den zwei Männern an. Wer waren sie?«

»Du weißt, dass du nach dieser Sache so gut wie tot bist, oder? Du wirst dich nirgendwo verstecken können, vor allem, wenn du mich folterst. Ich weiß, was du vorhast, und ich sage dir, dass du deine Zeit verschwendest«, knurrte Ryker.

»Ich muss mich unklar ausgedrückt haben. Vielleicht ist es ein Sprachproblem. Ich habe unzählige Männer verhört – bedeutend härtere Fälle als dich, mein Freund. Männer, die an ihre Sache geglaubt haben. Männer, die überzeugt davon waren, dass Gott ihnen befohlen hatte, so zu handeln. Männer, die fromm geglaubt haben und fest entschlossen waren. Willst du wissen, was ich dabei gelernt habe?«

Ryker rührte sich nicht.

»Sie reden alle. Alle. Einhundert Prozent. Selbst die, die überzeugt davon waren, dass eine Wohnwagensiedlung voller Jungfrauen sie im Paradies erwartete, haben geredet. Männer, die sich nur zu gern in die Luft gejagt hätten, um ein paar ihrer Feinde mitzureißen. Und weißt du warum, Agent Ryker? Weil das Fleisch schwach ist. Wir sind fehlerhafte Kreaturen, geformt aus unreinem Lehm. Und wir reden alle, wenn nicht, um zu leben, dann nur, um unerträgliche, unaussprechliche Qualen zu vermeiden. Ich weiß, dass es so ist. Weil ich nicht aus der gleichen Welt komme wie du. Wie viele Männer hast du in deinem Leben umgebracht, Agent Ryker? Du bist ein krasser Typ. Ein harter Kerl. Wie vielen Männern hast du in die Augen gesehen und sie in die ewige Dunkelheit geschickt?«

»Genug.«

»Ich schätze, ein paar beim Militär. Aber das ist gar nichts. Ich habe Dutzende getötet. Vielleicht mittlerweile mehr als hundert. Ich mache mir nicht einmal mehr die Mühe, noch zu zählen. Ich habe vor langer Zeit ein Geheimnis gelernt. Alles, was wir um uns herum sehen« – er beschrieb mit der Hand einen Bogen – »ist vergänglich. Das gilt auch für uns. Und keiner von uns ist wichtiger für das große Ganze als die Ameisen, die wir zertreten, wenn wir die Straße entlanggehen. Wir halten uns alle für etwas Besonderes, aber das stimmt nicht. Und wenn unsere letzte Stunde schlägt, sterben wir alle gleich. Sobald du das verstanden hast, wird es einfach für dich, einen Job zu machen, den eigentlich niemand machen sollte. Ich habe nie Spaß daran, zu foltern und Leuten Schmerzen zuzufügen. Ich bin kein Sadist. Ich will tatsächlich nicht, dass es länger dauert, als es muss. Mir tut das Opfer leid. Genau wie ich mir sicher bin, dass dem Typen im Schlachthaus die Kühe leidtun, die er jeden Tag tötet. Aber er macht seine Arbeit. Und heute mache ich meine Arbeit an dir, um herauszufinden, was du weißt. Schau mich an. Sehe ich so aus, als würde ich dich anlügen, Ryker?«

Zum ersten Mal schien Ryker zu verstehen, was ihm bevorstand. »Ich werde dir nichts verraten. Ich weiß nichts. Ich kann dir nichts verraten, was ich nicht weiß.«

Alan schüttelte den Kopf und ging in die Küche, wo er einen Topf auf dem Herd stehen hatte. »Das hier ist kochendes Öl. Nur der Anfang von dem, was dich heute Abend erwartet. Das ist deine letzte Gelegenheit zu reden. Danach werde ich die bewährten Methoden anwenden, die jedes Mal funktionieren. Also, noch einmal. Wer waren diese Männer? Wie heißen sie?«

»Du wirst nichts aus mir herausbekommen, du armseliges Schwein.«

Alan drehte die Flamme ab und griff nach einem Geschirrtuch, dann kam er mit einem enttäuschten Blick auf Ryker zu.

Am Ende erzählte Ryker ihm alles. Alan hatte gewusst, dass er das tun würde.

Das Feuer breitete sich schnell in dem alten Haus aus, die Holzbalken waren wie trockener Zunder, der von knapp vierzig Jahren Sonnenschein perfekt getrocknet war und sich schnell entzündete und heiß brannte.

Alan sah zu, wie die Flammen das Gebäude verschlangen, das Benzin, das er aus Rykers Auto gesaugt hatte, war ein akzeptabler Brandbeschleuniger. Er startete seinen Mietwagen und rollte vom Gehsteig, in der Ferne hallten Sirenen durch die Nacht, gerufen von einem wachsamen Nachbarn, der spät noch wach war, weil er nicht schlafen konnte. Er warf einen Blick auf die Digitaluhr im Armaturenbrett und stellte ein paar knappe Berechnungen an – er könnte Jet in einigen Stunden anrufen. Sie würde gerade aufstehen, aber von ihm hören wollen.

Das kleine Auto rollte um die Ecke und in Richtung des Freeways, dem Alan zum Flughafen folgen würde, um dort ein anderes Charterunternehmen anzurufen. Seine Arbeit in Los Angeles war beendet.

KAPITEL 31

Am nächsten Morgen kehrte Jet in den Park zurück, dieses Mal trug sie einen Rucksack, ein übergroßes grünes T-Shirt und ein Basecap, das sie nach hinten gedreht hatte, der Inbegriff eines faulen Teenagers, der blaumachte. Sie bog in den Park ab, bevor sie Arthurs Straße erreicht hatte, und bewegte sich schleichend durch die Bäume, bis sie einen Aussichtspunkt gegenüber dem des Vortages gefunden hatte.

Jet war am Vorabend zurückgekommen, nachdem es dunkel geworden war, und war die Außenmauer abgegangen. Sie hatte sich Zeit genommen, die Wachen beobachtet und sich ihre Schichten notiert. Sie hatte sich erschrocken, als ein ungesehener Nachbarshund ihre Anwesenheit gespürt und zu bellen begonnen hatte, doch zum Glück hatte sie es geschafft, ungesehen davonzuschleichen und sich einhundert Meter weiter in die Büsche zu schlagen.

Die gute Nachricht lautete, dass das Gelände für amerikanische Verhältnisse abgelegen war und viele der umliegenden Anwesen auch auf riesigen Grundstücken lagen, die locker einen halben Hektar oder mehr maßen. Wenn Alan und sie also zuschlagen würden, hätten sie dabei etwas Privatsphäre. Die schlechten Nachrichten waren bedeutend schwerwiegender. Ein perfekt eingespieltes Team aus professionellen Sicherheitsleuten. Die neuste Technik. Ein extrem paranoider Tagesablauf. Und, wahrscheinlich am schlimmsten von allem, ein Sicherheitsdienst, der immer in Alarmbereitschaft war. Die Männer strahlten keine Selbstgefälligkeit aus. Sie nahmen ihren Job ernst, woraus Jet schloss, dass es keine Fehler oder Unachtsamkeiten gab, die sie ausnutzen konnte. Das hier war kein Provinzmachthaber im Nahen Osten oder ein schlecht geführtes Team aus alternden Söldnern in Russland. Diese Männer wirkten fit und als wären sie auf alles vorbereitet.

Jet wusste aus Erfahrung, dass geistige Anwesenheit oft den Unterschied zwischen Erfolg und Misserfolg ausmachte, und die Wachen wirkten eiskalt und erfahren. Arthur hatte wahrscheinlich die Besten der Besten gefordert und genug gezahlt, um sie zu bekommen.

Aber es gab immer einen Weg. Sie musste ihn nur finden.

Im Morgengrauen war sie zum Hotel zurückgekehrt und hatte zwei Stunden Schlaf nachgeholt und war dann in ihrer neuen Aufmachung wiedergekommen, bereit für einen weiteren Tag zäher Observation. Sie hasste diesen Teil des Jobs, aber er war unumgänglich. Unter normalen Umständen hätte ein Überwachungsteam die Drecksarbeit erledigt und sie hätte einfach nur den Bericht lesen müssen, bevor sie in Aktion getreten wäre, aber diesen Luxus hatte sie nicht. Es wäre eine Erleichterung, wenn Alan zurückkam – dann konnten sie zumindest in abwechselnden Schichten arbeiten, was die Sache für sie einfacher machen würde.

Er hatte sie früh am Morgen angerufen, um ihr zu sagen, dass er bald zurückfliegen würde, wollte aber nichts Weiteres über das Handy besprechen. Sie hoffte, dass er, Zeitzonen eingerechnet, bis zum Ende des Tages zurückkam.

Sie fand eine geeignete Stelle, an der sie weit genug entfernt war, um von dem Sicherheitsteam nicht entdeckt zu werden, und begann ihre Observation in der Nähe des alten Friedhofs. Vage Unruhe machte sich in ihr breit, für die sie ihren Mangel an Schlaf verantwortlich machte. Es war fast das gleiche Gefühl, das sie hatte, wenn sie beschattet wurde. Nur anders. Abgesehen davon zeigte niemand im Haus Interesse an der Parkanlage, was sie nicht überraschte. Wenn jemand über die Mauer kam, dann war er Freiwild, aber es war nicht ihr Job, den Park und das gesamte umliegende Land zu überwachen.

Die aufragenden Wallnussbäume boten mehr als angemessenen Schutz und sie tat wieder so, als würde sie ihr neues Buch lesen, ein kindisches Werk über Vampirliebhaber und Werwolfverehrer, das sie aus einer Drogerie mitgenommen hatte. Sie spähte regelmäßig über den Umschlag, um sich in Gedanken die Positionen der Wachen aufzuzeichnen.

Der Tag zog sich dahin und sie erwischte sich dabei, wie sie einnickte. Diese Aufgabe gehörte zu den langweiligsten in ihrem Beruf, auch wenn es in der ungezähmten Natur nicht unbedingt unangenehm war. Sie zog eine Cola aus den Tiefen ihres Rucksacks und hoffte, dass das Koffein ihr einen dringend nötigen Energieschub verpassen und sie wach halten würde. Gegen Mittag zwang sie sich ein eingepacktes Sandwich aus einem Eckladen zu essen, das mit Hühnerbraten und einem käseähnlichen Produkt belegt war. Bei jedem Bissen musste sie ihren Würgereflex unterdrücken.

Als ihr Handy vibrierte, schreckte sie beinahe auf. Sie hielt es sich mit spürbarer Erleichterung ans Ohr. »Du bist zurück?«

»Ja. Brauchst du Hilfe?«

»Nein. Ich mache mich gleich auf den Weg. Ich möchte vor heute Abend ein paar Stunden schlafen, außer du kannst die Nachtschicht übernehmen. Wink mit dem Zaunpfahl.«

»Nur zu gern. Wann bist du im Hotel?«

Sie überprüfte ihre Uhr. »In einer Stunde?«

»Perfekt. Dann habe ich etwas Zeit zum Recherchieren.«

»Willst du mir etwas mitteilen?«

»Wenn ich dich sehe.«

Sie war es nicht gewohnt, dass er so geheimnistuerisch war. Was auch immer Alan herausgefunden hatte, musste wichtig sein. Er war sonst nicht so melodramatisch und wenn er auf einmal vorsichtig wurde, konnte das nur bedeuten, dass was auch immer es war ihm Sorge oder sogar Angst bereitete.

Jet dachte an Alan, seine Agentenlaufbahn und alles, was er durchgemacht hatte, und beschloss, dass, wenn es groß genug war, ihm Angst zu machen, es höchstwahrscheinlich ziemlich einschüchternd sein musste. In Gedanken darüber, was es sein könnte, packte sie langsam ihre Tasche und verstaute alles, was sie mitgebracht hatte, um keine Spuren ihrer Anwesenheit zurückzulassen – nichts, wodurch man sie verfolgen konnte oder was sie verraten würde.

Aus den Bäumen in der Entfernung folgte der Beobachter ihrem Weg durch den Park mit seinem Fernglas, notierte, wie lange sie hier gewesen war, und nahm seine Beobachtung von Arthurs Haus wieder auf.

***

Alan war früh aufgestanden und sein gecharterter Jet war um fünf Uhr morgens abgehoben und zur Mittagszeit in D.C. gelandet. Er war direkt zu der ihm genannten Adresse von Peters Arbeit gegangen und dafür belohnt worden, als er seinen BMW sah, der einige Minuten später das Gelände verließ – mit Abstand das teuerste Auto, das dort parkte, vor einem Schild, auf dem »reserviert« stand. Er folgte ihm und beobachtete, wie Peter zielstrebig auf ein teures französisches Restaurant in Georgetown zuging. Der Oberkellner begrüßte ihn herzlich und führte ihn zu einem Tisch am hinteren Ende des Restaurants, wo ein älterer Mann in einem abgetrennten Bereich auf ihn wartete.

Sie saßen sich in einer offensichtlich angeregten Diskussion beim Essen gegenüber, das kaum vierzig Minuten dauerte, dann stand der ältere Mann aufgewühlt auf und schleuderte einige Scheine auf den Tisch, bevor er aus dem Restaurant stampfte. Peter war geblieben und hatte mit entnervter Grimasse ein drittes Glas Wein bestellt.

Keiner der beiden bemerkte Alan, der in einer gebratenen Seezunge herumstocherte und an einer Flasche Perrier nippte, während er nach außen hin eine Touristenbroschüre zu studieren schien. Immer mehr Leute erschienen für ein spätes Mittagessen und die Kellner waren darauf aus, die Tische neu zu besetzen, aber niemand sprach Peter an, der sich Zeit mit dem Wein ließ. Er war dem Restaurant gut bekannt und niemand, dem man in die Quere kommen wollte. Wenn der Mann seinen Wein genießen wollte, dann würden sie ihn in Ruhe lassen, damit er das konnte.

Alan hatte, wofür er hierhergekommen war. Er hatte Bilder von Peter und dem älteren Mann gemacht, die er in die Mossad-Datenbank eingeben würde, um zu sehen, ob sich ein Treffer ergab. Ryker hatte ihm von Peter erzählt und ihm zu verstehen gegeben, dass sein Vater zu mächtig war, um sich mit ihm anzulegen, war aber nicht weiter ins Detail gegangen und Alan hatte sich nicht für den Vater interessiert. Peter war derjenige gewesen, der Ryker angewiesen hatte, ihn zu befragen, und der veranlasst hatte, dass bei dem Verhör im Stadion die zwei FBI-Agenten anwesend waren. Und er war derjenige gewesen, der Ryker unter Druck gesetzt hatte, Alan später zu finden – um jeden Preis.

Ryker hatte zugegeben, dass es Peter egal gewesen war, ob Alan tot oder lebendig gefunden wurde, und hatte angedeutet, dass er es am liebsten hätte, wenn er spurlos verschwunden wäre. Auch wenn er Ryker nicht offen befohlen hatte, ihn zu töten, war die Botschaft trotzdem klar gewesen – Alan wusste zu viel und musste gefunden werden, damit man ihn ruhigstellen konnte.

Alan aß den Rest von dem ausgezeichneten Fisch und bedeutete, dass er zahlen wollte. Er hatte genug gesehen. Peter fuhr sein eigenes Auto, hatte keine sichtbaren Bodyguards und schien dem Alkohol zugeneigt. Das einzige Problem war, dass Alan keine Ahnung hatte, wo er wohnte – aber das würde sich bis zum Ende des Tages ändern.

Einhundertfünfzig Meter von Peters Büro entfernt lag ein Café, in dem es kostenloses WLAN gab, und Alan hatte vor, diesen Umstand auszunutzen, während er darauf wartete, dass Peter Feierabend machte. Vielleicht konnte er mehr über den älteren Mann herausfinden. Peters kurze Akte enthielt nichts über seine Eltern – sein Vater war unbekannt, Mutter verstorben, nie verheiratet. Aber Ryker hatte betont, dass der Vater in D.C. wichtige Fäden in der Hand hielt, er würde dieser Spur also bis zum Ende folgen.

Was auch immer hier vor sich ging, der Iran war ein bedeutender Faktor und Alan war zu dem Schluss gekommen, dass regierungsnahe oder regierungsinterne Fraktionen den fehlgeschlagenen Biowaffenanschlag in die Wege geleitet hatten, um eine Invasion im Iran zu rechtfertigen. Aber er musste mehr in Erfahrung bringen, bevor er verstehen konnte, womit er es zu tun hatte. Im Moment konnte er nichts außer Fragen vorweisen.

Peter trank den Rest von seinem Wein und stand etwas wankend auf, dann schlug er sich durch das geschäftige Restaurant zum Eingang. Alan wartete einige Augenblicke, bis seine Beute auf der Straße war, und folgte ihm dann. Sein Auto parkte nur einige Plätze von Peters teurem BMW entfernt.

Alan hielt Sicherheitsabstand, während sich Peters Auto durch den Verkehr schlängelte, wobei er lässig die Geschwindigkeitsbegrenzung und die Rechte der anderen Verkehrsteilnehmer ignorierte. Es war das Gleiche wie auf der Fahrt zum Restaurant, Alan hatte es also erwartet und schätze es nicht als Versuch ein,

Verfolger abzuschütteln. Der Mann war auf der Straße einfach ein vollkommener Arsch. Alan ging davon aus, dass das auch auf ihn persönlich zutraf.

In dem Café bestellte er einen Cappuccino und schaltete den Computer ein, den er in L.A. gekauft hatte, dann schickte er die Bilder an eine seiner blinden E-Mail-Adressen. Einige Augenblicke später war er auf den Mossad-Servern, lud die Schnappschüsse hoch und wartete darauf, dass die leistungsstarke Gesichtserkennungssoftware ihr Wunder wirkte. Er nahm einen Schluck von der schaumigen Mischung, dann blinkte das kleine Fenster auf dem Bildschirm. Er klickte sich zu der Akte durch, die mit achtundneunzigprozentiger Wahrscheinlichkeit zu dem Bild gehörte, und öffnete sie. Die Kaffeetasse erstarrte auf halbem Wege zu seinen Lippen, als er zu lesen begann.

Der ältere Mann war der stellvertretende Stabschef des amerikanischen Präsidenten und einer der einflussreichsten politischen Strategen im Land. Sein Name war allgemein bekannt, auch wenn es fast unmöglich war, ein Bild von ihm zu finden – er scheute das Rampenlicht und vermied die Öffentlichkeit, so gut er konnte.

Und offensichtlich, ausgehend von ihrer Körpersprache beim Mittagessen, standen er und Peter in einer engen Beziehung zueinander. In einer väterlichen Beziehung. Als er das Bild des Mannes studierte, konnte er, jetzt wo er danach suchte, eine klare Ähnlichkeit feststellen.

Peter war ein Bastard auf der Straße, aber nicht nur dort.

Alan würde alles darauf wetten, dass der ältere Mann Peters Vater war.

KAPITEL 32

Als Jet ins Hotel zurückkam, wartete Alan bereits auf sie, mit einem finsteren Ausdruck auf seinem attraktiven Gesicht. Sie warf den Rucksack auf den Tisch und ließ sich erschöpft auf das große Doppelbett fallen. Alan schaltete den Fernseher ab und gesellte sich zu ihr. Den Kopf auf die Hand gelegt und auf einen Ellbogen gestützt lag er auf der Seite.

»Dann erzähl mal alles, was du mir am Telefon nicht sagen konntest«, sagte Jet mit müder Stimme.

»Ich habe Ryker erwischt. Er war definitiv Teil von etwas Großem und Schmutzigem.« Dann erzählte Alan ihr alles über Peter, seine Firma, seine Beteiligung an der Jagd auf Alan, und hob sich das Beste zum Schluss auf.

»Ich bin ihm heute gefolgt. Er hat sich zum Mittagessen getroffen. Mit Dad. Die Sache ist viel, viel größer als ich jemals erwartet hätte.«

»Komm schon. Spann mich nicht so auf die Folter. Die Spannung bringt mich um.«

»Dad ist einer der ranghöchsten Männer in Washington. Ihn einflussreich zu nennen, ist, als würde ich einen Hurrikan als ein bisschen Regen bezeichnen. Der Mann ist eine Legende. Er hat eine Reihe von Präsidenten beraten. Gerüchten zufolge ist er mächtiger als der gesamte, kombinierte Regierungsapparat. Er ist viel zu einflussreich, um sich mit ihm anzulegen, und ich bin nicht einmal sicher, ob es etwas bringen würde. Wenn er hinter dem Terroranschlag steckt, sind wir im Eimer. Genau wie der Iran, außer sie schaffen es noch, ein Ass aus dem Ärmel zu schütteln.«

Jet schloss die Augen für einige Sekunden, dann fixierte sie ihn mit festem Blick. »Okay, dann musst du ihm den operativen Teppich unter den Füßen wegziehen. Das scheint sein Sohn zu sein. Dad plant die Verschwörung, Peter zieht sie durch. Du kannst das Monster vielleicht nicht erlegen, aber du kannst auf jeden Fall dem zuständigen Agenten den Kopf abhacken.«

»Prägnant zusammengefasst. Ich bin zum gleichen Schluss gekommen. Jetzt ist die Frage nur, wie wir ihn ausschalten, ohne erwischt zu werden.«

»Genauso wie wir es in Russland gemacht haben. Wir haben zwei voneinander unabhängige Missionen. Die erste ist Arthur. Die zweite ist Peter. Wir konzentrieren uns zuerst auf das größere Problem, genau wie bei deinem Problem im Jemen, und dann kümmern wir uns um das zweite Ziel – Peter. Ich werde dir helfen. Das ist selbstverständlich. Aber ich glaube, wir wollen auf keinen Fall, dass es wie ein Vergeltungsschlag aussieht, das wird die Kunst dabei sein.«

»Du nimmst mir die Worte aus dem Mund.«

»Lass mich überlegen. Wo ein Wille ist …«

»Wie fühlst du dich sonst? Du siehst fertig aus. Unglaublich sexy, aber fertig.«

»Das bin ich auch, Alan. Ich brauche ungefähr sechs Stunden Schlaf, um wieder normal zu funktionieren. Im Moment bin ich kaum mehr als ein Zombie.«

Die Botschaft war angekommen und er rollte sich von dem Bett und stand auf. »Ich bin weg, Arthurs Haus observieren. Mal sehen, ob Dr. Evil irgendwelche Macken in seiner Rüstung hat. Wenn ich zurückkomme, kannst du wieder übernehmen. Sechs Stunden hast du gesagt?«

»Jepp. Ist das in Ordnung für dich?«

»Kein Problem. Irgendetwas, dass ich wissen sollte?«

Sie klärte ihn über die Feinheiten ihrer Überwachung und die Schlussfolgerungen auf, die sie bisher gezogen hatte. Er hörte aufmerksam zu und nickte dann.

»Alles klar. Ich ziehe mir etwas Bequemeres an, das keine Aufmerksamkeit erregt, dann mache ich mich auf den Weg zum Park. Hast du ein Fernglas?«

Sie öffnete ihren Rucksack und reichte es ihm. »Danke, Alan. Ich rufe dich an, wenn ich aufwache, oder du kannst mich anrufen … in frühestens sechs Stunden. Dann können wir unser weiteres Vorgehen planen.«

»Okay. Schlaf schön. Ich bin bald zurück.«

Alan zog das Hemd und die Jeans aus und eine schwarze Jogginghose und einen schwarzen Hoodie an, den er in L.A. gekauft hatte, dann schaltete er das Licht aus.

»Gute Nacht«, sagte er und schlüpfte aus der Zimmertür, bevor er sie sanft hinter sich schloss.

Jet zwang sich aufzustehen und stapfte zum Badezimmer. Sie streckte die Hand in die Dusche und drehte den Hahn auf, zog sich aus, während sie darauf wartete, dass das Wasser warm wurde. Sie spülte sich mechanisch ab und hielt dabei die Augen geschlossen, dann zog sie frische Unterwäsche und ein T-Shirt an und warf sich aufs Bett. Ihr Bedürfnis nach Ruhe ließ alle anderen Sorgen in den Hintergrund treten.

Sie träumte unruhig. Im Schlaf schwebte Arthurs vernarbtes Gesicht unheilverkündend über ihr, während seine Finger sich in lange, scharfe Rasiermesser verwandelten, mit denen er sie durch ein dunkles Labyrinth jagte. Jedes Mal, wenn sie kurz davor war, einen Ausweg zu finden, änderte das Labyrinth seine Form, und sie fand sich genau dort wieder, wo sie angefangen hatte. Die verzerrte Grimasse war der Inbegriff des Bösen.

Sie warf sich im Schlaf hin und her, als sich immer neue Variationen des Albtraums in ihre Gedanken schlichen. Dann änderte sich das Bild.

Jetzt sah sie Alan, der pfeifend die Straße entlangging, irgendwo in Südamerika, die Farben und Gerüche der Stadt so lebhaft, dass sie sich fühlte, als wäre sie dort bei ihm. Er bog um die Ecke einer geschäftigen Straße und fand sich unvermittelt auf einem leeren Boulevard wieder, ein harscher, kalter Wind blies ihm die Haare aus dem Gesicht und ließ ihn blinzeln. Ein Kinderwagen rollte wie von Geisterhand aus einem Hauseingang und explodierte, ließ die umliegenden Ladenfenster zersplittern und zerfetzte Alan zu einem nicht mehr identifizierbaren Überrest seiner selbst.

Sie schien im Traum über ihm zu schweben. Etwas, das kaum noch als Auge zu erkennen war, blickte aus den blutigen Einzelteilen zu ihr hinauf, dann teilten sich die zerfleischten Überreste und eine Wolke aus schwarzen Wespen flog von dort auf, wo Alans Mund gewesen wäre, und bewegte sich direkt auf sie zu.

Im selben Moment, in dem das Stechen begann und der lähmende Schmerz sie überwältigte, ertönte Hannahs Stimme weinend aus einem zweiten Kinderwagen, der auf sie zurollte. Arthurs gequälte Gestalt grinste sie aus der Dunkelheit einer Gasse an.

»Mama! Hilf mir!«, schrie Hannah, dann explodierte der gesamte Traum in einem orange-roten Feuerball.

Jet fuhr aus dem Schlaf hoch, ihr Herz pochte, ihr T-Shirt war schweißgetränkt. Sie blickte sich in dem Zimmer um und brauchte einen Moment, um zu verarbeiten, wo sie war. Sie sah auf die Uhr und schätzte, dass sie insgesamt vier Stunden geschlafen hatte – nicht genug, aber sie bezweifelte, dass sie noch mehr Ruhe finden würde.

Sie zwang sich dazu, sich wieder hinzulegen und die Decke hochzuziehen, dann schloss sie die Augen und redete sich selbst beruhigend ein, dass es nur ein Traum gewesen war.

Sie döste und die beunruhigenden Bilder lösten sich wieder auf. Die restlichen zwei Stunden Schlaf waren glücklicherweise ungestört, bis auf ein leises, ängstliches Summen im Hintergrund, ein Überrest von ihrem vorherigen Traum oder vielleicht von der Zeit im Park, als sie es nicht geschafft hatte, das Gefühl abzuschütteln, beobachtet zu werden.

***

Standish bat die beiden Männer ins Haus und führte sie ins Wohnzimmer, wo er normalerweise die Besucher traf, die nicht persönlich in Arthurs Schlafzimmersuite eingeladen wurden. Beide trugen extrem teure, handgeschneiderte Anzüge und waren Mitte vierzig. Sie nahmen auf dem Sofa Platz und Standish setzte sich ihnen gegenüber auf einen Sessel.

»Kann ich Ihnen etwas zu trinken anbieten? Wasser? Soda? Einen Cocktail?«

Der Dünnere der beiden, seine beginnende Glatze war trotz der milden Temperatur schweißbedeckt, lehnte sich mit ineinander verschränkten Fingern nach vorn und starrte Standish teilnahmslos an.

»Warum treffen wir nicht Arthur? Wir sind extra dafür hergeflogen?«

»Ja, das ist mir bewusst und ich weiß das zu schätzen. Arthur hat mich gebeten, mich mit Ihnen zu treffen. Er fühlt sich heute nicht gut. Er hat seine guten Tage und seine … nun, weniger guten. Wie wir alle«, erklärte Standish.

»Wir reden nicht mit Mittelsmännern«, schnappte der andere Mann.

»Genauso wenig wie ich. Mit mir zu reden ist wie mit Arthur zu reden. Sie erinnern sich, ich habe mich um die letzten drei Treffen mit Ihnen gekümmert und habe größtenteils das Reden übernommen. Lassen wir also die Protestbekundungen, dann möchten Sie vielleicht zum Tagesgeschäft übergehen?« Standish lehnte sich zurück und studierte die beiden Männer. »Die Angriffe laufen weiter und Papua geht im Chaos unter. Wir haben die Mine ausgeschaltet und die Indonesier haben nicht besonders gut auf die Krise reagiert. Jetzt sieht es so aus, als hätte die Free-Papua-Bewegung eine echte Chance auf Unabhängigkeit. Wenn das passiert, dann können wir davon ausgehen, dass die Mine verstaatlicht wird und Ihr Ziel Pech gehabt hat.«

Keiner der Männer antwortete.

»Ich habe den Aktienkurs des Unternehmens nachverfolgt, dem die Mine gehört. Seit das alles angefangen hat, ist er um achtunddreißig Prozent gefallen und verliert jeden Tag weitere Prozentpunkte. Ich denke, wir können mit Sicherheit sagen, dass sich Ihre weise Investition in unsere Dienste mittlerweile vielfach ausgezahlt hat. Ihre Spekulation mit den Aktien muss durch die Decke gegangen sein, genau wie die Verkaufsoptionen, die Sie von den Kreditausfallversicherungen übernommen haben.«

»Woher wissen Sie von den Kreditausfällen?«, verlangt der Glatzkopf.

»Halten Sie uns für dumm? Arthur zieht diese Dinge schon lange durch, und sie können froh sein, dass er sich bereit erklärt hat, Ihnen zu helfen. Er lässt mich alles nachverfolgen. Wenn Sie aggressiv gewesen wären, hätte allein der Kreditausfall Ihrem Hedgefond Milliarden beschert. Und das Spiel ist noch nicht vorbei. Aber Arthur ist nicht gierig. Er weiß die schnelle Zahlung der hundert Millionen zu schätzen. Die Frage ist, auf was genau arbeiten Sie hin? Er ist nämlich daran interessiert, auch davon ein Teil zu sein.«

Die Männer tauschten einen Blick, dann ergriff der Glatzkopf das Wort. »Er hat sich selbst in den Markt für Kreditausfallversicherungen eingemischt. Als wir unsere Positionen übernommen haben, hat es eine Reihe verdächtiger Ankäufe gegeben. Nur dass Sie wissen, dass wir das wissen.«

»Natürlich hat er das. Glauben Sie, das hat er nicht in dem Moment durchschaut, als er Ihrer Bitte zugestimmt hat? Sie können ihm doch nicht übelnehmen, dass er sich selbst vorteilhaft positioniert hat. So ist er direkt neben Ihnen im Schützengraben und Sie haben ein gemeinsames Ziel. Ich bin davon ausgegangen, dass Sie diesen Vertrauensbeweis zu schätzen wissen. Abgesehen davon hat er alles gemacht, worum Sie ihn gebeten haben. Oder habe ich etwas übersehen?«, fragte Standish.

»Sie haben nichts übersehen. Er muss mit diesen Ankäufen noch mindestens ein paar weitere hundert Millionen gemacht haben.«

»Ich rede nicht über seine finanziellen Angelegenheiten, doch er ist sehr zufrieden damit, wie die Positionen gelaufen sind. Aber er möchte verstehen, wo Sie von hier aus hinmöchten. Sein Einfluss auf die Umstände dort ist jetzt geschrumpft. Ob sich Indonesien dem internationalen Druck beugt und Papua die Unabhängigkeit gewährt oder nicht, liegt nicht mehr in seinen Händen.«

Der dickere Mann seufzte tief. »Wir haben einen Konzern für eine fremdfinanzierte Übernahme gegründet, der ein Übernahmeangebot für das Unternehmen machen wird, wenn die Unabhängigkeit durchgeht. Wir gehen davon aus, dass wir es für einen Bruchteil des eigentlichen Wertes aufkaufen können, sobald die Verstaatlichung in den Nachrichten landet. Das wäre ein Desaster für das Unternehmen, auch wenn es andere Minen besitzt. Das Management weiß offensichtlich nicht, dass wir einen Deal mit der neuen Regierung geschlossen haben, der es uns erlaubt, die Mine mit ihr zusammen zu führen. Diese Tatsache verschweigen wir, bis wir das Unternehmen übernommen haben.«

»Er ist davon ausgegangen, dass das Ihr Plan war. Er hat mich gebeten, Ihnen mitzuteilen, dass er großes Interesse daran hätte, Teil der Übernahme zu sein. Vielleicht … eine Beteiligung von zehn Prozent? Etwas Überschaubares?«, fragte Standish, weniger als Frage und mehr als Vorschlag.

»Wir werden sehen. Das ist ein großes Stück vom Kuchen. Selbst wenn wir das kreativ finanzieren, müsste er eine halbe Milliarde rausrücken, um mitzuspielen. Hat er so viel Asche?«, fragte der Glatzkopf. Das Gespräch hatte sich in eine unerwartete Richtung gewendet – eine, in der er sich zuhause fühlte.

»Das fällt in den Bereich, den er bereit war, dafür zur Seite zu legen. Ich glaube wirklich, dass Sie darüber nachdenken sollten, wie wertvoll es für Sie wäre, ihn daran teilhaben zu lassen. Es gibt Schlimmeres, als ihn auf seiner Seite zu haben, wie das Resultat in Papua deutlich gemacht hat.«

Die Augen des Glatzkopfs verengten sich. »Und was ist mit Ihnen? Was haben Sie von der Sache?«

»Das ist wirklich nichts, über das ich reden kann. Seien Sie versichert, dass ich angemessen für meine Dienste kompensiert werde.« Standish hatte kein Interesse daran, dem Mann zu verraten, dass er einen guten Teil von dem Profit selbst einsackte. Sie konnten sich denken, was sie wollten. »Ich wurde angewiesen, einen Deal mit Ihnen abzuschließen, ansonsten sieht er seine Mitwirkung in Papua als beendet, wie mit Ihnen vereinbart. Bitte nehmen Sie sich Zeit, aber am Ende des Meetings werde ich zu ihm hochgehen müssen und ihm sagen … Wie sagt man? Deal or no Deal?« Die Andeutung eines Lächelns schlich sich auf sein Gesicht.

Die Männer besprachen sich flüsternd und schienen dann zu einer Einigung zu kommen.

»In Ordnung. Er ist mit zehn Prozent dabei. Aber die Inanspruchnahme wird sehr schnell erfolgen und wenn er aus irgendeinem Grund nicht auf Abruf leisten kann, geht sein Teil an jemanden, der es kann«, warnte der Glatzkopf.

Sie verbrachten einige Minuten damit, das Geschäft auszudiskutieren, dann standen die beiden Männer auf.

»Wir senden Ihnen morgen per Kurier einen Partnerschaftsvertrag«, sagte der Glatzkopf, während er Standishs Hand schüttelte.

»Wie Sie wünschen. Arthur und ich wissen, dass Sie zu Ihrem Wort stehen. Ich bin sicher, dass Sie ihn nicht enttäuschen würden. Sie haben gesehen, was er in die Wege leiten kann. Wahre Wunder, wenn man darüber nachdenkt. Und Sie sind vollständig aus dem Schneider«, antwortete Standish und erwiderte den Händedruck des Gegenübers.

Er brachte sie zur Tür und sah zu, wie die Limousine, die sie zurück zum Flughafen und ihren Gulfstream Privatjets brachte, die Auffahrt entlangfuhr. Sein kleiner Schachzug hatte sichergestellt, dass sich Arthurs Vermögen vervierfachen würde, und dafür würde Standish großzügig belohnt werden.

Auf der Veranda stehend hielt er sich eine Hand an die Stirn und blickte zum Himmel auf, wo sich ein paar Wolken sammelten. Alles in allem war es ein guter Tag. Arthur würde zufrieden sein.

Und wenn Arthur zufrieden war, dann war Standish auch zufrieden.

KAPITEL 33

»Kannst du um vier Uhr morgens wieder hier sein, um mich abzulösen?«, flüsterte Jet im Dunkeln, während sie das Haus mit dem Fernglas beobachtete.

»Klar. Dann bekomme ich sechs Stunden Schlaf. Mehr als genug«, stimmte Alan zu.

»In dem Fall kann ich dich um zehn Uhr morgens ablösen. Ich denke, sechs Stunden Schichten sind am besten.«

»Sehe ich auch so. Also, was hältst du von meinem Plan? Mit Peter?«, fragte er.

Alan hatte sie darüber aufgeklärt, was er sich ausgedacht hatte. Peter würde bei einem Einbruch sterben oder Selbstmord begehen. Alan hatte einige Möglichkeiten, an ihn heranzukommen.

»Ich finde den Plan gut, aber ich mache mir Sorgen wegen des Timings. Wir müssen zuerst Arthur ausschalten.«

»Ohne Frage. Und dann wird Peter unter unglücklichen Umständen sein Ende finden und alle Bedrohungen gegen mich sind ausgeschaltet. Ohne seinen Sohn, der ihm die Drecksarbeit abnimmt, wird der Vater ins Schwitzen kommen. Wenn er jemand anderes hätte einsetzen können, dann hätte er das getan.«

»Sehe ich genauso. Theoretisch«, sagte Jet. »Ich werde morgen früh ein wenig auf dem Server herumschnuppern, während du hier draußen bist, und sehen, was ich herausfinden kann. Wir werden das sehr, sehr vorsichtig angehen müssen. Und das bedeutet, dass wir nicht improvisieren können.«

»Dann sehe ich dich in sechs Stunden. Brauchst du irgendetwas?«

»Nein, ich habe alles.«

Alan kroch aus der Position neben ihr und joggte in die Dunkelheit davon, bis sie allein mit ihren Gedanken zurückblieb. Sie verstand, warum Alan darauf konzentriert war, Peter auszuschalten – einfacher Selbsterhaltungstrieb – aber sie war nicht sicher, ob er das wirklich musste. Was die Welt anging, war Alan tot, es schmeckte für sie also beinahe nach Rache – Vergeltung. Auge um Auge.

Es gab so viel über Alan, das sie nicht wusste. Würde er sich weiterer Gefahr aussetzen, um eine offene Rechnung zu begleichen, die er nur im Kopf mit sich herumtrug? Egal was es war, sie würde ihm helfen. Aber es gefiel ihr nicht, mit unvollständigen Informationen zu arbeiten, und sie hatte das Gefühl, dass Alan ihr etwas verschwieg. Das mochte sie nicht. Was sie nicht wusste, konnte sie umbringen.

Der Ruf einer Eule in den Bäumen über ihr schreckte sie auf, bevor sie sich wieder entspannte. Ihre Nerven waren noch immer von den Rückständen des Traums angespannt.

Reiß dich zusammen, dachte sie. *Finde eine Schwäche in Arthurs Verteidigung.* Etwas, das sie ausnutzen konnte, um sich Zutritt zu verschaffen. Denn so, wie die Dinge im Moment standen, konnte sie nicht viel sehen, was ihr große Hoffnungen machte. Der Luftraum um Washington wurde aus offensichtlichen Gründen penibel überwacht, ein Absprung mit dem Fallschirm fiel also aus – das wäre in den meisten Gegenden der Welt ihre bevorzugte Vorgehensweise gewesen. Absprung, in das Haus schleichen, mögliche Bedrohungen aus dem Weg räumen, Arthur ausschalten und im darauffolgenden Chaos unbemerkt entkommen, nachdem sie mit einigen Blendgranaten ihre Flucht gedeckt hatte.

Aber das sollte nicht sein.

Sie müsste sich also eine andere Vorgehensweise ausdenken. Das Problem war, das es, zumindest bis jetzt, keinen offensichtlichen Weg ins Haus gab, den sie überleben würde.

Sie brauchte mehr Informationen. Und sie musste ihre Ungeduld unter Kontrolle bringen. Ihr Verlangen, die Sache hinter sich zu bringen und zurück zu Hannah zu kommen, durfte ihr Urteilsvermögen nicht beeinflussen. Das hier würde so lange dauern, wie es nötig war.

Die Stunden verstrichen und wenig später kam Alan zurück, der spürbar abgeschlafft wirkte.

»Hast du überhaupt geschlafen? Oder warst du nur online und hast herauszufinden versucht, wie du an Peter herankommst?«

»Schuldig. Ich kann heute Nachmittag schlafen. Ich bin ausgeruht. Mach dir keine Sorgen um mich«, versicherte er.

Sie bohrte nicht weiter nach. Sie war schließlich nicht seine Mutter. Er war ein großer Junge und hatte so viel Erfahrung wie sie oder sogar mehr. Es war nicht ihre Aufgabe, an ihm herumzunörgeln. »Gut. Ich komme um zehn wieder.«

»Als was kommst du dieses Mal? Du warst Hippie, Teenager … was kommt als Nächstes?«

»Lass dich überraschen. So bleibt unsere Beziehung frisch. Ich habe in einem Magazin gelesen, wie wichtig das ist.«

Er beäugte sie. »Versuche etwas zu schlafen. Es bringt uns nichts, wenn wir beide erschöpft sind. Bleib vom Computer weg, bis du aufwachst. Versprich mir das«, riet Alan.

»Ja, Daddy.«

»Ich mag es, wenn du mich so nennst. Vielleicht machst du das später nochmal? Und zieh das Jugendstraftäterinnen-Outfit an.«

Sie schenkte ihm ein süßliches Lächeln, dann verschwand sie ohne Kommentar in der Nacht.

***

Nach vier Stunden schreckte Jet aus dem Schlaf hoch, doch was auch immer ihre Psyche überkommen hatte, war ihr entschlüpft. Je mehr sie sich zu erinnern versuchte, was es war – sie hatte ein undeutliches Gefühl, dass es wichtig gewesen war – desto undeutlicher wurde es. Sie hasste es, wenn ihr Kopf das mit ihr anstellte, und sie wusste, dass es sie wahnsinnig machen würde, sich nicht erinnern zu können.

Sie setzte sich auf und drückte sich mit angezogenen Knien das Kissen gegen die Brust, ihre dicken, grauen Sportsocken lagen in Falten um ihre Knöchel, und sie starrte in die monotone Dunkelheit der gegenüberliegenden Wand. Es hatte etwas mit der Überwachung zu tun gehabt. Mit Arthur? Nein, das war es nicht. Vielleicht ging es um Peter und die Diskussion, die sie mit Alan über ihn geführt hatte.

Die Wirklichkeit drängte sich wie dichter Nebel in ihren Traumzustand, und als sie wacher wurde, zog sich der Gedanke, was auch immer er gewesen war, weiter ins Nichts zurück.

Es war sinnlos, es zu erzwingen. Sie wusste aus Erfahrung, dass es nicht funktionierte. Es war wie ein grausamer Gott, der sie mit einem spitzen Stock triezte.

Jet schaltete die Nachttischlampe an und blickte sich in dem Raum um. Schließlich landete ihr Blick auf dem Computer. Laut dem Wecker neben dem Bett war es kurz nach acht Uhr morgens.

Ich werde mich nicht vom Computer ablenken lassen. Ich lasse das nicht zu. Ich werde versuchen, noch etwas zu schlafen.

Das Mantra wirkte nicht und schließlich gab sie dem Drang nach, der sie an den Bildschirm zog. Es gab viel zu tun. Und je mehr sie recherchierte, desto schneller konnte sie den Anschlag auf Arthur hinter sich bringen, die USA hinter sich lassen und zurück zu Hannah gehen – endlich sicher, dass da niemand mehr war, der versuchen würde, an sie heranzukommen.

Und was dann?

Der Gedanke kam ungebeten und sie wischte ihn beiseite. Das Letzte, was sie brauchte, war, sich über die Zukunft den Kopf zu zerbrechen.

Entgegen besseres Wissens erhob sie sich und schaltete den Computer an. Es konnte nicht schaden, sich nur ein paar Minuten damit zu beschäftigen. Vielleicht würde es ihr helfen, sich an das … Vergessene … zu erinnern. Mittlerweile hatte sie keinerlei Ahnung mehr, was es gewesen war.

Sie hatte sich damit abgefunden und stapfte zur Dusche, wo sie den Strahl voll aufdrehte, darunter trat und sich vom Wasser liebkosen ließ. Zumindest etwas. Alan hatte, seit sie in den Staaten angekommen waren, nicht viel Zeit für sie gehabt. Oder richtiger: *keine* Zeit.

Nach der Dusche ging sie zum Tisch zurück und begutachtete den Computer, der sie wie mit einem unwiderstehlichen Sirenenlied anzog. Widerstand war zwecklos. Der Computer würde gewinnen. Sie hatte es gewusst, seit sie ihren Blick nach dem Aufwachen darauf gelegt hatte.

Jet nahm den Stuhl und setzte sich. Was sollte sie am Computer noch einmal tun?

Ah. Die Festplatte. Sie wollte herausfinden, ob es etwas in Sloans Aufzeichnungen gab, was ihr dabei helfen konnte, sich in die Unternehmenscomputer zu hacken. Sie war so beschäftigt mit ihren Gedanken an Peter gewesen, und daran, schreckliche Rache an Arthur zu üben, dass sie vollkommen verplant hatte, zu versuchen auf die Server zu kommen, um zu sehen, was – wenn überhaupt etwas – die Firma über Arthurs Anwesen wusste.

Jet schaltete den Fernseher ein und zappte auf einen lokalen Nachrichtensender. Sie behielt den Bildschirm im Auge, während sie die Aufzeichnungen durchsuchte. Bisher kein Bericht darüber, dass Sloan gefunden worden war. Das war gut. Aber sie wusste, dass es nur eine Frage der Zeit war, bis jemand Alarm schlug, weil er seit Tagen nicht mehr zu erreichen war und die Behörden verständigt wurden. Alan und Jet mussten an Arthur herankommen, bevor das geschah, denn sobald Sloans Leiche entdeckt wurde, würde jemand, der so paranoid wie Arthur war, hinter jedem Baum eine Bedrohung vermuten. Nicht, dass er damit unrecht hätte. Aber es würde einen komplizierten Job unmöglich machen, wenn er noch mehr Männer für seinen Sicherheitsdienst anheuern und deren Vorsichtsmaßnahmen verschärfen würde.

Sie hämmerte auf dem Keyboard herum und durchsuchte die Dateien nach etwas, irgendetwas, das ihr einen Vorteil verschaffen würde.

***

Das Knacken eines Zweiges schreckte Alan aus seiner Überwachung des Hauses auf und er atmete hörbar aus, als er sah, dass es Jet war.

»Du hast mich verdammt erschreckt.«

»Tut mir leid. Ich will nur, dass du aufmerksam bleibst.«

»Keine besondere Verkleidung heute. Was ist passiert?«

»Hatte keine Zeit, mein Prostituiertenoutfit einzukaufen.« Sie lächelte. »Du brauchst etwas Schlaf. Verschwinde. Ich nehme an, dass du alles aufgeschrieben hast, was du während deiner Schicht herausgefunden hast?«

»Ja, aber ich bin nicht sicher, wie viel es uns bringen wird. Die Typen sind gut. Besser als die meisten.«

»Alles klar. Zurück zum Hotel mit dir. Ich werde eine neue Beobachtungsstelle finden. Ich will es ihnen nicht zu leicht machen.«

»Ruf mich später an. Nochmal sechs Stunden?«

Sie studierte sein unrasiertes Gesicht. »Vielleicht acht. Du siehst aus, als könntest du eine vernünftige Pause gebrauchen.«

Er widersprach ihr nicht. »Hast du auf dem Computer irgendetwas gefunden?«

»Ich arbeite an etwas. Ich glaube, ich habe herausgefunden, wie ich auf die Firmenserver zugreifen kann. Wenn ich das schaffe und die Firma sich um die Sicherheit kümmert, dann sollten wir eine komplette Auflistung darüber finden, womit wir es zu tun haben. Aber ich hatte nicht genug Zeit. Ich mache das heute Abend.«

»Okay. Ich bin weg. Viel Spaß.«

Sobald Alan verschwunden war, schulterte sie ihren Rucksack und ging zum Ende des alten Friedhofs, wo sie sorgfältig ein Handtuch auf einem ebenen Stück Boden ausbreitete. Sie hatte sich heute nur für eine Sonnenbrille und einen Hut entschieden – keine komplizierte Verkleidung. Da niemand sie während der letzten zwei Tage bemerkt hatte, ging sie davon aus, dass sie keine benötigte. Sie legte sich auf den Bauch und hob das Fernglas.

Zumindest das Wetter war stabil. Es wäre unangenehm gewesen, die Überwachung im Regen durchzuführen. Hoffentlich war die milde Temperatur ein vielversprechendes Omen – die Spionagegötter waren ihrem Projekt wohlgesonnen.

Ein Schaudern zog sich über ihre Wirbelsäule und die Härchen auf ihren Armen stellten sich auf, als ein Schatten auf sie fiel. Augenblicklich in Alarmbereitschaft rollte sie sich auf den Rücken und griff gleichzeitig in ihrer Tasche nach der schallgedämpften Pistole und zog sie heraus, als ein Mann, von Kopf bis Fuß in Camouflage gekleidet, aus dem Wald kam. Jet zielte mit der Waffe auf ihn und dann zeigte sich Schock auf ihrem Gesicht, als sie versuchte, zu verarbeiten, sich von Angesicht zu Angesicht mit dem Unmöglichen zu finden. Sie blinzelte, ungläubig, und bemühte sich, ihren Gesichtsausdruck unter Kontrolle zu halten.

»Du!«

Der Mann kam weiter auf sie zu und ging dann einen halben Meter vor ihr in die Knie.

»Willst du mich wirklich erschießen? Was ist das denn für eine Begrüßung?«, flüsterte er und sein Blick streifte über ihr Gesicht. »Ich habe dich erst heute Morgen erkannt. An den anderen Tagen hast du mich getäuscht.«

»Du lebst?«, stammelte sie, senkte die Pistole und legte sie wieder in ihren Rucksack. »Was machst du hier?«

Matt nickte. »Anscheinend das Gleiche wie du. Nur, dass ich schon eine Woche länger dabei bin. Die Frage ist, was verschlägt dich in dieses Stück Wald? Warum bist du nicht verschwunden geblieben?«

»Du warst tot. Das Strandhaus. Das Feuer ...«

»Drei Männer sind mitten in der Nacht aufgetaucht. Ich habe es geschafft, sie auszuschalten, bevor sie mich erwischen konnten. Aber ich musste von der Bildfläche verschwinden und mir Zeit verschaffen, um herauszufinden, was schiefgelaufen ist. Ich hatte keine Möglichkeit, mit dir Kontakt aufzunehmen, sonst hätte ich es getan. Aber du warst verschwunden. Und das bringt uns zu heute.«

Sie studierte sein ausgezehrtes Gesicht, das von Erschöpfungsfalten durchzogen war, und spürte, wie ihre Augen feucht wurden, dann setzte sie sich auf, unsicher, wie sie reagieren sollte. Ergriffen von einem Impuls, den sie selbst nicht vollständig verstand, lehnte sie sich vor und warf die Arme um ihn. Er zog sie näher an sich heran und hielt sie fest, eine zögerliche Hand strich ihr über das Haar, dann war der Augenblick vorüber und sie zog sich zurück.

»Es ist so gut, dich zu sehen. Ich meine, ich ... ich dachte, du wärst tot«, wiederholte Jet, ihr Tonfall eine Mischung aus Erleichterung und ... etwas anderem. Entschuldigung. »Du stinkst ein bisschen. Wie lange bist du schon hier draußen?«

»Ach, komm schon. Es ist nicht so schlimm. Ich habe fünf Stunden am Tag geschlafen und den Rest der Zeit hier verbracht, um nach Lücken in Arthurs Verteidigung zu suchen. Den du eigentlich umgebracht haben sollst, wenn ich mich nicht irre.« Ein tadelnder Einfall färbte die letzten Worte.

»Ich habe ihn zum Sterben zurückgelassen. Es ist eine Art hässliches Wunder, dass er noch lebt. Gerade so, wenn meine Informationen korrekt sind. Das wird das erste und letzte Mal gewesen sein, dass ich einem Gegenspieler nicht selbst eine Kugel durch den Kopf jage.«

»Ich gehe davon aus, dass du hier bist, weil er dich irgendwie gefunden und versucht hat, das Gleiche mit dir zu machen, was seine Leute mit mir versucht haben.«

»Genau.«

»Aber dir geht es gut. Und deiner Tochter, Hannah? Ist das richtig?«

»Gutes Gedächtnis. Ihr geht es gut. Versteckt, bis das hier vorbei ist.«

Eine unangenehme Stille legte sich über sie.

»Wo hast du gelebt?«, fragte er endlich.

»Uruguay. Und du?«

»Sri Lanka. Wie ist Uruguay?«

»Schön. Aber nicht mehr lange. Nach allem, was passiert ist, wird es Zeit, weiterzuziehen.«

»Wohin? Wenn ich fragen darf?«

Sie starrte gedankenverloren das Haus an. »Ich habe ehrlich gesagt keine Ahnung.«

»Huh. Ich glaube, ich werde in derselben Gegend leben. Sofern ich die Welt in naher Zukunft von einem gewissen Narbengesicht befreien kann.«

»Das habe ich mir auch gedacht.«

»Was ist dein Plan?«, fragte Matt.

»Nachdem ich ihn umgebracht habe? Habe ich mir noch nichts überlegt. Wie steht es bei dir mit der Informationsbeschaffung? So was wie Baupläne, Grundrisse, Akten?«

»Ziemlich gut. Ich habe ein paar Kontakte, die noch loyal sind. Die haben mir alles gegeben, was man sich wünschen kann. Aber für eine Einzelperson sieht es düster aus. Die Chance rein- und wieder rauszukommen sind quasi null.« Matt machte eine Pause, scheinbar tief in Gedanken versunken. »Mensch, wenn ich doch nur wüsste, wo ich ein paar auf den Außeneinsatz trainierte Agenten finden könnte, die mir helfen würden ...«

Sie nickte. »Es ist wirklich gut, dich zu sehen, Matt«, sagte sie sanft.

Er nickte, einen verträumten Blick in den Augen. »Sehe ich auch so.«

KAPITEL 34

Jet fühlte sich hin- und hergerissen, als sie neben Matt lag und das Haus beobachtete. Die Zeit verflog, ihre Gedanken überschlugen sich. Sie war mit Alan zusammen; aber dieser Funke, diese Intensität zwischen ihr und Matt war noch immer da, stärker als je zuvor. Es war so verrückt. Es war nie mehr zwischen ihnen passiert als ein Kuss. Es ergab keinen Sinn. Und trotzdem schlug ihr Herz wie das eines Schulmädchens und sie fühlte sich nervös, so als wäre sie kurz davor rot anzulaufen.

Warum hatte ihr das Universum diesen Stock in die Speichen geworfen? Waren die Dinge nicht bereits kompliziert genug?

»Wie war dein Leben seit …?«, fragte Jet.

»Ungefähr so, wie man es erwarten würde. Ich musste von der Insel fliehen, unentdeckt nach Bangkok kommen, einige von den Diamanten organisieren.« Er warf einen Blick auf ihr Profil. »Da fällt mir ein … hast du noch die Diamanten, die ich dir gegeben habe?«

Ihre Augen blitzten. »Was denkst du?«

»Ich wette, du hast noch jeden einzelnen.«

»Gut gewettet.«

»Jedenfalls bin ich von der Erdoberfläche verschwunden, und dann wurde ich wütend. Mir ist klar geworden, dass ein Teil der Führungsriege dieser Gruppe überlebt haben musste, und das bedeutete, dass ich noch Rechnungen offen hatte. Ich habe einige Monate lang versucht, mein Bauchgefühl zu ignorieren, dann habe ich mich mit meinem Kontakt in Langley, der dir bei deiner Mission geholfen hat, in Verbindung gesetzt … der Rest ist Geschichte. Ich bin seit zwei Wochen in der Stadt, habe mit ihrer Hilfe Arthur aufgespürt und seitdem überwache ich das Haus. Er kommt nie heraus, weißt du.«

»Das habe ich befürchtet«, murmelte sie.

»Er ist eine harte Nuss. Er weiß, was er tut, genau wie seine Männer.«

»Hat wahrscheinlich viele Feinde.«

»Sollte er.«

»Eine Ahnung, wer die beiden waren, die ihn gestern besucht haben?«

»Nein.«

»Und was ist mit dem Typen im Frack, der vierundzwanzig Stunden am Tag hier zu sein scheint?«

»Heißt Standish. Sein persönlicher Assistent. Macht alles für ihn, kümmert sich um seine Angelegenheiten, extrem loyal. Würde wahrscheinlich nur zu gern für Arthur vor eine Kugel springen«, sagte Matt.

»Ich schreibe ihn auf die Liste.« Sie rieb sich das Gesicht und wandte sich dann Matt zu. »Du beobachtest ihn seit, was, einer Woche? Hast du irgendwas herausgefunden, was uns hilft?«

»Vielleicht. Aber es gibt eine Menge Puzzleteile, die ich noch nicht zusammenfügen kann. Ich habe nicht genügend Informationen, um sicher zu sein. Noch nicht. Es gibt einige wichtige Details, die ich noch nicht kenne – das Wichtigste sind die Sicherheitsvorkehrungen. Die Elektronik. Ich habe einen Bauplan von dem Haus und einen Grundriss von dem Grundstück, aber ich kann nicht sicher sein, was er alles im Gras versteckt hat.«

»Witzig, dass du das erwähnst. Ich arbeite daran, eine detaillierte Beschreibung von all dem in die Hände zu bekommen«, sagte sie.

Er stutzte. »Was hast du gesagt?«

»Du hast mich gehört«, antwortete sie.

»Worauf wartest du?«

»Ich war hier draußen zu beschäftigt. Tut mir leid.«

»Kann ich einen Vorschlag machen? Werfen wir unsere Ressourcen zusammen. Wir wollen beide dasselbe. Mit geteilten Informationen schaffen wir es vielleicht, einen Weg zu finden, diese Nuss zu knacken. Entweder das oder ich versuche eine Rakete in die Finger zu bekommen und feuere sie in das Schlafzimmer von dem Hurensohn. Sofern er da drinnen ist. Ich traue ihm alles zu. Wahrscheinlich hängt er kopfüber im Keller wie eine Fledermaus«, grummelte Matt.

»Ich bin dabei. Wir machen im Moment sowieso nicht viele Fortschritte.«

»*Wir*. Wer ist überhaupt der Typ, den du dabei hast?«

Jet überlegte, wie sie Alan beschreiben sollte. »Ehemaliger Mossad. Das gleiche Team, zu dem auch ich gehört habe. Eine lange Geschichte. Kompliziert. Es ist viel passiert seit dem Tag, an dem ich nach Ko Samui gegangen bin, um dich zu sehen.«

»Der Tag des Feuers.«

»Ja. Ich stand daneben und habe zugesehen, wie sie die Überreste durchwühlt haben. Ich dachte, du wärst tot.«

»Tut mir leid. Ich hätte eine Nachricht hinterlassen sollen, aber ich war zu beschäftigt damit, um mein Leben zu rennen. Wie gesagt, ich habe später versucht, dich zu kontaktieren, aber dein Handy war tot und du hattest dich in Luft aufgelöst.«

»Ich weiß, Matt. Ich werfe dir nichts vor. Aber danach ist alles seltsam geworden. Ich hatte noch andere Probleme.«

Sie erzählte ihm von Grigenkos Sohn, vom Jemen und dem Terroranschlag. Es dauerte eine Weile.

»Mein Gott. Die ganze Sache war also ein Ablenkungsmanöver? Geplant von Regierungsmitgliedern?«

Sie nickte, dann waren sie wieder still.

»Du denkst dir das nicht aus«, sagte Matt. Sie antwortete nicht. »Nein, ich glaube nicht. Du bist nicht die Art Mensch, die Dramen erfindet, oder? Dann steckst du sogar noch tiefer in der Scheiße als ich.«

»Wie gesagt, viel ist passiert, und alles davon ist kompliziert.«

»Klingt so.«

»Du machst dir keine Vorstellung. Zusätzlich zu dem Chaos mit Arthur haben wir jetzt ein noch größeres Problem am Hals.«

»Was? Einen Meteor, der auf uns zurast, der alles Leben auf der Erde auslöschen wird?«

»Wie wäre es damit: Dieselben Regierungsmitglieder, die den Biowaffenanschlag geplant haben, wollen Alan tot sehen und sind bereit, Tausende umzubringen, um das zu erreichen?«

»Was zur Hölle meinst du damit?«

Jet erklärte ihm die Einzelheiten. Noch bevor sie fertig war, hatte er angefangen, den Kopf zu schütteln.

»Vielleicht sollte ich ein paar Meter Abstand halten. Es scheint, als wäre es gefährlich in deiner Nähe. Nimm mir das nicht übel.« Er lächelte mit müden Augen.

»Willkommen in meinem kleinen Stück vom Himmel.«

Sie verbrachten weitere zehn Minuten damit, zu schweigen.

»Ich sehe keinen Grund, noch weiter hierzubleiben. Du?«, fragte Matt. »Ich habe die Wachen eine Woche lang beobachtet und kenne ihre Routine auswendig.«

Sie blickte auf die Uhr. »Wir werden wahrscheinlich mehr davon haben, wenn ich es auf die Server der Sicherheitsfirma schaffe, wenn du uns schon die Drecksarbeit hier abgenommen hast«, stimmte Jet zu.

»Lass mich mein Zeug holen. Ich will deinen Komplizen kennenlernen. Ich kann ihn über alles aufklären, was ich hier gemacht habe, während du die Server durchsuchst. So können wir zwei Fliegen mit einer Klappe schlagen.«

Jet schien unsicher und nickte dann. »Wir treffen uns in fünf Minuten auf der anderen Seite des Friedhofs, Rambo.«

Sie packte ihre Ausrüstung zusammen, ihr Kopf war damit beschäftigt, die neuen Erkenntnissen dieses Tages zu verarbeiten.

Matt, am Leben. Ein Verbündeter, mit Informationen aus einer ganzen Woche Überwachung, die sie mit ihren eigenen zusammenwerfen konnten, und mit Zugang zu den am strengsten gehüteten Geheimnissen der CIA, der außerdem mehr als nur ein bisschen Erfahrung im Außeneinsatz hatte. Ihre Chance, an Arthur heranzukommen, hatte sich bedeutend verbessert, aber sie war noch nicht ganz sicher. Dass Matt am Leben war, brachte komplizierte Probleme mit sich. Hätte sie sich auf Alan eingelassen, wenn sie das gewusst hätte? Sie wollte nicht über die Antwort nachdenken. Es war besser, am Ball zu bleiben, bis alles vorbei war. Es würde nichts bringen, damit zu hadern, was hätte sein können.

Matt wartete mit einem übergroßen Rucksack an der Friedhofsmauer auf sie.

»Wie steht es bei dir mit Waffen?«, fragte sie, während sie durch den Park marschierten.

»Gut. Ich habe jemanden, den ich seit dreißig Jahren kenne. Er hat mir ein vollautomatisches M4 mit Nachtsichtgerät und Schalldämpfer und eine schallgedämpfte Pistole organisiert. Er arbeitet daran, einige Granaten zu besorgen. Er sollte sie bis heute Abend haben.«

»Kann ich mich bei ihm melden und sehen, ob er noch einen M4-Schalldämpfer und einen für ein H&K MP7 in die Finger bekommen kann? Und vielleicht ein paar extra Magazine und Blendgranaten?«

»Klar. Aber wie bist du an diese Feuerkraft gekommen? Die verkaufen das Zeug nicht gerade auf Amazon.«

»Es ist eine lange Geschichte.«

»Ich habe massenhaft Zeit. Versuch' es.«

Als sie fertig war, schwieg er.

»Ich hätte wahrscheinlich nicht fragen sollen. Und dieser Sloan – niemand hat bis jetzt die Leiche gefunden?«

»Nein, aber das ist eine weitere Zeitbombe. Sobald das passiert, kannst du wetten, dass Arthur durchdrehen wird und die Dritte Infanterie anheuert, um sich zu schützen, und jede Chance, auch nur auf eine Meile an das Gelände heranzukommen, wird sich in Luft auflösen. Es ist ein Wettlauf gegen die Zeit.«

»Wann habt ihr dann gehofft, da reinzukommen?«

»Spätestens morgen Nacht.«

Er wurde zögernd langsamer. »Das ist aggressiv.«

»Jetzt weißt du warum.«

Matt wurde wieder schneller. »Ich rufe ihn an. Wohin gehen wir?«

»In das Motel, in dem wir übernachten. Alan ist dort und schläft. Wir haben in Schichten gearbeitet. Je sechs Stunden.«

»Das habe ich gesehen. In meiner Ecke des Waldes hat es wenig Schlaf gegeben.«

Sie wandte sich ihm zu und warf einen Blick auf sein Profil. »Ja, du siehst müde aus. Wenn wir fertig sind, leg dich acht Stunden hin. Alan und ich können heute Nacht Wache halten.«

»Danke. Das Angebot nehme ich wahrscheinlich an.«

»Hast du ein Auto?«

»Ja, ich habe einen Explorer gekauft. Aber den habe ich etwa eine Meile entfernt geparkt. Ich möchte nicht, dass er als verdächtiges Fahrzeug eingestuft wird, wenn es losgeht.«

»Dann können wir meinen nehmen. Ich lasse dich dort raus.«

»Ladies first.«

KAPITEL 35

Jet öffnete die Zimmertür. Matt stand hinter ihr und fand Alan, der in der Badezimmertür stand, nur in ein weißes Handtuch gekleidet, das um seine Hüfte gebunden war. Matt begutachtete seinen gestählten Oberkörper kommentarlos. Jet wurde rot. Alan erstarrte, mit nassen Haaren, der Kamm in seiner Hand auf halber Strecke eingefroren.

»Wer ist das?«, fragte Alan, Alarmbereitschaft in der Stimme.

»Er ist ein Freund. Keine Sorge. Er gehört zu den Guten«, sagte Jet.

Nach einem Moment eisiger Stille trat Matt um Jet herum. »Du musst Alan sein. Jet hat mir alles über eure Situation erzählt. Ich bin Matt. Wir kennen uns schon … lange, so in etwa.« Matt trat mit ausgestreckter Hand auf Alan zu.

Alans Gesicht zuckte, während er die Worte verarbeitete, dann weiteten sich seine Augen fast unmerklich.

»Matt. Wie, Matt, tot, in Thailand? Ehemaliger CIA-Agent?«, fragte er. Für einige Augenblicke machte er keine Anstalten, Matts Hand zu schütteln, dann überwand er sich widerwillig. »Glückwunsch, dass du noch lebst. Ich bin sicher, dazu gibt es eine Geschichte.«

»Ja, dir auch. Scheint rumzugehen, wenn sie in eine Sache verwickelt ist, oder?«, sagte Matt, der versuchte, die Anspannung zu lösen.

Jet schloss die Tür hinter ihnen.

»Tut mir leid, dass wir dich so überfallen. Ich habe versucht dich anzurufen, aber du hast nicht geantwortet.«

»Ich war unter der Dusche.«

»Alan, Matt hat Arthurs Haus auch überwacht. Er hat seit einer Woche Daten gesammelt und er hat über Umwege Zugang zu den CIA-Servern.« Sie erzählte ihm die verkürzte Version, nachdem sie den Rucksack auf den Tisch geworfen hatte. »Sieht so aus, als hätten wir bis morgen Schalldämpfer und schweres Geschütz. Er hat Kontakt zu einem Waffendealer.«

Alan beäugte Matt skeptisch. »Wie praktisch. Und er hat sich zufällig den gleichen Zeitpunkt ausgesucht, das Haus auszukundschaften?«

»Ich sehe es eher so, als wärt ihr in meinen Überwachungsaufbau gestolpert«, sagte Matt ausdruckslos. »Ich war zuerst hier. Nur, dass die Reihenfolge stimmt.«

Alan ignorierte ihn und wandte sich an Jet. »Wie gut kennst du ihn? Das alles scheint einfach ein bisschen, na ja, zu gut, um wahr zu sein, oder nicht?«

»Matt hat früher für Arthur gearbeitet. Arthur versucht schon seit mindestens einem Jahr, ihn umzubringen. Du erinnerst dich, dass ich dir von dem Brand in dem Strandhaus erzählt habe? Das war auch Arthur. Die Antwort auf die nächste Frage ist also, dass ich Matt bedingungslos vertraue. Ohne Wenn und Aber«, sagte Jet, der die Richtung nicht gefiel, in die Alan das Gespräch gelenkt hatte.

»Das ist gut für dich, würde ich sagen«, sagte Alan, dann stapfte er zu der Kommode und griff sich Jeans und Unterwäsche. »Ich komme gleich zurück. Da wir Gesellschaft haben, möchte ich schnell etwas Unbequemeres anziehen.«

Matt warf Jet einen ausdruckslosen Blick zu, aber sie wusste, dass es in seinem Kopf hinter dem unergründlichen Blick arbeitete. Sie wollte ihm sagen, dass es nicht war, wonach es aussah, aber das wäre eine Lüge gewesen. Stumm wünschte sie, sie könnte die letzte Woche zurücknehmen und alles ändern, aber das lag nicht in ihrer Macht, jetzt musste sie es also hinnehmen und mit den Konsequenzen leben.

»Viel ist passiert, Matt. Alan ist Davids Bruder. Hannahs Onkel«, begann sie, aber Matt hob eine Hand.

»Du bist mir keine Erklärung schuldig. Überspringen wir den Streit und kommen zum Geschäftlichen, ja? Ich möchte Arthur genauso tot sehen wie du – vielleicht mehr. Das ist die Priorität. Also bleiben wir dabei, okay?« Matts Ton war professionell, aber seine Augen verrieten ihn.

»Matt …«

Alan kam aus dem Badezimmer und spürte die Anspannung, aber er sah Jet aus den Augenwinkeln und beschloss nichts zu sagen. Er ging zu dem kleinen Rundtisch und zog einen der zwei Stühle zurück. »Also, was haben wir hier?«

»Matt wird dir die Kurzfassung geben. Er hat tatsächlich recht viel herausgefunden«, sagte Jet, dann ging sie an den Computer und begann im Höchsttempo zu tippen. Matt ging zur Ecke des Betts, setzte sich darauf und blickte sie beide an.

Zehn Minuten später war Matt mit seinem Informationsschwall fertig. Alan lehnte sich im Stuhl zurück. »Das sind viele Informationen, aber für mich klingt es größtenteils wertlos. Wenn wir nicht wissen, welche Gegenmaßnahmen er getroffen hat, treten wir trotzdem nur Wasser«, sagte er, eine Spur von Herablassung in der Stimme.

»Ich habe euch gerade eine Woche Aufenthalt im Wald erspart. *Gern geschehen* wäre angebrachter«, gab Matt mit scharfer Stimme zurück.

»Toll. Du hast also die Schichten der Wachen und aktuelle Bewegungen auswendig gelernt, und die kennst die Mitspieler – diesen Standish unter anderem. Übersehe ich den Teil, wo sich das zu einer Strategie zusammenfügt?«, schoss Alan zurück.

»Mensch, Alan, tut mir leid, dass ich mir nicht euren ganzen Angriffsplan ausgedacht habe, während du damit beschäftigt warst, dich einzuseifen. Vielleicht kannst du nochmal für ein schönes Bad verschwinden, während ich daran arbeite? Wenn ich damit fertig bin, kann ich dir ja noch die Waffen reinigen, wo ich schon dabei bin.« Matt stand auf und wandte sich an Jet. »Das wird nicht funktionieren.«

Alan rückte seinen Stuhl zurück und stand auch auf, seine Hände zu Fäusten geballt. »Hör auf den Rentner. Was wolltest du tun? Dich hineinschleichen und die Wachen mit deinem falschen Gebiss totbeißen? Sie mit deinem Gehstock verprügeln?«

»Ich bin nicht so viel älter als du und könnte dir jederzeit den Arsch versohlen, Kleiner«, warnte Matt mit fast unhörbarer Stimme.

»Hattet ihr schon elektrisches Licht, als du aufgewachsen bist? Oder habt ihr bei Kerzenlicht gelesen? Falls du überhaupt lesen kannst«, entgegnete Alan.

Jet blickte vom Computer auf. »Jungs. Seid nett zueinander. Ich habe es auf die Nordhaver Server geschafft und die Firma kümmert sich tatsächlich um die Sicherheit in Arthurs Haus. Ich habe den vollständigen Grundriss. Die schlechte Nachricht ist, dass es auf den ersten Blick ziemlich idiotensicher aussieht«, sagte sie, ihre Stimme weiterhin entspannt. »Jetzt spart euch die Testosteronparty und wir können herausfinden, wie wir unser Ziel ausschalten, ja? Wir haben bedeutend bessere Chancen, wenn wir zusammenarbeiten, statt es getrennt zu versuchen. Also vertragt euch. Das Gezanke hilft uns nicht.«

Die beiden Männer standen auf und blickten einander an, scheinbar unsicher, wie sie damit umgehen sollten, so von Jet zusammengestaucht zu werden. Matt setzte sich als Erster und blickte auf den Bildschirm. Alan tat es ihm eine Sekunde später gleich.

Ihr Fokus richtete sich schnell auf die elektronischen Baupläne.

»Schaut hier. Bewegungsmelder«, sagte Alan. »Laser im Haus. Wärmebildkameras. Das ist ein verrücktes Sicherheitslevel – vergleichbar mit der Sicherheit in einem Kunstmuseum. Genau, was ich befürchtet habe.«

»Es gibt immer einen Weg«, sagte Matt.

»Okay, Herr Viagra, was hast du für eine Idee?«

»Wollt ihr mit diesem kindischen Verhalten weitermachen?«, fragte Jet laut und warf Alan einen warnenden Blick zu. »Wollt ihr rausgehen und euch prügeln? Oder könnt ihr euch vielleicht wie Erwachsene benehmen? Ich sage das nicht nochmal. Lasst den Scheiß endlich sein.«

Beide Männer entspannten sich sichtlich.

»Für den Fall eines Stromausfalls gibt es ein Notstromaggregat, die Leitungen zu kappen wird also nichts bringen«, sagte Jet, während sie die Symbole studierte. »Die haben an alles gedacht.«

»Was ist, wenn wir die Brennstoffversorgung für die Generatoren unterbrechen und dann die Stromleitungen kappen? Sie würden nicht laufen. Das könnte funktionieren«, sagte Alan.

»Die laufen mit Diesel. Er hat recht. Man könnte sie theoretisch ausschalten«, stimmte Matt zu.

»Mhm, vielleicht, aber schaut euch die Sensoren um sie herum an. Sie haben bereits daran gedacht und die Sensoren so positioniert, dass sie das mit beachten«, sagte Jet und deutete auf den Bildschirm.

Die Diskussion ging für eine weitere Stunde unvermindert weiter, überraschend zivil, im Vergleich zu Matts und Alans vorheriger Interaktion, dann zog Matt ein Stück Papier aus der Tasche und erstellte ein Diagramm der Außensensoren. Er starrte es für einige Augenblicke an, dann legte er seinen Zeichenstift auf den Tisch.

»Ich glaube, ich habe es.«

KAPITEL 36

»Absolut nicht.« Alan knallte mit der Hand auf den Tisch, als Matt fertig war. Matt und Jet sahen ihn verwirrt an.

»Was gefällt dir nicht daran? Ich finde, es ist ein guter Plan. Er muss vielleicht etwas ausgearbeitet werden«, begann Jet.

»Das Problem ist, dass er durch den ersten Kontrollpunkt rennen will, und er ist nicht das fitteste Mitglied in diesem Team dafür«, sagte Alan erregt. »Er hat weder die Erfahrung noch die Körperkraft, um das durchzuziehen. Schau ihn dir doch an.«

Matt lächelte humorlos. »Ah, die Arroganz der Jugend. Alan, mein Junge, ich habe mindestens ein Jahrzehnt mehr Erfahrung im Außeneinsatz als du. Das bedeutet, dass ich, als du noch mit Plastikautos gespielt und *Wrumm* gemacht hast, im Einsatz und auf Missionen für die CIA war. Nun, egal was du von der CIA hältst, ob du es glaubst oder nicht, die erlauben es nicht jedem, sich vom Außenagenten hochzuarbeiten, bis er ein ganzes Land kontrolliert. Also, bei allem Respekt – ich habe mehr Erfahrung als du, es ist mein Plan und ich war hier, bevor ihr überhaupt aufgetaucht seid. Das bedeutet, dass ich als Erster reingehe. Ende der Diskussion.«

Jet hatte Mühe, ihr Gesicht unter Kontrolle zu halten, um die Andeutung eines drohenden Lächelns zu verstecken. Stattdessen entschied sie sich für ein gut platziertes Räuspern.

»Nett, wie du dem Teil in Bezug auf die körperliche Fitness meines Einwands aus dem Weg gegangen bist, was der entscheidende Faktor zwischen Erfolg und Misserfolg sein wird«, schoss Alan zurück.

Matt blickte zu Jet und dann zurück zu Alan. »Ich muss mich dir gegenüber nicht rechtfertigen, hast du das verstanden? Du denkst vielleicht, du bist der Größte, aber ich bin hier, um dir zu sagen, dass du es nicht bist. Du musst lernen, dein Spielzeug zu teilen. Du denkst vielleicht, dass eine Reaktionszeit, die aufgrund deines Alters eine Nanosekunde besser ist, dich besser macht, aber ich bin bereits in dieser Situation gewesen und kann dir sagen, dass Erfahrung in der Regel jeden genetischen oder Altersvorteil übertrifft. Und es ist ein Fakt, dass ich locker zweimal so viel Erfahrung habe wie du.«

»CIA-Erfahrung, hm? Das sagt alles«, erwiderte Alan.

Jet funkelte sie beide an. »Was soll ich mit euch nur machen? Was soll der Schwanzvergleich? In Wahrheit sollte ich als Erste reingehen. Und ihr wisst das beide. Ich bin jünger als Alan, also bin ich seiner Logik nach fitter. Und ich bin bereit zu wetten, dass ich trotz all eurer Erfahrung mehr von diesen Missionen hinter mir habe, ich bin also auch die Dienstälteste. Also, was habt ihr jetzt zu sagen?«

Sie hatte genug von den Streitigkeiten und wollte die Sache hinter sich bringen. Abgesehen davon hatte sie verdammt nochmal recht.

Die beiden Männer starrten sie an und antworteten dann in Unisono.

»Nein.«

Sie sahen sich an, dann löste sich die Spannung endlich, als Matt lächelte.

»Scheint, als wären wir endlich einer Meinung«, sagte Alan.

»Du kannst das nicht tun. Es ist zu gefähr… du bist wertvoller, wenn du nach uns reingehst und dich um die zweite Phase kümmerst«, sagte Matt, hatte sich aber zu spät verbessert.

Jet verzog das Gesicht. »Wolltest du sagen, dass es zu gefährlich ist? War es das? Das arme kleine Mädchen könnte sich wehtun? Was soll der Scheiß? Du musst mir nicht deinen Mantel in die Pfütze werfen, damit ich keine nassen Füße bekomme, Kumpel, ich kann auf mich selbst aufpassen. Und nur, um das zu beweisen, werde ich als Erste reingehen. Ich werde diesen Teil der Mission übernehmen. Keine Widerworte.«

»Matt hat recht. Du bist besser in der zweiten Phase. Die ist sowieso kritischer. Wir sollten deine Talente nicht auf Phase eins verschwenden«, sagte Alan.

»Wie gesagt: Scheiße. Ich weiß nicht, warum du dir auf einmal so große Sorgen um mich machst, aber ich brauche deine Ritterlichkeit nicht. Also gewöhne dich an die Idee, dass ich die erste Phase übernehme. Zumindest wird die dann richtig gemacht. Und ihr zwei könnt euch prügeln oder an den Haaren ziehen, während ich mich um das Ziel kümmere. Das würde euch wahrscheinlich gefallen. Vielleicht könnt ihr euch gegenseitig kampfunfähig prügeln, damit ich alles allein machen muss«, spuckte Jet, dann stand sie auf und ging zum Badezimmer, um sich ein Glas Wasser zu holen und um sich vielleicht etwas zu beruhigen. Die beiden trieben sie zur Weißglut.

»Süße, ich …«, begann Alan.

»Süße? *Süße?* Oh, tut mir leid. Warum nennst du mich nicht einfach *Püppchen* und schickst mich, euch Jungs etwas zu essen machen, während ihr euch ums Geschäftliche kümmert? Ihr beide fangt an, mich ernsthaft anzukotzen.«

»Ich habe nichts gesagt«, sagte Matt leise, der den Kosenamen registriert hatte.

»Du hast es gedacht«, sagte Jet und atmete einige Male tief ein. »Also. Ich übernehme den ersten Teil. Keine Diskussion mehr. Wir verschwenden unsere Zeit. Wir sollten den zweiten Teil ausarbeiten.«

»Blöd, dass wir in der kurzen Zeit keinen Handystörsender organisieren können«, überlegte Matt. »Das ist eine der Hürden bei dieser Idee. Das bedeutet, wir müssen viel schneller arbeiten.«

»Zum Glück werden wir in einer besseren Position sein, sobald die Sicherheitssensoren ausgeschaltet sind«, sagte Jet.

»Wir halten die Wachen mit Ablenkungsmanövern beschäftigt, während einer von uns das Feuer legt. Arthur wird sich zeigen müssen, um den Flammen zu entkommen, dann können wir ihn ausschalten. Entweder das oder er wird bei lebendigem Leibe verbrennen. Ich glaube nicht, dass er diese Option wählen wird. Phase eins ist also wirklich der wichtigste Teil. Kann dein Waffendealer einen Brandgranatenwerfer in die Hände bekommen? Kannst du das herausfinden?«

»Ich rufe ihn an, aber wette nicht darauf. Das ist ziemlich speziell. Soweit ich weiß, verkauft er in erster Linie an Sammler und vielleicht an einige der Gangs hier in der Gegend. Das sind die einzigen Leute, die vollautomatische Waffen und Schalldämpfer brauchen. Vielleicht ein paar paramilitärische Gruppen in der Provinz. Aber ich kann mir nicht vorstellen, dass er sich mit irgendwas abgibt, dass bei der Terrorabwehr die Alarmglocken klingeln lässt. Niemand setzt sich diesem Risiko aus. Und selbst der härteste Waffennarr hat keinen Verwendungszweck für Brandraketen.«

»Wo hat er dann die Granaten und Blendgranaten her?«

»Wahrscheinlich aus einem Armeestützpunkt gestohlen. Ich sage nur, dass ihr keine Wunder erwarten solltet«, sagte Matt und zog sein Handy aus der Tasche. »Ich bin ziemlich fertig. Wie wäre es, wenn wir die Nacht freinehmen, oder ihr zwei überwacht das Haus, und ich, wie sie es vorgeschlagen hat« – er gestikulierte mit der Hand in Jets Richtung – »gehe ein bisschen schlafen? Ich kann mir nicht vorstellen, dass wir heute Nacht noch weiter ins Detail gehen. Wir werden morgen den ganzen Tag haben, das auszuarbeiten. Dann können wir morgen Nacht zugreifen. Angenommen?«

Alan und Jet tauschten einen Blick und Alan zuckte mit den Schultern.

»Angenommen«, murmelten sie.

Matt warf Jet einen letzten Blick zu und ging zur Tür. »Ich werde morgen um sieben Uhr früh wieder hier sein, wenn das für euch funktioniert.« Er wartete darauf, dass jemand widersprach, dann öffnete er die Tür und verschwand in der Abenddämmerung, ohne sich noch einmal umzudrehen.

Alan streckte sich, drehte den Kopf hin und her, um seine verkrampften Nackenmuskeln zu lockern, dann sah er Jet mit einer Grimasse an, während er die Hand hob und seine linke Schulter massierte.

»Wie wäre es, wenn wir die nutzlose Nachtschicht überspringen und zu Abend essen, dann können wir uns noch vernünftig ausschlafen? Wenn wir das morgen Nacht durchziehen, dann wäre ich lieber ausgeruht«, schlug er vor.

Jet ließ sich nicht lange überreden. »Er hat bereits die ganze Arbeit gemacht, unabhängig von euren Streitereien. Was sollte das Ganze überhaupt, Alan? Matt ist wirklich kein schlechter Typ und er ist auf unserer Seite.«

»Er ist auf *deiner* Seite. Ich sehe das in der Art, wie er dich angesehen hat.«

Alan erwähnte nicht, dass er auch die Art bemerkt hatte, mit der sie ihn angesehen hatte. Vielleicht bildete er es sich nur ein. Er litt noch immer unter Schlafmangel und seine Wahrnehmung war vielleicht gestört.

»Unsinn. Das ist eine reine Zweckhochzeit. Wir haben das gleiche Ziel. Es ergibt Sinn, dass wir unsere Kräfte bündeln.« Selbst in ihren eigenen Ohren klang der Einwand etwas hohl. »Abgesehen davon will ich nicht über Schnee von gestern streiten. Suchen wir uns etwas zu essen, das vorhält, dann können wir uns aufs Ohr hauen. Ich habe meinen Schlaf auch noch nicht nachgeholt und ich muss fit sein«, sagte Jet und ging ins Badezimmer. »Ich will mich frischmachen, dann können wir los. Warum schaltest du nicht den Fernseher an und siehst nach, ob irgendwelche neuen Katastrophen passiert sind?«

Alan drückte mit dem Daumen auf die Fernbedienung, als sie die Tür schloss, und schaltete sich durch die Kanäle, bis er den örtlichen Nachrichtensender gefunden hatte. Fünfzehn Minuten später kam Jet aus der Dusche, duftete umwerfend und sah noch umwerfender aus. Sie nahm ihre Handtasche und die Jacke.

»Ich bin fertig. Auf was hast du Appetit? Irgendetwas Besonderes?«, fragte sie.

Er biss sich auf die Zunge. »Wie wäre es mit italienisch? Ich habe ein paar Blocks weiter einen Laden gesehen, der vielversprechend ausgesehen hat.«

Sie fuhren zu dem Restaurant und brüteten über der Karte, bevor sie Pasta und Fisch bestellten, ihr Gespräch ging bewusst der Mission und Matt aus dem Weg. Alan spürte, dass Jet das ganze Essen über beschäftigt war, abwesend, und er wusste, dass er ihr Raum geben sollte, über alles nachzudenken, über das sie nachdenken musste. Ihre Antworten waren abwesend, aber sie schlug sich tapfer und entschuldigte sich schließlich dafür, dass sie schlechte Gesellschaft sein musste, müde wie sie war.

Als sie ins Hotel zurückkamen, putzten sie nacheinander die Zähne und bereiteten sich aufs Bett vor, und bis Alan neben Jet ins Bett kroch, lag sie, ihm den Rücken zugewandt auf der Seite und schlief. Er beugte sich über sie und schaltete die Nachttischlampe aus, dann legte er sich mit einem leisen Seufzen zurück. Die Augen geöffnet, starrte er an die Decke, sein Gehirn war noch nicht bereit, sich der Nacht geschlagen zu geben.

Auch Jets Augen waren geöffnet, dünne Tränenströme zogen sich über ihr Gesicht und auf das Kissen. Zum ersten Mal seit einer Ewigkeit wusste sie nicht, was sie tun sollte, und sie fühlte sich wie ein Blatt in einem reißenden Fluss, das willkürlich hin- und hergeschleudert wurde, als hätte sie keine Kontrolle mehr über ihre Gefühle. Matts plötzliches und unerwartetes Auftauchen hatte sie aus der Bahn geworfen. Alan war ein guter Mann, attraktiv, stark, ehrlich, und er hatte sie mehr als fair behandelt. Matt auf der anderen Seite war eine Unbekannte, die gesamte Anziehung, die sie ihm gegenüber spürte, basierte auf einer Handvoll Küssen und vielleicht darauf, dass sie während einer turbulenten Zeit ihres Lebens zu viel Zeit zum Nachdenken gehabt hatte.

Sie wollte keinen der beiden verletzen, doch sie wusste, dass, egal was passieren würde, einer von ihnen das Gefühl haben würde, verloren zu haben. Und vielleicht hätte sie das auch.

Es war in jeder Hinsicht eine schlechte Situation.

Und eine Entscheidung, die sie nicht treffen wollte.

KAPITEL 37

Am nächsten Tag nach dem Frühstück machte Alan sich auf den Weg, um am Anwesen Wache zu schieben, während Matt und Jet zu einem Treffen mit dem Waffenhändler fuhren. Der Himmel war teilweise bedeckt, Wolken überzogen den Horizont von einer Wetterfront, die über der Ostküste aufzog. Sie fuhren eine Stunde lang nach Süden, bis sie in einem Gewerbegebiet ankamen, dann hielten sie vor einem Lagerhaus, vor dem ein Schild einen Großhändler für Autoteile bewarb.

Matt stieg aus und Jet wartete im Auto, während er hineinging, um seinen Kontakt zu sehen, einen stämmigen Mann um die fünfzig namens Ed – Spitzname: *Bubba.* Matt kannte ihn seit Jahrzehnten, von einigen seiner CIA-Mitstreiter, die auf seine Dienste zurückgriffen, wenn sie Waffen brauchten, die man nicht zurückverfolgen konnte. Er betrat das Gebäude durch das schmutzige Büro an der Vorderseite, das mit vereinzelten Mitarbeitern gefüllt war, die bei spärlichem Licht an mitgenommenen Tischen saßen, Anrufe beantworteten und auf antiquierten Computern herumtippten, und ging auf den hinteren Bereich zu, wo Bubbas Sekretärin saß, eine ehemals umwerfende Blondine um die vierzig, die ein paar Bier zu viel zwischen heute und ihrer Zeit als Schönheitskönigin getrunken hatte, Kaugummiblasen platzen ließ und auf ihrem Handy herumtippte. Sie blickte leicht genervt auf und begutachtete Matt knapp und mit klinischer Effizienz, dann entspannte sich ihre Haltung und sie befeuchtete ihre Lippen.

»Na, hallo, Hübscher. Was kann ich heute mit … ich meine … *für* dich tun?«, fragte sie mit einem Kichern und einem Lächeln.

Matt erwiderte das Lächeln. »Ist Bubba da? Ich habe eine Verabredung mit ihm«, erklärte er.

»Na klar. Wer fragt denn?«

»Tom Reynolds?«

»Wie die Alufolie, oder?«

»Wärst du überrascht zu hören, dass die Leute das ständig sagen?«, entgegnete er und grinste verlegen.

»Warte eine Sekunde. Ich klingele ihn an und finde heraus, ob er verfügbar ist.«

Ihr Sprechgerät quakte, als sie auf den Knopf einstach, als wollte sie einem Exfreund wehtun.

»Was?«, kratzte eine männliche Stimme blechern aus dem Lautsprecher.

»Herr Reynolds ist hier, um Sie zu sehen. Er sagt, er kommt vom Büro des Sheriffs«, sagte sie und blinzelte Matt zu, während sie wieder den Kaugummi knallen ließ. Ihre Bluse kämpfte darum, ihre ausladenden Brüste unter Kontrolle zu halten, und Matt fragte sich im Stillen, wie lange sie wohl am Morgen brauchte, um sich fertigzumachen und ihr Make-up aufzutragen. Er schätzte eine Stunde, aber er konnte meilenweit danebenliegen.

»Sehr witzig, Linda. Zeig ihm den Weg nach hinten. Ich erwarte ihn.«

An die Rückseite des Gebäudes hatte man ein Büro aus Gipskarton gebaut, das sich in das Lagerhaus hinein erstreckte. Als Matt eintrat, erhob sich Bubba hinter seinem Schreibtisch und umrundete diesen, um ihm die Hand zu schütteln. seine massive Pranke umschloss die von Matt. Bubbas Spitzname passte zu ihm – er war ein Klischeebild ländlichen Exzesses, bei einem Meter achtzig war er mindestens einhundertzwanzig Kilogramm schwer, nichts davon Muskeln. Er trug einen Overall und ein kariertes Flanellhemd, bis ins kleinste Detail der typische Farmer – bis auf seine Augen, die kalt und berechnend waren.

»Schön, dich zu sehen. Was hältst du von Linda? Bombe, oder?«, fragte Bubba, während er zu einer Kiste in der Ecke seines Büros ging. Darauf lag ein dunkelgrüner Seesack mit zugezogenem Reißverschluss.

»Sie scheint dich zu mögen«, sagte Matt ausdruckslos.

»Weil ich ihr zehn Dollar mehr die Stunde zahle, als sie wert ist. Aber sie ist … begabt. Wenn du verstehst, was ich meine?«, verriet Bubba mit einem Zwinkern, das Matt an Lindas vergleichbare Geste vor einigen Minuten erinnerte.

»Ich bin sicher, dass sie ihr Geld wert ist. Ist das meine Bestellung?«

Bubba öffnete die Tasche und blickte hinein. »Ich hatte echte Probleme, an die Schalldämpfer ranzukommen. Noch schwieriger als die verdammten Granaten, ob du es glaubst oder nicht.«

»Das überrascht mich nicht. Und die Extramagazine?«

»Kinderspiel.«

»Was ist mit den Nachtsichtgeräten?«

»Drei Stück. Alles da. Sechs Blendgranaten, sechs Granaten, Sichtgeräte, Schalldämpfer und Magazine. Und das Geld?«, fragte Bubba.

»Hier.« Matt schob ihm einen Umschlag zu und wartete, während er es zählte.

»Alles da. Versuche, nicht mit dem Zeug in Schwierigkeiten zu kommen. Vor allem nicht mit den Granaten.« Bubba wusste, dass es besser war, nicht zu fragen, wofür Matt sie brauchte. Seine Regeln beruhten definitiv auf dem Prinzip: *Keine Fragen, keine Antworten.*

»Ich werde daran denken«, sagte Matt und verschwand auf dem gleichen Weg, den er gekommen war.

Jet hörte Radio, als er zum Auto zurückkam. Er warf die Tasche auf den Rücksitz, bevor er hinter das Lenkrad stieg und den Motor startete.

»Alles da?«, fragte sie.

»Ja. Man kann sich auf ihn verlassen. Teuer, aber das ist heutzutage fast alles.«

Der Himmel verdunkelte sich auf ihrem Weg nach Norden und ihre Unterhaltung gestaltete sich stockend und schwierig, sie beide spürten Alan, der fast körperlich zwischen ihnen saß. Schließlich hielt Jet es nicht mehr aus und lenkte die Diskussion auf ihn.

»Weißt du, dass ich um die halbe Welt nach Ko Samui geflogen war, um Zeit mit dir zu verbringen? Ich hatte meine Tochter mitgebracht. Ich hatte mich an die Idee gewöhnt, ein Leben auf einem Inselparadies zu verbringen.«

»Es ist keine schlechte Idee. Es ist nur dann eine schlechte Idee, wenn ein Trupp von Killern mitten in der Nacht hinter dir her ist.«

»Mein Punkt ist, dass ich hingekommen bin.«

Der Verkehr wurde langsamer, vor ihnen blockierte ein Unfall zwei der Spuren und sie kamen zwischen den haltenden Autos zum Stehen, keine Abfahrt in Sicht.

Matt drehte sich ihr zu. »Warum?«, fragte er ruhig.

Jet reagierte verblüfft. »Was, warum?«

»Warum bist du gekommen?«

»Ich habe versprochen, die Diamanten zurückzubringen, weißt du noch?«

»Das ist der einzige Grund?«

»Wie schwer willst du mir das machen?«, fragte sie.

»So schwer es sein muss.«

Sie atmete aus. »In Ordnung. Ich bin gekommen, um zu sehen, ob noch etwas anderes auf mich wartet. Mit dir. Weil ich etwas gefühlt habe … etwas anderes. Etwas Besonderes. Als wir uns geküsst haben. Und ich wollte dem nachgehen und sehen, ob es nur Magenschmerzen waren oder doch mehr.«

»Ah. Na also. War das so schwer?«

»Matt, was soll das? Wirklich? Was wird das ändern? Was haben wir davon, wenn wir die Sache jetzt aufrollen?«

»Hier kommt Alan.«

»Matt, du warst tot. Ich habe dich nur geküsst und du warst tot. Mach mal halblang. Das ist kein rührseliges Melodrama, in dem ich jahrelang herumsitze und auf das Meer blicke, nur weil wir uns einmal geküsst haben. So ist das Leben.«

Er lehnte sich zu ihr und ihre Lippen trafen aufeinander. Elektrische Spannung entlud sich in ihr und setzte sie unter Schock. Es war ein tiefliegendes, starkes Gefühl, vollkommen anders als alles, was sie jemals gefühlt hatte … seit David. Aber anders. Ganz anders.

Hinter ihnen ertönte eine Hupe und zerstörte den Augenblick. Matt hob entschuldigend die Hand für den Fahrer, bevor er drei Meter weiterrollte, nur um wieder gezwungenermaßen anzuhalten.

»Meinst du das? Das war gerade das Leben. Es geht immer weiter«, sagte er.

Jet hatte keine Antwort. Ihr Atem ging flach und hektisch und sie zwang sich dazu, tief und bewusst einzuatmen.

»Wenn du verheiratet wärst, würde ich dir sagen, lass dich scheiden«, sagte Matt. »Zum Glück bist du das nicht.«

»Es ist nicht so einfach, Matt.«

»Warum? Warum ist es nicht genauso einfach? Erklär es mir. Ich verstehe es nicht.«

»Ich … ich habe etwas Gutes mit Alan … und er … er ist auf die gleiche Art kaputt, wie ich es bin.«

Matt beäugte sie. »Das ist der Grund? Er ist kaputt? Hey, ich bin auch ziemlich fertig. Gilt das nicht?«

»Es ist nicht das Gleiche. Ich habe Sex mit ihm.«

»Dann hör auf damit. Es ist, wie mit dem Rauchen aufzuhören. Hör auf damit, dir Zigaretten in den Mund zu stecken. Ganz einfach.«

»Vielleicht für dich. Für mich ist das nicht so unkompliziert.«

»Du hast recht. Für mich ist es das. Ich habe bei der Sache keinerlei Skrupel.«

Sie schüttelte den Kopf. »Matt, hör mir gut zu. Ich weiß, dass es zwischen uns etwas gibt. Und ja, ich hätte nichts lieber gehabt, als dass du dort gewesen wärst, als ich nach Thailand gekommen bin. Das warst du aber nicht, und das hier ist passiert, und ich kann es weder zurücknehmen noch ändern. Also tu mir einen Gefallen. Lass uns die Sache mit Arthur hinter uns bringen, und dann, wenn sich der Staub gelegt hat, und wenn es etwas zu bereden gibt, dann verspreche ich dir, dass ich versuche, aus meinen Gefühlen schlau zu werden und keinen von euch beiden hängenzulassen. Aber im Moment sollten wir die Sache nicht noch komplizierter machen, okay? Für mich? Könntest du das für mich tun, bitte?«

Vor ihnen blitzten rote Lichter auf, dann hatten sie den blockierenden Blechschaden hinter sich gelassen und bewegten sich wieder.

»Für dich werde ich das. Aber ich würde lügen, wenn ich sagen würde, dass mir das gefällt. Ich war lange Zeit meines Lebens allein. Das hat mich nie gestört. Ich hatte nie den Wunsch, das zu ändern. Aber das ... es ist verrückt, aber das hier bringt mich dazu, etwas Besseres zu wollen. Das ist alles, was ich sagen werde. Wir werden nicht mehr darüber reden, bis das alles vorbei ist. Aber ich werde dafür sorgen, dass du deinen Teil der Abmachung einhältst. Wenn das alles vorbei ist, wirst du hierüber nachdenken müssen. Das ist alles, was ich will. Weil ich nicht eine Sekunde lang glaube, dass du mit Alan glücklich wirst, jetzt wo du weißt, dass ich hier bin«, endete Matt.

»Denk nicht zu viel von dir selbst«, sagte sie, aber es klang hohl und in ihrer Stimme lag keine Überzeugung.

Er räusperte sich und sie betrachteten wieder die Landschaft, die an ihnen vorbeirauschte, das morgendliche Sonnenlicht war von einem ominösen bedeckten Himmel abgelöst worden, der perfekt zu ihrer Stimmung passte.

KAPITEL 38

Matt löste Alan um vier ab, die drei hatten sich auf Acht-Stunden-Schichten geeinigt, der Zugriff war für Mitternacht geplant. Alan und Jet kehrten auf das Zimmer zurück und gingen den Plan durch, der sich recht gut entwickelt hatte. Jet würde den Sensoren ausweichen und die Kommunikationszentrale ausschalten, die sich an der Rückseite des Hauses befand. Eine der Schwachstellen in der Sensorpositionierung war, dass sie dafür gedacht waren, die Hauseingänge und die Stromleitungen zu schützen. Aber die Kommunikationsschnittstelle, die Arthur mit der Außenwelt verband, und damit mit der Polizei und der Sicherheitsfirma, war angreifbar.

Ohne Zugriff auf die elektronischen Baupläne wäre das Haus mehr als angemessen geschützt; aber mit Hilfe der Pläne konnte sie über die hintere Mauer springen, in einem bestimmten Muster durch den Garten sprinten, zuerst von der Mauer in der Nähe der hinteren Wartungshütte, dann nach Süden zu den Verbindungskästen, die im Keller installiert waren, zu denen man über eine schräge Kellertür Zugang hatte – zweifellos, weil Arthur die unschönen Metallschränke nicht dort haben wollte, wo sie sichtbar waren.

Der Keller war nicht direkt mit dem Haus verbunden, daher waren die Sensoren um den Eingang nicht so dicht gesät. Sie würde hineinkommen und die Kommunikationsleitungen durchschneiden, die Daten an die Vierundzwanzig-Stunden-Fernüberwachung im Hauptquartier schickten, und ihnen so einige Minuten erkaufen, um die Sicherheitsvorkehrungen zu überwältigen, einige der Außenwachen im hinteren Teil des Anwesens auszuschalten und das Haus mit Flaschen voller Benzin und den Blendgranaten in Brand zu stecken. Sie und Matt hatten jeweils drei Flaschen und würden die Gebäudeseite mit Benzin tränken, was das Sicherheitsteam dazu zwingen würde, das Feuer zu löschen, statt das Gelände zu sichern.

Wenn sie es nicht schaffen würden, das Feuer einzudämmen, wäre der nächste logische Schritt für das Bewachungsteam, Arthur aus dem Haus und in Sicherheit zu bringen – und das wäre ihre Gelegenheit, die Welt ein für alle Mal von ihm zu befreien. Er wäre für einige Augenblicke angreifbar, wenn er das Haus verließe, um zu einem Fahrzeug zu kommen, und dann würden sorgfältig platzierte Kugeln von Alan die Sache zu Ende bringen: Er war auf dem Level eines Scharfschützen und mehr als fähig, eine Salve aus einem M4 über dreihundert Meter auf die Größe einer Mandarine zu konzentrieren. Bis Polizei und Feuerwehr es zum Haus geschafft hätten, wären sie bereits meilenweit entfernt, die Mission abgeschlossen.

Es war kein perfekter Plan, aber er war zweckdienlich. Der gefährlichste Punkt wären der erste Durchbruch und das Ausschalten der Kommunikationsschnittstelle. Jet hatte den Grundriss immer wieder studiert und fühlte sich mehr als bereit dafür.

Als Alan zum Hotel zurückkehrte, war Jet joggen, um die aufgebaute Anspannung in Vorbereitung für die nächtliche Mission abzubauen. Nach ihrer Rückkehr duschte sie, während Alan die Nachrichten verfolgte, dann gingen sie essen, dieses Mal wählten sie ein Restaurant, das Meeresfrüchte anbot.

Nach dem Essen packte Jet methodisch ihren Rucksack mit Benzinflaschen, den Granaten, einer der schallgedämpften Pistolen, einer Dessert Eagle, die sie von Sloan mitgenommen hatte, und zusätzlichen Magazinen für die MP7. Sie hatte die Maschinenpistole bereits in den Kofferraum gelegt und Alan hatte das Gleiche mit seinem M4 getan. Jeder nahm sein eigenes Auto, um die Chance auf eine problemlose Flucht zu erhöhen, falls man sie verfolgen sollte – das war sehr unwahrscheinlich, aber es lohnte sich dennoch, für diesen Fall vorauszuplanen.

Um zehn Uhr abends waren sie bereit. In zwei Stunden würden sie zuschlagen und alles wäre innerhalb von wenigen Minuten vorbei.

»Ich versuche mich ein bisschen auszuruhen«, sagte Jet und legte sich angezogen, in ihrem schwarzen, langärmligen Shirt und ihrer schwarzen Cargohose auf das Bett.

»Gute Idee. Ich verstaue meine Ausrüstung und gehe zum Markt. Möchtest du etwas?«, fragte Alan.

»Nein, ich brauche nichts. Aber danke«, gab Jet zurück.

Alan nahm seine Tasche und ging auf die Tür zu, dann blieb er stehen, legte sie ab und kam zum Bett.

Jet spürte seine Nähe und öffnete die Augen. »Oh, Alan ... nein, ich bin ...«

»Psst.« Er beugte sich vor und küsste sie, sanfter als jemals zuvor, dann wischte er ihr vorsichtig mit der Hand die Haare aus dem Gesicht. »Ruh dich gut aus«, sagte er und verschwand durch die Tür.

Sie schloss die Augen, jede Chance auf Ruhe verflogen, und in Gedanken kämpfte sie mit dem Dilemma, das Alan und Matt ihr auferlegt hatten. Nach einer halben Stunde, in der sie sich lediglich hin- und hergeworfen hatte, machte sie den Fernseher an und zappte sich durch die Kanäle, bis sie ein Programm gefunden hatte, das ihr gefiel – *Animal Planet*, mit einem Beitrag über den Honigdachs. Als der Beitrag vorbei war, blickte sie auf die Uhr und sah, dass es bereits elf war. Alan hätte schon längst zurück sein sollen. Sie ging davon aus, dass er wahrscheinlich spazieren gegangen war.

Sie wusste aus Erfahrung, dass sich jeder anders auf einen Einsatz vorbereitete – manche beteten, manche trainierten, um ihre Nerven zu beruhigen, manche säuberten und überprüften zwanghaft ihre Waffen.

Sie schaltete zu den Nachrichten um und die Hauptmeldung ließ ihr das Blut in den Adern gefrieren.

»Der wohlhabende Geschäftsführer einer Sicherheitsfirma wurde heute Abend tot infolge eines schrecklichen Mordfalls aufgefunden, der die Anwohner eines hochklassigen Wohnviertels unter Schock stellt. Der zurückgezogen lebende Manager wurde in der exklusiven Lake-Barcroft-Community gefunden.«

Es wurde weiter berichtet, dass der Tod als Mord ermittelt wird, aber im Moment nur wenige Details verfügbar waren.

Sie ging zu ihrer Handtasche und suchte ihr Handy, dann drückte sie auf die Schnellwahltaste für Alan. Er antwortete auf das zweite Klingeln.

»Wo bist du? Man hat Sloans Leiche gefunden. Bald wird die Hölle los sein. Wir müssen den Plan vorziehen. Ich mache mich sofort auf den Weg.«

»Okay. Hör mir zu. Du wirst mir das extrem übelnehmen, aber ich bin bereits in Position. Ich werde den Sturm auf das Haus vornehmen und du kannst dich um Arthurs Kopfschuss kümmern.«

»NEIN! Das war so nicht abgemacht. Halte dich an den Plan. Warte auf mich. Ich werde in fünfzehn Minuten in Position sein«, protestierte Jet.

»Tut mir leid. Ich werde reingehen. Ich wollte dich in ein paar Minuten anrufen und dir sagen, dass du früher hier sein sollst, aber jetzt weißt du Bescheid, ich werde in zehn Minuten losgehen, du wirst also fünf Minuten später hier sein. Ich habe Matt gesagt, dass wir darüber geredet haben und du Einsicht gezeigt hast. Er wird mir folgen, sobald du hier bist. Ich warte zehn

Minuten, sobald ich über die Mauer gestiegen bin, dann kappe ich die Leitungen.«

»Auf keinen Fall. Ich mache das«, zischte sie. Sie fühlte sich hilflos und von seinem falschen Spiel vollkommen überrumpelt. Er musste schon eine Weile geplant haben, sie zu hintergehen. Er klang vollkommen ruhig und selbstbewusst.

»Ich befürchte, das wirst du nicht. Jetzt bring deinen Arsch hierher, damit du bereit bist, Arthur eine Kugel zu verpassen, wenn sie ihn aus seinem Mausoleum zerren. Ich muss los. Du hast fünfzehn Minuten«, sagte Alan, dann legte er auf.

Jet blickte wutentbrannt auf ihr Handy, dann griff sie ihren Rucksack und rannte zum Auto. Der Motor startete keuchend, dann raste sie von der Auffahrt. Sie musste unbedingt die fünfzehn Minuten auf zehn verkürzen. Vielleicht, nur vielleicht, würde sie es schaffen und ihn aufhalten, bevor er etwas Dummes anstellen konnte. Sie war sich der damit verbundenen Gefahr bewusst und sie war besser als er dazu befähigt, die erste Phase durchzuziehen.

Jet ließ das Auto an der Rückseite des Parks stehen und sprang über den Zaun, dann rannte sie durch das Gebüsch und zwang sich bis an ihr Limit. Als sie den ausgemachten Platz unter Matts Baum erreichte, verriet ihr die Uhr, dass zwölf Minuten vergangen waren. Matt sah von seinem Aussichtspunkt im Baum zu ihr herunter und ließ sich dann grazil an einem festgeknoteten Seil herab und kam neben ihr auf dem Boden auf.

»Also, bist du bereit?«, fragte er.

»Wo ist Alan?«, zischte sie wütend flüsternd.

»Er ist vor ein paar Minuten in Richtung Ziel losgesprintet. Ich muss zugeben, er kann schnell rennen. Ich bin bereit und kann jederzeit rein. Das Gewehr ist oben …«

»Scheiße. Und du hast ihn nicht aufgehalten?«, verlangte sie und spähte durch das Gebüsch auf das Haus.

»Nicht aufgehalten? Warum sollte ich das … warte. Er hat mir gesagt, dass ihr getauscht habt. Bedeutet das …?« Er beendete den Satz nicht. »Scheint so. Alan hat mir gerade noch verraten, dass man Sloan gefunden hat. Es ist jetzt zu spät, ihn aufzuhalten, also tun wir unser Bestes, um ihn zu unterstützen. Ich bin bereit«, versicherte Matt und griff in seinen Rucksack, aus dem er ein Nachtsichtgerät nahm, das er sich über den Kopf zog, bevor er den Bildschirm vor die Augen klappte.

»Funktioniert perfekt. Ich begebe mich in Position.«

»Ich komme mit«, sagte Jet.

»Nein, das wirst du nicht. Du musst oben in den Bäumen sein, damit du den Scheißkerl ein für alle Mal ausschalten kannst. Halte dich an den Plan. Wir müssen ruhig und gefasst sein. Etwas, das du im Moment nicht bist.«

Er hatte recht. Es war zu spät, Alan noch aufzuhalten.

»Okay, ich klettere auf den Baum. Aber mir gefällt das nicht.«

»Das habe ich verstanden. Jetzt gib mir deine Waffe und die Magazine. Ich habe das M4 mit zwei Extramagazinen oben gelassen. Nicht, dass du sie brauchen wirst.«

Sie reichte ihm die MP7 und die Ersatzmagazine. Er überprüfte die Waffe und steckte sich die Magazine in die Hosentasche.

»Hast du so etwas jemals abgefeuert?«, fragte sie.

»Die gehört sogar zu meinen Favoriten. Damit kenne ich mich aus. Gute Wahl.«

Sie zögerte, dann wandte sie sich ab. »Sei vorsichtig«, flüsterte sie, doch er war bereits verschwunden.

Jet erklomm den Baumstamm und fand das Gewehr, dann spähte sie durch das Nachtsichtzielfernrohr auf das Haus. Sie lud durch, überprüfte, dass es auf Einzelfeuer und nicht auf Salve gestellt war, dann suchte sie die Außenmauer ab, um Alan zu finden.

Die Sicherheitsleute patrouillierten in dem bekannten Muster Streife und sie sah ihnen dabei zu, wie sie sich von der Rückseite zur Vorderseite des Hauses bewegten, einige Minuten am Wachhaus stehenblieben, um Bericht zu erstatten, bevor sie langsam zurückgingen.

Sie schluckte ihren Zorn über Alans Entscheidung hinunter und verdrängte ihn langsam. Er tat nur, was er dachte, tun zu müssen – er hielt das Versprechen seinem Bruder gegenüber, sie außer Gefahr zu halten und zu beschützen. In seinem Kopf war es das Richtige.

Er versuchte ehrenhaft zu handeln.

Das war ihr bewusst.

Aber es gefiel ihr kein bisschen.

KAPITEL 39

Alan wartete geduckt und versteckt in der dichten Vegetation auf dem Nachbargrundstück. Die Lichter im Haus waren gelöscht, die Bewohner hatten sich für die Nacht zurückgezogen. Er beobachtete die Wachen in dem spärlichen Licht, das die wenigen Lampen auf der Vorderseite von Arthurs Grundstück spendeten, und blickte auf die Uhr. Wenn sie sich an ihren gewohnten Ablauf hielten, dann würden sich die beiden vorderen Männer mit denen an der Rückseite treffen, einige Minuten warten, und dann wieder ihre Runde aufnehmen. Jeder Rundgang dauerte zehn Minuten, niemand hatte es dabei eilig. Vier weitere Wachen warteten am Tor, um die aufzuhalten, die dumm genug waren, zu versuchen, das Eisentor zu stürmen.

Die Wachen trugen Schrotflinten, wie immer nach Sonnenuntergang, tagsüber zogen sie es vor, die Waffen außer Sicht zu halten, um die Nachbarn nicht zu alarmieren, auch wenn sie alle eine Erlaubnis hatten, sie als Teil ihres Jobs mitzuführen. Kaliber-Zwölf, mit Schrot geladene Gewehre, das wusste er aus Jets Recherche.

Das leise Geräusch der Autos auf dem eine Meile entfernten Freeway, ein fast unhörbares, aber unaufhörliches Brummen, wurde lauter, wenn gelegentlich ein LKW vorbeifuhr. Die umliegenden Bäume dämpften den Lärm, so wie fast jedes andere Geräusch – darauf mussten sie sich verlassen, wenn hier die Hölle losbrach.

Die hintere Streife machte sich langsam wieder auf den Weg in Richtung Eingangstor, wie immer, und er wartete, bis sie um die Ecke gebogen waren, bevor er geradewegs auf die rückseitige Mauer zusprintete und sie mühelos erklomm, eine Bewegung, die er mit der Anmut eines Turners ausführte. Er landete direkt auf dem Gras und rollte sich ab, dann kam er auf einem Knie zum Halten, um sicherzugehen, dass er in Position war. Er musste zehn Meter geradeaus laufen, dann fünf nach rechts zur Hütte, dann wieder zwanzig geradeaus auf das Haus zu, dann sieben nach links, bevor er das letzte Stück hinter sich bringen würde. Obwohl er viel lieber einfach geradeaus gerannt wäre, mahnte er sich in Gedanken zur Vorsicht und trabte mit Bedacht vorwärts, blieb dort stehen, wo er die erste Lücke in den Bewegungsmeldern vermutete, dann drehte er sich und ging fünf große Schritte weiter, bevor er sich wieder auf das Haus zubewegte.

Würde ihn jemand beobachten, würde dieser davon ausgehen, dass er nicht mehr richtig im Kopf war – ganz in Schwarz gekleidet, das M4 über eine Schulter gehängt, den Rucksack eng festgeschnallt, bewegte er sich in einer komplexen Schrittfolge, die keinem erkennbaren Muster folgte. Aber er war vollkommen von den aufragenden Mauern des stattlichen Anwesens verdeckt, und seine Vorstellung war verschwendet, um ihn herum gab es keine Zuschauer, die ihr hätten folgen können.

Er erreichte das Haus, ohne dass eines der Lichter angegangen war. Er hatte die Bewegungsmelder umgangen, die so positioniert waren, dass die Wachen sich entlang der Außenmauer des Geländes bewegen konnten, ohne sie auszulösen. Fokussiert waren sie stattdessen auf den Vorder- und Hintereingang und den Dienstboteneingang zur Küche an der Seite des Hauses.

Alan konnte die Kellertür mit dem Nachtsichtgerät ohne Probleme ausmachen und er drückte sich an den Hecken entlang, die das Haus umgaben, bevor er den rechteckigen Umriss erreicht hatte.

Dort fand er seine erste unangenehme Überraschung.

Ein Vorhängeschloss aus Edelstahl verschloss den Bolzen. Ein verdammt großes Vorhängeschloss. Dem Aussehen nach für den industriellen Gebrauch bestimmt. Er hatte einen Bolzenschneider dabei, falls ihm ein Schloss im Weg war, aber bei diesem hier würde ihm das nicht helfen – das Schließband war von einer Stahlummantelung geschützt.

Er wog seine Möglichkeiten ab und dachte kurz darüber nach, die Seite des Hauses zu hochzuklettern, verwarf die Idee aber wieder. Die Holzvertäfelung würde sein Gewicht nicht tragen und ihm keinen angemessenen Halt bieten. Die Fenster beider Stockwerke waren alarmgesichert, das wusste er, sie würden es ihm also auch nicht ermöglichen ins Haus zu kommen, wenn er vermeiden wollte, entdeckt zu werden.

Alan sah sich um und rechnete in Gedanken aus, wie lange er Zeit hatte, bevor die Wachen zurückkehrten. Höchstens drei Minuten. Er hatte keine Wahl. Er würde abbrechen müssen.

Dann entdeckte er ein Abflussrohr, das an der Hausecke zur Regenrinne am Dachrand entlang verlief. Vielleicht konnte er darüber den Dachvorsprung erreichen und irgendwie über das Dach ins Haus kommen. Soweit er sich erinnerte, gab es auf dem Dach keine Alarmsysteme – es gab keine Möglichkeit dorthin zu kommen, die Systemplaner hatten es also für sicher gehalten.

Er blickte auf die Uhr und bereitete sich geistig auf die Kletteraktion vor. Es würde nicht leicht werden, aber er hatte schon Schlimmeres hinter sich gebracht. Er schlich sich weiter an der Wand entlang, bis er direkt darunter stand, dann ergriff er das Rohr und zog daran, um abzuschätzen, wie sicher es war. Es gab nicht nach.

Ein gutes Zeichen.

Alan atmete tief ein, zog sich, das Metallrohr mit beiden Händen umklammernd, in die Luft und sicherte sich mit den Füßen ab. Er zwang sich höher, mit den Beinen verhinderte er es, abzurutschen. Er hatte schnell das Erdgeschoss hinter sich gelassen und war auf halber Strecke zum zweiten Stock. Als er das oberste Stockwerk erreicht hatte, konnte er die Dachkante erkennen, die nur einen oder eineinhalb Meter über ihm lag. Es war knapp, aber er würde es über die Kante schaffen, bevor die Wachen zurückkamen. Von dort wäre vielleicht doch noch nicht alles verloren. Wenn es einen Dachboden oder einen Belüftungsschacht gab und er sich Zutritt zum Haus verschaffen konnte, hatte er vielleicht die Möglichkeit, Arthur auszuschalten, bevor irgendjemand verstanden hatte, was passiert war. Herauszukommen würde schwerer werden, aber darüber konnte er sich Gedanken machen …

Das Rohr knarzte und bog sich. Alan erstarrte, zwei Stockwerke über dem festgetretenen Boden protestierte seine einzige Halterung gegen sein Gewicht. Ein rostiger Bolzen, der die Spitze des Rohrs hielt, ächzte, doch es bewegte sich nicht weiter.

Vielleicht würde doch alles gut gehen. Er streckte die Hand aus und zog sich weiter hoch, jetzt noch vorsichtiger, um zu verhindern, dass das Rohr vibrierte, und seine Finger hatten die Regenrinne fast erreicht, als die Spitze wieder nachgab – und der Bolzen riss.

Das Rohr, zusammen mit Alan, schwang wie in Zeitlupe von dem Haus weg, bevor es auf halber Länge auseinanderbrach und Alan rückwärts fiel. Verzweifelt versuchte er sich so zu drehen, dass er mit dem Gesicht voran aufkommen würde und seine Landung mit Händen und Füßen abfedern konnte. Doch das Glück stand ihm nicht bei, und das Letzte, was er registrierte, nachdem er auf den Boden geknallt war, waren vier Wachen, die mit erhobenen Waffen auf ihn zugerannt kamen, und das Trampeln ihrer Stiefel auf der Erde, als die Welt sich um ihn drehte und er das Bewusstsein verlor.

KAPITEL 40

»Er kommt zu sich.« Die Stimme des ersten Wachmanns klang, als käme sie aus weiter Ferne, so als würde er in einem Tunnel sprechen. Alans Augen öffneten sich flatternd, dann schlossen sie sich wieder, als ihn ein grelles Licht blendete.

Er versuchte die Arme zu bewegen, aber seine Handgelenke waren hinter seinem Rücken gefesselt und der Stahl der Handschellen schnitt ihm in die Haut, als er versuchte, sich darin zu winden.

Ein Schlag landete in seinem Gesicht, eine Ohrfeige, und er öffnete wieder die Augen, um sich zwei Bodyguards gegenüberzusehen – und einem Mann, den er als Standish erkannte.

Standish nickte den Wachen zu, die wortlos verschwanden und Alan allein mit Arthurs Assistenten zurückließen. Standish schlich langsam um Alan herum, bevor er sich ihm wieder gegenüberstellte.

»Wer bist du? Wer hat dich geschickt?« Standishs Stimme war leise, aber die Drohung war offensichtlich.

Alan gab keine Antwort.

»Ich habe dich etwas gefragt. Es ist äußerst unhöflich, eine direkte Frage zu ignorieren, weißt du das?«

Alan schloss wieder die Augen und eine Welle aus Schwindel und Übelkeit schwemmte über ihn.

Eine weitere Ohrfeige.

»Beantworte meine Frage. Wer bist du?«

Alan hob den Kopf und öffnete die Augen. »Du hast zwei Fragen gestellt«, krächzte er, seine Stimme schien nicht richtig zu funktionieren. Sein Genick schmerzte, als hätte ihm jemand einen Stein gegen die Schläfe geschlagen. Irgendetwas, vielleicht mehr als nur ein irgendetwas, war schwer beschädigt.

»Ah, es spricht also. Sehr gut. Dann beantworte beide Fragen. Wer bist du und wer hat dich geschickt?«

»Ich bin von den Zeugen Jehovas. Haben Sie die gute Nachricht von unserem Herrn …«

Ein weiterer Schlag ließ seinen Kopf zur Seite knallen, dieser war härter als eine Ohrfeige.

»Antworte mir.«

Alan grinste, eine Wunde in seinem Mund bedeckte seine Zähne mit Blut und er spuckte roten Speichel auf Standish. Er musste Zeit gewinnen. Jet und Matt eine Chance geben, ihn zu erreichen.

»Mehr hast du nicht drauf? Du schlägst wie ein kleines Mädchen. Meine Güte«, spottete Alan.

»Oh, ich glaube, du wirst sehen, dass ich noch viel Schlimmeres tun kann.«

»Aber das wirst du nicht. Weil das hier die Vereinigten Staaten sind und es illegal ist Leute zu foltern, oder nicht? Also wirst du die Polizei rufen, ich werde verhaftet und das war es. Jetzt geh und ruf sie, Schlappschwanz.«

Standish kicherte. Alan gefiel das Geräusch nicht im Geringsten.

»Glaubst du, dass es so ablaufen wird? Ah. Ich kann sehen, warum du so selbstsicher bist. Aber ich glaube, du hast etwas ein wenig falsch verstanden. Diese Männer sind kein gewöhnlicher Sicherheitsdienst. Sie sind Söldner. Sie alle haben viele, viele Male getötet. Und wir bezahlen sie unglaublich gut, um dieses Haus zu sichern. Also wird niemand ein Wort darüber verlieren, dass wir dich festgenommen haben. Du existierst nicht. Ich kann mit dir machen, was ich will, und glaube mir, was ich mit dir vorhabe … nun, es wird alles andere als angenehm.«

»Du lügst.«

»Nein, das tue ich nicht. Wenn du etwas über dieses Haus recherchiert hast, dann weißt du, dass der Besitzer ein ehemaliger CIA-Agent ist. Sogar ein extrem mächtiger ehemaliger CIA-Agent, würde ich sagen. Da du genug Ausrüstung dabei hast, um eine ganze Kompanie auszuschalten, gehe ich davon aus, dass du hier bist, um ihn zu ermorden. Also erspare mir das Drama und kommen wir zum Geschäftlichen. Wer bist du und wer hat dich geschickt?«

»Deine Mutter.«

Standish seufzte. »Wie bist du ans Haus gekommen? Das gesamte Gelände ist verkabelt.«

»Nicht sehr gut.«

Standish schüttelte den Kopf. »Ich habe keine Erfahrung mit Verhören, aber ich weiß, dass der Kopf des Sicherheitsteams das hat. Ich hatte gehofft, das zwischen uns beiden ausmachen zu können, aber wenn ich mich gezwungen sehe, werde ich ihn hinzuziehen. Und das Ergebnis wird auf jeden Fall extrem schmerzhaft und schmutzig.«

»Klingt furchterregend.«

Die zwei Männer tauschten einen hasserfüllten Blick aus, dann stand Standish auf und ging zur Tür.

»Ich habe dich gewarnt.«

***

Jet beobachtete das Getümmel durch ihr Zielfernrohr und sog erschrocken die Luft ein, als einer der Suchscheinwerfer aufleuchtete und sie vier Männer erblickte, die Alans reglose Gestalt in das Haus trugen, während die Sicherheitsmänner am Eingang weiter Ausschau hielten, um sicherzustellen, dass die Auseinandersetzung unbemerkt geblieben war.

Matt erschien einige Minuten später wieder am Fuß des Baums. »Hast du das gesehen?«, flüsterte er ihr zu.

»Ich komme runter.«

Sie ließ sich neben Matt herab, das M4 über die Schulter geschnallt. »Sie haben ihn erwischt.«

»Ich weiß. Ich habe zugesehen«, sagte Matt. »Irgendetwas ist schiefgegangen. Er hat versucht, an der Hauswand hochzuklettern, aber dann hat das Rohr nachgegeben. Er ist mindestens sechs Meter tief gefallen. Es hat nicht gut ausgesehen, als er aufgekommen ist. Ist auf dem Rücken gelandet.«

»Wir müssen ihn da rausholen.«

»Unmöglich. Die Wachen sind jetzt in Alarmbereitschaft. Selbst ein Frontalangriff mit einem vollen Einsatzkommando würde jetzt nicht mehr ausreichen«, sagte Matt.

»Scheiße. Das ist alles meine Schuld. Ich hätte gehen sollen.«

»Um was zu tun? Was auch immer passiert ist, er konnte offensichtlich nicht an die Kommunikationsleitungen kommen. Also hat er spontan improvisiert. Und er hat einen Fehler gemacht. Inwiefern ist das deine Schuld?«

Sie brütete einige Sekunden.

»Ich hätte gehen sollen.«

»Alles klar. Es ist alles deine Schuld. Glücklich? Aber inwiefern ändert das die Situation?«

Sie schwieg. »Gar nicht«, gab sie schließlich zu. »Wir müssen ihn da rausholen. Er würde mich nicht da drinnen zurücklassen. Das weiß ich sicher.«

»Also würde er die gleiche dumme Entscheidung treffen wie in dem Moment, in dem er versucht hat, an dem Rohr hochzuklettern. Okay. Aber du bist nicht er und du solltest dich nicht davon leiten lassen, was er tun würde. Was würdest du tun?«

Jet nahm sich Zeit, nachzudenken, dann wandte sie sich Matt zu und bedeutete ihm, ihr die MP7 zurückzugeben.

»Ich würde es richtig machen.«

***

Die beiden waren gerade dabei, sich vom Park zum hinteren Ende des Geländes durchzuschlagen, als am Haus ein Motor aufheulte. Matt und Jet tauschten einen Blick aus und sahen zu, wie ein schwarzer Ford Expedition vor dem Eingang zum Stehen kam und Arthur aus der Tür schlich, an jedem Arm von einem Mann gestützt. Er mühte sich auf den Rücksitz, bevor ein Mann neben ihm einstieg. Jet überlegte, ob sie versuchen sollte, zurück zu ihrem Aussichtspunkt in dem Baum zu gehen, wo sie eine Chance hätte, ihn zu treffen, aber es war zu spät. Ein zweiter SUV umrundete den Expedition und fuhr auf das vordere Wachhaus zu, dann warteten beide Fahrzeuge darauf, dass sich das Tor öffnete.

»Verdammt. Er haut ab. Wie weit ist es zu deinem Auto?«, zischte Jet.

»Es wird ungefähr zwei Minuten dauern, bis ich dort bin.«

»Lauf. Es gibt nur eine Straße, die hier herausführt. Du kannst sie am Ende der Straße einholen. Beeil dich.«

Matt nickte, dann sprintete er davon, geradeaus den Pfad entlang zur anderen Seite des Parks. Das Tor stand endlich offen und der erste SUV rollte auf die Fahrbahn, gefolgt von dem Expedition, in dem Arthur saß. Er bewegte sich langsam, wahrscheinlich, um Arthurs Schmerzen im Zaum zu halten.

Arthur war vermutlich bei der Nachricht, dass man einen Attentäter festgenommen hatte, in Panik ausgebrochen und hatte seinen Männern befohlen, ihn wegzuschaffen. Wo auch immer sie ihn um diese Zeit hinbrachten, es würde seine eigenen

Probleme mit sich bringen, aber darum konnte sie sich kümmern, wenn sie Alan aus dem Haus befreit hatte. Jetzt, wo das halbe Sicherheitsteam mit Arthur verschwunden war, gab es nichts mehr zu bewachen und es wäre einfacher hineinzukommen.

Hoffte sie.

Jet sprintete leise die Straße entlang, hundert Meter weiter, um eine Ecke, wo die Wachen am Tor sie nicht sehen konnten, und schlug sich durch den parkartigen Garten der Nachbarn zur Rückseite von Arthurs Grundstück. Die Streifgänge waren unterbrochen worden, als Arthur verschwunden war, was sowohl gut als auch schlecht war. Das bedeutete, dass die Bewegungen der Wachen unvorhersehbar waren, aber es konnte auch bedeuten, dass sie unvorsichtig waren.

Sie nahm Anlauf, sprang schwungvoll über die Mauer und überschlug sich, als sie über dem Eisenzaun war, bevor sie katzenhaft auf den Füßen landete. Dann bewegte sie sich geschickt in dem gleichen Muster wie zuvor Alan, nur doppelt so schnell. Sie war in zwanzig Sekunden am Haus und erkannte schnell das Problem mit dem Schloss. Sie warf einen Blick nach oben und sah ein Licht in einem Fenster, das, wie sie von den Plänen wusste, aus dem großen Schlafzimmer im ersten Stock kam, und ein weiteres in einem Zimmer am anderen Ende des Hauses auf gleicher Höhe. Dort hielten sie wahrscheinlich Alan fest. Das musste es sein. Das Licht war erst vor Kurzem angegangen.

Jeden Vorwand eines stillen Einbruchs ablegend, tastete sie nach einer Granate in ihrem Rucksack und nahm sie in die Hand, dann zog sie den Stift heraus und warf sie in Richtung Hintertür. Die Granate rollte, bis sie in der Nähe der Tür zum Liegen kam. Jet fischte eine weitere aus dem Rucksack und schleuderte sie durch ein Fenster. Glas splitterte und die Granate schlug hart auf dem Wohnzimmerboden auf.

Die Explosion an der Hintertür durchbrach die Nacht, dicht gefolgt von der Granate im Wohnzimmer, die das Erdgeschoss in seine Einzelteile zerlegte. Jet wartete einige Sekunden, bis sich der Staub gelegt hatte, dann sprintete sie zum zerstörten Hintereingang und duckte sich hinein, die MP7 im Anschlag.

Zwei Wachen waren unten im Foyer, die Detonation hatte sie von den Füßen gerissen. Jet feuerte jeweils drei schallgedämpfte Schuss in die Männer, als der nähere versuchte nach der Waffe in seinem Schulterholster zu greifen. Im Kopf vermerkte sie die Anzahl der verbliebenen Männer. Acht insgesamt, denn vier waren mit Arthur gegangen. Vier draußen am Tor, zwei tot im Foyer, dann blieben zwei im Haus. Wahrscheinlich oben.

Sie musste sich beeilen. Nach der Explosion war die Polizei wahrscheinlich bereits auf dem Weg. Sie hatte bestenfalls fünf Minuten. Höchstens. Auf der anderen Seite war die örtliche Polizei wahrscheinlich nicht für einen Militäreinsatz ausgerüstet. Sie bereitete ihr also nicht so große Sorgen wie die Wachen. Jeder von ihnen war ein ausgebildeter Söldner und sie würden sich nicht kampflos geschlagen geben.

Über ihr knarzte eine Diele und sie feuerte durch die Decke. Die gedämpften Geschosse drangen durch Holz und Gips. Sie hörte den Aufschlag eines fallenden Körpers und dann lief ein dünnes Rinnsal frischen Blutes durch die Einschusslöcher auf den Boden zu ihren Füßen.

Ein Schuss pfiff an ihrem Ohr vorbei, als sie sich zum Treppenhaus umdrehte. Sie warf sich auf den Boden, feuerte noch im Umdrehen und wurde vom Anblick eines Mannes belohnt, der rückwärts auf die Stufen stürzte. Seine Pistole kam klappernd auf dem Boden neben dem Treppenabsatz zum Liegen.

Sie wartete und lauschte, ihre Ohren klingelten, obwohl sie sich vor dem Explosionslärm der Granaten geschützt hatte, dann huschte sie zur Vorderseite des Hauses, ihr Nachtsichtgerät erhellte den Weg in der Dunkelheit. Sie musste sich um die Wachen draußen kümmern, die mittlerweile die Auffahrt auf sie zugerannt kamen, oder es riskieren, von ihrer Überzahl überwältigt zu werden. Das Letzte, was sie erwarten würden, waren Schüsse aus dem Haus. Zumindest hoffte sie das.

Jet spähte durch eines der Fenster, die Druckwelle hatte das Glas zerstört, und erkannte zwei Männer, die entlang der Außenmauer auf ihre Position zugeschlichen kamen. Sie gab zwei Schüsse mit ihrer Waffe ab und der vordere Mann wurde von den Füßen gerissen. Seine Schrotflinte löste mit einem Knall aus, als sein Finger reflexartig den Abzug betätigte. Der zweite Mann hob seine Waffe in ihre Richtung, als eine weitere tödliche Salve seinen Brustkorb zerfetzte und er zusammenbrach.

Die Frage war jetzt, ob die beiden am Tor auch Helden spielen wollten oder einfach warten würden, bis die Polizei hier war. Sie konnte sehen, wie sie sich in dem Wachhaus duckten, und feuerte vier Salven ab, um sie davon abzubringen, ihren impulsiven, aber sinnlosen Mut zu beweisen.

Sie wartete nicht darauf, zu sehen, wofür sie sich entschieden hatten, und sprintete stattdessen zwei Stufen auf einmal nehmend die Treppe hinauf, während sie das MP7-Magazin auswarf und ein neues einrastete. An der Oberkante der Treppe sammelte sie sich kurz. Das Haus war jetzt dunkel, die Granaten hatten die Stromversorgung unterbrochen. Das war ein weiterer Vorteil, den sie ausnutzen konnte – sie hatte Nachtsichtequipment, im Gegensatz zu den Wachen, die sich darauf verlassen mussten, dass die Bewegungsmelder die Scheinwerfer aktivierten. Wahrscheinlich ein kritischer Unterschied, den sie zu ihrem Vorteil ausspielen konnte.

Jet stieg über ein Trümmerteil, nahm dem reglosen Körper der Wache, die sie durch den Dielenboden erschossen hatte, eine Pistole ab, dann umrundete sie vorsichtig den Leichnam, bevor sie auf Zehenspitzen zu der Tür am Ende des Gangs schlich. Sie blieb davor stehen und lauschte aufmerksam, hörte aber nichts. Die Waffe mit der rechten Hand umklammert drehte sie an dem Türknauf und drückte die Tür auf, dann suchte sie mit vorgehaltener Waffe das Zimmer ab, bevor sie vor Alan stehenblieb, der vornübergebeugt auf einem Stuhl saß, seine Hände hinter den Rücken gefesselt, sein Shirt zerrissen und seine Füße in einer Schüssel mit Wasser, neben der ein Kabel lag, dessen anderes Ende zur Wand führte.

»Alan. Ich bin es. Kannst du mich hören?«, flüsterte sie, aber er gab keine Antwort.

Sie versuchte es erneut. »Alan. Wach auf. Wir müssen hier raus.«

Er hob sein Kinn von der Brust und bemühte sich Worte zu bilden, als er zu sich kam. Sie trat näher an ihn heran.

»Was? Was willst du sagen, Alan?«

Sein linkes Auge war zugeschwollen, aber sein rechtes blickte sie fest an, als er es wieder versuchte.

»Hiiii... hin...ter... dir ...«

Sie wirbelte herum, um mit ihrer Pistole auf die Tür zu zielen, aber sie war nicht schnell genug.

»Fallen lassen, oder ich blase dir den Kopf weg«, sagte Standish, der in einer Ecke stand, Alans Dessert Eagle in der Hand, die klaffende Mündung auf ihre Brust gerichtet. »Ich werde es tun. Letzte Chance, sonst bist du Hackfleisch.«

Sie schleuderte die MP7 auf den Eichenholzboden und hob die Hände auf Schulterhöhe.

»Du bist cleverer als dein Kollege hier. Das ist gut. Jetzt will ich, dass du zu ihm rübergehst und seine Beine befreist. Wir wollen ja nicht, dass die Polizei einen falschen Eindruck bekommt, wenn sie auftaucht.«

Jet folgte den Anweisungen und zerrte an dem Klebeband, das sie mühelos abreißen konnte.

»Jetzt die Handschellen. Ich kann das Nachtsichtequipment erkennen, ich weiß also, dass du etwas sehen kannst. Wenn ich dir den Schlüssel zuwerfe, fängst du ihn, dann schließt du sie auf.«

»In Ordnung.«

Sie sah die Überraschung in seinem Gesicht, als er ihr den Schlüssel zuwarf.

»Eine Frau? Wie modern. Schließ die Handschellen auf.«

»Und dann? Erschießt du uns?«

»Du *bist* clever. Schließ sie einfach auf.«

Sie ging um Alan herum und hantierte lautstark mit dem Schlüssel, Alan zwischen ihr und Standish.

»Es geht nicht auf.«

»Stell meine Geduld nicht auf die Probe, du Schla…«

Standishs Ausruf wurde von dem Blackhawk-Messer abgeschnitten, das sein Herz durchbohrte, geworfen von Jet, die sich im selben Moment zur Seite warf, um ein schlechteres Ziel abzugeben. Seine Augen weiteten sich vor Überraschung, dann zielte er mit der Pistole auf sie und drückte den Abzug, doch nichts passierte. Er versuchte es erneut, dann wurde seine Hand schwach und er stürzte leblos zu Boden, die Waffe noch immer fest im Griff.

Jet trat auf die Stelle zu, wo Standish bewegungslos lag, und zog das Messer aus seiner Brust, wischte es an seinem Hemd sauber, bevor sie es zuschnappen ließ und zurück in die Tasche steckte.

»Wusstest du nicht, wie man das Teil entsichert, du dummer Hurensohn?«, fragte sie, dann bückte sie sich und hob die Waffe auf, entsicherte und sicherte sie wieder, bevor sie die Pistole in den Gürtel steckte und sich Alan zuwandte.

»Kannst du laufen?«

»Ich…ich … glaube … schon.«

Sie bückte sich und nahm die MP7 wieder an sich, bevor sie zum Fenster ging und herausblickte. Die Wachen waren noch immer im Wachhaus und hielten die Köpfe gesenkt. Kluge Kerle. Sie würden leben, um einen weiteren Tag zu kämpfen.

»Okay, leg den Arm um meine Schulter. Du wirst aufstehen und ich werde dich stützen, und dann gehen wir die Treppe runter und durch die Hintertür. Schaffst du das?«

»Ja.« Seine Stimme klang fester.

Er bemühte sich, mit seinen brutal misshandelten Füßen aufzustehen, dann brach er fast zusammen, bevor Jet ihn auffing und einen Augenblick lang sein Gewicht trug.

»Einen Fuß vor den anderen, okay? Ruhig. Ich habe dich«, versicherte sie ihm, während sie sich langsam zum Treppenhaus vortasteten. Flammen leckten an den Gardinen im Erdgeschoss und ein Teil des Wohnzimmers hatte zu schwelen begonnen. Das Feuer drohte das gesamte Haus innerhalb von Minuten zu verschlingen. Sie mussten sofort hier raus, denn die alte Holzstruktur würde sich schnell in ein brennendes Inferno verwandeln und sie in sich einsperren.

Alan stolperte auf der obersten Stufe und riss Jet beinahe mit sich. Sie konnte ihn gerade noch festhalten, bevor er vornüberstürzte.

»Tut mir leid«, murmelte er durch geschundene Lippen und kniff sein unversehrtes Auge zusammen.

Im Foyer spähte Jet durch die Seitenfenster, konnte aber nichts Bedrohliches erkennen. Die Wachen hatten es endlich geschafft, die Scheinwerfer auszuschalten, welche die Vorderseite des Geländes beleuchteten. Das Grundstück lag vollkommen im Dunkeln. Das würde es ihr vereinfachen, Alan zur Rückmauer und darüber zu bringen. Der Vorteil durch ihr Nachtsichtgerät war gerade größer geworden, solange sie erfolgreich den Sensoren ausweichen konnten.

Ihre Augen tränten und sie hustete von dem Rauch, der sich wie eine Decke über das Erdgeschoss gelegt hatte. Sie hielt den

Atem an, während sie Alan zur Hausrückseite führte. An der Hintertür blieb Jet stehen und flüsterte ihm etwas zu.

»Wir bleiben dicht am Haus, bis wir die Kellertür erreicht haben, dann gehen wir das Muster rückwärts ab. Folge mir einfach, dann wird das schon funktionieren.«

Alan nickte und sie überquerten zusammen die Stufen an der Hausrückseite und schlängelten sich an der Hecke entlang, bis sie die Kellertür erreicht hatten.

»Alles klar. Jetzt oder nie«, ermutigte sie ihn und sie begannen sich von dem brennenden Gebäude zu entfernen. Jet schätzte sorgfältig ihren Weg ab und machte keine Schritte, die größer als einen halben Meter waren, um die Abstände genauer abschätzen zu können.

Sie schafften es bis zu dem Punkt, an dem sie wenden mussten, und Alan folgte ihr zögernd, einige Male beinahe fallend, bevor er es doch zum nächsten Wegstück schaffte. Die Lichter waren nicht angegangen, sie hatten also das Feld aus Bewegungsmeldern so weit umgangen und waren auf halber Strecke zur Mauer.

»Komm schon. Wir haben es fast geschafft«, sagte Jet, während sie ihre ungewöhnliche Prozession abgingen. Alan verließ sich fast vollständig auf sie und der letzte Rest seiner Kraft war dabei, aufgebraucht zu werden. Von dem Freeway und aus der Stadt heulten Sirenen zu ihnen herüber, das Einsatzteam, das im Eiltempo auf dem Weg hierher war, und Jets Instinkt drängte sie dazu, schneller zu machen. Wie sollte sie es schaffen, ihn in dieser Verfassung über die Mauer zu bringen? Es würde ein Wunder brauchen …

»Was haben sie dir angetan?«, flüsterte sie.

»Elektroschocks. Verbrennungen. Schläge. Habe … nichts … gesagt«, murmelte er. »Tut mir … leid – Dumm…kopf.«

»Hör auf damit. Du hast getan, was du tun musstest. Jetzt lass uns von hier verschwinden.«

Der Knall einer Schrotflinte hallte von der Seite des Hauses und Alan stürzte nach vorn, als das Schrot sich schwer in seinen Rücken bohrte. Jet ließ sich mit ihm fallen und wirbelte herum. Noch im Fallen feuerte sie Salven aus der MP7. Der Schütze zuckte wie eine Marionette, als die Kugeln ihn trafen, dann brach er im Gras zusammen, seine Schrotflinte keine Gefahr mehr. Ihr Arm schmerzte dort, wo sie darauf gelandet war und als sie die Umgebung nach dem anderen Wachmann absuchte, spürte sie, wie Blut ihren Bizeps hinabfloss, wo sie von einer oder zwei verirrten Schrotkugeln gestreift worden war.

Sie wartete einige Sekunden, aber es schien, als wäre der letzte Wachmann der besonnenste der Gruppe gewesen und am Tor geblieben. Ein Impuls, zum Wachhaus zu rennen und ihn zu töten, überkam Jet, aber sie verwarf den zwanghaften Gedanken, als Alan stöhnte. Jet befreite sich von ihm und untersuchte seinen Rücken, der von Schrotkugeln übersät war, die ihn gewaltsam durchbohrt hatten, dann drehte sie ihn um und berührte sein von Schmerz verzerrtes Gesicht.

»Alan!«

»Geh … ich … ich … lie–« Er konnte den Gedanken nicht zu Ende formulieren, als Blut aus seinem Mund und seiner Nase quoll.

Jet kannte den Tod gut genug, um zu wissen, dass es für Alan vorbei war. Wut brannte in ihr und sie berührte sein kaltes Gesicht, dann gurgelte er und seine Brust hörte auf sich zu heben und zu senken. Sein Kampf war vorbei. Tränen rannen über ihr Gesicht. Sie blinzelte, dann wurde sie vom Heulen einer Sirene auf der Straße aus ihrer Starre geweckt. Mit vorgehaltener Waffe erhob sie sich und zählte die Meter, während sie auf die Außenmauer zusprintete.

Als sie die Mauer erreicht hatte, nahm sie einige Schritte Anlauf und steckte die MP7 in ihren Rucksack, dann hechtete sie auf die Mauer zu, sprang in einer einzigen Bewegung darauf und darüber und der Schwung schleuderte sie auf das Gras auf der anderen Seite, wo sie mit gebeugten Knien landete. Die Sirenen klangen, als hätten sie das Eingangstor beinahe erreicht und sie schlug sich in die Büsche, der kürzeste Weg zu dem Grundstück links von ihr.

Ein Suchscheinwerfer brannte sich durch die Nacht und das charakteristische Donnern von Helikopterrotorblättern, zusammen mit dem lauten Brüllen des Hubschraubermotors, überwältigten sie. Das Licht bahnte sich seinen Weg an der Rückseite des Geländes entlang und blieb stehen, als es Alans Körper erreichte, schwebte einen Moment lang über seiner Leiche, bevor es die Umgebung langsamer absuchte und am Leichnam des Wachpostens erneut stehenblieb.

Jet rannte im Zickzack durch die sorgfältig gepflegten Grundstücke, bis das Geräusch des Helikopters leiser wurde, und sie dachte bereits, dass sie ihn abgehängt hatte, als er wieder über ihr aufdröhnte und der Suchscheinwerfer die dichten Baumkronen durchkämmte. Links von ihr bellte ein Hund. In allen umliegenden Häusern brannte Licht, die Granaten und die Schüsse waren mehr als genug gewesen, um die Leute selbst aus dem tiefsten Schlaf zu wecken. Ihre Stiefel schmatzten auf dem Boden und sie legte einen Zahn zu. Sie schätzte, dass sie beinahe eine Viertelmeile gelaufen war, bevor der Helikopter umkehrte. Der Suchscheinwerfer bestrahlte die umliegenden Grundstücke, während sie versuchten, jemanden zu finden, der sich dort versteckt haben könnte.

Jet kämpfte gegen die Tränen an, während sie sich durch den Wald schlug und stehenblieb, bevor sie über die Straße in den Park rannte. Sie schluckte Luft, als quälende Schluchzer sie zu überwältigen drohten. Alan war tot – ein guter Mann, dem sie wichtig gewesen war und der bei seinem Leben geschworen hatte, sie zu beschützen. Ihre einzige Verbindung zu Hannahs Vater war mit ihm gestorben und jetzt waren sie und ihre Tochter wieder allein. Die Leere in ihr fühlte sich wie ein schwarzes Loch an, ein pulsierendes, schmerzendes Etwas, das so spürbar war wie ein Krebsgeschwür.

Als sie ihr Auto erreichte, riss sie sich das Nachtsichtgerät vom Kopf und schleuderte es zusammen mit ihrem Rucksack auf den Beifahrersitz, dann startete sie den Motor und fuhr davon, nachdem sie einen letzten Blick auf die mehreren Dutzend Polizei- und Feuerwehrwagen geworfen hatte, die jetzt auf der anderen Seite des Parks standen. Sie kämpfte innerlich mit dem Bewusstsein über das Chaos, das sie zurückgelassen hatte.

KAPITEL 41

Jet presste sich das Handy mit der Schulter ans Ohr, während sie in dem Focus die Nebenstraße entlangraste und darauf wartete, dass Matt antwortete. Er hob nach dem vierten Klingeln ab und klang gehetzt.

»Ich fahre auf der Chain Bridge Road nach Süden. Wir sind jetzt etwa fünf Meilen von dem Haus entfernt und bewegen uns relativ langsam. Was ist passiert? Hast du es geschafft, Alan rauszuholen?«

Sie gab ihm mit mechanischer Stimme eine hölzerne Kurzfassung, dann bog sie nach rechts auf die Chain Bridge ab.

»Bleib auf der Route und sag mir, wenn ihr davon abweicht. Ich werde versuchen dich einzuholen«, sagte sie, nachdem er schockiert sein Beileid bekundet hatte.

»Sei vorsichtig. Du kannst es dir nicht leisten, jetzt angehalten zu werden.«

»Jeder Bulle in einem Umkreis von fünfzehn Meilen ist an dem Haus. Ich glaube, ich bin in Sicherheit.« Sie drückte das Gaspedal durch und schlängelte sich an einem langsameren Auto vorbei. Nach Mitternacht waren die Straßen beinahe leer. Die Tachonadel kroch an der achtzig Meilen-pro-Stunde-Markierung vorbei und blieb dort stehen, als sie das Lenkrad mit stahlharter Entschlossenheit umklammerte, soweit sie sehen konnte, waren vor ihr nur einige Rücklichter.

Die Straße wurde breiter und sie trat aufs Gas und beschleunigte auf neunzig. Sie flog durch die Nacht, sowohl Matt als auch sie schwiegen und konzentrierten sich auf das Fahren. Nach einigen Minuten drängte sich seine Stimme in die Stille.

»Wir biegen nach rechts auf die Hampton Road ab. Ich werde mich weiter zurückhalten. Hier draußen ist sonst nichts und will nicht, dass sie Verdacht schöpfen.«

»Wie schnell seid ihr?«

»Dreißig.«

»Bei meinem Tempo sollte ich dann bald an der Kreuzung sein.«

»Du musst ja fast fliegen.«

»Dieser Focus schafft tatsächlich hundert.« Der Motor klang, als wäre er kurz vor dem Abheben.

»Ich werde langsamer. Wie willst du das angehen?«

»Hast du noch die Granaten und dein Gewehr?«, fragte sie.

»Na klar.«

»Dann schlagen wir zu, solange sie noch auf der Straße sind. Es wird nur schwerer werden, wenn sie ihr Ziel erreicht haben. Wahrscheinlich eine Art Safe House, das seine eigenen Sicherheitsvorkehrungen hat. Ich schlage vor, wir schalten sie irgendwo aus, wo wir ungestört sind, und beenden das hier und jetzt.«

»Ich bin dabei. Ich glaube auch, dass es nur schwerer werden wird. Vor allem mit der Schießerei heute Nacht. Wolf Trap ist im Moment Kriegsgebiet, und ich an seiner Stelle hätte schon Verstärkung gerufen.«

»Ich werde dir nicht mal von dem Helikopter erzählen.«

»Dann werde ich nicht fragen.«

Eine weitere Minute verstrich.

»Scheiße. Bleib dran. Da ist die Kreuzung.« Aus Jets Leitung quietschte es, als sie auf zwei Reifen abbog, dann kehrte ihre Stimme zurück. »Das war haarscharf. Okay, ich bin auf der Hampton Road.«

»Du solltest mich jeden Moment sehen.«

»Oh. Das tue ich. Du bist ein Stück vor mir.«

»Ich sehe deine Scheinwerfer«, bestätigte er, nachdem er in den Rückspiegel geblickt hatte.

»Ich werde ihnen den Weg abschneiden.«

»In Ordnung. Sie werden langsamer. Ihre Bremslichter sind gerade angegangen.«

»Sie müssen hier draußen ein Haus haben.«

Beide Straßenseiten waren dicht bewaldet und enge Baumgruppen erstreckten sich in jede Richtung. Jet fädelte sich an Matt vorbei und beschleunigte geradewegs auf die zwei SUVs zu. »Wenn sie stehen bleiben, fang an zu schießen. Konzentriere dich auf das hintere Fahrzeug. Ich übernehme Arthurs Wagen. Sobald du eine Gelegenheit dazu hast, benutze die Granaten.«

»Verstanden. Viel Glück. Ich melde mich ab«, sagte Matt und legte auf.

Jet flog an Autos vorbei, die ihr erschrocken auswichen, dann riss sie an der Handbremse, sodass ihre Bremslichter nicht aufleuchteten. Als sie weit genug abgebremst hatte, wirbelte sie das Lenkrad herum und stieg in die Bremsen. Das Auto schlitterte seitlich. Als es kreischend zum Stehen kam, blockierte es beide Spuren und sie sprang heraus, zerrte von dem Fahrzeug weghechtend die MP7 aus ihrem Rucksack und feuerte salvenweise auf die näherkommenden SUVs. Sie konzentrierte das Feuer auf die Reifen und dann auf die Windschutzscheiben.

Der vordere Wagen, in dem Arthur saß, schlingerte, als die Vorderräder platzten, dann splitterte das Glas weiß von den abprallenden Kugeln und das Auto kam zum Stehen. Das hintere Fahrzeug rammte gegen Arthurs Wagen, unfähig, rechtzeitig zu stoppen, und sie bedeckte den großen Ford weiter mit Kugeln, stoppte nur, um ein frisches Magazin einzulegen.

Hinter ihnen knatterte Matts M4, dann hallten Schüsse größeren Kalibers durch die Nacht, als die Wachen das Feuer erwiderten. Ein Knall erklang – Shotgun – und dann mehr von dem charakteristischen Stottern aus Matts Waffe, deren Kugeln zu einem dumpfen Plop gedämpft waren.

Ein Kopf erschien in dem hinteren Beifahrerfenster von Arthurs Fahrzeug und hinter Jet schlugen Kugeln in einem Baum, als ein Schütze seine Pistole abfeuerte. Sie ließ sich ins Gras fallen, während sie das Magazin in seine Richtung entleerte, und spürte einen wütenden Anflug von Zufriedenheit, als ihm die Pistole aus den Fingern rutschte, und er zurück in den Wagen stürzte, die Tür übersät von Einschusslöchern.

Eine massive Explosion von der Rückseite des Fahrzeugs blendete sie für einen Moment, als eine von Matts Granaten detonierte, dann verhallten die Schüsse, abgesehen von einigen letzten Salven aus Matts Gewehr.

Sie tastete nach einem weiteren Magazin und bemerkte erst jetzt, dass sie alle verbraucht hatte. Die MP7 zur Seite werfend, griff sie in ihren Rucksack, wo sie Alans Dessert Eagle verstaut hatte. Ihre Hand drückte eine der benzingefüllten Flaschen zur Seite und griff nach der Pistole, dann ging sie zur Straße zurück und trat vorsichtig an den Wagen heran.

Als sie das Fenster erreichte, war der Innenraum ein Massaker, der Kopf des Fahrers lag auf dem Lenkrad, Blut überzog, was von seinem Gesicht übrig war und die Lenksäule, die Augen des Beifahrers standen ausdruckslos offen, er hatte vier Einschusswunden in Kopf und Brust. Dem Wachmann auf dem Rücksitz war es nicht viel besser ergangen und das Heck war mit Blut und Stücken seines Schädels übersät.

Arthur saß neben ihm, sein angestrengter Atem ging krächzend. Er war von mindestens einem Querschläger getroffen worden. Er zerrte kraftlos an seinem Sicherheitsgurt und versuchte ihn zu lösen, dann erstarrte sein Blick auf ihr und er strahlte pure Bösartigkeit aus, als er sie erkannte.

»Sieht nicht gut aus, Arthur«, spuckte Jet, ihre Waffe auf seinen Kopf gerichtet.

Er erwiderte nichts, aber sein starrer Blick sagte alles.

»Du konntest die Vergangenheit nicht Vergangenheit sein lassen, oder? Du musstest einfach Gott spielen und mein Leben ruinieren.« Sie blickte sich in dem Massaker im Innenraum um. »Wie läuft die Schmerzbekämpfung, Arthur? Wirkt das Mittel noch, das ich dir gespritzt habe? Man hat mir gesagt, es wäre ein Leben voller Qualen. In deinem Fall wird das nicht viel länger sein. Es tut mir fast leid, es zu beenden. Fast.«

»Fahr zur Hölle, du stinkende Schlampe«, krächzte Arthur durch wurmartige Lippen.

»Immer noch ein Gentleman, hm? Nun, dann werde ich mich nur besser fühlen, wenn ich die Welt von dir befreit habe, du Scheißmade.« Sie griff in ihren Rucksack und zog eine der Benzinflaschen hervor. Mit den Zähnen schraubte sie den Deckel ab, dann schüttete sie den Inhalt in den Truck und schleuderte die halbleere Flasche auf den Vordersitz.

»Fahr zur Hölle, hast du gesagt? Ich bin sicher, du hast *brenn in der Hölle* gemeint. Lass mich dir schon einmal einen Vorgeschmack darauf geben, wie sich das anfühlt, Arthur. Matt, hast du Feuer?«, rief sie nach links, wo Matt bei dem anderen SUV stand und dabei zusah, wie er vor sich hin schwelte.

Arthurs vernarbte Augenbrauen kräuselten sich, als sie Matts Namen erwähnte.

»Richtig, Arthur. Matt lebt auch noch. Matt, ich, meine Tochter. Du hast also in jeder Hinsicht versagt«, zischte Jet, als Matt neben sie trat.

Matt spähte in den Truck.

»Ach, hallo, Arthur. Sieht so aus, als hättest du dir ein paar Problemchen eingebrockt, hm? Hätte keinem netteren Kerl passieren können.« Matt hielt eine Magnesiumfackel hoch, die er mitgebracht hatte, um das Feuer am Haus zu entzünden, und zog die Kappe ab.

»Willst du ihm die Ehre erweisen?«, schlug Jet vor.

Matt nickte. »Mit Vergnügen. Ich bin dafür um die ganze Welt gereist.« Er schlug die Kappe mit einer Brandspitze an und sie entzündete sich zischend, dann schleuderte er sie in den Truck und das Benzin loderte mit einer hellen, orange-blauen Stichflamme auf. Sie traten beide einen Schritt zurück und sahen zu, wie sich Arthur in den Flammen krümmte, seine Schreie wirkten beinahe außerirdisch. Nach knapp dreißig Sekunden war es vorbei und Jet wandte sich an Matt.

»Das schließt ein schmutziges Kapitel.«

»Er war schon lange überfällig.« Matt studierte sie. »Geht es dir gut? Dein Arm blutet ziemlich heftig.«

»Du kannst das Schrot rauspulen, wenn wir wieder im Hotel sind.« Sie verzog das Gesicht, als sie das Blut abwischte und machte mit dem Kopf eine auffordernde Bewegung. »Wir sind hier fertig. Verschwinden wir.«

Matt drehte sich um und hastete zu seinem Explorer zurück. Jet ging zu ihrem Focus. Die Flammen aus dem SUV tauchten die Straße in ein höllisches Licht. Sie setzte sich hinter das Lenkrad und warf einen letzten Blick auf den Expedition, dann legte sie den Gang ein und fuhr los. Der Feuerball, als sich der Tank entzündete, zerriss einige Sekunden später den Nachthimmel und schleuderte eine Stichflamme in die Luft, die man aus mehreren Meilen Entfernung würde sehen können. Jet beobachtete im Rückspiegel, wie der SUV hinter ihr ausbrannte, dann schaltete sie das Licht ein und warf einen Blick auf die Karte auf ihrem Handy, bevor sie beschleunigte und Kurs auf das nahm, was auch immer das Schicksal für sie bereithielt, wo auch immer die verzweigte Straße sie hinführte.

KAPITEL 42

»Au. Sei vorsichtig«, beschwerte sich Jet, als Matt mit einer frisch gekauften Zange das zweite Stück Schrot entfernte.

Er ließ es in einen Plastikbecher fallen, wo sich die blutige Kugel zu ihrem bereits am Boden liegenden Zwilling gesellte, dann hielt er eine Flasche Jod hoch. »Das wird wehtun«, warnte er.

»Bringen wir es hinter uns.«

Matt schüttete einige Tropfen auf die zwei kleinen Wunden und Jets Atem zischte, als sie durch zusammengebissene Zähne einatmete, aber davon abgesehen zeigte sie keine Reaktion. Er benetzte die Löcher mit einer weiteren, großzügigen Dosis, dann tupfte er die blutigen Tränen mit einem Wattebausch ab und warf die roten Klumpen zu den Kugeln in dem Becher. Er streckte die Hand zum Tisch aus und schraubte die Kappe von einer Flasche Dermabond, drückte einen Tropfen in die erste Wunde und kniff diese zwanzig Sekunden lang zu, bevor er die Prozedur mit der anderen wiederholte.

»So. Alles fertig«, sagte Matt und löste den Gürtel, den er fest um Jets oberen Bizeps gewickelt hatte, und erlaubte dem Blut, wieder frei zu fließen.

»Ich habe schon Schlimmeres überlebt«, sagte sie, stand auf und betrachtete sich in dem Hotelzimmerspiegel, der über der Kommode an der Wand angebracht war.

»In ein paar Tagen bist du so gut wie neu. Wir müssen nur sichergehen, dass es sich nicht infiziert.«

»Das Desinfektionsmittel sollte dafür gesorgt haben. Wenn es anfängt, mich zu stören, kann ich mir immer noch ein paar Pillen in Mexiko organisieren.«

Matt stand auf und nahm den blutigen Becher in die Hand. »Mexiko, hm? Planen wir einen kleinen Ausflug an den Strand?«

»So was Ähnliches. Die Grenze ist so löchrig wie ein Schweizer Käse und die Einheimischen stellen nicht viele Fragen. Zwei Aspekte, die mir an der Gegend gefallen.«

»Ist das dann der Plan? Wir verlassen die Stadt und machen uns auf den Weg nach Mexiko?«

»Nicht ganz. Ich habe noch einen letzten Punkt auf der Liste, um den ich mich kümmern muss«, sagte Jet ruhig.

»Punkt?« Matts Augen verengten sich.

»Eine Aufgabe.«

»Die wichtiger ist, als einem Fahndungsaufruf lebend zu entkommen?«

»Wir wechseln in ein Motel näher an D.C. Ich mache mir keine Sorgen, dass man uns erwischt. Niemand hat etwas gesehen, es gibt also nichts, das zu uns zurückführt, außer Fußspuren. Kein Problem. Ich habe alle Kugeln gesäubert, bevor ich sie geladen habe, und ich habe Handschuhe getragen. Wir sind in einer extrem dicht besiedelten Gegend mit hoher Kriminalitätsrate. Die Bullen haben keinerlei Anhaltspunkte, das ist ein Fakt. Wir sind sauber.«

»Was ist mit deiner Beziehung zu Alan?«

»Sie werden ihn irgendwann mit dem Mossad in Verbindung bringen. Oder vielleicht auch nicht. Soweit ich weiß, sind seine Fingerabdrücke in keiner Datenbank. Genauso wenig wie meine. Sie werden also nichts weiter als eine große Tüte voller Fragezeichen haben.«

Matt ging zum Bad und warf die Watte in die Toilette, dann fischte er die Kugeln vom Boden des Bechers und wickelte sie in mehrere Lagen Taschentuch, bevor er sie hinterherwarf und zweimal spülte.

»Okay. Ich beiße an. Was ist die Aufgabe?«, fragte er.

Sie erzählte ihm die Details von der Geschichte mit der Fähre und Ryker.

»Jesus. Du hast einen Homeland-Agenten ausgeschaltet?«

»Einen krummen Hund, der eine Rolle in der Vertuschung eines False-Flag-Angriffs auf ein Stadion voller Frauen und Kinder gespielt hat. Und nein, ich war es nicht. Es war Alan. Aber ich hätte es getan, ohne eine Sekunde zu zögern. Das ist quasi ein Kriegsverbrechen. Ich glaube nicht an einen ordentlichen Prozess.«

»Richtig. Ich meine mich von unserer früheren Zusammenarbeit an einen Mangel an Toleranz gegenüber Übeltätern zu erinnern.«

»Ich überlege, deshalb in Therapie zu gehen. Ich höre Stimmen. Hauptsächlich nachts.«

Sie sahen einander an und lachten gleichzeitig.

»Da bin ich mir sicher. Also, was hast du vor?«

»Dieser Scheißkerl namens Peter? Ich werde ihn ausschalten. Für Alan.«

»Alan ist tot.«

»Ja, aber dieser Psychopath hat fast tausend Menschen auf dieser Fähre auf dem Gewissen. Alles nur, um an Alan ranzukommen. Kinder. Großmütter. Menschen, die sich nichts zuschulden haben kommen lassen, die jetzt tot sind, weil dieses Stück Scheiße beschlossen hat, dass sie entbehrlich sind. Ich werde das nicht so stehen lassen.«

»Du kannst nicht alles, was in der Welt falsch ist, richtigstellen«, sagte er resigniert seufzend.

»Nein, aber dafür kann ich mich rächen. Und das habe ich auch vor. Wirst du mir helfen?«

»Ich möchte noch einmal unterstreichen, dass ich gesagt habe, dass diese Idee Mist ist.«

»Verstanden. Wirst du es tun?«

»Was hast du vor?«

»Alan hat auf den Mossad-Servern einige Hintergrundinformationen über ihn herausgefunden, aber ich könnte noch mehr gebrauchen. Kannst du deinen Freund bei der CIA kontaktieren und sehen, was sich ergibt? Je mehr Informationen wir haben, desto besser. Ich hätte besonderes Interesse an Plänen von seinem Haus. Das Übliche«, sagte Jet.

»Angenommen, ich stimme zu. Wann hast du vor, ihn loszuwerden?«

»Wieviel Uhr ist es?«

Matt stutzte.

»Wirklich? So kurz nach Arthur? Die Stadt ist im Ausnahmezustand. Die Polizei denkt, das ist eine Invasion, und sie wissen nicht, von wem. Wegen dir haben wir mehr Tote in den Leichenhallen, als nach zehn Massenkarambolagen, und du möchtest gleich wieder ins kalte Wasser springen und einen weiteren hinzufügen? Meinst du das ernst?«

»Das ist es, grob gesagt.«

»Habe ich dir heute schon gesagt, dass du wahnsinnig bist?«

»Ich glaube, du hast es vorher mal erwähnt.«

Er setzte sich auf das Bett und drückte die Fernbedienung. Die Morgennachrichten berichteten alle von der Schießerei und den Bränden.

»Okay. Sagen wir, ich spiele mit. Was dann?«

»Ich spiele Ninja, bringe ihn um, und dann verschwinden wir. Einfach, je nachdem, was für Sicherheitsvorkehrungen er getroffen hat.«

»Weißt du, wo er lebt?«

»In Foggy Bottom.«

»Oh, gut. Die Sache wird immer besser. Das ist nur ein paar Blocks vom Weißen Haus entfernt.«

»Ich habe es nicht auf den Präsidenten abgesehen«, sagte sie locker, ihr Blick auf den Fernseher gerichtet, wo die Kameras den Tatort durch das Tor von Arthurs Grundstück filmten.

»Das ist wahrscheinlich gut für ihn. Glaubst du wirklich, dass du das durchziehen kannst?«

»Ich sehe keinen Grund, warum nicht. Er rechnet nicht damit, dass etwas passiert. Er ist ein Typ, der sich im Hintergrund hält, genau wie sein Vater. Er denkt, er ist unantastbar. Und wie du weißt, sind das meine Lieblinge.«

»Sein Vater?«, fragte Matt.

»Ich dachte, ich hätte dir von ihm erzählt.«

»Erzähl es mir nochmal.«

Als sie fertig war, rieb er sich die Augen. Die Erschöpfung begann, ihn zu übermannen.

Erste Strahlen der Morgensonne krochen über den Rahmen des Motelfensters, nur die billigen Vorhänge schützten sie vor dem blendenden Licht.

»Also willst du den Sohn von einem der einflussreichsten Fixer im Land ausschalten. Weniger als eine Meile vom Weißen Haus entfernt, in einer der exklusivsten Gegenden von D.C.«

Sie fixierte ihn mit einem kalten Blick. »Ich habe dir gesagt, dass es einfach ist.«

Er stand auf und ging zur Zimmertür. »Ich bin fertig. Ich brauche mindestens ein paar Stunden Schlaf.«

»Ich auch. Wirst du deinen Kontakt anrufen?«

»Du bist hartnäckig. Okay. Ich werde dir helfen. Sonst habe ich das Gefühl, dass du es allein tun wirst, und in dem Fall werde ich meine Diamanten wahrscheinlich nie wiedersehen.«

»Raffzahn.«

»Verdammt richtig. Um Oscar Wilde zu zitieren: *Als ich jung war, glaubte ich, Geld sei das Wichtigste im Leben, jetzt wo ich alt bin – weiß ich, dass es das Wichtigste ist.* Kluger Mann …«

»Schau an, er kommt mit literarischen Referenzen. Was kommt als Nächstes? Jambischer Parameter? Ein Sonnet?«

Er schüttelte den Kopf. »Ich will dich ja nicht langweilen. Jetzt geh schlafen. Es klingt, als könntest du es gebrauchen. Treffen wir uns um elf wieder, dann können wir unseren Fluchtweg planen und wie wir unsere Waffen loswerden. Ich glaube nicht, dass sie die Granaten zu Bubba zurückverfolgen können, aber man kann nie wissen. Er kennt meinen echten Namen nicht, aber diese Art von Druck ist das Letzte, was ich brauchen kann. Ich würde dir die Sache nur zu gern ausreden und dich davon überzeugen, verdammt nochmal aus der Schusslinie zu gehen, und zwar jetzt oder früher. Das ist nur mein raffgieriger Selbsterhaltungstrieb, der sich da meldet.«

»Alles klar. Also um elf. Ich lade dich ein. Vielleicht finden wir Pancakes. Ich liebe Pancakes.«

»Trink den Orangensaft, der hilft dir dabei, das verlorene Blut zu ersetzen.« Er deutete auf einen Saftkarton, den er in einer durchgehend geöffneten Drogerie besorgt hatte.

»Ja, Dad.«

Er lächelte, als er den Türknauf drehte und die Holztür aufschwang. »Wer ist dein Daddy?«

»Du bist das, du großer, starker, raffgieriger Daddy Matt.«

Er kicherte unwillkürlich und warf einen letzten Blick auf Jet, die mit gekreuzten Beinen auf dem Bett saß, in Boardshorts und einem schwarzen Tanktop, auf die unglaublichste Frau, die er je gesehen hatte, selbst nach einer schlaflosen Nacht – und sie war auch ohne Zweifel die tödlichste. Eine berauschende und gefährliche Mischung.

Er zog die Tür hinter sich zu und ging langsam zu seinem Zimmer, erschöpft und mit Jets Anblick fest in seiner Vorstellung verankert, der Tatsache, dass sie nur wenige Meter von ihm entfernt auf dem Bett lag. Wahrhaft, eine berauschende Mischung.

Und eine, der er hilflos ausgeliefert war.

KAPITEL 43

ZWEI TAGE SPÄTER, WASHINGTON D.C.

Um drei Uhr nachts war Foggy Bottom dunkel, die Gehsteige leer, das Grundstück der St. Stephen's Church düster. Nur wenige Lichter leuchteten in den Fenstern der klassizistischen Fassaden. Gelegentlich rollte ein Auto langsam die Pennsylvania Avenue entlang, das Brummen der Motoren längst verhallt, bevor am Morgen die Rushhour beginnen würde.

Jet, ganz in Schwarz gekleidet, beäugte die Seite des fünfstöckigen Gebäudes in der Nähe der spanischen Botschaft. Die französische Bauweise der Jahrhundertwende war gut für ihre Zwecke geeignet. Sie war im Verlauf des Tages dreimal hier gewesen, um die Lage zu überblicken, hatte jedes Mal eine andere Verkleidung getragen und war so bereit, wie sie es nur sein konnte.

Ihr Arm verheilte bereits und die Schrotkugeln waren kaum mehr als ein Ärgernis. Sie war sich sicher, dass die Verletzung sie bei ihrem Vorhaben nicht behindern würde. Nachdem sie sich umgesehen hatte, um sicherzustellen, dass sie allein auf der Straße war, rollte sie die schwarze Strickmütze auf ihrem Kopf herunter und verwandelte sie so in eine Skimaske – eine ungewöhnliche Wahl für eine milde Nacht mit Temperaturen um die zehn Grad.

Mit einem letzten Blick die Straße entlang sprintete sie zur Gebäudevorderseite und sprang an der Wand hoch. Der Schwung trug sie drei Meter vom Gehsteig in die Luft und ihre

Finger suchten Halt an dem Steinvorsprung, der an der Unterseite des ersten Stockwerks entlang verlief. Sie krallte sich an der fünf Zentimeter breiten Einkerbung fest und trat mit den Füßen gegen die Wand, bis sie auch damit Halt gefunden hatte, dann hievte sie sich höher und suchte mit den Händen nach der nächsten Lücke oder Ausbeulung, an der sie sich hochziehen konnte. Am zweiten Stockwerk angekommen, schwang sie die Beine zur Seite und zog sich auf den schmalen Fenstersims, dann griff sie nach der Oberseite des elegant verzierten Rahmens und kletterte weiter, bis sie sich über die Dachkante hievte.

Ihr Arm schmerzte, aber es war erträglich. Und der Weg nach unten würde einfacher sein. Das war er immer. Sie ging zur entgegengesetzten Seite des Gebäudes und blickte auf das dreistöckige Reihenhaus nebenan herab, dann nahm sie den Rucksack von der Schulter und öffnete den Reißverschluss.

Zwanzig Sekunden später hatte sie das Seil gesichert und das lose Ende über die Kante geworfen. Sie zog einmal mit ihrer schwarz behandschuhten Hand daran und ging langsam zur Dachkante. Sie warf einen letzten Blick nach unten, dann nahm sie das Seil und warf sich selbst in die Leere, ihre schwarzen Laufschuhe trommelten gegen die Wand, als sie sich zu dem kleineren Gebäude unter ihr abseilte.

Dort angekommen, rannte sie zu dem in der Mitte des Dachs angebrachten Eingangsschacht und untersuchte die Scharniere, dann suchte sie wieder in ihrem Rucksack und zog ein Glasfläschchen mit einer klaren Flüssigkeit darin hervor. Sie dreht an dem Korken, goss ein wenig auf die Scharniere und sah dabei zu, wie der chemische Rauch in die Luft wirbelte, als die Säure anfing, zu arbeiten.

Vier Minuten später war sie in dem Haus und glitt mit lautlosen Schritten den Gang entlang zum Schlafzimmer. Die Tür war einen Spalt weit geöffnet und sie schlich leise in den abgedunkelten Raum, wo eine schlafende Gestalt die ihr abgewandte Seite des Betts belegte.

Eine Diele knarzte unter ihr und sie blieb stehen, befürchtend, dass sie ihr Ziel geweckt hatte, aber Sekunden später legte sie das letzte Stück zu dem Bett zurück, als sie sicher war, dass der Mann nicht aufgewacht war. Sie war fast am Fußende, als der schlafende Mann zu dem Nachttisch neben ihm griff. Er hantierte an der Schublade, aber dann war sie auf ihm und zwei blitzschnelle Schläge auf die Kehle sandten Schmerzwellen durch seinen Kopf, als er nach Atem rang. Sie rollte ihn von dem Nachttisch weg und nahm die kleine Walter PPK an sich, die er zu erreichen versucht hatte. Wie ein Todesengel auf ihn herabblickend, sah sie zu, wie sich in seinen Augen langsam panisches Verständnis abzeichnete, dann presste sie ihm ein Kissen ins Gesicht, drückte den Pistolenlauf dagegen und feuerte zweimal.

Der Körper zuckte, dann war er still. Sie nahm das Kissen weg, um ihr Werk zu begutachten, dann schleuderte sie die Pistole neben ihn und ließ von ihm ab. Ihre Füße landeten mit einem gedämpften *Plopp* auf den Holzdielen.

Sie brauchte zwei Minuten, um das Schlafzimmer zu durchwühlen, und drei weitere für das Erdgeschoss, dann war sie wieder auf dem Dach und kletterte die Gebäudeseite hinauf. Oben angekommen joggte sie zur entgegengesetzten Seite und sprang herunter. Sie sah sich noch einmal um, richtete ihren Rucksack und machte sich auf den Weg zur Virginia Avenue. Im Gehen rollte sie die Skimaske über ihr Gesicht und die schwarze Wolle wurde wieder zu einer Seglermütze, die ihren Kopf vor der Kälte schützte.

***

Am nächsten Tag fuhr Matt auf einen Motelparkplatz in den Außenbezirken von Dallas und schaltete den Motor ab, während Jet hineinging, um ihnen Zimmer zu organisieren. Sie waren ohne Unterbrechung gefahren, seit sie Washington verlassen hatten, und obwohl sie sich am Lenkrad abgewechselt hatten, brauchte Matt eine Mütze Schlaf. Morgen würden sie es bis nach Tucson, Arizona schaffen, wo sie eine weitere Nacht verbringen würden, bevor sie die Grenze nach Mexiko überquerten. Den Explorer würden sie in Hermosillo lassen, wenn sie einen Flug nach Mexiko City erwischten, und von dort aus hatten sie nicht weiter geplant.

Jet kam von der Motelrezeption zurück, öffnete die Beifahrertür und warf ihm einen Zimmerschlüssel zu.

»Du bist in 123, ich in 124. Sollen wir uns in einer halben Stunde treffen und Essengehen?«, fragte sie mit müder Stimme.

»Nur zu gern. Hattest du beim Check-in irgendwelche Probleme?«

»Nein. Er hat nur einen kurzen Blick auf meinen Pass geworfen und mir die meiste Zeit auf die Brüste gestarrt.«

»Sehr effektive Geheimwaffe.«

»Gar nicht so geheim. Wenn ich davor keine Dusche gebraucht habe, jetzt brauche ich sie.«

»Hoffentlich sind in dem Raum keine geheimen Gucklöcher«, sagte er.

»Warum musstest du das sagen, Matt? Warum musstest du mir das in den Kopf setzen?«

»Du scheinst zu sorglos. Das passt nicht zu dir. Ich wollte dir etwas geben, mit dem du dir die Zeit vertreiben kannst.«

»Danke. Du hast das größte Herz.«

»Nicht ganz. Aber fast.«

Sie schenkte ihm ein zögerliches Lächeln, dann zog sie ihren Koffer vom Rücksitz und rollte ihn den Gehsteig entlang. Matt sah ihr zu, wie sie die Reihe der Türen entlangging, bis sie ihr Zimmer erreicht hatte.

Die Schießerei bei Arthur hatte ein mediales Lauffeuer verursacht, in Zuge dessen jeder Politiker in der Hauptstadt den Anstieg drogenmotivierter Gewalttaten, die die Nation überschwemmten, beklagt hatte – der wahrscheinlichste Grund für das schreckliche Massaker in dem Haus und für die damit in Verbindung stehenden Morde auf einer verlassenen Straße südlich davon. Die Sicherheitsfirma, deren Männer abgeschlachtet worden waren, konnte nichts darüber sagen, vor wem sie Arthur bewacht hatten, abgesehen davon, dass sie angeheuert worden waren, um gewöhnliche Sicherheitsmaßnahmen für einen zurückgezogen lebenden Investor zu treffen, der von einer langen Krankheit genesen musste. Einige Sender hatten den Mord an dem Firmenchef und der Schießerei miteinander in Verbindung gebracht, es wurde vielerorts spekuliert, dass er irgendwie eines der mexikanischen Kartelle beleidigt hatte, die gerade amerikanische Städte unter ihre Kontrolle brachten – der neueste Sündenbock der Medien.

Je weiter sie sich von Washington entfernten, desto weniger Aufmerksamkeit wurde der Schießerei zugeschrieben, und nachdem sie Texas erreicht hatten, wurde sie gar nicht mehr erwähnt, die Nachricht wurde stattdessen verdrängt, von dem kontroversen und überraschenden Semifinalgewinn eines Publikumslieblings in einer der unzähligen Talentshows, die im ganzen Land die Sendefrequenzen verstopften.

Weder Jet noch Matt wollten das Risiko eingehen, über einen amerikanischen Flughafen zu reisen, deshalb hatten sie sich entschieden, über die Grenze zu fahren, wo niemand den aus den USA ausreisenden Fahrzeugen Aufmerksamkeit schenkte, wo Mexiko Reisende fraglos willkommen hieß, froh darüber, dass irgendjemand in das gebeutelte Land einreisen und dort Geld ausgeben wollte.

Matt klopfte zur ausgemachten Zeit an Jets Tür und sie öffnete ihm, mit noch nassen Haaren, die geschwollene Wunde an ihrem

Arm weniger rot, als am Tag zuvor. Sie zog ein langärmliges Shirt über ihr Tanktop, dann streckte sie die Arme aus und warf sich in Pose. »Ta-da.«

»Sehr schön. Du musst die hübscheste Auftragskillerin in diesen Breiten sein«, sagte er in einer schleppenden John-Wayne-Imitation.

»Ehemalige Auftragskillerin. Und ich bevorzuge den Begriff *Geheimagentin*. Weniger vorurteilsbehaftet.«

»Stimmt. Wir wollen ja nicht, dass jemand das falsch versteht«, stimmte Matt zu.

»Genau.«

»Auf was hast du Lust? Soweit ich weiß, steht man in Texas ganz besonders auf Steak, Steak und Steak. Bist du bei einem Steak dabei?«

»Hmm, nein, ich hatte mich wirklich auf eine makrobiotische, vegane Auswahl gefreut.«

»Solange es dich nicht stört, dass sie aus Rind gemacht ist«, sagte Matt.

»Nicht im Geringsten. Das ist mein Favorit.«

»In diesem Fall werden wir hervorragend miteinander auskommen.«

»Das habe ich gehofft.«

Vier Blocks weiter fanden sie ein Restaurant mit einem gefüllten Parkplatz und einem Neonschild, auf dem ein Stierkopf zu sehen war, wo sie von einer Blondine mit langen Beinen und ländlichem Dialekt begrüßt und zu einer Sitzecke mit einem aus einer alten Holztür gefertigten Tisch geführt wurden. Sie setzten sich einander gegenüber und studierten die Karte, die verschiedene Spezialitäten anpries, die alle das Wort *Cowboy* enthielten und Teil einer Kuh beinhalteten.

»Möchtest du ein Bier?«, fragte Matt, als Jet die Karte schloss.

»Ich frage mich, ob sie Rotwein haben?«

»Hier? Wahrscheinlich färben sie ihren Weißwein ein, wenn du das möchtest.«

»Lass uns fragen. Nach letzter Woche kann ich einen Drink vertragen.«

Matt winkte die Kellnerin heran, eine lebhafte Blondine in Hotpants und einem Cowboyhut, die ihnen versicherte, dass der Wein vorzüglich wäre, und die Jet fragte, ob sie ein Glas Merlot oder Cabernet wollte. Sie entschied sich für den Merlot und Matt bestellte ein Lone-Star-Bier.

»Du kannst nicht in Texas essen gehen und nicht ein Lone Star trinken. Ich glaube, man wird hier gesteinigt oder mit einem Revolver erschossen, wenn man das versucht.«

»Die machen wahrscheinlich auch den Wein hier.«

»Wenn er sehr sprudelt oder nach Bier schmeckt, beschwer' dich nicht.«

»Verhalte dich einfach ruhig.«

»Keine hektischen Bewegungen.«

Sie lachten entspannt miteinander, beide erschöpft, aber erleichtert, dass die Sache endlich vorüber war, und als die Kellnerin mit ihren Getränken zurückkehrte, bestellten sie Steaks. Jet nippte an dem Wein und zog eine Grimasse.

»Ahh. Mein Favorit. Alte Socken.«

»Er ist gereift«, stimmte Matt zu und nahm einen Schluck von seinem Bier. Natürlich in der Flasche serviert.

»Ich glaube, ich habe deinen Merlot bekommen«, scherzte er, ohne eine Miene zu verziehen.

Sie drohte ihm halbherzig mit der Faust. »Verflucht. Immer bekommst du den besseren Deal.«

»Das ist, weil ich rein in Körper und Seele bin.«

»Soweit kommt's noch.«

Das Essen, riesige Fleischstücke, wurde dem texanischen Ruf für Rindfleisch mehr als gerecht, und keiner der beiden schaffte seine Portion. Jet bestellte ein weiteres Glas Wein, dieses Mal den Cabernet, und Matt ein zweites Bier.

»Was wirst du mit den Diamanten machen?«, fragte sie. »Sobald ich sie dir gegeben habe?«

»Oh, darum mache ich mir keine allzu großen Sorgen. Ich lasse sie in deinem Gewahrsam. Es gibt noch viel mehr davon, dort, wo die herkommen. Und dann habe ich einen Grund, irgendwann zurück nach Bangkok zu gehen.«

»Glaubst du wirklich, es ist endlich vorbei?«, fragte sie flüsternd.

»Für dich? Absolut. Für mich? Ich bin ziemlich sicher, dass meine Mission auch abgeschlossen ist. Arthur war der Hauptakteur bei dem Versuch, an mich heranzukommen. Was von seiner Crew noch übrig ist, hat alle Hände voll zu tun, den Rest von seinem Drogengeschäft zu retten. Mit den Chinesen und den Russen am Hals werde ich ihr kleinstes Problem sein.«

Sie starrte ein Schwarz-Weiß-Foto von einem preisgekrönten Ochsen an, das in einiger Entfernung an der Wand hing. »Zumindest ist der Bastard endlich tot.«

»Was ist mit dir? Was ist dein großer Plan?«, fragte Matt.

»Ich habe keinen. Außer zurück zu Hannah zu kommen und einen Ort zu finden, an dem wir sicher sind und wo sie gesund und glücklich aufwachsen kann.«

Er nickte. »Hast du eine Idee, wo?«

»Warst du jemals in Mendoza?«

»Argentinien? Wirklich?«

»Es ist ziemlich schön dort.«

»Und weitab vom Schuss.«

»Das auch«, stimmte sie zu.

»Darauf trinke ich.«

Sie stießen an und Jet wurde still. Schließlich trank sie ihr Glas leer und starrte es an. »Ich kann einfach nicht glauben, das er … weg ist. Alan.«

»Das tut mir so leid.«

»Er war ein sehr guter Mann.«

Mehr gab es dazu nicht zu sagen, deshalb beließ Matt es dabei, sein Bier auszutrinken und die Rechnung zu bezahlen.

Sie fuhren schweigend zum Motel zurück und Matt brachte sie bis zu ihrer Tür, seinen Zimmerschlüssel in der Hand. Er blickte zu ihr herab, die leichte Brise wehte durch ihre Haare. Sie wirkte so klein, so verletzlich, wenn auch nur für einen Augenblick.

Ihre Lippen trafen sich und sie küssten sich lange, kosteten die Verbindung aus. Sie beide brauchten den jeweils anderen, wenn auch nur, um sich für einen kurzen Moment lebendig zu fühlen. Zwei verletzte Seelen am Ende einer qualvollen Reise, die endlich rasten konnten, endlich fast am Ende ihres Weges angekommen waren.

Jet spürte die gleiche unglaubliche Energie wie jedes Mal, wenn sie ihn zuvor geküsst hatte, und sie atmete seine Essenz ein. Seine Bartstoppeln kratzten rau gegen ihr Gesicht. In ihr rührte sich ein hoffnungsvoller Kern. Vielleicht gab es doch ein Morgen, auf das sie sich freuen konnte.

Sie trat einen Schritt zurück und Tränen flossen ihr über die Wangen. Sie lachte nervös, als sie die Feuchtigkeit mit dem Arm abwischte.

»Es tut mir leid, Matt. Es ist nur … es ist zu schnell. Aber ich könnte wirklich etwas Gesellschaft auf meinem Trip nach Uruguay gebrauchen. Wenn du nichts vorhast, natürlich.«

Er blickte sie eindringlich an, dann noch intensiver, bis er sich in ihren smaragdgrünen Augen verlor. Dann nickte er und grinste.

»Ich habe alle Zeit der Welt.«

KAPITEL 44

Der ältere Mann starrte auf den übergroßen Flachbildschirm, den Kopf auf die Hände gestützt, während auf dem Monitor ein Video in Schwarz-weiß abgespielt wurde. In der rechten unteren Ecke blinkte ein Datums- und Zeitstempel. Eine schwarz gekleidete Gestalt mit einem Rucksack eilte den Gehsteig aus der Richtung von Peters Haus entlang. Für einen kurzen Moment, direkt nachdem sie die Skimaske abgenommen hatte, war ihr Gesicht kurz sichtbar und der Beamte am Steuerpult stoppte die Wiedergabe und ließ ihr Bild erstarren. Ihre weißen Zähne leuchteten in dem schwachen Licht.

»Es gibt keine Zweifel, dass sie Ihren Sohn getötet hat«, sagte der Operator. »Der Zeitpunkt passt zum Todeszeitpunkt und sonst ist niemand auf den Straßen. Es muss also sie gewesen sein, Sir.«

Der ältere Mann seufzte und rieb sein Kinn, dann griff er nach einer Plastikwasserflasche. Er schraubte vorsichtig den Deckel ab und nahm einen Schluck.

»Wer ist sie?«

»Das wissen wir nicht, Sir.«

»Können wir von der Kamera eine bessere Auflösung bekommen?«

»Nein. Es ist eine Verkehrskamera. Sie ist bis zum Maximum herangezoomt. Alles darüber hinaus wird noch unschärfer.«

»Haben wir es durch die Datenbanken gejagt?«

»Wir sind dabei. Die NSA hilft uns dabei.«

»Bis wann rechnen Sie damit, dass Sie einen Bericht vorzulegen haben?«

»Innerhalb der nächsten vierundzwanzig Stunden, Sir.«

»Lassen Sie es mich ein letztes Mal sehen.«

»Natürlich, Sir.« Es war die zwölfte Wiederholung.

Die Aufnahme spielte im Zeitraffer rückwärts ab, dann begann der Stummfilm von vorn.

»Und die Polizei ermittelt mit Hochdruck in der Sache?«, fragte der ältere Mann.

»Absolut. Sie haben das Foto der Verdächtigen in Umlauf gebracht. Es wird außerdem auf allen Kanälen ausgestrahlt.«

»Irgendwelche Treffer bisher?« Seine Stimme fing sich in dem hoffnungsvollen letzten Wort, die in die Silben verwobene Lüge war eine Kampfansage.

»Nein. Aber man arbeitet daran, Sir.«

»Was ist mit der Skimaske?«

»Man überprüft, wie viele davon in den letzten zwei Wochen in der Gegend verkauft wurden, aber wenn sie älter ist oder außerhalb des Bundesstaats gekauft wurde, oder im Internet … es gibt viele Variablen, aber man geht allen nach, Sir.«

Der ältere Mann hustete, ein trockenes Keuchen, dann machte er eine Geste in Richtung des Beamten. »Noch einmal«, befahl er und funkelte den Bildschirm an, wünschte sich die mysteriöse Frau tot, als ob er sie durch schiere Willenskraft greifen und mit seinen Gedanken unter sich zerquetschen konnte.

»Ja, Sir.«

Die Aufzeichnung wurde abgespielt, ihr Gang war locker, als sie die Maske über ihr Gesicht rollte, und das Bild der Mörderin seines Sohns brannte sich in seinen visuellen Kortex, verspottete ihn und ließ all seine Macht und seinen Einfluss wie einen schlechten Scherz erscheinen. Er hatte die Fähigkeit Welten zu erschaffen und zu zerstören, aber selbst damit hatte er seinen Sohn nicht einmal einen Moment länger am Leben halten können. Wenn er wollte, konnte er Berge versetzen, aber er würde niemals mehr mit seinem Jungen reden können.

Der Beamte ließ das Video dieses Mal laufen und das Gesicht der Frau wandte sich von der Kamera ab, als könnte sie spüren, dass sie gefilmt wurde, und dann war sie lediglich ein formloser Schatten, der sich die menschenleere Straße entlangbewegte.

Der Beamte schreckte auf, als der alte Mann die Wasserflasche mit einem lauten Knacken zerdrückte und den flachen Behälter in den Müll schleuderte. Eine Grimasse hatte sich in seine Züge gegraben. Seine Finger spielten mit dem Plastikdeckel in seiner Hand, während er dabei zusah, wie die Aufzeichnung dunkel und der Bildschirm statisch wurde, dann legte er den Deckel vorsichtig vor sich ab und lehnte sich in dem Chefsessel zurück. Ein kleines Geräusch, ein Ächzen, entkam seinen Lippen. Er blickte von dem Bildschirm auf, sein Gesichtsausdruck war das pure Elend, dann winkte er mit einer zitternden rechten Hand in Richtung des Monitors und seine Augen fixierten die des Beamten mit der Intensität eines Reaktorkerns.

»Noch einmal.«

–ENDE–

LUZIFER
VERLAG